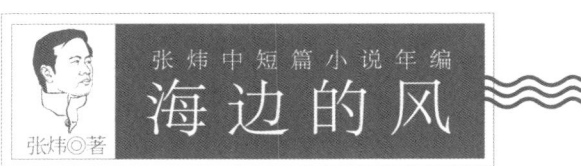

张炜中短篇小说年编
海边的风
张炜 著

时代出版传媒股份有限公司
安徽文艺出版社

图书在版编目(CIP)数据

海边的风/张炜著.—合肥:安徽文艺出版社,2012.8
(张炜中短篇小说年编)
ISBN 978-7-5396-4314-4

Ⅰ.①海… Ⅱ.①张… Ⅲ.①中篇小说－小说集－中国－当代 ②短篇小说－小说集－中国－当代 Ⅳ.①I247.7

中国版本图书馆 CIP 数据核字(2012)第 145146 号

总 策 划:朱寒冬　刘景琳		出版统筹:曾　冰	
责任编辑:段晓静		封面设计:尚书堂	

出版发行:时代出版传媒股份有限公司　www.press-mart.com
　　　　　安徽文艺出版社　www.awpub.com
地　　址:合肥市翡翠路 1118 号　邮政编码:230071
营 销 部:(0551)3533889
印　　制:安徽新华印刷股份有限公司　(0551)5859128

开本:880×1230　1/32　印张:12.375　字数:250 千字
版次:2012 年 8 月第 1 版　2012 年 8 月第 1 次印刷
定价:28.80 元

(如发现印装质量问题,影响阅读,请与出版社联系调换)

版权所有,侵权必究

目录

序

黄沙 / 1

童眸 / 93

葡萄园 / 182

海边的风 / 263

远行之嘱 / 354

附：中篇小说总目 / 389

序

我在近四十年的写作生涯中，除了长篇小说和散文之外，共写了十三部中篇小说和一百多部短篇小说。

这是我十分钟爱的文体。我把许多宝贵的时间花在这些篇章之中，可以说为之殚精竭虑。

现在的七部"中短篇小说年编"，大致以写作时间为序编排。这成为一次盘点，一次回顾和总结：生命的痕迹、劳作的历史、艺术的变化、生活的记录……

时间匆匆而过，悉数消逝在渺茫无际的数字时代，好像离我们越来越远了。

不过，当重新展读这些篇章时，我却再度追上了漂流的时间，并且觉得一切都楚楚如新。

也许这就是文学的意义、写作的意义。

2012 年 1 月 12 日

黄　沙

"它们淤满了,我就把它们再提走。我使的是土筐,一筐一筐把它们提走……"

一

黑影里,有个小火点儿一闪一闪的。坷垃叔"吱吱"地吸着烟,嘴里不时地咕哝几句。他吸烟能吸出那种声音来,这让屋里的几个年轻人多少有点嫉妒。吱吱的,那烟不知有多么香甜呢!

有人在床上翻动着身子,大概睡不着;后来他终于坐起来,叼上了一根烟卷。

屋里很快雾蒙蒙的了。

"那东西禁提哩!一霎儿淤满了,我就一筐一筐往外提……"

坷垃叔咳着,还在说。

终于有人下床去开了窗子。又停了一会儿,月亮就从开着的窗口探进了半个脑袋。屋内黄融融的。烟气就从窗口上往外涌。汽车的鸣叫声、自行车铃声和人群的声音,则从窗口上往里涌。窗扇上有一道红光,每隔几秒钟就闪跳一次,非常有趣。楼下的电视机还没有关,传来"噗噗嚓嚓"的声音,屏幕上肯定正有一场好斗。睡不着,又有人干脆咔的一声拉亮了灯。

屋内对摆着四张单人床,每张床上都躺着一个小伙子。中间还有一张临时搭起的小床,坷垃叔就歪在那上面。空中横着竖着扯起一道道绳子,上面搭了洗过和没有洗过的衣服。坷垃叔的头上,一根绳子正挂着一条粗布裤子,圆圆的裤脚正好对准了他的脸。

圆裤腿儿像一个深深的黑洞。坷垃叔把一口浓烟迎着它呼出。他大概觉得它很像一个烟囱。

老头子全身都是绛色。好像灯光一下子全聚在了他身上似的,他的身子很亮。四周的四张床上,小伙子们一声不响,都把那双火热的、新奇的目光投射过来。

坷垃叔仍旧像原来一样地吸着烟,用两根手指捏着小小的烟杆。他瘦极了,胸脯显得特别坚硬。皮肤几乎没有多少皱纹,紧紧地贴在骨头上,又厚又有韧性,表面没有汗毛,只是泛着微光。皮肤这种光色绝对不是油亮的,而像是透着什么荧光。这皮肤好像已经被熟皮匠熟过了似的——当然不是什么熟皮匠,是阳光,是风,是田野里炙人的热气和逼人的严霜。反正老头子的皮肤是给熟过了……他歪在那儿,一双圆圆的小眼睛锃亮锃亮。奇怪的是他的额头上还要捆一道布绳,像是怕脑袋突然裂开似的。

窗玻璃上的那道红光闪动着。那是不远处一家商店的霓虹灯映上的。这么晚了它的广告牌还要跳动,像脉搏那么跳动。这家商店的生意近来红火极了,除了搞各种名堂的有奖购货,还在三楼上办起了舞厅。

红光不停地跳动,渐渐"呜啊呜啊"的声音也听得见了。这就是跳舞的音乐。十分奇怪,常常这样"呜啊呜啊"有时还在其间插了"噗"的一声,很像一条圆鼓鼓的车带泄了气时发出的那种声响。这在开始听着别扭极了,可听惯了,它不泄气你反而觉得别扭了。

四张床上有两个小伙子在这声音里扭动了一下身体,样子有些不安分。其余的两个也扭头望了一眼窗玻璃上的红光。老头子则依旧吸烟,咕咕哝哝。他没有那样的耳朵。

"睡不着。真想吃冰激凌……我们出去走走吧!"

立刻有三个小伙子一块儿站了起来,伸手去摸索头顶绳子上的背心和短裤。他们穿好了衣服,见罗宁还躺在那儿,就过去拍了拍他。罗宁摇摇头,他们也就走了。

坷垃叔就像没有发觉走掉了三个人,还是那么歪着。

罗宁一直看着他,一动不动,一只手掌枕在头下。他像是要好好研究一下这个老头子似的,一遍又一遍地端量着……最后他坐了起来。

他问:"一筐一筐地提走它们——后来呢?"

坷垃叔锃亮的眼神盯了他一瞬,发狠地说了一句:"后来就淤满了……我还是一筐一筐把它们提走。"

罗宁叹了一口气。

他不知问了多少次了,结果都差不多。他听不明白。同宿舍的伙伴们更是听不明白。大家开玩笑说:罗宁的老家来了一位老神仙,满口的谶语!想弄懂吗?那是白费力气——弄不懂但是可要记住,将来会有什么东西出来验证的,哈哈,哈哈哈!

他们笑得有多么开心,他们太轻松了。

但坷垃叔是来告状的啊!老人家背了一块锅饼,步行一千多里来到了这座城市。他不知怎么才找到罗宁的,一见面就揪住了对方的胳膊,说:"我告姜洪吉!"

罗宁已经有很多年没有回老家了,但他模模糊糊知道姜洪吉就是那个村里的头儿。罗宁心里有些激动。他还是下乡时回到老家的,后来招工进城,再后来上大学、参加工作,多少年来就没有一个老家的人来找过他!他看着这个面色黑红、瘦得出奇的老头儿,突然觉得他就是自己的父亲——尽管他清清楚楚知道父亲是一家刊物的老编辑,早在三年前就去世了——他觉得此刻战战抖抖地站在对面的这个老农民,就该着是自己的父亲!他就该着有这么一个父亲啊……后来当他弄明白老人家是一步步走着来到城里的时候,眼里的泪水就憋不住了。老人拄着拐,脚上穿了一双旧军用鞋子,上面打满了补丁,有一块补丁还是紫色的。罗宁不知怎么才好,让他吃饭啊,进屋歇着啊,他全不同意。他只是说:

"我告姜洪吉!"

为什么要告他呢?为什么要步行这一千多里呢?总要说出个为什么吧。是的,这座城市里的人管得了姜洪吉,从这儿往左走一百多米,就是"来信来访接待室"……

接下去老人家就说:"它们淤满了,我就把它们提走……一筐一筐,哼!"

反反复复就是差不多的这么几句话。

罗宁把坷垃叔领到了上访的地方。还是搞不明白他说的是什么。人家完全是看了罗宁的面子,才没有把他赶出屋子……接着坷垃叔每天都到上访的地方呆上多半天,到了晚上就在罗宁他们的宿舍里睡觉。

这样已经有了一个星期。

同宿舍的三个小伙子没有一个抱怨罗宁的,这已经让罗宁心里充满感激了。……有一天他们之中的一个"哧哧"笑着对在罗宁耳朵边上,说老头子大概是个精神病吧!

罗宁没有回答他的话。没有必要回答。他们没有在芦青河边生活过,他们不会理解那样的一种生活,不会理解那样的一种人。

罗宁决心给老人写一份材料,也就是说写一张状子。

他问着,揣摸着,还是找不到一点头绪。

"一筐一筐,你提了多长时间呢?"

坷垃叔把烟锅磕了一下,说:"淤满了就提,全是黄沙,一筐一筐……"

一个年近古稀的老人在对抗着黄沙的侵袭。风旋着沙烟;风停了,淤起厚厚的黄沙。老人用两个土筐把它们提走;风又旋起来,老人再提……

这不是一个精神病人做的事情。这是芦青河边上的人所特有的坚韧和顽强。罗宁仿佛已经看到了一个瘦瘦的老头子在风沙中踉跄,心里一阵阵激动。

罗宁一岁的时候就到乡下跟奶奶住了,直到回城里上学;十五岁那年下乡,奶奶已经不在了……他长成一个小伙子时,就永久地离开了老家。坷垃叔是他离开那儿之后,遇到的第一个老家的人。

窗上的玻璃闪跳着一道红光。罗宁轻轻关了灯。这样坷垃叔的烟头儿又亮起来了。

二

三个小伙子吃过了冰激凌,并不想马上回宿舍去。初夏的大街有一种奇怪的、蛮喜欢人的情调。不在这样的夜晚出来走一走,那可算是吃了大亏。走在大街上,鼻孔里呼吸着这座城市温温乎乎的、多少透着点下水道气味的空气,你会觉得生活那么充实。有多少人深夜不归,一堆一簇地呆在马路旁边,发出一阵阵快意的笑声。生活真是有意思极了,他们不笑就没法传达出这种意思。有多少小伙子穿了牛仔裤,斜背着一个桶式旅行包,懒懒散散地往前走着。他们得意地把左手撑在包的背带上,嘴里不停地嚼着什么。其实他们的家就在附近,每天晚上背上这种包去街头走一走,才感到幸福。包里有两瓶汽水或是两片面包。他们其中的一个或是两个,还老是梦想着买一把吉他。吉他的声音赛过一切,他们都这样认为。有多少姑娘穿了紫红色的长裙,戴了项链,两手端在胸前往前走着。两手抬这么高,手上又没有老趼,只有指头上的戒指在闪光。这种戒指只值两元钱,可是也能在路灯下闪闪发光。她们走得都很慢,极力做出忧郁的表情。可是高跟鞋很难习惯,走起来一跩一跩的,多少有点像老婆婆的模样。

"不知从什么时候起,城里人不愿睡觉了。"

"也就是这几年的事。"

"好看的光景太多了,睡觉多可惜!"

"睡觉不如跳舞。"

"也不如喝啤酒。"

"舞票太贵。这得想个办法。"

"办法好想,舞伴可难找。"

"找那些穿紫红裙子的姑娘。"

"她们的手端在胸口那儿。"

"那就是随时准备做舞伴儿。"

"哈哈哈哈!"

"有个副市长请舞伴的姿势真好看。"

"也就是鞠个躬吧。"

"鞠躬时左手得按到胸口那儿。"

"多麻烦!"

"前一段机关上举行舞会真多。"

"跳舞真是好买卖!"

"再前一段专抓跳舞的。"

"那是因为他们乱跳。"

"乱跳乱跳,戴上手铐。"

末尾一句碰巧押了韵,三个人开心地笑了起来。他们难得这么高兴。三个人一块儿在大街上遛,像那些背桶子包的人差不多,多少有点像流浪汉。他们上班时在不同的三个科,领导上可真会分配:同学三个分在了三个科。罗宁也是他们那个学校毕业的,可他高一级,也年长几岁,又是结过婚的人,就另当别论了。最不同的是罗宁在校时当过班长,他们也就经常笑嘻嘻地管他叫罗班长了。开始的时候四个年轻人睡在一个集体宿舍,高兴了就胡扯一会儿,痛快痛快。

罗宁比其他三个人都有福,娶了部长的女儿。他们这个部最大的干部就要算部长了,可罗宁就好意思娶他的女儿。那会儿三个人备了一桌好酒,郑重地给大哥敬酒。

小弟吴楠敬大哥一杯。

小弟田长浩敬大哥一杯。

小弟秦榛敬大哥一杯。

田长浩长得黑瘦,走起路来习惯于大仰着身子,外号田二爷。田二爷敬酒时也是这副模样,惹得人们一阵好笑。秦榛戴一副黑框眼镜,面孔白净,文质彬彬,谁也想不到他是几个人中最"无赖"的一个,敬酒时发誓要做罗宁的连襟,也就是说要把艾部长的第二个女儿搞到手。吴楠默默地碰了杯,默默地喝下去。

吴楠想的是几个老同学就这样一个个地离去了,很快就被这座陌生的城市消化掉了。

罗宁到部长女儿那儿去了。他不常回原来的宿舍里来,因而谁也不知道他生活得幸福不幸福。艾部长的女儿叫艾兰,是另一个部的打字员,十分漂亮。他们不会不幸福吧。可是一年之后,罗宁常回集体宿舍里过夜,再后来干脆连被子和洗漱用具也带来了。这可不是什么好兆头。三个人敬酒那会儿的劲头没有了,相视着吸凉气。但不久他们又高兴起来,他们发觉这样也很好嘛,这样就又和原来一样了。周围的一切都是这座城市的气味,只有他们的宿舍还是那所师范学院的气味。

 他们从那所学院的大门里出来,本来是该着去教书的。可是组织、人事部门特别对他们做了一番考察,让他们从政来了。他们于是就成了这座城市的成员,成了一幢漂亮的机关大楼的工作人员了。生活真有趣。他们到热天的时候,爱穿短裤,爱穿方格和长条的背心。可在这幢大楼上,就很少见这样的装束。人们都穿一条薄薄的灰制服长裤,穿一件雪白的尖领衬衫。为什么?不知道。后来终于有人指出他们这样子不够庄重。他们也不得不脱下背心和可爱的短裤。可他们上学和上学以前就是这样穿的。他们爱随身背一个帆布挎包,可大楼上的人都提一个黑人造革面的手提包。不久,办公室的同志就发给他们一人一个这样的皮包。他们于是也提着那样的包进进出出了。

 他们后来都发觉这座城市把他们身上原来的那股味儿给搞走了一些。可是一有机会他们就想再搞回来。

 这是一场较量。

 他们走在夜晚的大街上,穿着背心和短裤,全身放松,都感到了十分的惬意。他们常常这样出来游荡——他们喜欢称这为"游荡"。他们再也不板着面孔了,再也不两手按在写字台上端坐着了。整个的城市这会儿也不再板着面孔了,好像到处都笑嘻嘻的,显然是另一副面孔。霓虹灯在笑,卖冷饮的老头儿在笑,他们三个也尽情地笑。他们这时都不约而同地可怜起罗宁来了:婚姻不幸也倒罢了,这会儿还要守着一个胡言乱语的瘦老头儿。说到这儿,他们又争论起那个老头儿是否有精神病的问题了。

田长浩田二爷坚持说是精神病,秦榛也说肯定是。而吴楠说,如果那也算精神病,那么咱们大楼上的多半儿人也都算精神病了。他的话有些费解。

有一老一少蹲在路边的一棵老槐树下,借着路灯在忙活着什么。他们走了过去,一老一少就像没有见到。

两人在下围棋。小家伙只穿了件长背心,光着屁股,当然露着那东西,十分可爱。他走一个子儿,老头子声色俱厉地喊了一声:"过分!"小家伙又换了一个走法,老头子仍像刚才那样喊了一句:"过分!"小家伙于是把手往背心上搓了两下,重新走了一个子儿。老头子这才不吱声了。

一老一少一盘棋,透着一种奇怪的氛围。他们一动不动地看着。他们之间谁也不懂围棋。可是都觉得有意思。最后是田二爷长叹一声,走开了。大家问他为什么叹气,他说:"很多该会的东西我们一点也不会。可是很多不该会的东西我们做得烂熟。"秦榛听着,咂了咂嘴巴,评价道:"充满了辩证法!"

到底是围棋还是长浩的话充满了辩证法,其他的两个人不知道。他们也没有去问他。

最高的商店大楼上,舞会大概进行到了高潮。红绿灯飞快地闪动,音乐强烈无比。这个乐队的阵容大概非同小可。乐器中有不少大号,大号连连,如同在召唤人们冲上前去。那是一处当代文明的高地吧,一帮子青年往上涌去。大楼外面的人嫉羡地盯着三楼闪动的红绿灯,有人还骂咧咧的。他不是骂商店办舞会,他是骂舞票这么快就售完了。那人正骂着的时候,田长浩笑了。他笑这音乐变得十分熟悉起来,原来是"文革"时期的一首歌。秦榛知道他笑什么,说:"这有什么大惊小怪?那时候的歌节奏感强,稍稍改造一下最适合跳舞用了。《下定决心》、《东风吹战鼓擂》、《什么钥匙开什么锁》、《打虎上山》,改造一下都是好舞曲。"吴楠也笑了。

有一个卖瓜子的小伙子走过来挑战了。开始商店门前这些人还以为是来卖瓜子,就没有理他。可他慢悠悠地将车子推到人堆里之后,举起一个手枪模样的东西说:"五分钱一看!"

立刻有人掏出五分钱,凑到"手枪"的"枪眼"上看了一会儿。"看见了什么?看见了什么?"很多人都问他。他微笑着,并不作答,愉快地往一边走去了。于是人们纷纷掏出兜里的五分钱了。吴楠也掏出了钱,刚一递过去,那人就把"手枪"对准了他。吴楠将枪筒拨开说:"我买瓜子!"那人很不高兴地放下"手枪",捏给他一撮瓜子……

不知道什么时候开始,那些穿紫红长裙的姑娘们在一个小摊跟前排起了队。这终于引起了三个人的注意,走过去一看,原来在进行"激光无痛打耳眼"——摊子前挂了一块牌子,上书:最新科学,无痒无痛,千载难逢,过时不候。姑娘们一个一个挨近了,去享用这最新科学了。只见那人也抄起一个手枪模样的东西,对准耳垂,就是一枪!耳垂果然无血溅出,姑娘果然没有喊疼,倒是笑吟吟的。

正看着,秦榛用手触了吴楠一下。吴楠抬头顺着秦榛指示的方向一看,见到了一个特别漂亮的姑娘。她没有排在打耳眼的队伍里,只是凑近了看着。她是艾兰。

艾兰也见到了这三个人,就向他们笑了笑。

艾兰往一旁走几步,站在了一棵梧桐树下。"这么晚了还不睡吗?"她问走来的三个人。

"天太热……睡不着。"秦榛说。

"就你一个人吗?"田长浩故意问她。

她有些不好意思地笑了笑,算是回答。

吴楠没有说话。他离梧桐树稍远一些。他在想这个艾兰可真是漂亮极了。跟这么漂亮的爱人相处不好,那个罗宁肯定是十分可恶。

他们走开的时候,她一直目送着他们。当确信她是听不到了时,长浩才说了一句:"她肯定是想罗班长了,一个人出来走走……"

"罗宁这个家伙该杀!"秦榛说。

"她是出来打耳眼吧?"长浩突然问。

吴楠摇摇头:"全世界的姑娘都打上了耳眼,她也不会打。"

秦榛表示赞同。

长浩说:"我今晚回去告诉罗宁,就说他老婆上街找他了——我们在打耳眼的地方遇见了他老婆。"

秦榛摇摇头:"你不能这么说。这么说罗班长会怀疑艾兰也要打耳眼了。"

吴楠哼了一声:"他不会怀疑这个的。他自己的老婆他什么不明白!"

大家不做声了。停了一会儿长浩说:"艾兰肯定想问几句罗宁的事。不过她不问。她在等我们先开口。她知道我们和罗宁睡在一块儿。艾兰的样子真含蓄啊,什么话全在眼睛里了。"

"漂亮的姑娘哪个不含蓄?"秦榛反问。

其余的两个人被他一下子问住了。

他们想回宿舍去了。一路上吴楠不做声,秦榛碰了他一下。他说:"我在琢磨,怎么如今挣钱的东西都做成了手枪模样?"

长浩大笑:"一枪放倒!——谁兜里有几个钱,一枪就把他放倒!"

"充满了辩证法!"秦榛说了一句。

三

离上班时间还有十分钟,罗宁和同宿舍的三个人一块儿进了机关大门。这多少有点晚,四个人有些不好意思,就三两步上了楼,到自己的办公室去了。三十五岁以下的人一般要提前半个小时上班,尽管没有这条规定,但大家都这样做,做了几十年。如果当了科长甚至处长还要提前半小时来,那他的前途不可限量。

罗宁一进办公室就遇到了一个前途不可限量的人——李子由。他如今已是副处长了,可一直坚持提前半小时上班。他来到办公室,第一件事就是用拖把拖长长的走廊。罗宁刚来时,见他总爱拖走廊,就主动承担了室内和厕所内的卫生。可是一次处里开会,处长谈到工作问题时,说有的年轻人也真可以了,打扫卫生从来就不主动,比他早到机关工作的同志要天天擦这拖那!罗宁终于知道了争夺拖把的重要性了。他每次早到一步拖起走廊时,心头就隐隐地泛起一种胜利的喜悦。他发现没有抢到拖把的李子由总是先嫉恨地盯过来两眼,然后就跟在他的身边,用细小的声音和他说话,一根手指还向下点划着。长了,罗宁终于悟了:他这是在告诉别人,我李子由来得也不晚,是我指挥他打扫卫生的——一根手指向下比画,那大概在说:拖拖这儿,喏,这个地方得用些力气,好,嗯,就该这么拖!……

今天,罗宁一上楼,当然要遇上李子由了。他已经拖完走廊,端坐在桌旁看书了。罗宁发现室内卫生并没打扫,这显然是留给他来干的。他用抹布擦着桌子,用拖把拖地板,一切做得飞快。他一边坐下来一边有些抱歉地说:"昨天晚上没有睡好,今天早晨不愿起床……"

李子由放下书说:"是老家来那个老头儿影响你们休息了吧!……老家来的人可不能得罪。不过差不多过得去,就打发他走吧。那又不是你的宿舍。"

罗宁没有吱声。

停了一会儿李子由又问:"老头子为什么事来告状?"

罗宁摇摇头:"我也搞不很清。他说是为黄沙的事——可能黄沙淤埋了他什么东西,他就不停地往外提那些黄沙……他告他们村的头儿。可到底头儿与黄沙是什么关系,他也讲不清楚。唉唉,老人步行一千多里来到这儿,可又讲不清楚!……"

年轻的副处长背着手踱着步子。他在罗宁身边停下说:"会不会是这样:村里砍了防风林带,黄沙淤了他的责任田?是的,肯定是这样——你不信回去问他吧。"

罗宁苦笑了一下:"什么都问过,他就是讲不清。农村有好多这样的老头儿,木木的,什么也讲不清。可我总不能让老人白跑一趟吧。我想慢慢揣摩一下,替他整理一份材料……"

"其实以市纪委信访办的名义给当地去一个函就解决了——要求及时回报处理结果的那种函。这办法又简单又可靠,老头子也算没有白来市里一趟。"李子由说。

罗宁也知道这样是最好了。可他明白对一般上访是不发这种函的,除非是信访办的领导点头同意。坷垃叔什么也讲不清,在这种情况下发函恐怕是做不到的——尽管老人走了一千多里,尽管他告的又是一个党员干部。

副处长完全知道罗宁在想些什么。他拍了拍罗宁的肩膀说:"艾部长跟他们通个电话不就解决了嘛!你也太书呆子啦……你不好意思开口,我替你说去。"

罗宁坚决地摇摇头。

李子由不做声了。他明白罗宁最近夫妻不和,已经闹到了分居的地步,罗宁是不会为这点事情去求岳父大人的。想到这里他说:

"你是怎么搞的嘛!你总不能一个人这样过下去吧!昨天你岳母遇到我,让我开导你一下。我心里明白,这怎么开导呀!艾部长工作多忙,咱这是对外开放城市,可他挤出一点时间还要过问一下你的工作情况……"

这口气,这语气,很像是处长的。李子由受处长的影响是很深的,自从去年做了副手之后,很快地也就处长化了。但他这种居高临下的口气很少对罗宁使用。眼下口气的转换,很难说与分居的事没有关系。罗宁想到这儿有些气愤。他白了李子由一眼。

这会儿门开了,处长捏着一个表格走进来,对李子由说:"填一下吧,是上函授大学的事。我也要填。"他长得十分瘦小,端端正正地坐在了屋里唯一的一把大靠背藤椅上。当副处长低头看表格的时候,他愤愤不平地咕哝起来:"一时一兴,这时候又讲起他妈的学历来了!月亮也是外国的圆!有学历就有水平,就能干好'四化'?我看未必!拿我们部里的人来讲吧,部长有学历吗?可部长水平很高。我们处的子由也没有学历,可他是处里的笔杆子。倒是那些分配来的大学生,十个八个不顶一个使。当然,像罗宁这样高水平的大学生也不是没有……"

处长大骂了一通知识分子,最后又言不由衷地夸了罗宁一句,回他的办公室去了。

听着处长骂人,让人又好气又好笑。记得刚来机关报到时,处长给罗宁介绍李子由,也使用了"笔杆子"三个字。他当时是怎样钦佩地看着对方啊!他心想我今天可终于见到起草文件的人了……的确,这个处里的所有文字,都是李子由负责的。如果要起草一个文件,则需要五六个人组成一个专门的班子,用两个多月的时间。整个过程显得紧张而神秘,李子由亲自挂帅,总是比别人多抽双倍的烟。有一次罗宁见到了他写的一节文字,不禁大吃了一惊。如果把这节文字分为十份的话,那么其中有五六份套话,三两份不得当的,一两份根本就不通!……罗宁陷入了深深的困惑。

他感到了滑稽,接下去是不安和忧虑。

罗宁还记得有一次在岳父家里吃饭,老部长语重心长地对罗宁说:"要尽快熟悉机关工作。你们大学生来机关一般要有个适应过程。多跟早来的同志学习,你们处不是有个李子由吗?听说小伙子进步很快,成了部里有名的'笔杆子'喽!……"他听着岳父的话,未置可否,只是跟在旁边的艾兰笑了一下——他以前曾对她讲过这位"笔杆子"。艾兰责备地看了他一眼,好像在说:你多么不谦虚啊!艾兰当时穿了一件漂亮的湖色连衣裙,坐在那儿。她全身都透着一种温柔,就是责备别人的时候,也显得那么温柔。

还有一次他和艾兰散步,迎面走来了李子由。他们往前走去,一边用手打招呼。可李子由定住了似的,一动不动地站在那儿,脸色赤红,还莫名其妙地喘息着……他们走远了,罗宁才发觉艾兰的脸也红了起来。他什么也没有说。他什么也没有问。他只觉得他的艾兰真美啊,羞涩得像一个山村姑娘……"山村姑娘"与另一个人肯定有什么故事的。他不去问,她会自己讲的……

处长屋里的电话铃响了起来。

罗宁习惯地走过去。果然是他的电话。

可是他抓起了耳机,问了好几句话,也没有一点声音。他觉得很奇怪……突然,电话里传来了一阵女人的哽咽声。这样只有一瞬,对方挂了电话……

罗宁回到了自己的办公室。他觉得两腿沉得拖不动。

四

坷垃叔每天按时到上访接待室去。人家上班他也上班,人家说一声下班了,他就拖拖拉拉地走回来。该说的他认为反正都说了,就一声不吭地坐在一条长连椅上。接待室的门外马路上,有的人就躺在水泥板上。他们都不吭气,蓬头垢面,用一双无神的眼睛看着接待室的大门,看着路上的行人。还有人骑着自行车来上访,车子的前面绑一面大大的白纸板,上面用红笔赫然书写一个"冤"字……坷垃叔因为是罗宁送来的,就多少受一点特殊照顾,可以坐到长椅上来。老人不停地吸烟,磕烟斗,咳嗽,但总是不离开那条长椅。办公室的同志照常进行他们的工作,照常接待新的来访者,好像已经把个坷垃叔忘掉了似的。坷垃叔似乎也并未考虑何时才离开长椅。他是从一千里之外的乡村一步一步走来的,他有着可怕的韧性。

星期天,他也就只得呆在宿舍里了。同室的四个小伙子,有三个去郊区玩了,剩下陪伴他的当然是罗宁了。

坷垃叔不知什么时候从野外采回了一些艾棵子,放在凉台上晒干,这会儿就拧起了艾草火绳。艾棵的特别的香味儿弥漫了整个屋子,罗宁在这种气味中觉得舒服极了。他看着老人熟练地拧着艾绳,觉得那么亲切!在他童年的记忆里,有多少类似的图画啊!家家门楼上边的搁板都贮存了一些艾棵火绳,你进门的时候首先就闻到它的香气。老人们手持烟锅,身边断不了这样的一根艾棵火绳。火绳燃着,香味扑鼻,一些小飞虫也不敢近身。夏天的夜晚你如果走到河边上,场院上,就会看到无数的小红点儿——那就是火绳了,人们出门纳凉也忘不了火绳……罗宁闻着一阵阵的艾味儿,胸中突然涌起了一种强烈的愿望,就是和坷垃叔谈谈老家,谈谈场院,谈谈河套子和火绳!

可是坷垃叔一脚踏住绳子的一端,两手只是飞快地拧着。有时他的鼻子里发出哼哼的声音,那是干到了惬意的时候。好像室内没有罗宁,没有一双注视着他的眼睛,只有他一个人在捣鼓这门火绳艺术。罗宁从床边走开,蹲到坷垃叔对面,用手挽起火绳的一端:"坷垃叔,芦青河滩上,如今还长了那么多艾棵吗?"

坷垃叔的两手停住了,盯住罗宁。

"小时候,奶奶领我到河滩上,采艾棵,把艾叶别到头上……有一回你逮给我一只蝈蝈,蝈蝈咬了我的手,你就地折了一些柳枝,编了一个蝈蝈笼!"

坷垃叔笑了。他笑的时候发出"呼呼"的声音,真不像笑。笑过之后,他把烟锅搁到地板上,瞪大眼睛说:"柳树?乌鸦子呱咔咔!鱼——"

说到鱼,坷垃叔抬起铁样的手掌,往一起一碰。想象中的一条大鱼就这样被他挤到手掌心里了……鱼捉到了,坷垃叔也就低下头,重新拧起了火绳。

罗宁却在脑海里将坷垃叔提供的不连贯的画面衔接起来……柳林,无边的柳林,童年的柳林。柳树全长在了黄色的沙土上,可是却看不见一点沙土。各种草叶和藤蔓遮住了地表,到处是滑溜溜的青苔。粉红色的小花开在绿地上,特别显眼。你走在柳林里,可不要独身一人,那样会迷路的。大家一起走。喧哗着,打闹着,在草地上滑几个跤,惊飞一群群的鸟雀。那些乌鸦一群群落下又飞走,飞走又旋来,搅闹着绿色的世界。它们大叫不停,可是这叫声从来不让人讨厌。有趣的是它们愿意一大帮子全压到一棵树上,看上去一树黑鸦!它们飞走时,树下就必定落下一片干树枝儿,大家就捡走这些干枝回家烧饭。树棵间的野葱、野蒜,都别有一番滋味。蘑菇也不难采,长在柳树半腰的那种叫"柳黄",是蘑菇中的珍品,煮熟了,汤汁都是黄的,很像鸡汤,味道也像鸡汤!捉鱼的时候就是孩子们的节日,大家跟上大人,呐喊着,跑向浅浅的芦青河湾。水花被无数的腿脚踏得飞起来,鱼儿在腿空里钻来钻去,碰巧了就把它逮住。高高地抬脚,稳稳地落下,鱼踩到脚板底——这就是踩鱼了。至于用旋网,用小扣眼网,进河道里去摸鱼,孩子们只有旁观的份儿。有意思的是有时网里网上一个鳖来,孩子们就嚷:"王八!"大人提住鳖腿狠狠地往鱼篓里一摔,高兴地大喝一声:"团鱼!——"

团鱼可是好东西——这座城市的团鱼都卖到八元钱一斤了。可是童年时候吃的团鱼是不花钱的。大人在河边上拉一捆玉米秸子点燃了,把刚捉到的团鱼放到上面烧。团鱼熟了,散发着一股奇奇怪怪的鲜味。一群孩子围着一堆灰烬,一堆灰烬跟前蹲着一个大人,大人像喂一群小燕子一样,割下一块团鱼肉,放进一个孩子的嘴里……

这完全是另一个世界里的事情。罗宁很少有机缘能够去回忆小时候的事情。那时候的一幅幅画片全是绿色的。他每逢沉浸到往事的那一刻,就不由得要激动起来。在那片亲切的土地上,有着那么多的朋友!一个绛色的苍老的躯体在那片土地上蠕动,伸开手掌去抓挠,去搬动,后来又提着一对土筐,把吹到绿地上的黄沙再提走……罗宁突然明白了,为什么记忆中的田野总是翠绿欲滴的——那完全是因为有个坷垃叔在对抗着黄沙啊!一筐一筐,把它们提走,一点也不留;再淤过来,再提走,一筐一筐……罗宁的眼睛有些模糊了。

坷垃叔哼哼着,拧着艾绳。艾绳已经盘起很高了。罗宁帮他把这些绳子扎起来。他看到了坷垃叔那断去半截的脚趾露了出来,看到了左手大拇指根有很重的一处刀伤……坷垃叔歪头看了看罗宁,目光也落在自己的伤疤上。老人哼哼着,一边不停地拧绳子。

"你还不记得嘛!那年刨玉米秸子,一镢下去,刨了脚趾……那会儿你下乡了,你在地里,吓得大哭。我敢说你从来没见过这么多血,活人流这么多的血,你还从来没见过哩……"

坷垃叔哼哼着,咬着烟锅。可是罗宁觉得老人在心里跟他交谈,他差不多都听见了他的声音。于是他点点头,也在心里说:

"不错,我吓哭了。我满地乱跑,喊人。可你呀,就那么歪在地上,从身边揪个野菜叶儿揉一揉,揉到断脚趾上……原来那种菜叶是止血的。"

"砍高粱有意思啊!这可是甜秸高粱,大家嚼呀嚼呀,喝糖水一样。喝过了甜水就唱起来。唱那些女人听不得的小曲儿。我也唱了,刚唱几句,一刀砍在拇指上……打那儿我知道了人不能太高兴,太高兴了准出事!"

"我有了经验,也从地上寻那种菜叶了。没有!我急出了汗。你还是那么歪在地上,从身边找一种菜叶揉一揉,揉在伤口上……

原来这种菜叶也是止血的。"

"你到底是外面来的孩子啊,农村里的古怪事儿你学不完!止血的野菜上十种,有毒的野菜也不少。一种黑叶子,老牛吃一口准倒……哼哼,这都是些古怪事儿,你怎么能懂?"

"我是不懂,我真的有好多事儿怎么也弄不懂。比如黄沙的事儿吧,还有,你告姜洪吉,这其间是什么关系我就闹不明白……"

"我走了一千多里来到城里。我原先以为城里人最聪明,也就来找城里人了。什么事村里人说了不算,要等城里人说话。城里人说合作化了,村里人就入了伙,给牛系上花儿送到一块儿去养。城里人说'文革'了,村里人也就跟着造反。城里人说分田了,村里人也就有了责任田……城里人最聪明,黄沙这点小事还闹不明白?"

"城里人可不一定最聪明。就算真的最聪明,也要你把事情讲明白才能判断哪!你不讲来龙去脉,只说黄沙,往外提,这怎么能明白呀……"

"我如果讲明白了,还来城里干什么?我如果能讲明白,也不跑一千里来找城里人了。一千里,想想吧,我是一步一步走着来的。庄稼人工夫金贵哩!"

"我看你这样子城里人也没办法了,城里人也没法管你的事了。"

"不能管还叫什么城里人?城里人也糊糊涂涂,这日子还有什么指望!我原来遇到什么事也不怕,心里想,忍一忍吧,反正有城里人呢!我今天才知道城里人也是糊糊涂涂的。"

"坷垃叔你也不能太失望。糊涂还不就为了黄沙的事！别的事可不一定糊涂……"

"黄沙淤过来，我一筐一筐提走，最简单的一件事嘛！这个事都糊涂起来，别的事还能指望你们明白过来？完了，我不信了，我再不信城里人了。我的日子再不能全指望城里人了……就是这样！"

"难道……"

"就是这样！"

"不过……"

"就是这样！"

……

完了，心的交谈终于停止了。罗宁把最后一束艾绳扎好，重新坐到床上去了。他没有听见坷垃叔说一句话，可他好像听到了坷垃叔心中的每一句哀怨。是的，老人家千里迢迢寻找公理来了，一定不能让他白白来一趟啊……

罗宁第一次考虑起李子由的那个主意了。他想也许真不错，找一个人跟"信访办"的领导说一说，给当地党委或政府发一个函……不过找谁呢？

他现在绝对不想去求老岳父。

这时候门"砰"地被推开了，到郊外玩的田长浩、秦榛、吴楠三个人头戴旅游帽，笑嘻嘻地闯进门来了。他们手里提个大网篮，里面装满了橘子汁、可口可乐等饮料，进门就抛给了罗宁。

"怎么样，和坷垃叔玩这么多火绳？"秦榛挤挤眼说。

罗宁说:"我和坷垃叔在交谈……我们谈了好多老家的事儿……"

长浩惊喜地说:"那我们有幸听听就好了!"

"你们听不见。我们这种交谈你们听不见……"

长浩哈哈笑着看几个人一眼,咕哝说:"那也怪了!"

吴楠把背在身后的两个新排球抛到床上,撇了撇嘴巴:"充满了辩证法!"

秦榛走过来说:"我们半路上遇见老部长了,他还问起你哩……"

罗宁把几瓶橘子汁和两根吸管递给坷垃叔。老人看了看,用手捻了捻那两根吸管,又扔到了床上。

"真的,"吴楠很严肃地对罗宁说,"他问你为什么不和我们一块儿出来玩,问我们你是不是不舒服,还嘱咐我们以后出来玩要尽量拉上你……我觉得挺不错的一个老头儿。"

"老人是真诚的。"秦榛证实说。

"我们三个昨天晚上议论过你,"长浩嗓子沉沉地说道,"议论过你。我们都认为,那么漂亮的一个姑娘你都相处不好,你他妈的该杀!……"

五

同宿舍的几个人都为坷垃叔想着办法。后来田长浩终于想起了一个关系来:一位领导的司机。

罗宁一听有点泄气。田长浩说:"你还敢瞧不起司机吗?'农转非'、'煤气罐',你一样也办不成,人家自己办了又帮别人办。不服?"

大家一听都服了,当即就决定去找他。可是求人总得带点礼物吧,秦榛说从郊外捎回来的这些饮料行不行?长浩说饮料最好不过。

一路上长浩净介绍他们交往的经过,谈他的这位朋友,引逗得大家真开心。长浩说:"如今我们这些大学生比起我这位朋友来,可真惭愧!"吴楠问那是怎么回事,长浩惭愧地摇了摇头,一言难尽的样子。

他说有一次这位朋友去办公室找他,他倒了一杯凉开水,人家挥手挡过说:"都发展到了什么时代了,你还喝水!"他说你就是发展到共产主义,人不喝水也不行吧。朋友笑笑,噌噌噌下了楼,从自己驾驶的小车里取回了几个纸盒,抛过来一个说:"现在都是喝饮料!"他剥了剥纸盒,果然见里面流出暗红色的汁液来,就赶忙对在嘴上吸吮起来……

大家都大笑起来。

长浩说:"最窝囊的还不是这个。"

"那是什么?"

"我给他开电扇,他说都发展到什么时代了还用电扇!我求他以后给留意搞个煤气罐,他说人家现在都搞以电冰箱为主体的厨房系列化了,你还在这儿煤气煤气的!……"

秦榛吐吐舌头:"那得多少钱哪!"

"我也这么问。人家说你傻去吧,搞这些得走走后门,得有眼力,花钱多不一定就好,花小钱办大事,不花钱也办事嘛!……"

吴楠说:"应该再加一句:'自力更生,土法上马'……"

罗宁笑了。他想今天去找的这位朋友可真巧得很,可以大开眼界了。以前只在宣传中听到的东西今天果然在某一个角落里变为了现实,而且它们的主人也不过是一个普通的劳动者。想到这里他有些欣慰,也有些激动,只想快些见到长浩的这位朋友了。他甚至在想这位同志会不会碰巧不在,甚至忘掉了他们这一趟的主要目的是什么。

天有些阴。正是半下午时分,却像傍晚的样子。长浩领着三个人来到了一个挂了无数小彩灯的门前,说:"到了。"

长浩伸手在门框上按了一下。无数的小彩灯立刻一齐闪动,组成了"欢迎欢迎"的字样。长浩惊讶地说:"我前几天来还没有!发展了,看来又发展了!"……与此同时,门内响起的不是电铃声,而是一阵音乐。

四个人默默地站着,极力不使自己流露出惊异的神色。

音乐响过了一会儿,还是没有人来开门。秦榛忍不住,就在长浩按过的地方又按了那么一下。于是重新"欢迎",重新欢奏起一阵音乐。

这一次有效。随着一阵"哼呀"声,一个人走近了,一停,刷地拉开了门——一个高高瘦瘦的人哈着腰站在那儿,头上还捆了一个湿布条。当他看清了这些人中有长浩时,忙过去握住了他的手。他说:"欢迎欢迎。我病了。"

大家说着"真抱歉"、"对不起",跟着他进了屋。

"我爱人不在,她到机关跳舞去了。"主人解释着,一边从一旁的冰箱里摸出一个大瓷罐子,说,"先喝点冷饮吧!"

长浩飞快地扫了每一个人一眼。

主人给每个人分了半杯冷饮:"这是我自制的,大家尝尝,不比买的差。"

大家试着呡了一口,觉得又像红糖水,又像绿豆水,但不怎么凉。当咽下时,又觉得有一种说不清的古怪气味。吴楠看了罗宁一眼。他在想主人的病是不是这种饮料搞成的。正在这时主人解释自己的病了:"我这病是喝一种啤酒喝的——不过现在差不多已经好了。"

"什么啤酒呢?"秦榛问。

"'金环'牌!他妈的,我可真叫这个金环套住了,病了三天。"主人伸出又长又尖的食指在人们眼前转了一圈,说,"可千万不要买这个牌子的!我其实知道这是一个庄上的几户人家搞的,原先他们磨豆腐。我想价钱便宜,国家又都是统一检查卫生的,再说他们以前就是搞食品的,谁知……唉!"

他说着从什么地方找出了几瓶没有开启的"金环牌"给大家看,原来商标非常漂亮。猛一看还以为是青岛啤酒呢!

给大家添了冷饮,主人就把那个瓷罐放回冰箱了。刚放进去没有一会儿,突然发出了三声钝响,吓了大家一跳。主人忙解释说不要紧,这种冰箱是一家工厂刚试制的,也就是那么响几声吧,不碍事的……大家这才松了一口气,低头去喝冷饮了。

罗宁总想寻机会提一下坷垃叔的那个事,但一直没有话茬儿可以接。他想如果这时候长浩提出来,那是再合适也没有了。可是长浩一直热衷于谈论一些家庭电器,这会儿议论过电冰箱,又去摸摸索索开人家的录音机了。

录音机很小,很普通,可是有根线连在一个大木箱上。主人指着木箱说:"那是音箱。这可是好东西啊,没有它就不出效果。原来是个小衣柜,后来我发现是个梧桐木的,就改成了个音箱……长浩你放大些音量!好!"

声音果然不小。但听不出什么立体效果,尚且有很重的沙沙声。到后来,沙沙声又间杂着"啪啦啪啦"的声音。大家看看主人,主人一摆手说:"不要紧,那是一根钉子没有钉牢……"

主人陪着大家喝着冷饮。他笑容满面,兴奋地看着每一个人。他说:"时代发展到今天,也正好让我们这茬人赶上了。到处都是现代化。到明年还不知又发展到什么地步了哩……"

他正说着,屋子一角发出"嘤嘤"的声音。他用手一指说:"听到了吧?这是水开了!如今烧水再也不用水壶了——把那种机器插到暖瓶口里就是,水开了还会通知你!"

长浩不解地说:"你还喝水吗?"

"洗衣服呢?做冷饮呢?不都需要热水?!"主人有些不高兴地看了他的朋友一眼。

吴楠和罗宁微笑着对视了一下。

秦榛觉得有些热,就到水管那儿去冲凉。主人摆摆手:"不用,不用凉水冲——咱有空调!有空调!……"

"空调"两个字咬那么重,使人觉得这可是个重要的设施,绝不可以不见识一下。大家随着主人的手势一看,原来空调就是身后的那个小铁盒子。刚才还以为是个盛东西用的铁匣子,这会儿仔细瞅了瞅,都发现上面有一些洞眼,洞眼上又蒙了铁网……主人开了开关,"嗡嗡"声立刻震人耳膜。再要说话,除非对在耳朵上才能听得见。反正听不见,秦榛就发狠地骂了几句这个该死的空调。正骂了没有两句,空调的洞眼处突然喷出了无数道的雾气,就像喷雾器一样……主人笑着喊:"见效了!见效了!冷不冷?太冷了我就关上……"

没有一个人感到有什么冷气,但大家还是异口同声地喊"太冷"……主人于是关了"空调"。大家都长长地松了一口气。

天已经完全黑下来了。罗宁对田长浩使了几次眼色,田长浩才挠着头皮,嘿嘿笑着对他的朋友说今天是为什么事情来的。

长浩的朋友仰脸笑着:"你们这帮子大学生啊,怎么说呢?嘿嘿嘿……不就是这么大点的事吗?包在我身上了!"

秦榛笑着打趣道:"办成了让罗宁请你客好了!坷垃叔就是他下乡时候的朋友……"

"罗宁?……"主人的脸立刻阴沉下来,"谁叫罗宁?"

罗宁多少有些不知所措,这时站起来,微笑着点了点头。

主人愤愤然地看了一会儿长浩,像是自言自语地咕哝:"早就听过这个名儿了!百闻不如一见,今天我算见着了。哼哼,好大的份儿,部长的女儿都敢甩……咱可不敢给这号人办事……"

吴楠猛地一下站了起来。

罗宁喊了一声吴楠,他才坐下。罗宁声音淡淡地对长浩说了句:"我们走吧。"

六

　　这天一上班,罗宁刚拿起拖把,处长就摆手示意让他放下,又招手让他过去。罗宁觉得处长的脸色多少有些神秘。他随着处长进了办公室,见副处长李子由早坐在了那里,对他笑着点一下头。处长用手指了指藤椅,他于是就坐下了。好像有什么地方不对劲儿,他心里想。

　　处长一声不吭,看着他。

　　李子由看他一眼,又看着处长了。

　　停了一瞬,处长轻轻咳着,说话了:"你们在屋里平常议论过机关体育活动的事吗?"

　　体育活动?罗宁想机关上的话题要转换一个也真容易,大清早第一句话竟在议论体育活动!但他实在记不起吴楠他们三位有谁议论过这些事。也许他被坷垃叔的事纠缠着,没有注意听?他实在记不起来。于是他摇了摇头。

　　处长"唔"了一声。

　　"不过,"罗宁突然想起来了,补充说,"不过昨天他们郊游,回来带了两个新排球。"

　　处长看了李子由一眼,"嗯"了一声。他轻轻地呷着茶,说:"上班路上艾部长的车突然停在我跟前,说让我多关心机关青年的体育活动:怎么搞的,楼南那块空地搞个排球场,年轻人再三要求,你们就是不研究!部长看样子很生气,他肯定听了三个青年人的一面之词……肯定是这样。"

罗宁想：他们三个人昨天见了艾部长，也许顺便谈起过这件事。大家在学校时都是排球迷（长浩还参加过全国大学生排球联赛），可到了机关一天到晚要关在办公室里，也真够受的。我们没有任何体育设施，楼南的空地做个排球场倒是再合适也没有的了！

李子由说："有什么意见不在处里说，直接找上面告状，这不符合组织原则。不过也难怪，他们从学校刚来，还不适应机关工作。"

处长点点头，接上说："他们三个所在的科室多次向处里反映过他们的工作情况，应该说他们来机关后的适应是非常慢的。这里面也有个态度问题。上班时间不看政治业务书籍，看报纸主要看副刊……"

罗宁在心里说："中文系毕业生，你不让他们看副刊？！"

"来机关这么长时间了，还没有交申请书。其中的秦榛还没有入过团。当初人事组织部门也不知怎么搞的。说来也许别人不信，秦榛连个团员也不是。平常他们凑在一块儿就讲怪话，瞧不起没有学历的老同志。要知道老同志浴血奋战打来江山，他们才能上学！他们的学历是怎么来的？真他妈的忘本！革命这么多年，资历不如学历，有学历的尾巴翘到天上去了！……"

一接触到学历问题，处长的火气就来了，此刻脖子都红了。他停下来，喝了一口水才平静了一点。他说：

"我准备找找行政处的同志，给他们三个人调调宿舍。让他们分开住……"

李子由轻轻地呷茶。

罗宁的心被什么敲击了一下。他不明白对方为什么会想出这么个办法来。这对吴楠他们三个人可算得一个打击。他完全明白这属于一种什么性质的打击。也许在别人看来事情不大，无非是换一个住处——可对于他的三个朋友来说，也就是无情地破坏掉了生活中的某一种平衡、某一个支撑点……这肯定会遭到吴楠他们的强烈反对，他们绝对不会让步的。

处长在屋内踱着步子，用手向南指着："处里对于同志们提的意见从来都很慎重嘛，处里反复研究过排球场的问题。不错，有一块空地，可是那里要盖复印机室、图书资料室……"

罗宁忍不住插话："可是研究一年多了还是闲着，长满了荒草，倒不如先利用起来好……"

"市委亲自抓'五讲四美'，原来准备把机关的花坛建在那里……事情是不断变化的，也不能孤立起来看问题，总之，一分为二，坚持两分法……好了，这个空地没什么再好说的了！"

处长大手一挥终止了这个话题。

三个人一时都没有话说了。冷场了。

"赵小梅材料的修改稿你看了吧？"停了一会儿，李子由问了处长一句。

赵小梅是个农村盲女，几年来编织出口的玉米皮地毯，为国家换取外汇，部里半年来作为典型大力宣传过。在调查盲女事迹时，田长浩、秦榛和吴楠都参加了。可他们的表现"不佳"，上级领导曾点名批评过。李子由这个时候提出盲女的材料，实际上是巧妙地引出了谴责他们三人的新话题——罗宁心想，这个李子由年纪轻轻,可是个精明透了的人。

果然处长立刻气愤起来。他把茶杯"砰"的一声放到桌上,说:"材料退回他们科,让他们重新整理一份!不要再让那几个人沾手了,他们的思想感情不行!……"

罗宁没有看过修改稿,但知道它不会使处长满意。讨论关于宣传赵小梅的问题,处里不知开过几次大会了,同志们发言都很热烈。部里曾组织过"赵小梅事迹调查组",吴楠他们三个人都参加了。原来的材料上曾讲赵小梅一个人编了五十多张玉米皮地毯,张张都是优质品;还讲赵小梅曾多次对一块儿编地毯的婶子大娘说:宁可少活二十年,也要提前翻两番!……根据这一切,材料中称赵小梅是"四化标兵"、"新时代的英雄",号召全市学习英雄……但在调查中,渐渐发现与事实有些不符:五十多张玉米皮地毯中,有三十多张是她家二姐帮着编的;也不全是优质品,有的验收不合格,现在就留在家里当席子用。另外,婶子大娘也不记得小梅说过那样的话,有的说,小梅有个舅舅油嘴滑舌的,可能是他说的吧……

讨论会上,吴楠、秦榛、长浩,三个人发言最多。吴楠讲话很尖锐,指出这根本违反党的实事求是原则——原来的材料就是李子由领人搞的,还得到了处长的赞扬。李子由当然不高兴,但他并不激动,也不反驳,而是很虚心地点头,一句一句在笔记本上记下大家的发言。讨论中长浩进一步指出:婶子大娘们反映,原来小梅可是个老实孩子,可是自从上级来照了相,收音机里广播了她,她就变得爱发脾气了,邻居说说她,她还骂人家……她编玉米皮地毯还是婶子大娘们教的哩!

　　整个讨论期间罗宁都很激动。他想,一个人无论如何,残疾了都是不幸的。人应该同情和帮助这一部分人。当这部分人做出了哪怕是最微小的成绩,都应该鼓励和赞扬——赞扬生命的顽强,鼓励人生的进取。但无论如何不能编造和作假,因为这同样是不幸的……婶子大娘的话是给人警醒的。如果说小梅原来是个残疾人,那么我们忘情的吹捧和不适当的激励,已经进一步地扭曲了她!……

　　尽管如此,材料还是原样报到部里,报到市里,市委迅速做出了全市学习英雄赵小梅的决定……这样,原来的材料不是显得夸大了,倒是显得单薄了。处长与李子由连夜拟订了大小标题,分为"革命的家庭"、"幸福的童年"、"远大的理想"……共十二个部分。

　　人们窃窃私语,而吴楠和两个同学直言不讳。

　　这就是处长发火的原因……处长又开始在屋里急急地踱步了。他用手使劲梳理着向后背去的头发,最后站定了,伸出两根手指说:

　　"不客气地讲,这样下去性质就会转化。"

　　罗宁不解地看着他。

　　"难道不是吗?原来他们在机关内部讲赵小梅五十张玉米皮地毯的事,后来干脆在机关外部也讲起来了。这就严重地干扰了市委的学习赵小梅运动,转化成为一个严重的政治问题……"

　　"后果是严重的……"李子由插了一句。

　　处长往罗宁跟前走了一步,声音压低了一些,语气也和缓多了:"我们跟你说的目的,就是让你了解一下总的情况,同一个宿舍,帮助起来也方便——你还是团支部副书记嘛,你应该了解青年们的思想情况!……如果部长问起来,你也好跟他介绍一下大体情况……"

罗宁这算彻底搞明白了。原来最后一句才是这一切谈话的主要目的。他心里觉得一阵好笑。

也许处长看穿了他这会儿的心思,紧接上又说:"我们今天找你,最主要的还不是这些……"

"那是什么?"罗宁不禁一愣。

"你和艾兰的事……你们已经分居了,这就不是一般的家庭纠纷了。组织上应该帮助你们……"

罗宁淡淡一笑。他想,自从和艾兰闹开了以后,组织上的和非组织上的这种帮助就没有间断过。特别不能容忍的是有人在"帮助"中透出了威胁的意味。好像他罗宁已经没有了别人所有的一些自由,比如夫妻间闹点别扭,对爱情和生活的个性化理解与分歧,原因就是他娶了部长的女儿。别人想娶还娶不到,你小子娶到了还不老老实实、按部就班、相敬如宾!你小子不是思维有毛病,就肯定是个贱骨头!

不,我不是个贱骨头,思维也还算正常。我只是个平凡的,但却有自己主见的人。我有我自己的追求和思索的自由,有自己的喜怒哀乐,有自己的脾性和劲头。艾兰也一样。她也是个平凡的人。她如果和正常的人不一样,也没有人敢娶她。夫妻之间不平等,还有什么爱?你们想取消我们的平等,也就是取消了爱。取消了爱,艾兰就不会答应。这一点上,你们就显得太殷勤,太不聪明,也正像你们自己形容的,是"贱骨头"……

处长见罗宁沉默着,就坐了下来。他点了一支烟,望着吐出的烟雾说:"也许这事我也有责任,我们处里的同志嘛……"

李子由点点头:"就是,就是……"

罗宁冷笑道:"你们二位没有任何责任,也没有必要一再过问。"

"唉!不能这样看。这样分居下去要影响工作,再说社会上的舆论也联系到我们机关嘛!也联系到我们部长嘛!你该多想想这些……你很幸福嘛!你别想得太多。我看你还是应该主动找艾兰谈谈。这样分居下去怎么行?不是个长久办法嘛!"

处长好像很动感情,声音都有些发颤。

罗宁久久地望着窗外,没有吱声。窗外,天蓝得可爱,一片洁白的云在缓缓地移动……

七

他抓起话筒,没有人接。后来传来了她抽泣的声音。他静静地等待着,但她轻轻地挂了电话。

从那个时刻起,罗宁就决定了要去找她。他突然觉得她那么可怜,像一个洁白的小羊羔歪坐在崖畔上,流着泪。

他在心里把她比喻为小羊羔,这使他自己一阵吃惊。这头洁白的小羊羔是两年前遇到的。当时他的一颗心扑扑跳,心上闪过的第一个念头就是:像小羊一样……

那也是个初夏的季节。天傍晚了,十分凉爽。罗宁手拿着一份表格要打印——部里的打字室太忙,必须找外单位帮忙。天有些晚了,人家的打字室也快要下班了。罗宁心里有些急,走到办公大楼上,见到"打字间"三个字,就推门闯了进去。

室内空空的。他转过脸,发现了角落上的姑娘。她穿了洁白的连衣裙,这时有些惊讶地站起来,看着他,只用眼睛说话。室内突然光华四射,整个的墙壁都被照亮了。她不笑,严肃得可笑,这时从桌子跟前移开,让他看到了她的凉鞋和红方格袜子。她的一双腿多少有些像儿童的,又直又长,这会儿也像儿童那样踮了两下。这双眼睛有点过分地圆,像两枚黑亮的扣子。密密的睫毛使人老远就看得见,并且觉得这么密,好看是好看,多少也会影响些视力吧?她的嘴唇活动了两下,好像要咕哝点什么;最后她是咕哝了,不过他没有听清。一个漂亮逼人的姑娘不出声地咕咕哝哝,这太动人了,有些可怕。仿佛她在默念什么咒语,你的魂灵顷刻间就被摄走了。她没有再动,可是你会感到她的步态轻盈而优美。她的整个儿人绝不单薄,可是又会使人觉得没有什么分量,一托即起,一起来即会飞翔。再后来她终于往前走了两步,他们说话了。

他们交接好了工作事项,迅速地分开了。

人的直感真是了不起。后来他们才知道,当时两个人都预感到了一种奇怪的东西。好比一个人到处苦苦地寻觅什么,累呀,失望呀,不知翻过了多少崇山峻岭,都毫无结果。可是生活中的这扇门在这个初夏的黄昏轻轻地打开了,两个人的眼睛同时一亮:哈,你在这里!

她在这里,搞打字已经快十年了。她按着打字机,整天按得啪嗒啪嗒响。一个姑娘用那只温柔的手打了不知多少材料。内容她不怎么明白,啪嗒啪嗒,像一首歌。她在这歌声里长高了,长得人人羡慕。方块儿字,排成行,任她选择。她借助于这种机器,就把一些方块儿字规规矩矩地印到白纸上了。油墨沾到她手上,她就洗去。

他在这里,刚刚当了不到一年的机关干部。原来他一直读书嘛,在大学里做大学生。校园里有很多垂柳,年轻的同学们在柳树下散步,校徽闪闪。偶尔散步时也遇到老师,老师的校徽比同学的要红。摘掉校徽的时候又高兴又不高兴,后来进了机关又一阵新的高兴。啊嗬,机关大楼好漂亮!原来好楼都做了机关用。学校的旧楼被无数的书籍压得吱吱响。

他们第一次见面很快就分开了。巨大的热情在胸中孕育了二十多年,都唯恐灼伤了对方。两对眼睛同时抬起,又同时放下。他们分开了,给小小打字间留下了无数的含蓄。

一个晚会上,她拉起了小提琴,拉得真好。那么多人傻乎乎地为她鼓掌。其实她只拉给他一个人听。她身体轻轻动着,琴弓徐徐拖出,完全是一种倾诉。她有时不得不仰起脸来,可你看到的是一双溢满泪水的眼睛。琴声绵绵,如歌如泣。她的头在颤动,手在频抖,提琴像在浪涌和水波上滑动,而弓子就像一个舵柄!情感的船不好驾驭,了不起的震颤与颠簸。风暴和急雨,船舷与船帆。一抹落霞,一丝水光,顷刻间波如丝绒……她用手指勾着琴弦,发出了几个清脆的单音。

他屏住呼吸,流出了泪水。

她在激动,又在抱怨。她那么忘情地回忆着她童年的时光。老奶奶把她抱大了,哥哥领她在街头上玩耍。她不知不觉就长大了,寻找新的伙伴。每到了春天的晚上,她一个人就伏在自己洁白的小床上,想自己的心事。人每到了这个年龄就需要寻找一种全新的友谊和温暖,需要另一种庇护,甚至需要一种约束和管理。而那个人就在远处闪烁不定。她恨这个人的姗姗来迟,这个人简直有点故作镇静与矫揉造作。恨时间,恨空间,恨自己傻长。这一天她久久地期待着,她曾换了无数件新装:天蓝色的,橘红色的,月白色的,紫色的,粉色的……她自己也不知道自己是什么颜色的,她唯恐到了这一天有人误解了自己。啊啊,这一天是从傍晚时候开始的,她原来是白色的,洁白洁白,洁白洁白……

罗宁眼里渗出了泪珠。他在琴声里站起来,怕人看见,悄悄地走出了礼堂……

他永远会记得那个夜晚。他记得那天走出礼堂的时候,两脚踏在了溶溶月光上。一片银白的月光,无边无际。夜静极了,一种玫瑰的香气飘过来。无名的鸟儿在远处轻轻呼唤了几声,又一阵慵懒懒的歌唱隐隐约约透出。夜晚的空气那么润湿,天微微透着凉意。风感觉不到,可是看那一丛丛暗绿的灌木吧,在轻轻摇动,它们的影子也在摇动。他大口地呼吸着,他鼓励自己勇敢些,像一个好男儿。

……他们经常在一起了。

不久,罗宁发觉人们都对他那么热情。特别是处长,说罗宁是他自革命以来遇到的最好的一个大学生,一个纯粹的"知识分子年轻化"。有一次他还说,他这一生中,大概心中最敬重的人就是老部长了……罗宁十分纳闷。

后来他才知道艾兰的爸爸就是老部长。艾兰笑他迂腐得可爱,说他真有意思。他说,他是部长就是部长吧,当部长大概很累吧。艾兰说没有你累,世界上最笨的人才最累。罗宁说我要累一辈子。艾兰说累一辈子最后只有一个人会同情你。罗宁说那个人就是你了。艾兰笑笑,笑而不答。罗宁说肯定是你了,可不就是你呗。

作为一对恋人,冷静下来的时候不能不谈理想。他们也谈了一些。可是他们不知不觉中像别人一样,使用了好多大概念,而放过了好多小概念。小概念本来就不够用,一时捕捉不到也就忽略过去。谁知道这可是了不起的忽略。爱,这种东西复杂极了,苛刻起来特别苛刻,迁就起来特别迁就。不妥协永远够不上幸福,而幸福之中又突然觉得不该妥协。变幻不定,冷热交织,所有夫妇最好都在艰难的生活中"脱敏"。今天很快就闪过去了,还有明天、后天,生活显得漫长了。把一切都交给生活吧。

……

罗宁放下电话听筒的时候,觉得两腿沉沉的。他觉得他的爱人受了委屈。是自己委屈了她吗?他怎么也不愿承认。反正她是受了委屈,听听,她在电话里抽泣呢。是别的什么东西委屈了她,也委屈了自己——罗宁这样想。这种东西好像熟悉,又十分陌生。是它委屈了他们俩。这时候真该互相安慰啊,可是……

罗宁的心里也像淤满了黄沙,沉甸甸的,堵在胸口上……他最后想了想,果断地走向电话机,给艾兰挂了一个电话。

八

星期天一大早,李子由就到宿舍里找罗宁来了。罗宁不巧起早出去了,屋里只有一个坷垃叔和三个年轻人。李子由想和罗宁继续就排球场及其他问题随便扯一扯。说是随便扯,实际上李子由很看重这一类交谈。他回头想了想,觉得上次在处长办公室的那场谈话,自己,特别是处长谈吐太露,这容易使罗宁感到处长的一些意思全是他李子由给出的主意。像给三个年轻人调换宿舍之类的事,会引起几个青年的极大反感,如果罗宁透露给他们并站到他们一边,自己将是十分被动的。他这次就想委婉地表明一下自己的另一些看法,对上次的那些谈话做点弥补。

三个小伙子还在呼呼大睡。坷垃叔先定定地瞅了李子由一会儿,然后就转过身去吸烟了。李子由坐在了罗宁的床铺上,端量着这个宿舍……屋内可真够乱的了,墙上、空间、床下,都被杂七杂八的东西占满了。羽毛球拍、运动鞋、镶红边的运动裤头,就堆在角落里,搭在床头上。白糖盒子和麦乳精罐,有好几个。有一罐进口咖啡早已喝完,里面装了香烟,可又盖不上盖子。每张床头都搁了木板,叠了几层,权做书架。书名儿都比较生僻,外国的和古代的占了大部分。有一本书的封面设计古里古怪,抽下看了看,叫做《两种海道针经》……"奇奇怪怪的东西!"李子由禁不住在心里咕哝了一句。这间屋子有一股刺鼻的学生味儿!

他倦倦地倚在罗宁的床上，心想罗宁也真是有福不会享，崭新崭新的小家不呆，跑到这个窝囊地方来了。他想到这里，突然记起这个宿舍的卫生成问题，已经很有必要告诉处长一声了。单凭卫生状况，将三个人调开不也是合情合理的吗？正想着，一个家伙打起了鼾，这使他不由得又端详起他们的睡态来了。三个人都穿了漂亮的裤头、一件小小的背心，仰面大睡。由于经常穿短裤，三个人的腿都那么黑红发亮，还油滋滋的。不得不承认，这三个家伙都有一双很漂亮的腿。秦榛的个子稍矮一些，他的小背心左上方还印了个阿拉伯数字，通红通红，这使李子由多少有些不舒服。三个人都给人健壮饱满的感觉，男性的烈劲儿十足。"肯定是三个胡吃海喝的家伙！"李子由心里又说。他这样站了一会儿，重新倚到床上去。他突然觉得趁这机会跟三个人扯扯也很有必要。想到这里他大声咳了几下。

小伙子们打着哈欠坐起来，见了副处长只是点点头说欢迎，并没有太多的热情。他们一下子全涌到水房里洗漱去了，把个李子由搁在那儿。他们洗完了，各自扬一个红扑扑的脸走出来，笑嘻嘻地跟副处长讲话。

副处长没有谈几句就露出了处长味儿，这让三个年轻人恶心起来。秦榛指着李子由对坷垃叔说："你不是要告状吗？有冤屈还不快诉，他可是大官，找你来了！……"

坷垃叔愣愣地看着李子由，从床上坐起来，烟锅磕了又磕。他说："我告姜洪吉！……黄沙，哼！它们淤满了，我就把它们再提走。我使的是土筐，一筐一筐把它们提走……"

三个年轻人大笑起来。

"淤满了,我就把它们提走!"

坷垃叔站起来,有些气愤地迎着李子由嚷道。

李子由不高兴地瞥了他们一眼,大着声音对老人说:"你告状的事由罗宁负责给你办。我今天是来找他们谈工作的——听明白了没有……"

坷垃叔哼哼着,又半躺到床上去了。但他不时地瞅一眼李子由。

"有这么个老头儿在宿舍里可够你们受的了,"李子由放低声音说,"罗宁哪去了?"

"没准儿就是去找他小对象去了。"田长浩笑眯眯地说,"那股劲儿……"

"如果这样倒好。"李子由声音涩涩地说。

"好吗?"吴楠眯着一只眼睛问。

"那你怎么看?"李子由觉得对方多少有点挑战的意味,有点不怀好意。

"我看未必!"

"那你希望他们永远分居下去了——这是嫉妒吧。"

吴楠笑了:"没有对象自己找,嫉妒人家干什么——我还不至于那么草包。"

田长浩这时候大仰着脸儿,又像个田二爷了。他说:"我十分赞赏吴楠兄的姿态。"他用手摸一下没有胡须的嘴巴,转脸对李子由说,"鄙人倒很想听听你对这件事情的看法。"

秦榛和吴楠似笑非笑,一齐看着李子由。

如果李子由再聪明一点就不会回答。可是他认为自己对这一类事情谈点看法很轻松,并且完全可以乘机给对方以警醒和引导——引导从来就是一门领导艺术。他淡淡一笑,随即将笑容完全收回,说道:

"夫妻关系嘛,一定要珍惜。事物都是相互联系的,家庭问题常常和工作问题分不开,比如常吵架,工作任务就完不成……至于具体到罗宁和艾兰,那更有其特殊性了,就是说,是一种特殊矛盾。比如说,罗宁只是个一般的大学毕业生了,分配到机关工作不久,而艾兰的父亲德高望重,是我们的部长。应该说罗宁是十分幸运的,要特别珍惜,特别……"

秦榛推推眼镜,打断他的话:"照你这么说,罗宁是'高攀'了?"

"如果实事求是一点,可以这么讲。"李子由紧抿着嘴角,望着秦榛。

"鄙人实不敢苟同!"长浩惊呼。

秦榛冷笑着:"在你看来,权力、地位这些东西,都可以拿出来跟爱情拉平。你倒真现实,可是你不懂什么叫爱情。你在当副处长,但从这一点上看你就不合格。你的基本素质不行。你在散布一种极其腐朽的思想。"

秦榛的学生腔本来就让李子由受不了,尚且又如此尖刻。李子由的脖子一下子涨得通红。

吴楠伸出手放在两个人中间,向下压一压说:"嗯,冷静,冷静……刚才嘛,李副处长提出了一个极其有意思的问题。我想,他有一点说得不错,就是事物的特殊性……"

李子由感动地望了一眼吴楠,但刚要说什么,就被吴楠一挥手打断了:"那好得很,嗯,好得很。就像进行定量分析、搞比较文学研究一样,伙计们,咱可不缺这一手。让咱们就来分析一下它的特殊性吧……"

吴楠略一停,换成更平稳的语气说下去:"我和罗宁交往认识也有一段时间了,可以说还了解一点基本情况。据我所知,罗宁的父亲是一位老编辑,母亲是中学教师。经济情况一般。他们很大一部分钱买了书。母亲是模范教师。父亲是个公认的好编辑,曾因为坚持真理被打成了右派,最后他是死在编辑桌上的。父母亲对古典文学也很有研究。罗宁就是长在这样一个环境里。下过乡,当过工人,后考入大学。这是他的基本情况……"

李子由有些不知所云。

秦榛接上说:"巧得很,我对艾兰的家庭情况也知道一点。艾部长早年当过村干部,后参加革命工作。'文革'前当过处长,'文革'中造过反,但主要还是被造反。他靠自修,达到了高中水平。艾兰的母亲是后母,婚前是吕剧团演员。艾兰在动乱中念完了小学,后又念半年初中,一直在家,直到做打字员。这就是基本情况。"

"好了,这已经够用了。"吴楠严肃地看了看大家,"那么让我来总结一下吧。"

"淤满了,我就把它们再提走,一筐一筐提走!……"坷垃叔一个人半卧在床上,发狠地咕哝了一句。

"让我来总结一下。我们不难看出,罗宁这一方的家庭,无论是文化、品德素质还是政治素质,都比较高。如果说文化来自学习,也来自积累和传统的话,那么罗宁的家庭是极其难得的。再回过头来看看艾兰这方的家庭吧。由于多方面的原因,这个家庭整个地看文化素质比较差。假使它的政治素质很高吧(可我们都知道有时这种素质很难加以比较和衡量,它需要在生活中的某些紧要关头去检验),两个家庭也至多拉平。我尊重一个老革命干部的革命历史,正像我尊重一个正直的知识分子的探索史一样,我丝毫没有贬低任何一方的意思。好了,家庭分析就到这里。艾兰和罗宁的自身条件,则比较清楚明白。结论不难做出:罗宁丝毫也没有高攀艾兰。"

吴楠说到这里,停住了。

屋内静静的。

吴楠在屋内踱了两步,又说:"这里必须补充两条:第一,这只是我的标准,也许还有很多标准,但把权力和地位作为爱情砝码的,那种标准是见不得人的;第二,在真正的爱情面前,我们刚才的所有分析毫无意义,我们刚才没有谈论爱情。完了。"

大家都不说话。秦榛和田长浩激动地在屋里走起来。

李子由开始是认真听的,但后来觉得每一句话都陌生而且刺耳,就索性不去听了。他余下精神,只在心里嘲笑这几个学生娃儿的天真幼稚。"哼哼!"他冷笑,而且出了声音。

田长浩听到了笑声,猛地在他面前站住,吼叫一般说:"你哼什么?你能听到这些,是你的运气。交了好运你还哼!……"

吴楠叫了他一声:"长浩!"

长浩的语气这才软下来:"我们这帮子,还是脱不了这身学生气。学生气毛病也不少。可是我们真实、赤诚。在学校时,争论起问题来,就像今天一样!也许出了校门处处碰壁,但我们不骗人作假——一切罪恶都是从作假开始的……我们的党,就是讲实事求是的党!……"

长浩说着,眼里流出了泪水。

"黄沙淤过来,我就一筐一筐把它们提走……"

坷垃叔大咳,坐起来说。

九

"这样闹下去我受不了……"艾兰眼睛定定地看着脚下,说。

"我也受不了。这消耗太大了……"罗宁坐在那儿,两手交叉着,低着头。

"我受不了别人那种眼光。"

"我倒不在乎那种眼光。"

"我被人抛弃了——很多人就是那样看。"

"可我倒觉得是我们两个被抛弃了……"

"我一点听不懂……"

罗宁点点头:"我们两个都可怜巴巴的。一点不错,咱两个被抛到正常的生活轨道之外了。"

"我实在受不了啦,罗宁……"

"我知道。"

"我现在成天不爱说一句话。"

"我也是。"

"你现在确实不爱我了……"

"我爱你。可是我不爱我们两人组成的这个家庭。我和田长浩他们三个住到一起,觉得很安适,全身都放松了,一种放松感……好比一个人在太阳光下走得满头大汗,刚坐到凉飕飕的树荫下一样。还有,坷垃叔也来了,他使我天天想起芦青河……"

"你在家时常常讲那条河。"

"那是童年的河啊!"

"你讲过,你要领我回老家去,在河边上度假。你说你要和我去芦青河湾的淤泥上逮小河蟹……当时我是多么幸福啊,我觉得你的芦青河就是一个好听的童话。后来我才明白,我是再也见不到这个童话了。"

"河湾上长满了蒲苇,一种发红的小河柳,到处是小螃蟹洞。抓一把白沙灌到洞里,然后就能挖小螃蟹了。它们都举着发红的两个大螯,高高地举着。它们的背后就是白亮的河水,很平很平,像一面镜子……"

"真是个童话。"

"这个童话是我自己的。本来它应该是我们两个人的……"

"罗宁!……"

"本来应该……"

"这到底是怎么了?让我们好好想一想吧。把心里想的都说出来……"

"我们天天说,该说的已经说得太多了。还要说吗?让我们就这样坐一会儿吧……"

"你打电话给我,就为了这么坐着吗?"

罗宁点点头。

他们就静静地坐在了那儿。

……

这个小家如今已经有些凌乱了。它曾经是崭新的、有条不紊的,到处透着欢愉和芳香。艾兰这个新娘子下班回来忙着做饭,故意被油盐酱醋累一累,这样累一累怪好玩的。罗宁一趟一趟从楼下往上搬煤,穿一个大裤衩子。吃饭的时候她给了他一点酒喝。他们净开玩笑,说一个人"酒地"倒不要紧,就怕"花天"。

他们也种花。艾兰千方百计要种一棵君子兰,她说机关上人家都有君子兰了,咱怎么能没有?他说碰到手上就种一棵,碰不到就算了。他说他们处长刚刚得到了一棵君子兰,是本处的李子由送他的。处长高兴极了,上班时老是盯着这棵花。艾兰听到这里就一声不吭了。

在机关上,处长也问罗宁怎么不种君子兰?罗宁说碰到手上就种一棵,碰不到也就算了。处长说你得努力啊,你怎么好不种一棵君子兰?机关上谁不种君子兰?罗宁说那么也就算了吧,挺烦人的。处长笑笑,还是说你得努力啊。罗宁觉得艾兰和处长都一样重视君子兰。不过他后来又发现她不是重视君子兰,而是重视机关上都种君子兰。既然这样,君子兰也就算了吧。

艾兰后来赌着一股劲儿,一下子搞来三棵小君子兰。搞来他就勤给它们浇水。后来浇死了一棵,艾兰说这里面有点阴谋。罗宁笑笑,说女人心眼儿没办法,我不过没有经验罢了,浇水也是为它们长得好啊。艾兰吻一吻他,进屋拉小提琴去了。拉了一会儿,艾兰告诉,这些花就是你们处长给的,处长真好啊。罗宁也告诉她,处长"真好":处长让他好好干,说将来就是他协助做处里工作了,说他年轻化,又有学历……

"是吗?"艾兰问道。

罗宁说:是的。他记得清楚,艾兰当时的眼睛一亮。

这一天晚上,艾兰十分高兴。她使罗宁也十分高兴。罗宁兴奋之后就有些疲倦,艾兰说你得听我讲个事情。她说你还记得我们散步时遇到过李子由吗?他红着脸看我们。罗宁说记得。艾兰就讲了李子由对她的爱恋。她说她最佩服的就是他那样的一种韧性,这种韧性用到什么地方上还不成功!她说他在机关礼堂听讲座时给过她一些诗。他说你背几句我听吧。她摇摇头,说这是人家送给我的啊,我自己消化也就够了。罗宁对爱人添了几分尊重。接下去她说到李子由常常就在她散步的路边上徘徊,就为的是能看上她一眼。

艾兰的语气中透着对李子由的钦佩,也不能说毫不动心。罗宁感觉到了这一点。他问是什么使她最终拒绝了他?艾兰说她发现他爱艾部长远远超过爱她——也就是说,他对她的出身兴趣太大了些。这让她恶心了。她还挑剔说,李子由的脸中间部分显得凹一些,这也让人看了不舒服。罗宁说后者他倒没怎么在意。

第二天上班时,罗宁不由得对李子由多看了两眼。他发觉艾兰说得真不错……这一天处长又笑嘻嘻地和他谈起让他"协助"工作的事,并说自己是党组成员,在机关上说话受尊重等等。罗宁说谢谢了,谢谢你的器重了,我刚参加工作不久,什么都不懂。再说我并不热衷于某些东西,起码不像有人认为的那样……

　　回到家里,他说李子由的脸确实那样,并把处长和他的谈话讲给了艾兰听。开始艾兰在笑,后来就一声不吭了。他见她对这些话题没有兴趣,就换个话题。他谈到了给赵小梅整材料的事,并谈了对这件事的看法。艾兰还是一声不吭……晚上机关礼堂有讲座,应邀来讲的是一位历史系教授。一般讲座罗宁是不去听的,而这次他和艾兰一块儿去了。老教授白发苍苍,比较瘦小,坐在讲坛那儿,一种奇特的肃穆气氛笼罩了整个大礼堂。老人语气舒缓,声音清晰,不怎么看讲稿,偶尔做一个手势。台下静极了,只听见笔尖划纸的沙沙声。这天夜晚从礼堂回家,罗宁睡不着了。他说他想起了母校,想起了学校生活……第二天他特意去了一趟书店,买回了老教授的两本历史著作,其中的一本还是精装烫金的。他对艾兰说真棒。艾兰接到手里看了看,马上还给了他。他说今后要争取在工作之余多读点书,还要把扔了的外语拾掇起来,拼上几年,有可能的话考考老教授的研究生!艾兰惊讶地看了他半天,说你是让这个老家伙迷住了。他说好啊,你在管一个了不起的学者叫老家伙了,好啊。那是何等的深邃和辉煌啊,你就没有被迷住。我在那一瞬间倒感到了一种特别的幸福,我被领进了一种新的境界。我不得不折服,不得不倾倒,我把我都给忘掉了!……

　　你把这个家也忘掉吧,你把我也忘掉吧。你再也不那么安分了。你对工作再也不安心了。像你这样刚参加工作的年轻人，哪个人没有点进取心？

你这样谈论进取心倒使我难受。说老实话，赵小梅的材料以及好多类似的事情，是我没法忍受的。我倒怀疑起我日常工作的意义和价值了。你所谓的进取精神，与真正意义上的进取精神没有什么关系。不是这样吗？

当然不是。你以为你在干什么？你以为你说了些什么？你否定了多少东西啊。多少人天天这样工作，任劳任怨，你怎么能否定这些！

我并未全部否定，我岂有那样的胆量？我否定的只是该否定的那一部分！我们不是在进行改革吗？改革中有些东西就得被否定。

听听你的口气吧。你也太聪明了。这么大的机关都快盛不下你了。你快考研究生去吧，快读你的书去吧！

我当然要读书。我一生都要刻苦读书。像你那样不愿读书的人，简直使我吃惊。你对于文化，对于当代智慧不感兴趣；更让人吃惊的是你对这一切竟有着天然的排斥力——这真让人吃惊！我越来越感到了这一点……

你感到了吧，你爱怎么想就怎么想吧，我还是我。我就是这样……

艾兰咕咕哝哝，最后哭了，哭得非常伤心。最后罗宁也有些后悔了。他想他不该谈那么多，没有意思。

后来他很少来家讲机关上的事情。

秦榛、吴楠、田长浩,星期天常在他们家里玩,并留下来吃饭。这也使艾兰不高兴。她不喜欢这几个人的味儿。他们差不多都骄傲得要命,胆子都不算小。她想她的罗宁就是多少染上了他们的味儿……

不久,机关上宣布了一批新干部的任命,李子由成为罗宁的副处长。艾兰心里很清楚,原来的这个位置是罗宁的。

她在家里强作笑颜。她压抑着心中的不快。但这并不能很久。她觉得受了什么侮辱似的,委屈极了。她终于朝罗宁发起火来。她再也不像一个小羊羔了。罗宁非常痛心,他失去了一个洁白洁白的艾兰!

很清楚,当年的李子由追求艾兰,是为了寻找艾部长;今天的处长偏爱罗宁,同样是为了寻找艾部长。你不明白吗?你怎么今天就没有勇气拒绝了呢?

罗宁失去了一个洁白洁白的艾兰……

一片和谐打破了。要寻找新的和谐还需要很久很久,也许永远也寻找不到了。他们常常吵架了。罗宁为了避免吵架,有时一天不说一句话。她抱怨起别人来嘴巴真厉害——他觉得她真奇怪啊,想不到,一点想不到……

这终于导致了分居。

……

他们不说话,就那么静静地坐着……晚霞燃烧起来,他们全身都红扑扑的。艾兰的胸脯不停地起伏着。她最后说:"我算知道男人的心是硬的了……"

"是硬的……"他轻声说了一句,把手搭在了她的肩膀上。

她偎进了他的怀里,他吻了她。她的眼泪清泉一般涌流着……他喃喃地说:"……我们幸福过,我们应该更幸福。属于我们自己的这块绿洲也淤进了黄沙……这是我们不幸的地方。我们暂时是分开的,可我们在思索自己,我们合起来的那一天,我们家里的一切又该是崭新的了……"

艾兰抬起了泪眼,点了点头。

十

看来坷垃叔的事情一时不会有什么结果。罗宁劝老人不要太焦虑,权作是来这座城市玩玩,观观光景好了。老人听了后半截儿话生气地摇摇头,用拐捣着地。但罗宁工作之余约他出去走走,他倒也同意了。平常坷垃叔从来不到大街上去,他最熟悉的路也就是从集体宿舍到"信访办"这一截。他来到商店门口,见这么多人拥挤在一块儿,吵吵嚷嚷,惊讶得合不拢嘴巴。

卖冰糕的,卖冷饮的,"五分钱一看"的,甚至是卖牛仔裤的,见了坷垃叔都起劲地叫卖起来。坷垃叔愣愣地、不解地看着他们,他们还是起劲地叫喊。他们料定这是个进城来的农村老头儿,而据书上讲,农村的老头儿都发了财,进城的常常就是财神爷……坷垃叔有些不安,从衣兜里掏出五分钱要买冰糕给罗宁吃。冰糕要一毛五才一支哩,人家在摆手。这时就有人在一边嚷:"五分钱一看!"紧接着把"手枪"对准了坷垃叔。罗宁推着坷垃叔走开了。

他们在人群里费力地穿行着,很快出了一身大汗。罗宁觉得口渴,但又不敢去买那些花花绿绿包装起来的饮料——最近不知有多少人在街上喝了饮料病倒了。商标都很堂皇,这就没法鉴别了。他可不敢让坷垃叔病倒了。本来他们还要去影院看看电影,去看看溜冰场,但最后只得另择时间,口渴得要命。他们抓紧时间回宿舍了。

三个家伙都不在。睡觉前这一段,正是他们三个起劲闹腾的时候。罗宁想这几个家伙不是打乒乓球去了,就是看录像去了。录像的魅力无法抵挡。开始他们都骂"庸俗",后来又说"小拳打得还真棒"!本来处里安排他们突击赵小梅的材料,但处长临时改变主意,不让他们沾手了。三个家伙高兴极了。三个家伙每天晚上出去逛,回来就咕哝:"小拳打得可真棒!"一边咕哝一边照罗宁的后背来那么一下子……

罗宁照例和坷垃叔聊天。坷垃叔指三道四,言不及义,没得聊。罗宁就无终无了地问一些老家的事情,高粱呀,谷子呀,村后沙岗子上的酸枣棵子呀,拐子四哥的事呀,等等。坷垃叔偶尔也能进出点有意思的话来,比如,老寡妇改嫁了,大哑巴下边的老病又犯了,小哑巴让儿子偷皮袄卖……那么那片大柳林呢?罗宁没有问几句就又问到那片大柳林了。坷垃叔又含混不清地说乌鸦,说黄沙淤过来了,他一筐一筐地往外提。他说他老了,提不赢。他还要一筐一筐往外提……完了,一说到黄沙坷垃叔就动了感情,最后说一声"我告姜洪吉!"就仰卧到床上了。

老人的火绳冒着白烟,挂在床头上。白烟儿颤颤地往上飘,在天花板上,那白白的烟线又铺成一个薄片。薄片逐渐放大生长,漫盖了整个天花板。它又沿着天花板的四角和墙壁往下延伸,边缘齐整地接触到地板上……罗宁想:艾棵火绳的白烟儿做了个大帐子,大家都在这个大帐子里喘息着,闻着它的奇异的香味儿。温馨的清香使人安逸舒适,脑袋热乎乎的。他透过这帐子望着火绳的一端,望着那个红红的火点儿。火点儿后来颤动起来,再后来就看不见了……他是瞌睡了。

他仿佛来到了童年的柳林里。柳林的边上还有杨树林,还有橡树林。他仿佛在童年的柳林边上奔跑着,气喘吁吁。橡树那铁一样的树干上,常倚着他稚嫩的身躯。橡树铁一样,可是生出了那么娇嫩多情的叶子,油亮亮。橡子包在毛茸茸的包皮里,像戴了一个肥大可笑的绒线帽儿。他多么喜欢这橡树啊。在一片树林里走动,你突然遇到一棵黑黑的橡树,就会欣喜地停留下来。它长得真结实,真刚强。他知道一些木头器具的最关键的地方,才使用橡木制作,比如刨木头用的刨子床……他还见过一种掘东西用的木铲,细长如剑,锋锐也如剑,光滑冰凉,也是橡木做成的。橡树在林子里,就像一个老好人,孩子们攀上它的头顶,从来不会被枝丫划破皮肤。橡树的皮肤粗糙黝黑,很像老伯伯的手背。一片树林里没有橡树,这片树林就太单纯,就像人群里没有老成持重的人一样,显得不那么可靠。童年的柳林连着一片橡林,柳林就显得深邃了。绿荫连着绿荫,草地连着草地。枝丫相摩,一棵柳树歪倒在另一棵上,另一棵就这样扶抱着它过了十五年。一群群的孩子在林子里嬉闹,迷了路的时候就寻找橡林,他们沿着柳橡交界的地方一口气跑下去,就能跑出林子。原来的林子据说是真正没有边缘的,后来芦青河边上闹长毛,又闹大鬼二鬼,林子也就闹没了许多。再后来芦青河边上又闹了好多次别的什么,也闹去了一片片林子……

罗宁晃晃悠悠的,很像坐在了一架马车上。他用手揉一揉眼睛,也没有把自己揉醒。后来他打起鼾来(他可从来不会打这玩意儿),呼噜呼噜的,使他自己梦起了一种声音很大的机器来。这种机器个头很大,周身由生铁铸成,黑乎乎的。全村里就这么一台机器,干脆把它放在芦青河边上车水了。机器上有一个大洞,人们在里面点了火,就不停地往里投木柴。这些木柴都是砍林子砍来的——村里奉命组织二十八人的队伍,天天砍林子,砍出空地就播上粮食,砍出木头就送去烧机器,送去造水车和风车。但主要是等空地用,上级说要在空地上放卫星。空地出来了,木头拉走了,就开始放卫星了:人拉着犁子播小麦种,横着播完竖着播,竖着播完斜着播,原来是种地罢了。有人说沙土地不长小麦,放卫星的人就用鞋底子打了那人的嘴巴,后来果然不长,就改种红薯了,这一下卫星放成功了!……事后多少年,坷垃叔还在空地上指指点点,告诉他这里曾经放过一个卫星。

呼噜呼噜的,大黑机器不转了,驶来了一架木轮马车。驾车的人扎着绑腿,横眉竖眼,原来是个伪军。他把车赶到林子里,就伐起大树来。坷垃叔等一帮子人赶来阻拦,他就解下腰上的皮带抽打起来,一边打一边骂,说好大胆子,这是修炮楼子用的,你们也敢阻拦!大家眼巴巴地瞅着他把一车好木头拉走了。再后来,又来了第二辆、第三辆木轮子车,驾车的人都那么横眉竖眼的……

林子越来越小了。风起的时候,黄沙就飞舞起来。大沙岗子沉睡了几十年，这会儿也醒来了。岗子下有一片果园，它把果园吞去了一半儿，梨子，李子，只在黄沙里剩下个梢梢了……承包开始的时候，没有人敢承包这片果园，别看承包额定得不高。谁都知道黄沙这玩意儿可不是好惹的！后来有一个黑乎乎的老头儿站出来了，手提着两只大土筐，说他要承包。他承包当然好了，姜洪吉（村头儿）哈哈大笑了。

黑老头儿在月影里干起来了，用土筐往外提那些黄沙了。他提一会儿就吸一锅烟，看着月亮定时间。等他转脸看月亮的时候，让人看清了这是坷垃叔。坷垃叔终于解放出那梨子和李子了……后来黄沙一夜之间又淤满了，坷垃叔又提起来。这样不知多少次，坷垃叔终于没让黄沙呆在果园里。秋后丰收了，姜洪吉脸儿一抹，说原来的承包不作数了，这承包额得另定。坷垃叔气得身子直抖，跺着脚跟他吵。姜洪吉一个巴掌打过去，坷垃叔一个跟头也就栽倒了。坷垃叔说你等着吧，我要进城里去告倒你，我要像提黄沙那样，一筐一筐把你提走！……坷垃叔一连三天不出门，在家烙了一摞子锅饼，捆到后腰上，削一支拐杖上路了。

……

"小拳打得可真棒！"……一声喊叫，门被碰开了。三个家伙一下子把屋里的两个人闹醒了。秦榛可没忘了随手给罗宁后背那儿一下。

罗宁静静地躺在床上，脑海里的画片还没有完全消逝……黄沙的嘶叫他还依稀听得见……他在梦中编织了一些完整和不完整的故事，连他自己也给弄得莫辨真假了。

"罗班长还在装睡,瞧我再给他一拳!"

他等待着那一拳,可是终于没有打下来。他睁开了眼睛,首先看到的是艾棵火绳那个通红通红的火点儿。

十一

处长把烟嘴咬在嘴角上,到几个科室转了转。他走到田长浩桌边时,田长浩正在喝咖啡。他问:"喝的什么?"田长浩答:"咖啡。""怎么不喝茶呢?""咖啡顶了。""顶了……"处长咕哝着,随手将一份斜放在桌上的文件拉拉正,又瞭了瞭他脚上有没有穿拖鞋。处长这样站了一会儿,问:"你们几个业余时间怎么安排?"田长浩笑笑:"随便玩玩,也不用怎么安排。""怎么玩呢?""打球看书,有时也看看录像……"处长咽了一口唾沫,忙问:"什么录像?""也不过打打拳吧。""穿着衣服打吗?"田长浩听了最后一句站起来,看着处长笑了。

"你不用笑……你们几个一块玩吗?罗宁和你们一块吗?"处长皱着眉头问。

田长浩呷了一口咖啡,摇着头说:"我不回答了,你不是善意的……"

"我可没工夫跟你开玩笑,"处长冷笑着,"这是谈工作。"他看了田长浩一会儿,接上说,"写一份总结,就是半年来的工作总结交到处里吧。你们几个都写。"

田长浩问:"我们科里都写?"

"你们几个,秦榛、吴楠……"

"让我们写检查?"

"总结。工作、思想情况,就和汇报差不多吧。"

"不年不节写这玩意儿干什么?"

"你们参加工作时间短,就是应该写了。"

"年底不是刚写了吗?"

"服从处里安排就是了,用不着讨价还价。秦榛他们我早上也通知了……三天以后交给我吧。"

处长说完就走了。

田长浩默默地坐了一会儿,然后站到了走廊里。他看到吴楠和秦榛也站到了走廊里。大家都默默相视,表情严肃。他没有走到他们跟前,因为上班时间不准乱窜。如果从这个办公室走到那个办公室,就叫"串堂"。处里开会时处长总要用眼睛四下里看看说:"有人'串堂'……"所以他没有动。不过他心里知道他的两个同学也已经接到相同的通知了。他这样望了一会儿同学们,就回到屋里去了。

他想,不用说,是李子由的坏点子。这小子在宿舍吃了点亏,就到处长跟前添油加醋了。肯定是这样。

下班回到宿舍里,秦榛首先骂起了两位处长。罗宁制止他,他连罗宁也骂了,说他"假道学"。罗宁苦笑起来,琢磨着"假道学"这三个字。吴楠一直没有做声。吴楠的眉头皱着,看看凌乱的屋子。他把绳子上的裤子抽下来,又踢了踢角落里的一堆鞋子,说:"今天办公室管卫生的同志跟我说,集体宿舍的卫生要搞好,这一回抓卫生可是市委下的决心。好坏都要树个典型,可不要做那个坏典型。"

他倒是好意。不过我看这卫生也好不到哪里去,多少人挤在一间小屋里……张口闭口你们到大机关来了,可要这样、可要那样。有一回我跟行政科长要求房子,他说要艰苦奋斗啊,那时候战争环境睡通铺,一人一砖半……"

"'一砖半'是什么意思?"秦榛问。

"就是一块砖头再加半块砖头的距离!"田长浩说。

"巧啊!"秦榛用拳头捣了一下桌子。

吴楠继续说着:"刚来那会儿我就信了这'一砖半',可看看人家单身司机、炊事员,谁都是一两个人一间屋子。我这才明白了,我们是刚出校门的穷学生,对他们没有用处!……"

"你还没见有些干部哩,一年换三次房子,哪栋好住哪栋。也不嫌搬家累……"长浩说。

吴楠笑笑:"他们从来不用自己动手搬。你想想,来机关后,处里安排我们帮大小领导搬了多少次家了?你数不清!"

大家都沉默了。

坷垃叔不知从哪里搞来一些酥皮点心,这会儿让这个吃,让那个吃。大家都没有心思去食堂打饭了,就接过来吃了。坷垃叔嘿嘿地笑着,高兴极了。

田长浩取出一支烟来,用坷垃叔的火绳点了,长长地吸一口说:"刚来那会儿,我们嫌这地方太热,都穿了背心短裤。后来有人就说,在大机关工作,哪能穿这样的?我们就全不敢穿了。坐在桌前办公,有时愿穿穿拖鞋,有人就说,在大机关工作,哪能拖拖拉拉的?我们休息时间哼哼歌曲,有人就说,在大机关工作,哪能这么哼哼呀呀的？我有一次和处长他们一块儿骑自行车到市里,我嫌他们太慢了,就骑到头里去了。可后来有人说,处长还没那么快哩,看你能的！……"

秦榛说:"还说这些！我们科里讨论问题,开始让大家畅所欲言,后来又嫌我说多了,科长脸拉得老长。我们科长倒是老好人,不过他也看不惯……"

吴楠点点头:"就是这样。看看吧,他们就是这样一点点搞走了我们的学生味儿。到头来我们都变成些挺规矩的小老头儿。搞走了我们那么多,可要一间宿舍都不给,连在空地上搞个排球场都不行！我们自己用这五十多元的月薪买球买网也不行！还老要我们写汇报！……"

吴楠愤怒了。他转脸问罗宁：

"你是团支部副书记,你同意建个排球场不?"

罗宁说同意。

"那好。业余文体活动就该是团支部管,不用他们处里研究！伙计们星期六打扫卫生的时间,跟我去搞排球场！"吴楠挥着手说。

秦榛和田长浩都应声说棒。罗宁长时间没有吭声,停了一会儿站起来说："我也去。我和你们一块儿去整那个场子。"

星期六下午照例打扫卫生了。吴楠等几个年轻人果然拿着铁锹和镐头到楼南的空地去了。罗宁到的时候他们已经竖起了两根柱子,拴好了网子。网子是崭新的、暗绿色的。柱子下还满是荒草和石子。排球网子像面旗帜一样了,大家在网子下干得十分起劲。机关的其他年轻人见了也纷纷跑到空地上,大家的情绪高涨起来。

秦榛忙着画线，画得非常直，石灰水洒得也均匀。"太棒了！他妈的小拳打得还真棒……以后休息时间就来一场！"

田长浩对罗宁说："干起来也就干起来了。"

场地上刚刚捡过了大小石子，除去了荒草，吴楠就"发球过网"了。一帮子青年拥上去接球，好几个人跌到一块儿，哈哈大笑。正笑着，处长和李子由来了。

处长咬着烟嘴，点点头朝罗宁走过去了。李子由捡起地上的球，啪地发过了网去。吴楠又把球推给他，可是他没有接。他向处长他们走过去。

处长的脸色有些发青。罗宁两手抄在裤兜里，看来刚刚说了句什么。这时处长说：

"行，这样也可以。不过，你就负责吧。"

"我负责。我应该为我们机关的青年做点什么。"

"部里追问起来你要负责。"

"在空地上竖两根杆子，很简单。部里不会追问。"

"哼哼，"处长瞟一眼场上刚刚跌倒的秦榛，"我看不简单。我们这个大机关从来没有发生过这类事情。"

李子由嗓子沉沉地说："应该事先商量嘛。"

"小拳打得真棒啊！"吴楠在场上喊。

"他们提了几次意见，你们研究了快一年，研究结果谁也没有告诉……"罗宁说。

"从来也没有发生过这类事……"处长说。

罗宁笑了："体育活动有利于工作，部里应该表扬。说不定团总支还会推广这个典型。推广典型什么的咱机关上有经验,'学习英雄赵小梅'……"

李子由一动不动地盯着处长的脸。

十二

秦榛几天来老是独往独来,引起了同宿舍几个人的注意。大家也不问他。包子里到底是什么馅,到时候也就知道了。这个小子忙忙活活,肯定是有鬼。

"是得注意一下了。"田长浩语重心长地说。

吴楠笑笑:"这家伙尾巴一翘我就知道他往哪飞。"

"你是说他搞上了一个?"

"不要问他。他得意的时候自己就说出来了,不说心里难受。"

秦榛回到宿舍来的时候,长浩和吴楠故意扯一些他插不上嘴的话题,他在屋里不安而兴奋地走来走去。有时他蹲下来和坷垃叔找几句话说,坷垃叔的话他又听不懂。他说:"哎呀,天真热。"

大家躺下来的时候,他问罗宁怎么不在?罗宁哪去了?

吴楠和田长浩都知道罗宁为坷垃叔的事奔波去了,但故意都不吱声。

秦榛也不吱声了。停了一会儿他哼起一首歌来,哼完了以后又说:"明天晚上机关礼堂有好录像,最新的,刚从市广播电视局弄来的……"

大家仍旧不言语。

秦榛大声说:"录像太棒了!我明天晚上可不呆在屋里了,我明天可得早些去占个好位子！……"

他说完翻个身,呼呼地睡着了。

两个人在黑影里笑着。他们都想:这么积极地倡导看录像可是从来没有过。哼,明天晚上偏不去看录像!

第二天晚上,吴楠和田长浩很早就离开了宿舍。可他们到大街上转了一圈,一人吃了一杯冰激凌,就往回走了。

到了宿舍门口,他们听见里面有咔咔的笑声。吴楠看了看长浩,敲了敲门。笑声没了。坷垃叔咳着问:"谁呀?"他们也就把门推开了!

秦榛稳重地坐在一旁。屋子当心有个穿运动服的小姑娘走来走去,膝盖那儿一颤一颤的。她见了刚进来的两个人,毫不吃惊,只是笑眯眯的,把手收起来。刚才这双手大概还对着秦榛比画什么。

吴楠和长浩倒是愣住了。秦榛搞来了这么小的一个姑娘,倒是他们始料未及的!

小姑娘似曾相识,但又的确是陌生的。她很瘦,个子倒也矮不到哪里去。脸相顽皮是主要的,漂亮倒是次要的。留了短短的头发,从后面看不误为小男孩才怪!她也真像个小男孩那样,吃着瓜子,吐着皮儿,笑眯眯的神气,无所谓的神气。她端量着吴楠,又瞟瞟长浩,多少有点做鬼脸的样子。

吴楠和田长浩两个这才松了一口气。他们想这么个小姑娘总不会是秦榛搞来的对象吧。长浩用手抚摸着下巴问她:"上几年级了呀?"小姑娘嘿嘿笑着,往后直退,长浩就伸手在她削短的头发上撸了一下,逗她。

她不笑了,十分严肃地整了一下头发,望一眼长浩,又望一眼秦榛。

秦榛有些紧张,磕磕巴巴地说:"她……在市体工队工作,体操运动员……她十九岁了呀!"

"唔?唔唔……"田长浩惊恐地搓着手,红着脸退到黑影里了。

"你他妈的!"吴楠踢了长浩一脚。

不过体操队员很快又高兴起来了。她问这问那,一双长腿踢踢踏踏的,语无伦次又天真可爱。她说:"你们这屋里一股味儿……"

"什么味儿?"秦榛问她。

"男人味儿。我们体工队男队员宿舍就这股味儿……顶鼻子!"

吴楠笑了。他有些不安地活动着身子说:"俺们管这叫'学生味儿'……"

体操队员嘻嘻笑着,竟然把脚放到了坷垃叔的小床上压起了腿。吴楠这会儿在灯光下端量着她,觉得她到处都像个小姑娘,唯独眼睛内涵丰富。他后悔刚进屋那会儿没有好好注意一下她的眼睛!他又瞟了瞟秦榛,那小子得意极了,这会儿老在看她,像注视着自己的一件作品一样……

体操队员又玩了一会儿,说声"要走了",就想走出门去。她临出门前从桶子包里摸出了一包东西,扔到罗宁的床上,朝几个人笑笑,就走了。秦榛去送她了。

吴楠和长浩赶紧解开那个包子,见是点心和咸花生米。他们有些纳闷。

长浩说:"秦榛这小子真行!"

吴楠回到自己床上,没有吱声。

秦榛走了好长时间才回来。他有些喘息,嘿嘿笑着,冲这个笑笑,冲那个笑笑。长浩说:"你这个小子,什么时候逮住了这么个'小麻雀'!"

秦榛细声细气地说:"她真小真好,是吧,是吧。你说怪不怪死了……"

"我问你怎么认识她的!"长浩打断了他。

秦榛哼哼着,在床上拧着身子,就是不言语了。长浩再三催促,他才说是在市体育馆看体操时认识的,他说他有一段时间常常睡不着,就是因为她嘛。他说他第一次见她时,她是抄着手——两手抄在裤子口袋里,在红地毯上来回走。我一看这个动人哪!我想她那么小,两脚站在我手掌里我也能把她举起来。

长浩说你真能吹,你哪能那么样就把她举起来!

秦榛神秘地笑着。停了一会儿他突然告诉:她叫艾华,是艾兰的妹妹——你们没见她捎给罗宁那包东西?那是艾兰让她捎来的……

吴楠和长浩都"咝咝"地吸着气,坐了起来……

这时候罗宁回来了。他拿起那个包,长时间地看着。

"艾华来了。"秦榛亲切地告诉他。

罗宁点点头,仍旧看那个包。

长浩光着身子跳下床来,说:"罗宁,你还不知道,秦榛是你连襟了……"

秦榛得意地哼了一声。

罗宁放下包子,看样子并不怎么惊讶。他微笑着说:"是吗?那这个家伙这会儿正得意呢,你们听他哼这一声……说句真的,艾华太好了,太让人喜欢了。不过秦榛你以后不能再对我嬉皮笑脸的了。"

"是啦,罗班长。"秦榛严肃地应道。

停了一会儿秦榛又补充说:"不过你得搬回家去——这是个大前提。我对艾华说,我一定能让你姐夫回家去住……"

"这个家伙出卖罗班长了……"田长浩转过身去,凑到秦榛床前教训他了。秦榛赶紧求饶,又责怪长浩怎么能按那个地方,那个地方是个穴眼……

坷垃叔一直像睡去一样闭着眼睛,后来他听到了罗宁的声音,就睁开了眼睛。罗宁劝坷垃叔睡吧睡吧,老人才重新闭上眼睛。罗宁叹息道:"农村人进城告状真不容易啊!坷垃叔的事不知什么时候才是个头。我找'信访办'的领导,他老跟我打官腔,说组织原则啊,群众影响啊……还问我搬没搬回去!他倒关心起我这个事了……"

大家都不吱声了。

不知过了多久,大家听见吴楠在床上翻动着,这才记起吴楠很长时间一声没吭了。肯定是秦榛的女朋友使他联想起自己的婚姻了,他在叹气呢。

吴楠真不幸。毕业前一年他们到一个县城去实习,吴楠爱上了一位中学教师。她黑乎乎的,可一双眼睛深陷在里面,极其明亮多情,还有光光的高额和鼻梁。她多少有点新疆姑娘的味道,特别迷人。吴楠如醉如痴,常常去找她。她也对吴楠一见钟情。可是这不久便被县城一位领导的儿子知道了,他竖起一根手指对吴楠说:"你如果还想要你的腿,下次就不要来了。"吴楠回答:"下次我一定来,让我们两个试试看吧。"他真的又去找她了,可没有找到。后来实习结束,他们也就离开那座县城了。吴楠写去了好几封信,都未见回音。再后来,吴楠得知她嫁给了一位老校长……一个谜,一个永久的痛楚……

吴楠还能寻得到他的爱情吗?他是在叹息这一切吗?

屋子外面传来啪嗒啪嗒的声音。下雨了。

吴楠打破屋内的沉寂说:"下雨了。"

"下雨了,吴楠。"罗宁说。

吴楠坐起来,一双眼睛闪闪发亮,盯着罗宁问:"小体操队员十分纯洁,是吧?"

秦榛抢先回答:"可纯洁了!"

吴楠朝他摆摆手:"你还不懂。我问罗宁。"

罗宁点点头:"是这样……她和艾兰不太一样。她里里外外都那么纯洁。开始我不懂这是为什么,后来我好像明白一点了。她很小就表现出体操方面的天赋,体育部门就把她找了去,从此她整天和一帮小女孩子在一块儿了。除了比赛,她们一般都是驻扎在训练基地那儿,她们老住在海滨小城威海——你们到过那里吗?

没有。你们该去看看。水是绿莹莹的,满山满城都是黄花。城里的草坪像绒毯一样,空气绝对透明。也怪了,这是个没有尘埃的城市。女孩子们就在这里住着,训练自己……"

吴楠激动地站起来。他望着窗外的雨丝说:"不要说了。我全明白了……"

十三

坷垃叔这一天没有按时回宿舍来。罗宁到"信访办"去找,人家早已经关门了。他又在附近的街巷找了找,仍未见人。他突然想到老人是手持拐杖走到这座城市来的,那么也很可能再手持拐杖走回去。想到这里他感到心头一阵灼痛,就急急地朝前奔跑起来。

到哪儿去找呢?

天就要黑下来了。罗宁走在路上,不断地责备起自己来。他想他不该老是让老人一个人去那儿静坐,可是他又没有别的办法——老人非坚持天天告状不可,而他又必须上班……他焦急中突然想起个办法:回宿舍把他们几个都喊出来,大家分头去找一找!他赶紧往宿舍跑了……

推开门,竟是艾兰一个人坐在床边,见他进来了,急忙站起来问:"告状那个老大爷没回来吧?"罗宁说对呀!他在哪儿?艾兰说她下班时见一个老头子坐在市委大院门口,好多人劝他都劝不走,她问他是从罗宁那儿来的吧,老人家又像点头又像摇头,呜呜噜噜也听不清。她不放心,就跑来了……罗宁说那肯定就是了。

他们向市委跑去。

果然有个老头儿坐在大门前面,望着一片暮色,盘腿坐在那儿。他的身边就是那根拐杖……他们扶起老人,一遍遍劝说着,老人才肯挪动步子。老人说:"一个月!一个月!……"罗宁开始不明白:老人刚住了一个多星期啊。后来他突然想起坷垃叔是一步一步走来的,这才明白过来……他搀紧了老人家。

宿舍里的火绳早已熄灭了。这使罗宁想起老人会是一天没有吃饭,就让艾兰给老人做饭。他给坷垃叔点了艾棵火绳,又对在嘴上把它吹旺。满屋里都是艾香了。

坷垃叔吃着饭。艾兰已经好长时间没有像一个主妇那样地料理饭菜了,当她点燃了一个小煤油炉,在自来水龙头上涮着刀铲时,心中竟然一阵幸福和激动。坷垃叔吃饭时,她就在一边看着。

坷垃叔吃过了饭,站起来,一动不动地看着罗宁和艾兰,嗓子低沉地说一句:"我告姜洪吉啊!"

罗宁和艾兰点点头。

罗宁给他点着了烟,看着他满意地吸了一大口……罗宁的眼睛有些湿润。

"黄沙淤过来,又淤满哩。我就用土筐往外提,一筐一筐……咳,咳咳!……"

"你听听,他就这样说,没人能听明白。他走了一千多里。就为了来说这几句话吗?"罗宁难受地对艾兰说。

艾兰稍稍有些惊讶地看着老人。她说:"是不是坷垃叔就是来告'黄沙'呢?'姜洪吉'也许是黄沙的别称——乡下常有很多古怪叫法,比如管月亮叫'婆婆'……"

　　罗宁被她新奇的推断惊住了。他久久地望着她。但他还是摇摇头:"'姜洪吉'是人名,他们村的村头儿……"

　　坷垃叔吸着烟,看着两个人说:"一个月! 黄沙又淤满了……"

　　罗宁劝说着:"坷垃叔,你来一趟多不容易啊,不用急,我们一边找人,闲下来一边陪你玩玩、看看。我们还要进戏园子……"停了会儿罗宁又说:"我已经多少年没有回老家了。我放假的时候一定回芦青河去。你还领我上河湾,到柳林里逮鸟……"

　　罗宁有些神往地看着坷垃叔:"小时候你领我穿过柳条行子,你趴在里面不出来,我急得哭了。蝈蝈一叫,我又去逮蝈蝈了。可你又在那边唱了。一边是蝈蝈叫,一边是你唱,我不知到哪边好……坷垃叔还记得你怎么唱吧? 还记得吧? ……"罗宁看着老人,轻轻地哼起来:

　　　　大肚儿蝈蝈两头尖,
　　　　做吗不喜欢?
　　　　知了穷知了,
　　　　蝈蝈儿唱个秋天。
　　　　汗水热来露水凉,
　　　　蝈蝈儿在葫芦上面……
　　　　……

　　坷垃叔听着这歌唱,慢慢把烟杆儿从嘴里拉出来,一动不动地举在腮边。他的眼睛望着窗外,僵住了一般。这样停了一瞬,突然那只举烟杆的手剧烈地抖动起来,满是胡须的嘴巴张开,张得老大,啊啊地也唱了起来。老人的词儿吐不清,只是唱着:

> 吁呜啊兮呼啊兮呼,
> 呜啊呜啊呼啊依哉!
> 么呜呜欸,
> 依呜呜欸,
> 啊啦啊呜啊啊,
> 呜噜兮呜噜兮依呜啊哉!
> ……

坷垃叔坐在小床上,瘦干干的身躯硬硬挺立,头颅昂着,那双眼睛显得焦干焦干。这歌声一句也听不明白,又好似清清楚楚的。这像歌唱吗?这像哭诉啊,呜噜呜噜的老年人的哭诉啊!

> 呜呼兮呜呼兮,
> 呜啊啊呜啊呜呼!……

不,这还是歌唱啊,歌声无比悲怆。老人把几十年的日子全唱进去了,谁说听不清词儿?壮年时候一声呐喊,震得屋梁也呜呜嗡嗡。什么时候听不清词儿了呢?这悲怆的歌声啊,唱得人心里颤颤,心里酸酸……

罗宁低着头,转过脸去。他再也不想听了,不想听了。他只在心里问,歌声可以代替告状词吗?歌声可以代替一个老农民的起诉书吗?

呜呼兮呜啊啊,
啊呜呜啊呜呜!
…………

艾兰听着听着有些惊惧,她像求救似的尖声喊道:"罗宁!……"

罗宁也像坷垃叔一样地望着窗外,他望到了什么呢?罗宁!

坷垃叔不唱了,汗水突然顺着额头,顺着松松的颈肉流下来。老人大口地喘息,手里的烟锅松松欲脱……艾兰开了窗户,递过一个毛巾。她劝老人歇息吧,歇息一会儿。

坷垃叔看着艾兰,重新咬住烟锅了。他吸着烟,眯上了眼睛。他咳着,咳着,疲倦地仰卧在床上了。

罗宁一直望着窗外。罗宁!

艾兰走过去,吻了吻他的英俊的额头。罗宁轻声问一句:"你听过这种歌吗?"

"没有。"

罗宁沉思着:"我们俩的差异也许就在于:我从小听过这种歌,而你没有……"

"也许真是这样……"

"我们的生活太安逸了。我们没法儿去经受一种心理上的苦难历程。我们太不了解苦难了,艾兰。我一想起坷垃叔一辈子是怎么熬过来的,就感到自己太渺小!……我想了想,我有时忙忙碌碌的,与坷垃叔他们的幸福没有丝毫关系。我为我的庸俗感到难堪。想到这里,我也就明白一点了,明白我们之间的矛盾实际上牵涉到了一些非常严肃的问题。我也讲不清楚,不过我只知道不能够跟你妥协……我们实在不是一点脾气性格上的差异,实在不是。我们有些地方是根本不一样的。我好像明白了这么一点点……"

艾兰抽泣着:"我今天也明白了。我知道我们的分居意味着……最后的分离……"

罗宁的手在她光滑的头发上抚动着,摇摇头:"不是这样。如果我坚信自己是个无私的、真诚的人,或者坚信自己是在向那个目标前进的人,那我就敢和你生活在一起。我知道我十分爱你。我几天不见就想念你。但我最终会战胜或者消融你身上的另一些东西——那时候,我就会感到一种特殊的幸福……"

艾兰擦着泪花:"也许……你最后会得到那样的一种幸福……"

罗宁从坷垃叔的荷包里捏出一撮烟末来卷了,点上吸了两口,咳嗽起来。他不得不抛了这支喇叭烟。他坐在了坷垃叔的小床上:"我们分开这段时间,有那么多人来'关心'。'好心人'可真多。这也说明了好多问题。咱们的事隐隐约约触动了好多人心底的那根弦吧……我们把什么给丢失了,可是我们这一段儿在不停地寻找……"

"我们都在寻找……"

十四

吴楠正在用漂亮的正楷抄写一份材料。材料仍然是关于赵小梅的,题目叫《学习英雄十二唱》,全是歌词。因为这份材料要放到复印机上复印,所以科长特意让有一手好字的吴楠来抄写。此刻吴楠正瞅着歌词句夫的几个字发呆:"那个呼呀哎咳依……"他想这在演唱时演员根据情况自己处理就行了,完全不用如数添在每句话的末尾。他知道这是李子由做主编的,只得苦笑着照样抄上……也刚好抄到那个"依"字,有人来叫他到处长办公室去一趟。

吴楠进了处长的屋子,见田长浩的朋友——那个司机端坐在那里,有些纳闷。处长几乎和他同时进屋了。吴楠一见那人就想起了那个衣柜大小、啪啦乱响的大音箱了,就笑着打招呼:"司机同志!"处长不高兴地纠正:"什么'司机同志',他现在调到我们部行政科当干部了!"

吴楠愣了一下。

处长说:"他今天是来跟你们谈一下调换宿舍的事……你们以前不是要求过吗?"

"司机"慢慢拍打着烟灰,嘴角用力收缩着,比上次见他时显得严肃多了。他这样停了一会儿说:"我见过你这位同志!……处长跟科里讲了你们的情况,你们自己也有要求嘛,经过研究,也就同意了!"他说着拿出两把钥匙,在桌上摆了个"八"字,"长浩不动;你、秦榛,一个去三号平房,一个去六号平房最东头那间……"吴楠有些吃惊,知道这些平房都是待拆的,又潮湿又窄巴。但他想如果一人一间也是好多了,就问:"一人一间吗?""一人?""司机"歪歪脖子:"两人一间。"

吴楠把钥匙往"司机"跟前推一推说:"那我们住原来的好了。"

"司机"又点一支烟,瞧了瞧处长,把钥匙丢给他说:"科里的老规矩,分配房子不服从,以后就再不考虑了……"说着点一下头,晃晃当当地走了。

处长摆弄着两把钥匙说:"还是去吧,挤在一块有什么好……"

"我们要求房子是为了好一点,越换越差,傻子才动呢!"

"分配房子不去,这在我们这个大机关还没有先例……"处长站了起来。

"让我们好几个人挤在五层楼上的一间小屋里,我们要求换,就把我们赶到湿乎乎的小平房里!还张口闭口大机关,小机关也不过如此吧!……"吴楠有些生气了。

处长坐下来,将手护住下巴,身子有些前倾地盯住吴楠。他这样一直盯着,目光严肃而锐利。处长不常使用这个姿势(或称为"方法")。他每逢遇到了不太驯服,又是不太好对付的人,才使出这样子,一动不动地盯住。到最后,总是对方有些慌促地退步,软下来——而他就在这时猛然提高嗓门,大声喝斥,把对方彻底打败,完全地制伏……现在,他就这样一动不动地盯住吴楠了。

吴楠开始并未在意,后来突然觉出对方长时间没有声息,抬头一望,见他正做出这种样子来!吴楠心里一阵好笑,表面上却不动声色。他想看看处长这样下去还会怎样,他于是仍像一无所察似

的把手抄在裤袋里,继续用一种烦躁、埋怨的声音咕哝下去:

"大机关又怎么了?大机关的人也还是那么高的个子,也没有因为是大机关就变小了。大机关不过是楼高罢了,大机关也不一定什么都要大,官架子就不一定要大……"

处长见对方仍无异常反应,还咕咕哝哝,不由得就有些丧气。但他并未改换姿势,而是重新校正了姿势:他将右手先做成一个"八"字,然后护住下巴;他的胸脯往前探去,身子使劲地贴压在桌边上;目光炯炯,除了严肃,还有威慑……他死死盯住吴楠。他记得小时候玩过那种把戏:用一个老花镜照地上的蚂蚁,焦距一拉开,地上的白光点儿就变小了。蚂蚁被聚焦的老花镜烫得乱跑。他只是对准了它,又一拉开,聚焦,小蚂蚁就一阵痉挛,球成一个小圆球倒下了……他心里哼哼笑着,他想此刻对着吴楠,就多少有点玩老花镜的意味。不过令人气愤的是他一再拉开,聚焦,吴楠还是泰然地在屋里活动,咕咕哝哝……他终于支持不住,咳嗽了一声,揉了揉眼睛。

"我问你,"吴楠用手指了他一下,向前走了一步,"你跟他们行政科是怎么讲的?"

"我?……"处长要说话,就不得不将八字形的手从下巴上取下来,"我讲,这是处里研究了的,这是有利于工作的……"

吴楠又往前走一步:"那我倒想问一句,我们三个人住一屋有什么不利于工作的地方?"

"不利地方很多的。"

"讲讲吧。"

"不讲你也明白。"

"我不明白。"

"……"

处长刚要张嘴,休息的电铃响了。吴楠说:"休息以后谈吧。你反正得讲讲吧?……"说着跨出了办公室。

楼下,已经有几个青年抱着排球在那儿等人了。还真有动作快的,吴楠想……秦榛,田长浩,都一扭一扭地跑下来了。

迅速开球!秦榛和田长浩都在网的一边,吴楠也就跑到了另一边。吴楠这边有一个络腮胡子会发一种打旋的球,让对面的秦榛接飞了两次。秦榛喊着:"小拳打得还真棒!"……场边上围了好多人,不断哄笑。李子由每一场球都来看,但从不上场。有一次被田长浩硬拉到了场子上,打了没有几分钟就说脚疼。他的球技不适合上场。后来他当裁判了。他当裁判不怎么公平,吴楠的一边常要吃亏。……吴楠把一个球往田长浩身左一扣,说:"要让我们拆开住了!"田长浩垫起球来:"秦榛,他们又玩把戏了!""什么把戏?"秦榛把球挑过了网。"就是这把戏!"吴楠又把球挑过去,成功!

可是李子由的哨子响了。他说:"触网!"

……上班时间到了。秦榛和长浩跟着吴楠一块儿进了处长的办公室。吴楠说:"都来了。都想听听领导的话。"

秦榛把球放到处长桌上。处长抹一抹桌子,球给抹到了地板上。处长说:"都来听听也好。"

处长坐下来,燃一支烟,慢悠悠的。他看了秦榛和长浩一眼,然后说:"你们这一级大学生,分配到我们这个大机关的也就你们仨了?"

"仨。"长浩说。

"很好嘛!以前毕业的学生哪能来?你们应该感谢三中全会以后的路线。"

"以前都从哪进入?"秦榛正一下眼镜,不解地问。

"从工人和知青中。也有从下面干部中选来的,比如李子由同志,就是从公社一个干事一下升上来的……你们可要珍惜这么好的工作条件噢。不要吃学历的老本。老同志干革命哪有条件学习?……"

吴楠打断他的话:"我们住一个屋子有哪些不利于工作的地方?"

处长揉着烟,越揉越快。后来他愤愤地扔了烟蒂,问:"有人到你们宿舍玩,你们说赵小梅没有讲过那个'宁可少活二十年,也要提前翻两番',是她舅舅讲的。有这事吧?"

"有这事。"吴楠说。

"你们知道这是什么性质吗?"

秦榛说:"实事求是的性质。就是她舅舅讲的嘛!当着市委书记的面我也敢讲。"

处长的脸色又变青了。

田长浩附和着:"是这样,是这样的。"

处长在屋里走动起来,声色俱厉地说:"你们几个眼里哪有什么领导?你们缺乏起码的训练!老同志你们背后可以随便骂——

那天李副处长去看望你们,你们骂起了艾部长!竟然……"

吴楠说:"我们哪能骂罗宁的岳父?造谣也不会造!"

秦榛和长浩这时出去了,一会儿就把李子由叫了来。长浩指着李子由说:"你告诉处长我们怎么骂的艾部长?"

"你们说艾部长没有素质!"李子由冷冷地说。

"什么'素质'?"吴楠追问了一句。

"你们说没有素质!"李子由重复道。

田长浩慢悠悠地说:"我记得是你说艾部长没有水平,处长也是大老粗……你说他们都不属于改革的时代。我们和你辩论,我们不同意你的分析……"

"胡说八道!这真是……他妈的……"李子由快要气得蹦起来了,异常愤怒地用手指着长浩,眼睛看着处长。

吴楠差点被长浩的幽默逗笑,但他忍住了,严肃地对李子由说:"请你不要骂人。"

"我、我……"李子由气坏了,有些口吃。

处长让李子由回他的办公室。李子由走了。一会儿,罗宁来了。

罗宁看着处长说:"处长,我认为你把他们三个拆开住太没有必要。你如果为他们争取到更好的房子,那就对了。要不,就是为了硬拆开三个人。我没见他们一块儿商量过做什么坏事。他们有缺点,可他们真诚,对工作充满热情。这样的人在一块儿哪有什么可怕的?相反,倒是那些又愚昧又自私的人在一块儿让人怕……是这样吧?"

处长摆着手:"不行。他们再也不能住在一块了,这不行。这是行政部门定了的,搬也得搬,不搬也得搬。还有,他们的工作汇报一直没有交上来。这样不行。令行禁止,我们这样的大机关……这是两把钥匙!"

处长啪的一声把钥匙放在桌子上。那当然是两把钥匙。

十五

这个夜晚闷极了。开了窗户,没有一点风。天上没有太多的云,但闷极了。没准儿在孕育一场雨。坷垃叔躺下又起来,盘着腿吸烟。电灯闭了,屋里那个火绳的红点儿十分醒目。大家都不约而同地看着它在黑影里那一点红亮,都不说话。

艾棵火绳的味道真香啊。有了它,就没有蚊子了。罗宁想,就是坷垃叔走了,我也要去采些艾棵回来……

秦榛在床上翻了个身,咕哝说:"到底搬不搬呢?"

吴楠在黑影里送来一句:"你也愿费那个脑子!"

"搬家、思想工作汇报,鄙人都不予考虑……逼急了,我找个地方教我的书去;再不成,我也买那么个东西,满街吃喝:'五分钱一看'……"田长浩说。

他的话使大家都笑了,但笑过之后又沉默了。吴楠问长浩有烟吗?长浩抛给他一支。他点燃了,自言自语似的说了:"……人这一辈子多少也是个谜。人就不一定做什么,有时就差那么一点点,一切都全部改变。"

"你说得真不错。"长浩在一边赞同。

"比如我如果那一次见到她——那个中学教师,我就会要求分配到那个县去教书了。我这一辈子忙忙碌碌,可也会挺幸福的。我愿意一切都抛弃了,换回个她……"

"换不回了。"长浩说。

"我也这样想。不过我在心里闷了一个念头。我想老校长不在了的时候,我还会去找她。我一见面就会问她:你那一天哪去了?胆小鬼啊,你这一躲不要紧,我寻找了你一辈子……一辈子,知道吗?最后你躲到老校长背后去了,我还在到处寻找……"

吴楠的嗓子颤颤的,最后终于不说了。

罗宁心里为吴楠难过。他很想走过去,在他的耳边上说点什么安慰他。但他还是忍住了。他想人哪,这么多,这么多,都带着各自的那么一点痛苦和欢乐生活着。人人都不容易啊,人人都需要理解和安慰,需要温暖和同情。理解别人是很难的,很难很难——难就难在不愿去理解……他由此又想起了他的艾兰。他感到心里一阵温暖。此刻的艾兰在想些什么呢?她是不是回忆起初恋的那些日子了呢?是的,人都应该回忆那些时刻,并时时模仿那样一种宽容的、原谅的、勇敢的、洁净的心境。她的缺点仅属于她自己吗?难道就不是她的不幸吗?我们的生活有什么理由不给予她更好一些的东西?她那么美丽,那么美丽,她很早就尝试着劳动和创造了,可是……罗宁的双眼有些湿润了,心怦怦跳动。我的爱人,我的亲姊妹,你使我幸福过,你温柔过并且永远温柔着我的心,我怎么能那么鲁莽和笨拙!我多么没有力量,多么脆弱。我还缺乏一种男人的心胸……

"罗班长睡着了。"秦榛在床上喊。

罗宁听出秦榛的声音那么漂亮。他想只有热恋中的年轻人才有这样的声音:热烈、浑厚而又富有感染力。罗宁没有吱声。

"他倒睡得着,"长浩哼了一声,"处长和李子由拿他都没有办法。排球场的事他站出来了,处长他们也做不出文章。"

吴楠笑笑:"处长可以在我们身上做文章。那个人的脑瓜不会闲着。"

田长浩长长叹了一口气:"怎么活该让我们遇上这么个领导!如果他是'三种人'就好了,那样他就干不成了。可惜他又不是'三种人'……晦气。"

罗宁想这个长浩可真会假设事情。田二爷确实透着一种朴实的幽默。

"我琢磨,"秦榛又说了,"该让罗班长找找部长了。不找部长不好办。一点不好办。部长光听一面之词,还不知想些什么哩!"

罗宁点点头。他早就想和老岳父交谈一次。他也怕老人因为艾兰的事情误解了他——老人从一开始就关心这个事,老是要打听他……当然,他要跟老人谈的,似乎还远远不止于这一切。他更着急的还有坷垃叔的事情,他不得不求助于老部长了——让"大机关"上的一个老人帮帮芦青河边上的一个老人吧,让老人帮帮老人吧!……

田长浩从床上坐起来,说:"我去把罗宁捅起来……小拳打得还真棒……"

罗宁赶忙说:"你躺着吧!"

长浩哈哈笑着,躺下了。

坷垃叔也不知什么时候睡着了,发出了轻轻的鼾声……屋里很静。天比刚才还要闷热。看来雨是更挨近了。

吴楠说:"刚才的话你都听见了。我们说你该去找找艾部长。"

罗宁说他一定去。

秦榛接上骂起了李子由,说这个家伙真是个伪君子,这个家伙大概就是靠告黑状上去的,如果昨天不揭露他也就太便宜了。田长浩补充说,李子由无才无德,但他装得"稳重和蔼","大致严肃",再加上"常拖走廊"……吴楠连连说总结得好,科举取士不好,这样取士也不好吧。接着他们又谈起学历问题。长浩说处长他们别没有个数了!机关上一般人弄个学历得苦读多少年,而他们由市里的一个大学包下来函授,轻轻松松就把学历拿到手了——这年头学历好使了,他们就想巧法儿捣鼓那东西了……议论了一会儿几个人都烦了,都说这不是咱管的事情,咱看不上眼可以去"五分钱一看",可以打打球下下围棋。说到下围棋吴楠来了情绪,说:

"那可是个好东西!罗宁啊,闲下来我们可要学学下围棋!"

罗宁的思绪还停留在刚才他们议论的问题上,并未听见吴楠最后一句话。吴楠继续嚷:

"一个老头儿一个小孩儿,小孩只穿了件长衣服。我们晚上坐在一棵老槐树底下下棋。那么一片白子黑子——'过分!''过分!'……我一寻思起来就有些出神。咱们也学学下围棋吧……"

窗扇的玻璃上又闪起了红光。呜哇呜哇的音乐声从窗户飘进来。人流的喧嚷,车辆的轰鸣……罗宁很想去关上窗户,可又嫌太闷热。他想这可真让人受不了。他记起有一次去西郊登山,登上山巅时也正好是太阳初升的时候。大家欢呼着,快看太阳,看山脚下的这座亲爱的城市吧。可大家慢慢的都不吱声了。我们这座城市在一片尘埃和黑色烟雾的笼罩下,街道上,大清早就挤满了人,看上去要走路、要畅快地吸一口空气可真难啊……生活应该改变。生活像这个样子不行吧。哪些地方出了毛病?反正总觉得照这样子生活下去不太合情理……

吴楠这会儿叫着长浩,问起了那个司机的事儿——他来给我们调房子,他怎么就不当司机了?

长浩说:"因为他门路广,就调他来搞行政了……别再问他了。我这个朋友太可恨!"

"怎么了?"

"他走后门,给他的小舅子弄了张驾驶证。前几天他小舅子一下轧死了两个小男孩儿,还轧伤了一个。轧了以后司机就开车跑了,第二天才被逮捕。他现在正忙着走后门放他小舅子呢……"

三个儿童在血泊里挣扎,而开车的却驾车跑了——真想象不出这个人有多么残忍!大家惊讶得一时说不出话来……"我那个朋友、他的小舅子,还有发驾驶证的那个人,都该枪毙!"

大家久久地沉默着。

再也没人吱声了……真闷热啊,窗扇玻璃上的红光血红血红,跳动着,像脉搏。

这一夜他们还怎么能睡得着呢?

吴楠一个人在黑影里轻轻吟哦着什么。他反反复复吟哦着。

十六

这座美丽的小独院儿罗宁是熟悉的,因为这是老岳父的住宅。他过去常来这儿,他喜欢满院的丁香。夏天,丁香不开花儿,可也给小院儿留下一片片可爱的绿荫。岳母刚刚四十多岁,就在家料理家务了。她为了舒适,爱穿宽宽的衣裤。她的衣服常是新鲜颜色的,她的条纹肥裤那么柔软。勤于保养,一张胖胖的脸上总是泛着红润。她的宽宽肥肥的衣服在丁香树丛中拂动着,使人觉得这小院温馨而又安逸。她很喜欢罗宁。罗宁这一段不来了,她觉得小院里空了很多很多。

现在罗宁就坐在院里的一个藤椅上。艾部长坐在另一个藤椅上。他们的中间是一个石桌儿。她笑眯眯地看着罗宁,递给他一片西瓜。

岳父是个瘦削的、中等个子的人。因为瘦削,就显得比本来的个子要高一些。他喜欢沉默,脸上难得显出一丝笑意。他的头发全白了。这时罗宁吃完一片西瓜,他又把另一片往前推了推。罗宁觉得他比前一段时间更瘦了。

"你不回来,兰子也不回来……倒好像不是你们俩分开了,而是你们跟我们老两口分开了似的……"岳母两只手搭在一块儿,说着。她的语气里没有多少埋怨,倒是透着一种兴奋和欢喜。

"我们……"罗宁嗫嚅着,但没有说下去。

"我也不出门,我听不见人家说什么。有事儿也不好这样啊,受人家笑话……"岳母说着,把罗宁肩膀上的一块灰印儿拂了去。

艾部长看着罗宁,说:"从你们分开住以后,我也很少见到兰子了。问她,她也不愿多说。有时做父亲的很难明白孩子们的事情。我只能劝你们自重、自爱。我没有权力多说什么。你们要分开,大概总会有你们的道理。你们知道我这么大年纪了,最不希望出这样的事情。可这只不过是希望而已……"

老人的声音很低,说得很慢,说着说着常要停下来。他搓动着干燥的两手,看着年轻的老伴。

罗宁说:"我本来应该多来几次。可是这一段我为老家来的一个老伯伯跑事情,还要上班,就空不出时间了……"

"什么事情?"艾部长挺起腰来,注意地看着罗宁。

罗宁就讲了坷垃叔,讲了他怎样步行一千多里来到这座城市,而这座城市不明白他,不明白他的"黄沙"……罗宁说他曾要求有关部门给坷垃叔所在县发一个函——但他的要求一再遭到拒绝。

艾部长挂着拐杖,不安地站了起来。他又问一句:"步行走来的?"

"步行走来的。他背着一大包锅饼,走到城里已经快吃完了……"

"锅饼!"艾部长自语着,又抬头看一眼妻子,他问,"你吃过锅饼吗?"

妻子笑眯眯地说:"吃过,一包瓢儿……"

艾部长摇摇头。他看着密匝匝的丁香树,点点头:"打仗的时候,老百姓把锅饼烙好给八路军,他们自己吃糠团子……锅饼很硬,不容易变味儿……"

老人拄着拐杖,在院子里踱躅着,弯下腰咳着……妻子过去扶他,他推开她,重新挺直了身子。停了一会儿,他咚咚地用拐杖捣着地,进屋去了。

屋里很快传出了打电话的声音。

岳母对罗宁说:"他夜间休息不好,半夜里常要坐起来咳。他气管有毛病,好几年没犯了……"

艾部长从屋里走出来,脸色有些发红。老人的样子比刚才要激动,左边的手有些抖。他坐到藤椅上喘息着,好长时间才平静下来。"一千多里走来了,不会没有冤屈。我们又不是带什么框子,我们不就是要求给那个县发个函嘛!嫌讲不清楚!哑巴来告状,共产党也要管!……"他说着,声音突然高起来。

罗宁给老人倒了一杯水。老人端坐在椅子上。喘息了一会儿,他告诉罗宁:他刚才给"信访办"的领导打了电话,对方支支吾吾,他就把电话挂死了,直接给老战友——纪委书记通了个电话……今天他们就发函,纪委并要求县纪委限期汇报调查处理结果。

罗宁感激地看着岳父。艾部长说如果坷垃叔不走的话,他要抽空儿去看看老人家……艾部长说罗宁能招待乡下来的老伯伯住这么多天,并到处为之奔波,很不简单哪。不能小看这件事,能这样做的人,在我们机关干部中,比如在我们部里的同志中,能有很多吗?老人说他实在没有把握……

接上去老人又询问了他们几个年轻人的工作情况。这正好有机会让罗宁谈了处长跟几个新来大学生一年来的矛盾,谈了他对处里一些事情的看法，特别谈到了关于赵小梅宣传失实的问题……

老人说有些事情是后悔莫及的。当很多事情明白了以后，又发现积重难返了。比如环境污染问题……说到这里他又有些激动了，用拐杖指着一边说："看看这个小院子，这么多丁香！屋子里也不错，冰箱啊，空调啊。可惜这只是个小环境。这能使我们根本逃离污染吗？比如水、空气，还不是一样吗？有时这种小环境只能使我们发生误解，使我们松懈！别的事情也是一个道理。我们领导身边围了几个听话的干部，他们阿谀奉承，也会给我们制造个小环境，使我们感觉良好，忘掉其他地方的仍然无纪律、无秩序和低效率！……"

罗宁钦佩地望着老人。他觉得老人还是思路清晰的，具有洞察力的。

老人呷着茶，声音慢慢变得低缓了："……部里的事情我有很大责任。有些事情我应该知道。我知道给几个青年换房子的事、他们跟处长吵架的事，甚至知道，几个青年在宿舍里对我和我们家庭素质的分析……"他说到这儿看了一边的妻子一眼，"年轻人的分析很好噢，他们倒够爽快！不过就凭这个，我也敢断定他们会使很多人不舒服，很多人不会欢迎他们……一个领导的力量有时显得很大，可实际上很可怜，他甚至对自己的孩子也无能为力……有些东西已经淤积得很厚，这就靠大家，靠几代人的顽强斗争。说实话，我最怕的倒是你们年轻人很快就妥协了，就没有锋芒，没有锐气了。这是我最怕的……"

罗宁注视着老人。他看到老人也在看着他。他觉得老人的一双眼睛是年轻的。

"我寄希望于改革。我不能说不忧虑,可我更多希望。一阵风吹来,沉淀在底下的东西又会泛起来,可也只有让这风吹得更强劲些,才会把那些东西彻底扫光!不改革没有出路啊,不好好改革也没有出路……我从你们身上也看到了信心。我知道你们还幼稚,也有很多缺点,可我感谢你们,感谢你们……"

老人站起来了,默默地把手搭在了罗宁的肩头上。

罗宁仍然注视着老人的那双眼睛……

"你让同宿舍的几个年轻人找你爸玩吧!让他们常上咱家……"岳母欢喜地说。

罗宁点点头。他想会的,会的,起码以后他们之中的一个,比如秦榛,会来的!……

这时候门响了一下,原来是那个小体操队员归来了。她喊一声"宁哥!"蹦跳着围过来。她顽皮地看着母亲和父亲,把个漂亮的塑料筒子包"砰"一声搁到了石桌上。

她真像个男孩儿。可她快二十岁了。用什么办法才能使一个二十岁的姑娘纯洁单纯如同一个小男孩儿?不知道。也许提前给她把头发削短是个好办法吧?……

她这会儿到屋里换了双拖鞋。拖鞋有些大了,穿在脚上像小船儿。她拖拖拉拉地走着,不停地说这说那。母亲认为两个男人的谈话是非常重要的,怕耽搁他们,就领她到院角去整那些花草了。

罗宁端起杯来,慢慢地喝着。他想,老岳父实在是老了,一年,顶多两年,也许就该离休了……

丁香树间传来她们的说话声,那个"小男孩儿"咕咕哝哝的,一边说一边笑。

罗宁喊了她一声。

1985年7月写于郯城

童　眸

一

　　天刚刚透明,村子外面十分安静。田野上,那一条条土埂隐约可辨,刚长了几寸高的麦苗好像是黑色的。远处更加朦胧,也更加诱人,那很远很远的地方是什么?……村子慢慢落到身后去了,这才听得清一些奇奇怪怪的声音:小孩儿哭了,老头在咳嗽。狗叫得嗓子尖尖,它大概是盯住了天上的一颗星星吧——它只有把鼻子对准星星的时候才会发出这种声音。

　　细高个子长乐趿拉着一双烂布鞋,不紧不慢地往前走去。他腰上还别了个奇怪的东西。他一走路,脚底的烂鞋子就发出"唰拉唰拉"的声音,身子也随了这声音左右摇晃。有时候他搓一下眼睛,转过头到身后的暗影里寻找着什么。他往后看一眼,也就放心地摇晃着身子往前走去了。

　　小荒就跟在离他两三米远的地方。他不想走到长乐的跟前去,因为那个细长个子高兴了就伸出手撸一下他的脖儿。那只满是老茧的手,碰到皮肤上简直像锉子一样。

长乐这个人是很让人怕的,对谁都不客气,所以才让他负责看护大海滩。年数多了,村里人跟长乐只叫"看泊的"、"那个看泊的"……小荒是跟上他去看大海的。

　　海是什么样子的?很大、很圆吗?有人说海是天上余出的一块,铺展到地上来的。小荒不明白海是什么样子,一个人做了各种想象,急于去证实一下自己的想象力。其实海离他的家不过才五六里路,只是家里人不让他去罢了。有一年夏天,小荒瞅准一个中午就往北方跑去,可刚跑开不远就被家里人追上了。家里人从此对他十分严厉,告诉他,不到了一定年纪是决不能上海里玩的:谁家的孩子淹死了,谁家的孩子在海滩上迷路了……你不怕吗?我不怕。不怕也不准去,反正是不准去。

　　总之,小荒的运气很好,他虽然又硬挨了两年多,但还是没有呆到规定的年纪。他终于在这个早晨跟上长乐看海去了。长乐被小荒的家里人反复叮嘱过,所以长乐对小荒严厉一些,比如按时撸几下脖子,都是可以谅解的。

　　天渐渐大亮了。东方红得可爱。

　　小荒几乎从来没有这么早起来看过天空。他有些新奇地看着天际一丝丝地改变颜色,兴奋得老要呼喊点什么。空气的味道也似乎香甜可口了,他大口地、不住气地喘息着,咂着舌头。他看到长乐也像他一样高兴,竟然哼唱起来。长乐哼唱的是一首奇怪的歌。

　　那歌子说一群姑娘去大海上挖海蚬子①,一个个都怎么怎么

---

① 带花纹的海蛤。

俊,怎么怎么俊。她们的运气也好,正遇上大海落潮,就扑通扑通跳进浅海里了。歌子的最后一句是这么唱的:"摘下了草帽就把个裤腿挽呐,看看谁是模范……"谁是模范?挖海蚬子的人里面还能有模范吗?小荒听了只是笑。

长乐见小荒在笑,更加高兴了。他步子拖得很快,有时还将布鞋甩到三尺多高,再用脚掌接住,而且正赶步子。他回头嚷着:"海蚬子,吃过吗?"

"没有……"

"海蚬子是好东西——生能吃,熟能吃,盖子一掀,能把你鲜个跟头!"

长乐咂咂嘴又补充一句:"像你这么个小孩儿,能鲜个跟头——跟我去翻跟头吧,我用松树毛子燎了你吃,一燎一包油,'吱吱'先吸汤……嘿嘿!海里好吃的东西多了,海滩上好吃的东西多了。你看我上海滩总不带干粮吧?用不着带,遇什么吃什么……"

小荒听到这儿想:"遇上个刺猬,让你吃!"正这样想着的时候,长乐就说到刺猬了:

"刺猬那东西真多,包上泥团子烧一烧,没比!……"

小荒觉得前面正有一个无比神秘的世界在等待着他。他真想这样问下去:海还有多远,海是什么样的,海滩老大老大吗?他这样想着,最后只奇怪地问了一句:

"海滩上有鬼吗?"

长乐停住了步子。他锁着眉头盯住小荒,一动不动。这样看了足有两三分钟,小荒都有些打战了。小荒觉得长乐的脸一下就绷紧了,黄中透青。他的粗粗的黑眉抖动着,一双眼睛挤成了三角。这双眼睛,眼珠黄黄的,眼白也不白,小荒可算看清了这双眼睛!正在小荒惊讶的时候,长乐突然开口喊了一声:

"海滩上有鬼!"

小荒往后退开几步,愣愣地看着他。

他咬了咬嘴唇,把手搭在腰间插的那个东西上,向着北方望了望……他又继续往前走去了。可是他再也没有笑一次。

他腰间插的那个东西是一把木铲:很细很长,铲面儿很窄。说它是木铲,还不如说它是一把木剑。它是硬柞木磨成的,刃儿很锐。小荒知道这种木铲是挖山芋时用的,只是不知道长乐为什么带着它看泊!在小荒的眼里,看泊的人一般都带一把镰刀或一截铁棍,来做护身的武器。他带个木铲做什么呀!……

树木开始多起来。阳光被树木遮住,变成一大束一大束的。一群群鸟儿落在树的尖顶,往下看着踏入林间的两个人。脚下的小路被草棵和荆棘缠满了,走路需要特别小心。小荒知道他们已经进入大海滩了!

哦哦,大海滩,神秘的、对一个孩子一直是守口如瓶的大海滩,终于出现在眼前了。你的背后,你的边缘,就该着是大海了。瞧阳光一道一道交织在草地、在树梢、在黄蒙蒙的沙子上。一只鸟儿尖声大叫,嘎嘎地飞到一棵树上,又发出咳嗽似的声音,停留了一小会儿就飞去了。身子四周,到处是古怪的树木和花草,它们都是陌生的,可又都是笑吟吟的。蚂蚱飞起来,落下去;蝈蝈儿藏在绿叶深处欢叫。小荒的头四下转动着,等到定睛去看长乐的时候,长乐已经不见了。他奔跑起来,等他重新见到那个细长身影的时候,才松了一口气。这时他觉得两脚和两手都有些疼,低头一看,原来刚才绊跤子时,手脚被棘棵子划了无数道的口子,鲜红的血正流出来,有的滴到沙土里……

长乐回头瞥了一眼,就慢慢走了过来。他有些生气地对小荒咕哝了一句什么。

"我……我拔下脚上的刺!"小荒蹲在没有棘棵的地方,忍着疼用手去拔扎进皮肉的刺。真疼啊,他咬着牙拔着。

可是长乐不耐烦起来。他蹲在一边,看着,咬着牙齿。突然,他伸手抽出了腰间的木铲,扳过小荒的屁股,"啪啪"地打了两下。长乐打着,骂了几句,骂得十分粗野。

二

沈小荒还记得二十多年前的那一个早晨。童年的印象真是奇怪,它竟然会如此地清晰。生活往人的大脑里塞进了多少东西,可永远挤不掉那个早晨。他清楚地记得那是个秋天——准确点说是个初秋的早晨,他和一个看泊人看海去。看到了什么,他记不很清了,反正是第一次看到了海。二十多年后他回忆童年的时候,首先映入脑海的是他跟上一个成年人往荒滩上不停地走……

他吃过晚饭,觉得身上很疲累,就在沙发上仰一会儿,闭着眼睛。爱人蓉真用手试了试他的额头,他笑了笑。她坐在他的身边说:"跳舞去吧?机关的年轻人都去……"他摇摇头。这一摇把爱人吓了一跳:"好啊,你不去。机关的第一次舞会你不去。你可是团支部书记!"

　　他在心里嘲笑她的大惊小怪。我不去怎么了。我就是不去。我就是要做一个敢于不参加舞会的团支部书记。哼。你今天积极了。你忘了前不久那会儿跑回家来说——跳舞的都要抓起来,你跳了吧,跳了吧。我说我没跳,我还没学会——这时候你才眉开眼笑。哼。我倒想我当时真该跳过几场才好呢……虽然这样想着,他还是站了起来,到一边的衣架上去寻外套了。系上领带的时候他暗暗想:我是团支部书记啊!

　　他们手挽手地往机关大院走去了。他们的宿舍楼离大院有二里多路,为了增加些锻炼身体的机会,他们从来上班不骑自行车……天还没有黑尽,街上的小摊还没有完全收起来。时近初春,可是还有些冷。小摊前的生意人大都穿着厚厚的棉大衣,年轻些的穿鸭绒服。蓉真被一个摊子吸引着,胳膊勾着他往前挪动,直到快要走到近前他才看清那是卖牛仔裤的。这个人有本事,不知怎么捣鼓来这么多的牛仔裤,用绳子吊在几行木柱上。他特意凑近商标看了看:一块铜板钉在后屁股那块儿,上面印着一个叫不上名字的、很吓人的动物。蓉真在十天前就穿上了牛仔裤,当时他还担心这种裤子会叫爱人半天工夫就叫起苦来,可是第二天问她感觉怎么样,她说可舒服哩,怪不得风行这么快……到了第三天上,他发现爱人似乎比过去更洒脱了。到了第四天上,他感到爱人的确变得比过去温柔了。

　　沈小荒长久地站在小摊跟前看着。卖东西的是一个三十多岁的少妇,削肩膀,高个子,自己也穿了一条牛仔裤。她苗条、漂亮,不搭理顾客,只是若无其事地在挂着牛仔裤的木柱间旋转着身体。他看着她,要买条裤子的念头竟然越来越强烈了。他掏出钱来,爱人说你傻吧,你是参加舞会去的。他就像没有听见一样,很快地买到手,麻利地让少妇包好,然后和爱人手挽手向前走去。

一个卖冰糖葫芦的人老在他们前面走着"之"字,仿佛非要他们买一支才算罢休。他们也就买了两支。街边上卖瓜子的很多,摊前一律点一盏电石灯。电石灯橘红色的火苗不停地跳荡,使人想起灯苗下正做着什么有趣的或神秘的事情,惹得行人一次又一次围上去,又一次次地离开,离开时总有人捏紧了一包瓜子。一个老太婆白发苍苍,灯火把她的脸映成了红色,当手挽手的两个人走近她时,她正好喊起了很长的一段话,话的大意是出了一个非常笨的怪人,怪人发明了一种非常好吃的瓜子,谁不买了吃就是非常笨的人等等。他们自然不愿做什么非常笨的人,于是就买了一大包来吃。

夜色浓了,大院还没有走到。他们发觉在路上耽搁的时间太长了,就加快步子走起来……沈小荒不知怎么又闪过非常熟悉的一个镜头:一个小孩子跟在一个成年人的身后,一步一步地往大海滩上走去,小孩子的脚和手都被棘棵子划出了血。他这样想着,不知怎么觉得柏油马路也变得松软起来,踏在上面就像踏在沙滩上一样。叫卖声、人流的喧嚷,一切都化作荒滩上的声响了。他仿佛又看到了绿草地,看到了被树木切割成一束一束的白亮的阳光……蓉真叫了他一声,他才换掉脑海中的那个镜头。前面是雪亮的、齐整的路灯,他们就沿着一串路灯向前走去。

礼堂内外都挂了彩灯。正门被一道彩画屏风映住,上面画了一对对舞伴在起舞,飘动的五线谱图案像围脖儿一样把他们的颈部都缠住。屏风内装了各种彩灯,闪动不停的、各种颜色的光差不多使画面上的舞伴舞起来……你凝视着这个漂亮的屏风,两腿就会不自觉地原地挪动起来。快些绕过屏风吧,走进去吧,里面有音乐,有春风,有说不清的各种各样的美妙东西,够你享受一个夜晚的了。这是周末,一个星期挨来的好时候啊。可这又是几十年来的第一次周末舞会,那么可不可以说是几十年挨来的一个好时候啊。你多么年轻,你正好挨到了这个时候。你的妻子和你手挽手地走近屏风,这本身就是一首歌。快绕过屏风吧,快进去吧,用不着慌促和害羞,这又不是什么窝囊事情。你进去的时候就会知道,灯光是橘红色的,它使所有人的脸看上去都是红扑扑的……前面有一对人影儿在屏风跟前略一踌躇,接着就要绕过去了——正在这时候屏风后面突然闪出一个彪形大汉,彬彬有礼,身体前倾,手持花束递给两个人,说了声"请",又说了声"非常感谢",又说了声"欢迎光临",又说了声诸如此类的话。等不知所措的两个人绕过屏风之后,那个彪形大汉也飞快地闪到屏风之后藏起来了。他在等下面的另一对人走过来——这多少有点等鱼上钩的味道。

沈小荒开始和蓉真做舞伴跳了一会儿,后来歇息的时候,受到了办公室主任姜虹琦邀请。姜主任将进门时大汉给的那一束塑料假花掖在了裤兜里,这使沈小荒觉得很不得劲。姜主任说:"怎么样小沈?舞厅布置得怎么样?"沈小荒很想擦一下脸上的汗。他回答:"好,好好。嗯嗯,真想不到能弄成这样……"接下去姜主任说她领人弄了好几个下午,一边说一边抽出手来飞快地掖了一下就要滑脱的塑料花:"我可不怕别人说,我想反正这是第一次,让那些保守派说去,我可要布置一个第一流的舞厅……那些人,还成天讲思想解放哩……"沈小荒后半截没有听进去,因为和她跳舞需要全神贯注地去配合步子,不一会儿你就穷于应付了。主任的舞步也说不上错误,也说不上不合拍子,只是好像动力太足,整个身子往前一冲一冲的。她的两只胳膊扶在他的身上,又硬又板,多少使人想起对方像是在推小车似的……音乐听起来也不完全对味儿,抬头看看乐队,乐队的阵容倒很可观呢。沈小荒问主任哪雇来的乐队?主任回答:梆子剧团。原来几个地方戏剧团卖不出票,就将乐队分成几拨子,专门为舞场去伴奏。肯定是乐器配得不对,肯定是或多或少透出了一些梆子味来。沈小荒这么想。

音乐继续奏下去,可是沈小荒突然觉得姜主任停止旋转了。他抬起头来,顺着她热辣辣的目光望过去,终于发现门口出现了身体瘦削的李部长。李部长跟前的几对年轻人立刻有些不好意思地停住了舞步。部长哈哈笑着:"跳嘛!跳嘛!……"老头子一边说一边脱了黑呢大衣——在他的大衣刚要挂上衣架的时候,姜主任的手臂就迅捷地从沈小荒身上拖下来,高声喊着李部长跑过去了……沈小荒孤零零一个人到桌边坐下来。他不想再去邀请舞伴。他只是看着李部长和姜主任跳舞。他在心里多少有些为部长担心,怕他受不住这个舞伴的奇特的舞步。正这样想着,没有多会儿,李部长果然喘息着败下阵来。老头子一边用手帕擦脸,一边坐到靠墙的一个桌子旁,脸上笑眯眯的,还仿佛为自己的体力不支而深感抱歉似的。姜虹琦也坐下来，两人交谈起来。姜主任有时用手指一下彩灯，部长就抬头看了看，微笑着点点头。看来他们仍在谈论有关布置舞会的事。可是后来姜主任的脸就阴沉下来，李部长也不像刚才那样高兴了。停了一会儿，姜主任在向着这边招手了——沈小荒终于看出是让他过去坐。他一边起身，一边点头答应，不知怎么心在扑扑地跳动。

他刚坐下来，姜主任就问："杨阳怎么没来跳舞？"他摇摇头说不知道。姜主任长叹了一口气，说：

"就是杨阳没来。这个小青年对集体活动从来不热心。工作也不积极。一心恋着乱抹乱画。小沈哪，你们支部里可要帮帮他……"

沈小荒点点头……他实在想不出不来跳舞算什么问题，但他还是点了点头。姜主任是党组里负责联系团支部工作的成员，他已经早习惯于在她面前点头了。她由一个杨阳说到整个机关的青年工作，整个机关的风气。杨阳的问题似乎是绝对不能忽视的一个问题了。

从部长和主任身边走开后，他一直一个人坐在一个角落里。直到舞会快要结束时，蓉真才把他找到。她抱怨："你真行啊，你是看跳舞的来了……"他没有做声。

往回走的路上，蓉真在讲她的一个个舞伴，他也没有插话。奇怪的是脑海里这会儿又出现了童年时候的一个镜头，他抬头望了一眼满天的星斗……哦哦，他在那儿度过了一个怎样的童年啊。他后来进工厂，又考入大学，最后毕业分配到省城的这个机关里……由于海边村子里没有了直系亲属,他十几年没回过一次老家!……蓉真不停地说着,见他总不插话,也就停了下来。她说:"我知道你累了。""是啊,我累了……回去的时候,我要给你讲讲小时候的事……"

蓉真笑了。"又是海滩吗?又是芦青河吗?"

"又是海滩。又是芦青河。"

三

那一天他是哭着往海滩深处走去了。他憎恨长乐的木铲,也憎恨长乐这个人……可是辽阔的荒滩上奇奇怪怪的花草树木、各种的鸟儿、小兔子,又很快使他着迷了。他第一次看到海的时候是多么的兴奋啊!当时他跟在长乐的身后往前走,一眼望到前面有无边无际的一片蓝蓝的水,就高声大叫着窜到前面去了,也顾不得脚上还带着棘针划破的血口。这就是大海啊,做梦都梦见的大海。小荒跑啊跑啊,不顾一切地跑着,长乐看着看着也高兴起来,还像个驴子那样伸长了发黑的脖子,有些嘶哑地大声呼叫起来。各种鸟雀都被这叫声惊飞起来,有的从灌木中、草棵间,慌慌张张地钻出来。小荒还是跑着,他跑着跑着突然明白了,长乐喊是为了给他加劲的。

这一天小荒过得无比愉快。整个的一天他都和长乐在一起,跳进海水里挖蛤子,钻进林丛里寻鸟蛋。一切都无比神奇,一切都是这样的多趣。海滩上的天空比村子里的更加旷阔和高远,也更加蓝。大海滩上只有他和长乐两个人,却丝毫不让人孤寂:这里有那么多不安分的小生命,有野兔和雄鹰,有小沙里拱、小土鳖、小蚂蚱,有甜根草、野菠菜、野大米草、小苦萝卜……他愿意每一天都和令人厌恶的长乐在一起。

后来的日子,他果真就常常跟在长乐身后来大海滩上了……长乐慢慢也变得好起来,再也没有横眉怒眼地用那个木铲揍他的屁股,倒是用它掘出了小海螺、野面瓜,用火烧熟了给他吃。看来长乐也乐于有个小伙伴跟他在大海滩上晃悠。他原来是一个人在荒滩上晃悠大的,又在这荒滩上长到了四十多岁。到现在,他也还是独身一人。小荒对他说:"我就和你一块儿当看泊的吧。"他摇摇头:"你马上就得上学去,嗯,就这样唰的一下戴上个小笼头!……"他说着飞快地用粗糙的大手捂住了小荒的脸。

他说得不错,没有几天小荒就给送到学校去了。真好像牲口戴上了笼头一样,整天都给关在校园里!难得一个星期天,每逢这一天小荒就跟上长乐回到海滩上了,到草地上滚,到海水里泡,有时还爬到全海滩最高的一个大杨树上!玩得真畅快呀……这样过了有一年。有一天小荒对长乐说:"我用不着上学校了,再也用不着了!这下可好了,学校解散……"

大一点的学生都跟上老师造反去了,小学生们也就"解散"了。小荒可以整天地泡在荒滩上了。这是小荒一生中最大的一个节日,也是长乐几年来最高兴的一天。长乐竟然像个孩子一样,沿着浪印的沙土赤脚奔跑着,还用木铲拍打着自己的屁股。他唱着:"……摘下了草帽就把那个裤腿挽哪,看看谁是模范!……"小荒跟在长乐的身后奔跑,也学着他咿咿呀呀地唱,自己也不知道唱的是什么。

他们一块儿看管这片大海滩了。

长乐给小荒削了一支五尺多长的柞木杆子,算是将他的伙伴武装了一下。小荒问他:"你怎么不背个枪来?看泊的没有枪哪行呀?"长乐笑着抽出木铲,掂了几下说:"有这东西比什么也强。武器不在高下,为主的是你会不会使它。会使了,就是一个高招儿。"

小荒怀疑这把木铲的威力。他知道木铲主要是挖野生东西的。

长乐将外面的一层衣服脱下来,只穿了一件秋衣。他把衣服往旁一扔,接着声色俱厉地喊了一声。然后,几乎是和喊声同时,将左手的食指和中指并到一起朝天上指了一下,就挥起木铲舞动了。木铲这时真的像一把宝剑了。它从头顶绕过去,又在脸前翻了个花儿,左摆,右摆,接上去恶狠狠往沙土里一插——就以这样相同的程序来了五六次,长乐就热汗涔涔的了。他终于喘息着停下来,用一双亮晶晶的眼睛盯着小荒问:"不厉害吗?!"

小荒想刺进沙土里那一下如果刺在人的身上,是必定要把人刺死的。于是他连连说:"厉害!太厉害了!"

长乐哈哈大笑,一边穿衣服一边望着远方说:"那些想来糟蹋大海滩的人,如果不怕死,就来吧!'人不犯我,我不犯人'……"他说着说着严厉起来,猛地一下捅上衣袖,又重复一遍说:"'我不犯人'!"

小荒好奇地问:"大海滩上有什么要看护的呀?"

长乐惊讶地看了小荒一会儿,几乎是喊着说:"有什么?哎呀!

村里还有比大海滩更要紧的东西吗？没有！还有比大海滩上的好东西再多的吗？没有！"他说着用木铲往远处一划,"看看吧,从东到西,从南到北,都归咱管。你看见那些杨树、橡树了吧,都归咱管。多大的松木林子,都归咱管……要是有个恶人放把火,大海滩就毁了！你还说有什么好看护！哼哼！……"

小荒不做声了。

长乐又说："就是那些打干草的,也不能让他们进滩！"

"打干草怕什么？"

"打干草不怕什么。不过打干草就得带走草里落的树籽——树籽在烂草里就能发芽长成大树！你嫌海滩的林子密了、大了,才让他们进来打干草,是啵?!"长乐眯着一双细长眼,嘲弄地看着小荒。

他们在荒滩上转开了……长乐告诉小荒:他们这些天连大海滩的一半也没有走完哩。你想想吧,大海滩有多么大,看护大海滩这任务有多么重。为什么找上我干这活了？这说起来可复杂。不错,老支书是俺一个远门亲戚,不过也不为这个。别人都有家口,谁也不愿抛家舍业,一辈子都搁在这荒滩上。这还不算,要紧的是看泊人得心眼正,不往自己家划捞东西;还得有个好身板,会几下功夫路数。这几条占全了你当容易吗？不易！也碰巧这几条我全占了,我不看泊谁看泊？……谁要是以为看泊就是闲遛着玩,那他是屁也不懂。看看泊人这两条腿吧！看看泊人这两只脚吧！看看泊人这两只手吧！哼哼,看看吓死人！……

他们转到了一片松林里。越往里钻越黑,松林竟然密不透风。

长乐嘻嘻笑着。走了一会儿他们坐下了。长乐对小荒说：

"小荒呀，你我交往也不是一天了，你我是朋友了。有些事我不愿再瞒你了。我今天是想领你看一样东西，你看了，千万不要往外说，就是你爸你妈也不要讲——做得到么？"

小荒严肃地点点头。

"那跟我往前走吧！"

前面的松林更密了，松针老要刺人的手和脸。不知穿过了多少道这样的屏障，眼前终于出现了一个小小的草铺子。长乐说到了。小荒不解地望望他，他用手一指小草铺说："就是这东西！"……两人钻进了铺子。

小荒走下两道台阶，这才明白了：原来铺子被沙土埋住了一截子，里面很宽敞呢！一股浓重的潮湿霉烂味儿直冲进鼻子里来，小荒用手掩住鼻子，端量着这个奇怪的地下小屋。小屋的四壁为防沙土剥落坍塌，一律用树条编成的帘子盖住，显得很齐整、也很牢固；壁上钉了一根根的木子，上面拴了干粮袋、干菜叶、捕野物用的铁夹子、塞满了草的兽皮筒、三两条干鱼……靠北墙根下，是一个油光光的床铺子，席子是用蒲草编成的。一些小瓷坛、小泥罐，都整整齐齐地堆在一边；靠着坛子的，就是一个小铝锅……小荒笑了。

长乐兴奋而自豪地看着小荒。他的伟大的艺术品呈现在另一个人的眼前了……他指点着小铺子说："这个地方除了你，谁也不知道！这是我用心搞起来的一个窝——那些村里人看我常常回村，还以为我就只有村里一个窝呢。他们做梦也想不到我会在海滩弄出这么好的一个东西来！这可不能让别人看见。谁看见了不眼气？他们进来，就会糟蹋一气，然后把什么东西都取走！这叫什么？这叫'端老窝'！自古以来，人人都怕'端老窝'！这就是我为什么要嘱咐你不要跟别人讲的根由了——你弄明白了吧？"

他们又端量了一会儿铺子，长乐就拉着小荒躺到小床铺上了。长乐高兴得全身乱扭。他问小荒："是个舒服地方吧？"小荒说："嗯。"长乐又说："等有机会我让你在铺子上睡一宿。在这里面睡觉可不比在家里，这里能睡出个特殊滋味儿来！不信你就试试！……哎哎，不过眼下不行，眼下……海滩上有鬼……"长乐说着沉下脸来，从铺子上坐了起来，"我早晚抓住这个鬼——那天夜里我见了，就在松林里，白的，一闪一闪，跳着走了……"

小荒有些害怕地看着他，又瞅一眼他腰上的木铲。

"我准备……"长乐用手抚摸着木铲说，"我准备换一把桃木的。桃木铲——如果是遭雷劈的桃木做成的更好——鬼见了怕！我非抓住那个鬼不可！……"

小荒问："抓住了怎么办呢？鬼可是脏气的东西，就像蛇一样……"

"不怕不怕，揍一顿，扔到海里，然后用'罗锅'牌香皂洗洗手就好了，不碍事了……"长乐说到这里高兴起来，重新卧到了铺子上。他舒畅地伸着懒腰，想起了什么，就问：

"你看我娶个媳妇放这老窝里行吧？"

小荒笑起来。

"笑！你当不行吗？真能娶上媳妇，我就放进这老窝里！胡头才傻——你听说村里胡头的事了吗?他一身毛病,把老婆气到娘家去了,一走就是三年!到现在也没回来!胡头才傻!老婆多好,放进老窝,我就四下里寻东西给她吃——什么重活也不让她干,她呆在老窝里就行了。我知道老婆宝贵,可不能让她干重活。到头来她要生孩子,就生在老窝里好了……"

长乐的眼又眯起来了。他仰躺着,像在望着很远很远的地方。

小荒却在想着胡头。那是村里一个怪人,满脸的黑胡子,眼角老是不干净,平常也不说话,怪吓人的……

四

从舞会上回来,沈小荒心上就像压了块石头。跳舞不是让人愉快的吗?探戈,华尔兹,伦巴……瞧这些名字吧,带着别一种色彩挤进你的生活中,使你的生活变得富有活力,富有节奏,富有弹性。爱增多了,亲昵,温存,和谁都细声细气地说话。想想吧,穿过礼服,在音乐声中迈动过舞步的人,怎么好粗野地对人说话呢。可是……可是在沈小荒看来好像就不是这样。他倒想发火。这火气也不知从哪里来的,很可能就是从舞会上来的。不过爱人情绪高涨,还劝他赶快穿上牛仔裤。她那么多笑,老想吻他,他终于明白自己的火气、自己的烦闷也不全是来自舞会上的。来自哪里呢?准确点说,好像来自一个人——杨阳。

杨阳原来是一个机要员,四年前由一个村镇中学选来的。刚来时沈小荒见过他:十四岁,胖乎乎的,嘴唇上生了一层可爱的茸毛,两腮彤红,润湿的嘴上总漾着天真的笑意。沈小荒第一次见他，就忍不住在他的头上摸了一下，他也有些友好地、顽皮地伸出拳头，在沈小荒的腰眼那儿轻轻按了一下……两年的业务训练过去之后，他不知怎么就瘦下来。脸色发黄，一双眼睛老要死盯住一个地方。领导上终于看出他再不适合做机要工作了，就让他做了办公室的图书资料员。他现在仍是资料员，业余时间喜爱画画。姜虹琦主任听说他十三岁时参加过地区画展并得过一等奖，就让他画了一张像。杨阳绝对是一个现实主义画派的继承者，画得太像了些，所以主任把画像收下又在暗地里毁掉了。她评价说："不安心工作，又没有那个天才，真是咄咄怪事！"她只要说到"怪事"，前面总要加上"咄咄"。有一次沈小荒在她面前用了一个"咄咄逼人"，让她白了好几眼，并大声更正说："是'咄咄怪事'！"沈小荒点点头走开了，不过心里嘀咕："哼，'咄咄'也不能全留给了'怪事'呀，当主任怎么的！……"对于杨阳，他却远不像第一次见面那么喜爱了。这全要怨他自己：只埋头画画，成天不说一句话；而且长得也不如从前漂亮了，见了面，一说话就死死地盯住你，仿佛你的所有秘密全被他知道了——虽然你知道自己并没有多少秘密，并且对方也丝毫不知，但你还是感到了一种威胁，感到了一种特别的不快。要解除这种威胁，最好的办法是不理他。

可是沈小荒身为团支部书记，姜主任常常为杨阳的事情找他："你知道吗？杨阳上班的时候关着门。""你见没见？杨阳进楼的时候腮上还沾了块红油彩。像什么话，我们这样的大机关……"没办法，他必须去和他打交道，必须去解决这个"小大难"。上班关着办公室的门好像不算大问题，但你的脑瓜多转几下就会感到事情的严重:他会不会关上门作画？会不会睡觉？会不会休克？……有人就是在关着的办公室里做过各种事情,这都是有案可寻的。比如,甚至就有人在关起的办公室里做过文明人不屑于谈论的下流事情。鹤翔庄气功风行的时候,还有人关起办公室的门做功,以至于来了"自发功",一发而不可收,砸碎了办公桌上的文具,使国家遭受了损失。至于脸上抹着油彩上班,一般可解释为粗心大意,但也并非就没有意外的例子。有的人就是通过丑化自己而发泄和排遣对新生活的不满情绪,比如对工作的厌倦,对一个庄重的、庄严的大机关的藐视……

这一切沈小荒都理解,都能理解。一个近三十岁的人也许是幸运的,他似乎经历了一个历史的结合部位,承上而启下,继往而开来。造反的呐喊听过一些,北京的十月也明白一点,搞现代化更是身在其中。好了,一茬特殊的明白人就这样飞快地成长。不过事物的发展总不那么平衡,明白人中往往夹杂着几个十足的糊涂鬼,到头来不得不让明白人出面去教化。此刻的杨阳就是一个不打折扣的糊涂鬼。他的不参加舞会虽然不像上班关门或腮上沾油彩那么严重,但也不可以不闻不问,等闲视之。

周末的太阳转回来,大家都该松闲了,过一个轻松愉快的星期日了。家家包韭菜水饺,一家两口或者三口围在一起。小擀面杖在案板上灵巧地滚动,饺子皮雪白雪白,溜圆溜圆地从杖下碾出来——这一切都是艺术。这种艺术,在大机关工作的职员们,自以为是这个时代里特别优越的小康之家的成员们,是最善于享受不过的了,如果包水饺的同时再打开录音机,那么两种不同的艺术就算交融到一起了,使一家人感到空前未有的满足。沈小荒和蓉真在包水饺,并且又是刚刚打开录音机。这时候任何一方要离家外出都是大煞风景,足以让对方生气甚至绝望的。可巧的是蓉真一边干着一边提起了昨夜的舞会,这就提醒了沈小荒还有一个杨阳的问题。沈小荒一边拍打手上的面屑一边向爱人解释,但爱人毕竟也是在大机关工作的,知深浅,识进退,没等他解释完毕就催促他快走……

杨阳住独身宿舍,门上贴了一个仿毕加索的画。这张画当然怪得很,邻居们看了也自然觉得杨阳就和这张画一样怪。这张画是不是他做人和生活的宣言书?这就不得而知了。但是一个小伙子沉默寡言,愿意把自己关起来,这就不是一个好兆头。这也是一个现象。这个现象,就等于向生活和社会献上了一个谜语。有时身为团支书的沈小荒就想解开这个谜语,犟劲儿在他身上直拱动。

他现在就伸手敲门了。门上的画好像是一个女人或数个女人的头,他的手指关节就敲在女人的鼻子上:"笃、笃笃!……"

屋里有声音。不一会儿门就打开了。杨阳刚刚睡醒,像怕见阳光似的眯起眼睛望着来人,三分钟以后才恍然大悟地"唔"了一声。他转身进屋了,把沈小荒算是领了进去。

这间屋子里到处都是与油画有关的东西。墙上挂了画完的和没画完的画,挂了石膏塑像;地上不知叠盖了多少层油彩,有的竟无意中组合成一个奇怪的图案;特别醒目的是他的自画像:一个小伙子紧闭嘴角,神情庄严,双肩、嘴角、眉毛,一切都给人力量感。这张画表明了所画的人是不可侵犯的。这是作者的愿望,但由于这个意向太强烈,在一定程度上就干扰了他的创作,使人看上去不怎么像他本人……杨阳问:"像吗?"

沈小荒故意反问一句:"你得告诉我画了谁我才好判断哪——你画了谁?"

杨阳从对方的嘴角上那一丝微笑看出他是故意这样问。他于是觉得这张画没什么好谈的了。他在一个木箱上坐下了。

"吃早饭了吗?"沈小荒问。

"没有。呆会儿我吃方便面。这回有番茄味珍。你和我一起吃吧?"

杨阳的情绪一下子高起来,大概是提到番茄味珍的缘故吧!沈小荒想这个小伙子的情绪波动也太大。这显然是个艺术型的人。

就像来看一个画展一样,沈小荒一件一件地转着看起来。杨阳背着手,跟在他的身后转着。沈小荒有时目光从画上收回来,转过脸去看一下作者。他们不说话,只是这样看下去。有一幅画吸引了沈小荒,他在那儿足足站了有十分钟,到后来作者本人也激动起来,竟然在他耳后断断续续地咕哝着:"……啊啊,最好,你最好去看看……高更……"沈小荒转过脸问一句:"什么?你说什么?""没有什么……"两人看完了,重新又坐下来。沈小荒问:"你怎么昨晚上不去跳舞?"

"太累了。本来也不想跳,不过我想去看看。"

"又熬夜画画了吧?"

"哪里。姜主任拉我去布置舞厅。那天忙得也没顾上吃饭。

光一个屏风就搞了半天……"

沈小荒大声追问一句："屏风也是你搞的？还有，里面的彩灯？……"

对方点点头。

沈小荒沉默了。杨阳见他不说话，就到一个旮旯里找什么东西去了。

沈小荒不记得姜主任提过是小杨布置的舞厅。人们只顾得欢快地跳起来，包括自己在内，就没有想一下是谁把舞厅布置得这么好。人们像自己一样吧，只模模糊糊地觉得是姜主任为这次舞会操碎了心，跑前跑后。假如有一对单身男女在这次舞会上相见并且进一步发生了爱情，那么他们分一点爱给姜主任是并不过分的。可是这时候的杨阳呢？小伙子正躺在床上，闻着他的可爱的油漆味儿喘息呢。小伙子并不知道因为要歇息而没有到舞会上去也要引出一点小波澜，只是躺在床上，呼吸慢慢变得深沉起来、缓慢起来……沈小荒觉得一阵悲哀。他又想到蓉真了。他想她听到这些的时候，会想些什么呢？他此刻突然非常关心爱人的态度，非常关心！到底为什么，他说不清，大概是他急于寻找到杨阳的第二个同情者，尤其是要首先寻找到他身边人的同情吧？

有碗筷的响声。抬头一看，原来杨阳在低头捣鼓他的方便面——他摆好了两个碗，手里捏了一个塑料袋子，还捏了一个红色的小包——大概那就是番茄味珍了……沈小荒赶忙阻止了他，让他一定跟上回家吃水饺。杨阳问："吃什么？""水饺。""水饺不去。"

沈小荒惊讶地瞪着他:"水饺多好……"

"好是好,"杨阳一边拆塑料袋口一边说,"不过包馅的东西我都不愿吃。包子我就不愿吃。我谢谢你……"

五

整个的半天,长乐都闷闷不乐。小荒见长乐的样子,也不敢多说话了。中午他们随便吃了点东西,就到松林里转去了。到了松林里,长乐蹲下来,指着地上说:

"看看,有抓挠过的印子吧?"

小荒点点头。

"哼哼!"长乐站起来,愤怒地拍打了一下腿。

"什么抓挠的呢?"

长乐长长地吸了一口气,说:"就是那东西——那个鬼!"

"啊!"

"昨夜里我又在海滩上见了它——直跑直跑,一扭一扭往松林里跑……我追不上它。它像刮风一样快啊!……"长乐自愧不如地长叹一声。

小荒低下头说:"那么,木铲还没有换上桃木的吗?"

"换上了……不中用!"

小荒也泄了气。

他们一块儿往老窝里走去。可能是起了些风,松林深处传来呜呜的声音。松针一齐在这长远深厚的震响里抖动,碰到人的衣服上,发出沙沙的声响,像一些神秘的小爪儿挠过来一样。长乐怕冷似的将长脖子尽量地缩到衣领里,躬着腰往前走去。再有不远就能看见老窝了,长乐紧跑几步,从松枝下探出头去看了看,这才舒了一口气。他小声告诉小荒:"老窝还在。"

老窝里面也依然如故。但是台阶下面踩上的痕迹又表明有什么东西进来过。长乐端量着说:"它是来过的……"小荒心里知道他指的是什么,默默无言地跟他坐到了床铺子上。长乐像嫌脏似的用什么东西拍打了一会儿铺面,才怏怏地躺下来。他的一双眼睛四下里看看,看毛皮筒,看干鱼,看辣椒串,当看到一个个兔夹子的时候,这目光就凝住不动了。他兴奋地坐起来说:"有了!"

"什么有了?"

"捉鬼的办法有了!"

小荒也看着夹子:"用兔夹子夹它?!"

长乐点点头:"我这里不多不少有六副铁夹子,那三副下在芦青河堤上,呆会儿也去取了来!嘿嘿,六副夹子下到松林子里,到时候咱们再一轰赶,不愁它不上夹……"长乐说着大笑起来,小荒也高兴了。他们从壁上拿下铁夹子,小荒用手拉了拉,刚能将铁扣儿拉开一条小缝。看来铁夹上的弹簧个个顶事。长乐将夹子上的小部件整理着,嘴里一边咕哝:"我现在要是死了,也算看了一辈子泊的人了。我看了一辈子泊,到头来还要受一些野物的欺负吗?我有我的法儿,这招儿失了有那招……"小荒插一句说:"它也能算野物吗?"长乐久久没有作答。停了一会儿他用力地点一下头说:

"天底下真正的鬼才有几个?大半都是野物闪化的——就因为这个,我才想起使上兔夹子……"

小荒一声也不响了。他在心里钦佩起长乐的足智多谋了。他想,长乐有多少心眼啊,想事情想得真远!

夹子一会儿就整理好了。将夹子搁起来,两个人又躺下来了……长乐没有忧虑了,又哼起挖海扇子的那首歌了。他一边哼一边眯上眼睛笑,咂着歌子中的那番情味儿。他睁开眼睛问小荒:"你说我娶个挖海扇子的女人怎么样?"小荒笑着,他能说出怎么样。长乐哼一声说下去:

"那年上就有个挖海扇子的女人转到老窝里来了。真是天意!这老窝男人也找不到,她一个女人就偏偏找着来了,说是讨口水喝。水有的是,她也真渴坏了,捧起一瓢水就喝,喝一半顺着嘴角流一半。流下的水湿了衣服,花衣服贴到身上去。她喝水的时候我就在一边看她,啧啧啧啧……"

长乐停下来斜一眼小荒,又说下去:"喝完水我让她到老窝里面歇一会儿——谁知她挖了一辈子海扇,太累了,一歪就呼呼地睡起来;我看了一辈子泊,我也太累了,一歪也呼呼地睡起来。就这么,我搂着她睡,一口气睡了三天三夜!……"

小荒震惊地看着他问:"三天三夜没睁眼吗?"

"没睁。醒来的时候你猜怎么?"

"怎么?"

"还怎么!我觉到下巴颏那儿火辣辣地疼,一看,原来她的手在那儿放了三天三夜,把我的那块儿磨得发红。捞海水的女人哪,手让海水泡了一辈子,泡糙了,锉刀一样……嘿嘿嘿……临送她走,没说的,就贴上去亲了她一口……"

故事完了。小荒满意地笑起来。小荒立刻觉得这个老窝可不是原来以为的那么寂寞了……不过他还是怀疑长乐的话,就摇头说:"我才不信。"

　　"好事不怕不信。"长乐板起脸说。但停了没有一会儿,他又哈哈笑着说:"没有的事呀!后截儿是我编的……她喝完水就走了,是我送她走的……"他说到这儿把嘴对在小荒的耳根上说:"咱有这么个老窝,干什么坏事不行?干什么别人也不知道。不过做人就得讲良心,我长乐一辈子没在大海滩上做过一点亏心事……"

　　小荒完全相信他的话。

　　又杂七杂八地拉了一会儿,长乐突然看了看手腕,嚷一句:"时候不早了!不早了!得到河边取夹子去——也不知这些天夹住东西了没有?取回来下到松林里,晚上看好光景吧!……"

　　两人出了老窝,一块儿往芦青河边走去。小荒终于寻了机会逮住长乐的手腕,对在眼前一看,不禁愣住了——原来手腕上的手表是画的,直接画在皮肤上,表盘都没有画圆!……

　　这天他们把六副夹子全下好。

　　晚上两人候在松林里,可是半夜过去了也没见那东西露面。两人有些失望,就索性回老窝里睡去了……

　　第二天晚上,他们又候在了林子里。这个夜晚正挨上了风,松林又呜呜地吼叫起来。长乐倚住一棵树对小荒说:"怪瘆人的……等等看吧,浪高鱼大……"他的话音刚落,小荒就看到有什么东西在前面闪了一下,似乎离这里老远。他手指抖动着指给长乐看。长乐看到了,让他莫要声响……就是个灰白的影子,沙沙啦啦地摸索过来,后来只离两人三四十步远了。它好像在地上和树枝上寻什么东西吃,老是摸摸索索的……长乐慢慢把木铲从腰上拔出来,等待着机会。

它更近了。小荒觉得头发都要竖起来,胸口跳得真急。这时只见长乐用木铲指向了那个东西,嘴里同时大叫起来:"杀——!"他喊着,身子却一动不动。

它扭身就跑。

两人一动不动地看着它远去了。但住了不一会儿,前面就传来一声尖叫。"夹住了,夹住了!"长乐欢快地喊着,拉上小荒就跑……它在地上转动着,哼哼着。他们拉起来一看,原来是身穿蓑衣的一个人!仔细看了看,是胡头,那灰白的颜色就是蓑衣草。胡头两手扳住脚丫嚷着:"哎呀,哎呀,夹破了我一根脚趾头……"

长乐和小荒呆呆地看着胡头在地上转。胡头的身边放着半口袋松球儿。长乐看着看着愤怒起来,用木铲按在胡头背上大骂起来:"王八胡头,好哇!你进滩偷松球儿,还要装鬼吓人!我非把你交给斜眼老二不可!……"

斜眼老二是村里的民兵班长,现正代理民兵独立营营长。他素以执法严厉出名——这点连小荒也知道。胡头听到这里顾不得再喊疼,又是央告:"长乐老好伙计,饶了我这一遭吧!我偷松球儿是真事,不过可不敢装鬼……"

"那你披这个破蓑衣干什么?"

"松针老扎人,我用它挡脸、挡手脚……"

长乐不言语了,踢了胡头一脚,押上他往老窝走去。

长乐让小荒点上支松明，自己坐在床铺上，让胡头就坐在当心的沙子上。胡头的脚趾果真在流血，上面又沾了沙土；他的满脸都被胡子包住了，脏极了；只有一双眼睛是特别标准的大双眼皮，看上去略为好看一些，他也不过四十多岁，可看上去少说也有五十。长乐端量了他一会儿，说：

"看看你这副熊样儿也怪可怜人的，可他妈的就是不务正业，来海滩上算计我来了……"

胡头用草叶儿缠了脚，说："就是可怜啊！我哪敢算计你？孩子跟上老婆走了，得病就回来要钱，我哪找钱去？我听说有些学校收这东西生火炉，就生出这法子了……"

"你他妈的活该，好生生的老婆让你给气跑了！老婆你好气她吗？"长乐说着走过来，用脚把胡头推倒，然后扳过那个伤脚看了看，从旮旯里摸出什么碎末末撒上了……脚上的血立刻就不流了。胡头也慢慢来了精神，两只黑手奇怪地往上一举一举，把小荒给逗笑了。停了一会儿，他又从衣服的夹层里摸出一杆小烟斗，小得没法捏，放在嘴上吱吱地吸起来……

"真他妈的一个怪物！怪不得你老婆要跑，天生一个魔症东西……"长乐重新坐上铺子，兴味十足地看着胡头。

胡头磕着烟灰说："咱这些人，这个年头里都该是朋友……"

"谁他妈的和你是朋友！"长乐笑着骂道。

"侬我看嘛，嗯嗯，嗯嗯！……"胡头伸出两手在腮上的胡子间挠动着，也不知咕哝一些什么。

小荒此刻倒觉得胡头那么有趣，想起长乐为这么个傻汉费过那么多心思,刻过一个桃木铲,心里老要发笑。要不是长乐在一边,他一定会凑上去跟胡头玩。

长乐从铺子里走过来,用膝盖碰一碰胡头说:"告诉你听着,以后有什么事先来请示一下,再要偷偷摸摸,送交斜眼老二!法办!"他说完又瞅了瞅手腕上画的表,见上面的短针正指着夜间十点,于是吆喝一声:"时候不早了,滚吧!"

胡头听了,也将开衣袖看了看手腕——尽管动作很快,还是让小荒看清了那上面也画了块手表,那表的短针也正指着夜间十点。胡头甩甩衣袖呼道:"不早了!不早了!"说着就背起了松球口袋……

六

在爱人的鼓励下,沈小荒穿上了牛仔裤。他准备穿着它上班去。为了稳妥起见,他提前一个多小时穿上它,以便适应一下,不至于让机关的人见了别扭。实在紧巴了些。也许别人看了利索,自己感觉不利索。他以前庆祝十二大的时候踩过一次高跷,这会儿的感觉让他想起那次踩高跷。不管怎么,爱人总在一边鼓励,什么时代潮流呀,观念更新呀,动态与静态的关系呀,劳动人民的裤子呀……行了,行了,可以住嘴了。我们上班去。注意带门以前摸摸兜里的钥匙。

一进大门就遇上办公室机要秘书小关。他大约十天前刚换下牛仔裤,如今穿的是一条特别肥的厚厚的裤子。这条裤子别人叫不出名堂。但是肯定有名堂。这正如他几个月前穿牛仔裤时的情形一样。小关在机关里无形中领导了发式和裤子的新潮流。据说他的神通主要来自电影电视,来自模仿。他能把裁缝指挥得溜溜转。他的上衣还不行。有一次他从电视上记住了一个衣服样子,可是不巧漏记了肩膀上的一个小带子,结果这种衣服十天以后时兴过来了:人家的肩膀上都有小带子,唯独他的没有……小关永远会为这根小带子感到懊悔。可是没有办法,这是历史造成的。……尽管如此,小关值得骄傲的地方还有好多。比如他还会开车,姜主任有事,有时宁可让司机闲着也要招呼他。姜主任常常像拍打孩子一样地拍打他的后脑勺,他也像孩子那样一拍一缩。姜主任很喜欢他……这会儿他扫了一眼沈小荒的牛仔裤,马上开口赞扬说:"有劲!还不'乡气'!……"

沈小荒微笑一下走开了。"不'乡气'"这已经是对方所能给予的最高评价了。小关在机关里常常用这一类的字眼刺激对方:乡气!到底是农村孩子!断不了土味!你们农村……有一次不巧说到他的一个老乡头上了,老乡愤愤地揭露说:"你爸娶了个城里改嫁的媳妇!要不你能到城里上学?你爷爷串村说鼓书讨饭才没饿死你爸!……"小关那一次差点哭出来,只是莫名其妙地嚷着:"说鼓书!说鼓书是一门艺术……"沈小荒想,小关选择裤子的本领也够得上一门艺术了,也许这门艺术在今天比杨阳的画还要深奥得多……正这样想着时,刚转过一个楼梯角的小关突然喊起他来。

小关在那儿笑着等他。他走过去,小关立刻把胳膊搭过来,极其神秘地说:"小沈,告诉你个新信息——"最近他把什么消息都叫成"信息","可是你先不要外传啊!姜主任,听说了吗?在新班子里要升半格……人走时运没有办法。早几年进修那次,已经算上大专学历了,这一下子年龄、学历,又是女的,什么都占了……开始部里说那次进修时间短,又是机关里送去的,不能算数……"沈小荒不耐烦地插一句:"那怎么突然又算数了?"

正说到这里杨阳走过来了。小关煞住了话头,等杨阳走到身前时,伸手弹了一下他的后脑壳。杨阳恼怒地回头看了一眼,并未停步,继续往上,到他的四楼资料室去了。小关将十个指尖放到一起撞着,说:"这小子不义气。我从办公室捣鼓了好多纸给他,当时笑眉笑眼,过后见了我理也不理……后来怎么算了?还能不算。姜主任没有办不成的事。她天天找部里领导。事情明摆着:伸手跟你要这半格你也得给,先要学历,然后再名正言顺地提拔,这已经够客气的了,都是老同志了,谁也不容易。怎么,这还不明白吗?……就是这样……"

沈小荒说不上高兴还是不高兴,随口咕哝一句:"就告诉这么一个消息吗?提不提与咱没有关系……"他说着就要离去。

小关抓住他的胳膊说:"不不,我是告诉你,下午的小组会在二楼会议室开——这回可是讨论我的组织问题的。原来想在一楼开,临时换了地方……"小关脸上漾着奇怪的笑意。

沈小荒答一声"知道了",就向自己的办公室走去……本来应该在昨天下午讨论小关的组织问题,可姜主任开会时到处喊人,人还是到了很少一点。等到把人召齐,已经到了下班时间了。姜主任埋怨起大家来,大家却都说不知道有这回事。姜主任气得脸都要歪扭了,对李部长说:"看看,真是咄咄怪事!昨天我一个科室一个科室地传达了,今天又都说不知道……"李部长倒是很早就坐在会议室里等待开会了,手里摆弄着眼镜腿儿玩,样子显得十分耐心。他这时就对姜虹琦说:"那改到明天吧,明天吧。"……其实事情明摆着:人们对小关加入组织的事有看法,故意推托罢了!……可是终于推托不掉。我们的时间很充裕。沈小荒想到这里苦笑了。

下午的会人们都到场了。

会上终于没有爆出什么冷门。优点,缺点,努力方向,新鲜血液,大有希望……这些词被大家交替使用了半个下午。小关当然通过了。姜主任的脸红扑扑的,一直处于兴奋状态。好像大家讨论的对象不是小关而是她一样——沈小荒对这张红色的、满是皱纹的脸一直感到费解……挨到沈小荒发言的时候,他踌躇了一会儿,说:"我对小关同志……"他提到小关,心里就有些冲动。他想到了这张不诚实的脸相,就想面对着这张脸如实地把自己的评价摊开来。他觉得一个严肃的、崇高的阵容里从今天下午就要增添一个这样的脸相,怎么也是让人难过的事……他嗫嚅着,"嗯嗯"地支吾了两三句。姜主任和所有的人都不做声,都把目光射过来。室内静极了。姜主任说:"小沈,今天可要畅所欲言!今天是一个很不平凡、很不平常的日子……"他听着,点着头,渐渐畅所欲言了。他照例谈到优点和缺点,照例谈到希望和新鲜血液,也照例得到了满意的反响……李部长十分激动,瘦削的脸上,那双眼睛显得分外明亮。这双眼睛望着每一个人……

本来一场讨论就该这样煞尾了。可是节外生枝,不知谁偏偏提到了杨阳问题——机关青年中唯有他没有交申请书,这算不算一个问题呢?

发言顷刻间热烈起来。有的老同志评价杨阳时使用了一个质朴的词汇:"好孩子"——这三个字却不知怎么惹起了一部分人的反感。不具体,评语也嫌陌生。机关大会上竟使用这样的词!这未免太不严肃了。怎么算"好孩子"?政治上积极要求进步吗?工作态度?业余爱好与本职工作的关系?团结问题?……在分析他为什么迟迟未交申请书的问题时,有的同志在为他申辩时又不慎使用了另一个碍眼的词儿:"他还小"——这和"好孩子"有什么出入!真是异曲同工!革命青年怎样才算大?人小志不一定小,况且他工作好多年了,并不小,姜主任特别抓住"他还小"三个字认真做了分析。她的分析特别使沈小荒不能赞同。他心里想:这么说怎么了?前几年特别革命的样板戏里,在一个女民兵坚决要求上战场时,不是首长也说过她还小吗?这才是咄咄怪事!……他这么想着时,主任已经在点他的名了:"小沈,你这个支部书记怎么当的嘛!你该及时了解团员青年的思想情况,特别对于小杨……"

没等她说完,他已经在习惯地点头了。

散会后他就到资料室找杨阳去了。一推门,关着!沈小荒有些恼怒地敲起来,敲得重重的,一下,两下……直敲了十下,杨阳才把他办公室的门打开——他的脸上带着几道红印,不用说,他刚才在睡觉呢!

沈小荒只觉得一股火气直冲到脑门了,用手指着他的鼻子说:"好哇,你又犯了关门睡觉的老毛病!……"

杨阳快要哭出来了，央求着解释道："我……我身上一点劲都没有……老、老想躺下睡……"

沈小荒一摔门走了。

七

松球儿在脚下滚，像个小老鼠一样。小荒故意地用脚踢它，看着它在地上滚。它滚得不耐烦了，小荒就拾起装到口袋里。这些松球儿都堆在一个地方，积多了，他和长乐回家时就顺便捎给胡头……小荒的爸爸要把小荒从海滩上叫回家来穿树叶——用一根铁条穿落下的树叶，家里没东西烧饭了，这么大的孩子哪能成天玩！长乐才不愿意小荒走开呢，对他爸说："死心眼！我是看泊的，我说了算，你今夜就去滩上扛回截松树——烧完了再去扛！"……就这样小荒一直跟在长乐的身后了。

小荒送松球的时候，总要在胡头家里耽搁好长时间。他慢慢觉得胡头和长乐一样有意思，胡头的小院不大，可是像小海滩一样变幻莫测，千奇百怪。胡头并不怎么和他说话，可一开口就古里古怪。胡头平常就蹲在院里，在一个角落里捣鼓着什么。因为他老要这样捣鼓，小荒弄不明白也不以为怪了。

有一次小荒去的时候正赶上胡头吃饭。胡头拦住他说："我今天改善生活！"又指指屋里说，"饭一会儿就好。该着你有福，饭又备得多。跟我改善生活吧……嘿嘿嘿，小东西——"说着用手在小荒的脖子上推了一下。小荒想：长乐用手撸，胡头用手推，他们人不同，使的也是两股劲儿呀！……

胡头说完仍旧蹲在那儿捣鼓他的东西……小荒问:"你成天也不出工行吗?""不出,天天出;天天出,不出……"他像说谜语,说过之后,伸手往院子南墙下一指。小荒看到了一大堆马粪。他这才知道胡头是专职为队上拾马粪的人。这真是个自在差事!

又玩了一会儿,胡头拍拍手掌,伸出手腕看看时间,连连说:"到点了,开饭开饭。"他风风火火地跑到屋里,钻到了后灶间里。小荒也好奇地跟了进去,一看,灶上的铁锅没有盖上,锅里只有半锅浑水在滚动!胡头正两手攥住了灶下胳膊粗的一个黑东西,从炭火中往外拉,因为太热,他把那东西的头上一段包上了一块湿布……慢慢拉出来了,接着一股特别的香味儿扑鼻而来——原来是一根特别大的山芋!小荒高兴地喊起来,胡头摆摆手说:"别喊,别喊,咱吃烧山芋……"

他们两个也没有吃完这根山芋。胡头没有种山芋,他从哪儿弄来的?小荒问他,他恶狠狠地白了一眼说:"你只管吃就是!"山芋熟到了火候,绵软香甜,小荒吃饱了,可还要扳下一截放到嘴里。胡头吃山芋的样子要多怪有多怪:扳下一大截,然后取过一个竹刀上上下下划一道缝,摊开,用两手捧起来吃了,就像吃一碗米饭。他吃过一截,就舒服得"啊啊、哈哈、嗬嗬……"地叫一阵。他喘息着对小荒说,他已经好多天没有吃这么饱了……

小荒走的时候提出把剩下的一截捎给长乐尝一尝,胡头就火了。他像看一个叛徒那样看了小荒一会儿,说:"啊呀!长乐用什么法儿把你给迷住了?他是你亲戚吗?"

小荒想起了长乐在老窝里跟他说的话,就说:"他是我的朋友!"

　　胡头不吱声了。他的发红的眼皮翻动着,盯着自己的手指,又沿着地把手掌翻过来,他似乎无话可说了,但把剩下的一截儿山芋包起来,放到一边去了。他说:"我们俩就不算朋友吗?我们俩合吃一根山芋。"

　　小荒不想跟这个自私的人多说下去,就离开了他的小院。

　　第二天,小荒往海滩上走的时候,路过胡头的门口,听到里面传出了非常好听的声音。他不由得站住了。那真是奇怪的、谁也没有听过的声音。这是一种乐声,很细微、很奇特的乐声……小荒就被这声音吸引着迈出一步,跨进他昨夜还厌恶过的小院去。

　　胡头坐在厢房的门槛上,使劲低着头,用两腿夹着一个小东西,右手飞快地来回拉动,像拉钻子一样。小荒凑到眼前去,胡头就像没有看见,还只是拉、拉,让腿间的小东西发出吱扭吱扭、唷哟唷哟的声音。哎呀,这是一个像小胡琴一样的东西!小荒说:"胡琴!……"

　　胡头慢慢停了活动,收起那个东西来说:"你找长乐去吧!"

　　小荒不愿离开,求他再拉一会儿。因为小荒从来没见过这么小的胡琴——需要夹在腿缝里拉!拿到手里玩玩看看多好啊,小胡琴!

　　胡头转身回了厢房,出来时手里又捏住了一根小绿笛子。他重新坐在门槛上,头使劲低着吹起来。一种细嫩的、尖溜溜的声音飞出来,拐着弯儿在小荒的头上旋转。小荒嘻嘻笑着,退开两步,拍着手掌。

胡头正吹在兴头上又停止了。他把小绿笛子别在耳朵上方,说:"你找长乐去吧!"

小荒笑着盯着他的小绿笛子。

他又回到厢房里,这次他拿出了一面小红鼓,有拳头那么大,一边往前走一边敲打,震得人心上发痒。小红鼓可以敲出唱大戏时的那种声音,还可以敲出鸡捣米的响动。他把小红鼓放在头顶上敲、鼻尖上敲、膝盖上敲、屁股上敲……有一次还放在肚脐那儿敲。小荒笑得站不住了,最后倒在胡头的身上。胡头索性就把红鼓抛了,把小荒举起来,大叫:"像我儿子一样——!"

胡头扛着小荒在院里走,走累了就放下他来。胡头大口地喘息了一会儿说:"我儿子就像你这般大。他让老婆领走三年了。大双眼,像我一样。小鼻子,像你一样。好东西我都给他吃了……"

"老婆怎么走的?听说嫌你'魔症……'"小荒说。

胡头气得直喘粗气,鼻子里发出"吭吭"的声音。他说:"她是穷走的。怨我?穷年头,谁不穷!她受不了这份苦……见了我摆弄那些小东西就和我吵,有一回还砸了我一面锣!"

"你还有'锣'?"

"我什么都齐全。我没有缺的东西。"

"你缺'老婆'。"

"也不缺——丈母娘的仓库里放着哩。"

胡头畅快地大笑起来。他笑了一会儿,扯着小荒的手就进了厢房。胡头把手一扬说:"看看吧!不过不准用手摸!……"

小荒见墙上挂着无数的小乐器,也果真有一面锣,不过那是一个圆圆的铁桶底儿拴了绳儿做成的;再看其他的小乐器:小胡琴,筒儿是用向日葵秆儿做成的;小绿笛,是用蓖麻秆儿做成的;小喇叭,是用小葫芦嵌了木管做成的……还有木梆、木鼓、手拨琴、三弦……在这些乐器的下面,放了一堆子工具:扳子、锤子、长刀、锥子、锯子……一把大木钻,钻杆儿有拇指粗,是全家里最大的一件器具。大半所有乐器都是这些工具做成的。

胡头说:"等有工夫了,我一样一样弄给你听。别看它们挂在墙上老老实实的,我一弄,它们什么动静都有。这些乐器也够办一个戏班的了,只不过没有人手……"

"长乐不算一个吗?"

"长乐?这个人讲起来倒不坏。不过我一见了他就烦……以后少提长乐吧。"

胡头又抽出了那个奇小的小烟锅,放进嘴里吱吱地吸着了。他的大手插进满脸的胡子里,不时发出"哼哼"的声音。他在咬着烟锅笑。

小荒问:"你笑什么?"

他不作答,反而转问:"在我家里玩有意思吧?"见对方没有做声,他凑上跟前比划着说:"你天天跟上长乐满天跑有什么意思。我老婆跑了,活该她没有福。她跑了,这个院子就是我自己的了。你要来了,这个院子就是我们两个人的了……"说着他打住了话头,低头看看脚趾,说:"狠心的长乐,砸伤了我的脚!要不是这样,也可以叫上他,小院就是咱三个人的了。长乐这个光棍汉力气大啊,你不知道,光棍汉的力气都大,性子也躁。惹翻了会把我这个小院给整塌,我还是不能招惹这个人。那截山芋我给他留着了,你明天捎给他,就说:'胡头也没忘你'……"

小荒说:"就是啊,人家把你的脚趾砸伤了,可也给你撒上了药面啊!"

胡头不做声了,看样子正在沉思。不过刚过了一会儿他又在笑了。他说:

"小荒啊,玩疲累了的时候,我领你去看'女特务'去……"

小荒立刻有些不好意思起来。他的脸红起来像苹果一样。"胡头……"他低声叫着,一双特别黑亮的眼睛望着胡头,放出了兴奋的、新奇热烈的光。

八

"我也不愿关门。开着门也亮堂,开着门,如果有我的电话,别人一喊我就能听见。我真不愿关门。关起门来,屋里就我一个人,又闷又孤单。我一个人翻资料、翻卡片,一会儿就睡着了。眼皮真沉,老往下来,恨不能把它用东西支起来!眼皮一垂下来我就睡着了,什么也不知道。醒来我还是困,用凉水洗眼,洗脑瓜,都不行。喝浓茶,也不管事。我知道常常睡着,怕别人见了影响不好,心想还是关上门吧。我犯这个关门的错误,也不是一次了。领导处分我,我也没有多少话说。我只恨自己染上了爱睡觉的毛病……"

"完了吗?"姜虹琦问。

"'我以为是眼睛有病,上个星期去了医院。我怕机关门诊部看不准,我去了医院。眼科大夫看了看说,是沙眼。不过很轻。这根本不会影响到关门……年轻人觉多。我想大概是这个……'"

沈小荒读完了。

姜主任叹了一口气,身子离开桌沿,用力一仰靠到了椅背上说:"你们几个支部委员都在这儿,刚才也听见了。这就是杨阳的检查!他大概想练着写小说吧……咄咄怪事!"

团支部委员们传看着杨阳交来的检查,小声地笑着……姜主任的工作方法用四个字可以概括:大家讨论。前一段清查机关黄色图片、舞会、下流歌曲及赌博……首先她就想到了杨阳。她让小关去杨阳宿舍玩,一边注意一下;同时她通知杨阳将有关的东西交上来看看。结果小关没有带回杨阳的什么回来,倒报告了本机关另一个青年的消息:他常常唱什么"记住我的情记住我的爱,记住有人时刻把你等待,路边的野花你不要采哎……"唱这样的歌!姜主任立刻把那个青年领到团的一个小组会上,说:"你也唱得出口啊,你唱给大家听听……"那个青年眼珠转了转说:"我喜欢人家的曲儿……"姜主任对大家说:"听听!"青年接着说:"可我不喜欢他们的词儿,没劲!我把它批判了,换了!我是这样唱的:'记住我的情记住我的爱,记住这世界上还有反动派!要提高警惕,钢枪不离怀。战斗的鲜花永远开不败。嘿,开呀么开不败!……"他唱着,大家都笑了,连连说好!姜主任也搔着前额笑了。她一边笑一边说:"不过也要注意哟!……"那个青年刚走,杨阳就捧着一堆图片、速写本进来了。

大家争抢着看起来。姜主任一翻就翻到了一页裸男和裸女素描,拍打着说:"你年轻轻倒挺懂啊!……"杨阳腼腆地说:"刚学不几年,画不好……""再学几年就差不多进去了!"姜主任丢下一句,继续翻下去。周围几个人都笑了。大家都明白"进去了"指的是进公安局。杨阳这才明白有些不妙,脸立刻涨红起来,额上也有了汗珠。他咕哝了一串谁也不懂的名词,什么"变形"、"瞬间印象"、"达维德"、"莫奈"、"写实绘画体系"……姜主任摆摆手让他走开。她将选出的几份推到大家面前。大家看了看,见最上面的一张裸女画,乳房只用两个圆圈表现,知道杨阳的事情这回算糟透了!……姜主任十分镇静地说:

"大家讨论吧!"……

这次的检查也要大家讨论。怎么讨论呢?沈小荒知道无论怎么讨论,对于姜主任来说都是绝对有好处的。以前的几次讨论都在上报的青年工作总结上、在机关一年工作汇报等等材料上得到了反映。姜主任是所有市直机关中最有名的抓青年政治思想工作的干部……现在姜主任相对寂寞一些,因为形势的发展,已经使那两个代替乳房的圆圈变得无足轻重了。于是她也就亲自过问额头上的油彩,现在又过问关门了。沈小荒在考虑自己怎么发言——他这时候突然发现自己将这件事汇报给主任,对于杨阳来说是多么大的损失!这个发现像一道闪电一样在脑际划过,他不安地活动了一下身体……一阵自责在折磨他了。他就是为了显示自己吗?就是为了一点可卑的私利吗?他自己责问着,很快也就否定了。他当时确实让杨阳气得不轻。他踌躇了一会儿,终于第一个发言说:

"我看杨阳的检查是认真的……比较认真的。也许,他自己也搞不清楚这是怎么了,他很为难,他责备自己……检查中的用语是朴实的……"

大家都不做声。

姜主任刚要发言,可外面有人喊她接电话。她走开大家就随便议论起来了。奇怪的是并不怎么议论杨阳,而是议论省艺术馆刚来的那个教舞的女同志,议论《打虎上山》这支曲子适合跳什么舞,议论昨天晚上的电视节目。关于教舞的女同志,所有人都称赞:男子般的发式,小燕子般的身姿,多大方——教你跳舞时,扳你的腰,让你旋旋旋,倒好像她是个男的了……姜主任接完电话回来了,但告诉大家继续议论,她要到另一个会上去;明天全机关体检。

姜主任刚刚走开,沈小荒就站起来,大着声音宣布:"散会!"……也许他的声音太冲,带出了怒气,使大家都奇怪地看了他一眼……

晚上,沈小荒吃过饭,就去找杨阳了。

杨阳正吃他的方便面,见了沈小荒,似乎很高兴。他把屁股下的箱子让给客人,自己把箱前的画架子拖了拖,蹲到一边边吃边看去了……画上有一条河。河水正从一个小城脚下流过。有一棵红叶儿树。那必定是个秋天了。

沈小荒问:"老家的风景吗?"

"老家的。我们家就在镇上……我爸爸去地里干活回来,我最先在这棵树底下迎接他。我把刚画的画给他看……有时候他说不像……"

"你爸爸不是在小码头做搬运工吗?"

"那是后来……"

"那么说你也算个农民的孩子了。"

"我从来就以为自己是个农村孩子。"

沈小荒没有做声。

"也许……我常常想——也许就因为这个,我才干不好工作。我大概不适应城市生活吧……"杨阳喝完了最后一口面汤。番茄味珍的红末留在了他的嘴角上。

沈小荒看着他,不知说什么好。停了会儿他盯着那幅画说:"和你一样,我也是个农村孩子……我们家乡也有这么一条河。它比你的这条好像宽一点,叫芦青河。它穿过小平原流进渤海湾里去了。我的童年就是在河边上度过的,那时候我是个强壮的孩子,比现在强壮。那里空气新鲜,水好,人也就强壮吧。现在我常常感冒,吃药打针。年纪轻轻就开始注意穿多少衣服啊、冷啊热啊……你看看吧,就是这样子!……"

沈小荒说到这儿突然就打住了。他发觉自己在说一些毫无意义的话。不过又该说些什么呢?就是这样嘛,这幅画就是让我想起家乡,想起童年的河嘛。他叹了一口气。

杨阳又看了一会儿他的这幅画,就把它背过去了。

说些什么呢?沈小荒看着背过去的画,再也没有话了。好像童年一下子也像这张画一样地背过去了。离开童年,他们之间没有什么好说的了。对方是个喜欢关门的人,而自己就偏要让他打开。他就一再地关起来。这真是个执拗的人。这种人现在越来越少了。沈小荒还有什么好说的呢。他这样呆了一会儿,也就走了。

他走出几步,隔一段距离看杨阳门上的画,还是不甚了了。

蓉真很不高兴地等他归来。她说你真是好样的,跟个木头人、怪人呆那么长时间。沈小荒笑笑。谁是木头人还要等等看。木头人是被搬动的,而血肉之躯自己会动。这二者差别有多大。你跳舞,在《打虎上山》的音乐里动得多有趣、多惬意、多灵活,可到底也是被搬动的。你的两条腿是被世俗的力量搬动的。他笑着,脱下外套,去开录音机。"小河边,水涟涟,流淌着我绿色的梦幻。小河边,金沙滩,可否记得我赤脚童年?……"

沈小荒听着歌,闭上眼睛仰在了沙发里。"小小少年,很少烦恼,眼望四周阳光照……一年一年时间飞跑,小小少年在长高,随着年龄由小变大,他的烦恼增加了……"

蓉真靠在了沙发的边上,咕咕哝哝的:"你这几天老皱眉头,情绪又下来了。跳舞跳出那个来的也不少呢。哼,你有一点不高兴……怎么了啊?"

他可知道"那个"指的什么。他微笑了。

蓉真愣愣地看着他。他用手动着爱人披在肩上的头发说:"该让我们的杨阳给你画一张像……"

"他会画什么!"她撇撇嘴。

沈小荒生气了,站起来:"你连他绘画的才华也要否定,这太不公平了。你无非是听别人议论过他,不喜欢他。可你又没有跟他交往过……这真可惜……"

蓉真嘲讽地说:"有那个才华该成了大画家啊!"

"会成的!"

"成了瞌睡虫……"

沈小荒气得再不说话……他好长时间才叹了一口气说:"有人生活真难,有人生活又太容易!……"

他说完就到橱子里寻一件干净衬衣了。他记起了明天体检的事。

九

小荒一想到她就脸红,而且同时感到了一点轻微的陶醉的幸福……"女特务"就是前年从城里回到老家来的姑娘,她叫田萌。她的爸爸是被遣返回来的,她和爸爸一块儿回来了。爸爸据说是个"特务",在乡村里常常挨批斗,是个非常有用处的人。但不巧回来的第二年就死了。田萌要返城,可不知为什么没有返成,就在她爸爸住的小泥屋里住下来了,当了"女特务"……她说普通话,皮肤那么细嫩,一双眼睛美丽极了,多少带点新疆姑娘的味道。她的漂亮也是太出格了,整个乡村都因为她而产生了轻微的摇撼。男人们回家就惊讶地咂嘴,女人们就扬着脖儿,不以为然地喊一句:"有什么怪的?'特务'都这样儿!……"

她住在小泥屋里,屋子的后面,靠屋檐的地方有一个小小的通气小窗。有一天小荒他们一群半大孩子在村头玩儿,一个男人小声对他们说:"夜间'女特务'家放电影,从小后窗儿能看见……可不要让别人知道,人多了就看不成了!……"

几个孩子信以为真,晚上就悄悄地到了小泥屋的后面。窗子太高,看不到,他们就接了人梯子——小荒在上面。他探头一看,差点儿喊出来:哪里是放电影,"女特务"在看书呢,天热,躺在那儿,只穿了很少的衣服……小荒的心怦怦地跳着,屏住了呼吸看着。他在心里说着:"'女特务'啊,你还不睡吗?……"这时候不巧下面的人没有站稳,他也就给摔下来了。小窗户立刻变黑了。黑影里大家问小荒:"什么电影?"小荒摇摇头:"没有,什么也没有……"

胡头又要领他去看"女特务"了,他立刻想到了那一次。他多想再去看"女特务"啊,和她说一句话多好!……虽然这样想着,他还是摇了摇头。

胡头骂一句:"傻瓜蛋!"

小荒走了。他又找长乐去了。

可是这一天他和长乐在一起,觉得一点意思也没有。他故意像过去那样在沙滩上奔跑,大声呼喊,学老鹰那样伸开两臂;蛇惊慌地穿行在稀稀落落的草棵间,他就紧紧尾随它跑上老远老远,直到长乐喊他回来,他才停住步子……他还是不高兴。这全是因为该死的胡头提起了"女特务"啊!

长乐领着他到芦青河边上去收夹子……河堤年久未修,加上海滩上这一段本来就不像个河堤的样子,如今只是一块漫坡高地了。上面的槐树很粗大茂盛,大概是根须扎到河底了吧。树根下的白沙土上,印着兔蹄的地方,就支了长乐的夹子。长乐说:"兔子这东西怪,从哪儿跑惯了,老从哪儿跑,这叫'兔道',夹子就得支在'兔道'上……"他们查了几个"兔道"上的夹子,发现有一个夹子果然收获了一只肥兔子。两个人都很高兴。河水不太盛,但河道中心的水流儿还是很急。靠岸的地方水湾平静无声,水浅,从水里挺出几枝芦苇来。水上有时冒出几个圆泡儿,很白很亮。长乐走到一处停下来,端量着蹲下了。他慢慢把手伸到一个苇棵根上,解下了一根像苇叶那样颜色的绿绳子,然后就一节一节地往外拖……

拖出了一面小网,网中有三条一尺左右长的鱼在蹦。啊哈,小荒又惊又喜地帮着拽绳子,两人很快逮着了鱼。

小荒说:"我怎么不知道你就下了网啊?"

长乐眯着眼笑:"我什么办法没有?高兴了我就使个办法……哼哼,你不在海滩的时候我就玩新花样;你再不回来,连这个新花样你也看不见了!……"

小荒说:"胡头留给你一截山芋……"

"他的山芋和松球一样,都是偷的。我不吃他的东西。胡头有毒,他的东西不能吃。你吃了吗?"

小荒惊惧地点点头。

"以后别吃了,一次毒不坏你……哈哈!……"

小荒这才明白长乐是吓唬他……他们在老窝里做熟了兔肉和鱼,把一股浓烈的香味搞得到处都是。长乐从老窝最黑暗的一个角落里摸出了一小瓶酒,自己饮了一口,又递给小荒。小荒只闻了闻,就还给了他。长乐根本就不是个善饮的人,只喝了两口,就满面通红,仰卧地上了。他用手抓起小荒的手,嘻嘻笑着问:"你知道你为什么叫'小荒'吗?"

小荒摇头说不知道。长乐说:"你是海滩荒地里生的,才叫这个名。"

"我是在家里生的!"

"我不是说出生。我是指你在这块儿'有的'……那时你爸你妈成天在海滩上栽树造林。中午就在荒滩上吃,困了就趴在茅草上睡一觉……"长乐认真地说。

"去你的吧!"小荒捏了一下他的腿弯。

"不信算了。其实天底下谁的名都多少有点讲究,不过人家不跟你说罢了。像我,从过去到现在,哪时候都是乐呵呵的,真是长期欢乐!'胡头',他的名多准!'斜眼老二',眼就斜,排行老二;还有村南头的'后三道'——他的后脑上有竖着的三道纹,剃了头你就看见了……不信?"

长乐说得倒也有根有据,小荒真的有些信了。

长乐舒服地在地上伸展着懒腰,两只拳头朝空中用力举着,"啊呀啊呀"地叫着。他乜斜着小荒,问:"好久没见着她了!好久了……'女特务'……"

小荒屏住了呼吸听着。他想,事情也真是奇怪,胡头也提到了"女特务"。也许是天生的这么个奇怪的季节,让他们同时记起了"女特务"……

"我一天到晚地忙在这个鬼地方,什么都耽误了。娶媳妇耽误了,孩子也耽误了,看'女特务'也耽误了。你说人这东西也是怪物了,多么丑的都有,多么俊的都有!人家'女特务'长那么俊气,俊得让人不敢多看!她是从老远的城里来的,我琢磨,兴许那种鬼地方这号人也多……"他说得十分认真,一边说一边感叹,"哎,咱这辈子是没有福气娶这么好的媳妇了,也不知她到最后是留给谁的。俊人偏偏落到这个地步,可怜人的。我就不信这么好的大姑娘当了'特务'!……"

长乐说着声音粗起来,气哼哼地一翻身坐起来了。

这天接下去玩得都不痛快。小荒真想马上去找胡头。他想:胡头还会提出领我去看"女特务"吗?

下午小荒就去找胡头了。一进他的小院,见他刚刚从外面推进一小车马粪来,正往墙根的大堆上倒。他一见小荒,高兴得喊起来,好像分别了一年似的。小荒说:"你把粪送到队上多好,放这儿还发邪味!"胡头白他一眼:"革命群众哪有嫌这个脏的!""你总得把它交给集体啊,你是队上的拾粪员。"胡头听了微微笑着,用一柄铁锹拍打着粪堆,拍打得光光的。他说:"你不晓事的!斜眼老二不让我交,他说你要沉住气。再有三个月就是村里夺权一周年了,到时候再交上去,是给革命夺权献礼……"

小荒要去解手,胡头让他就解到粪堆上好了。胡头说:"你能解多么远?那么远?不中用!我像你这么大的时候,能解到那么远,解到那块石头那块儿!……"

小荒于是知道了这个胡头真能吹牛。

但他不愿惹对方不高兴。他想让胡头像原来那么高兴,领他看"女特务"去。可是胡头偏偏不提那个事了,只是放下铁锹,擦擦汗,坐到厢房的门槛上了。他坐着吸烟,吸足了,取过一个木块,用木钻在上面拧。小荒问他做什么,他说:"再做件乐器,多一件是一件。"他拧着,木花儿沿着钻杆爬出来……小荒真看不出这块木头能成个什么乐器!

胡头忙了一会儿,终于放下木块歇息了。他笑眯眯地看着小荒。

小荒说:"不去看'女特务'了吗?"

胡头说:"怎么能不看!"

"那现在去吧?"

胡头摇摇头。

"怎么?"

"你敢跟'女特务'来往?让斜眼老二看见了,嚓!"胡头伸出黑乎乎的肉手,做了个砍头状。

小荒泄气了。

胡头又笑着吸一口烟,擦擦嘴角的口水说:"不过办法还是有的。今天备下纸笔,画个'护身符'带在身上,就不碍事了!"

"你会画那个符吗?"

"会。今夜画好,明天一早带上去就是。"

十

全体工作人员都要轮流去体检,地点就在离机关大楼不远的市直门诊部里。主要项目就是照 X 光、听诊、验血。姜主任说她工作忙,也就不去了,让沈小荒告诉青年们轮拨儿去。她这话是在走廊里说的,正好被杨阳听见了。杨阳说那我也不去了。沈小荒没有答应。他想你个傻小子哪找这个方便去!你和姜主任一样吗?她要进行比这个复杂十倍的体检也方便得很。最后杨阳还是被叫上走了。

化验结果是第二天才知道的。门诊部打电话来,让杨阳去一趟。杨阳立刻紧张起来。他走了,十几分钟后回来了,说:"没事儿,肝功能不太正常,脾有些大。医生说没事儿。让我休息几天,再到总院去查查看。"姜主任听了说:"现在肝功能不正常的很多,我前几年也这样。不过也不要大意。机关工作的人一般都脾虚……好了,跟你们室领导打个招呼,休息吧!"

杨阳到他的办公室收拾了一下东西,准备带到宿舍去。他在楼梯口见到了小关,小关笑着端量他,点着头。杨阳不高兴地斜了他一眼,就要绕过他。他说:"你杨阳真有福气,弄不好你到总院能闹个'长休'。这下子尽情地画吧,真是什么人什么命!……"

沈小荒听到消息时杨阳已经回宿舍去了。他跟科长打了招呼,就到杨阳宿舍看他去了。

门照例是关得紧紧的。上面的画只在沈小荒的面前一闪,突然就让他明白了那么一点点!他赶紧抬头仔细看去:一个女人,手里拿一块东西,好像是一个桃子?往嘴里送。她的身边有一个小猫。别的什么也没有了。原来很简单嘛。很简单的东西到现在才让人搞明白,真不简单!他一下子兴奋起来,兴奋地用手去敲门。

"谁?!"杨阳的声音,很不耐烦的样子。

"我,沈小荒。"

接着是拖拖拉拉的走路声,门打开来,杨阳只穿一个小裤头,原来他进门就躺下了。小裤头是浅蓝的,镶了黄布边,真好看。他第一次看到杨阳的腿,原来这么白。这还是一双童年的腿,虽然瘦,可紧绷绷的,富有弹性。膝盖那围遭儿皱着几道圆纹,他很想去抚摸一下……沈小荒说:"快上床躺着吧。我不放心,不知道是什么病,来看看你。"

杨阳钻到被窝里。他仰脸看着天花板,答非所问地说:"我老想画画儿……"

"你先查病吧,那是以后的事。"

"真想画……"

沈小荒摇了摇暖瓶,见水不多了,又不太热,就倒掉了。一边是一个"热得快",他给他动手烧开水了。当他随手翻一份杂志时,从里面掉出了几张素描。用笔还很稚嫩,仔细一瞧,上面有"小毛"两个字。

"'小毛'是谁?"

杨阳一转脸看见了素描,脸立刻红了。他红着脸解释:"我们业余时间学画画认识的。她就是门诊部打针那个'小毛'。她让我看看她的画……今上午,不,昨天抽血样的就是她……"

沈小荒这才明白他为什么不愿去体检。那个姑娘以前见过,很漂亮,只是矮一点,头发很长。他笑了。杨阳说:"你不要想别的,我们只做了两星期的画友,什么事情也没有。我不愿让她看见我脱衣服……有一回我病了,去打针,进门见是她在那儿,我就跑回来了……那一次我发烧三十八度多。我只吃了点药片……"

沈小荒听着,不知怎么十分激动。很明显,一种圣洁的情感正在杨阳的心里萌生着……他看着他的脸,发现那睫毛很长很黑,正眨动着,像在拨开围上眼睛的灰尘。"真是一个孩子……"

他又叮嘱了一些话，让他注意休息，明天到总院等等，就尽快地离开了……往回走的路上，他突然记起一个报表的事，需要到另一个机关里去一趟。这正好路过爱人的机关门口。蓉真负责接待人民来访，他进去时正好她在跟一个农民模样的人谈话，于是就坐在一边等一会儿……他们的声音突然大起来，他也注意地听了，原来那个人说了句"当官的不给民做主，不如回家卖红薯"，把蓉真惹得不高兴了。她的眉头拧到一起，用一根手指点在桌子上说：

"我告诉你，你看戏学点花花词儿，别随场乱用！你知道什么意思吗？我告诉你，这里面有'质'的不同，你这么说不行！你不是想解决问题吗？你再说那个我跟你没话谈！"

老农民好像自己也不明白对方为什么被他惹起来了，慌乱起来，连连哈腰，说："乡长！乡长！都怪俺没有文化，是个流氓（文盲）。乡长息怒火吧……"

开始沈小荒听到"乡长"二字愣了一下，后来才明白那是对蓉真的尊称：农民平常以为"乡长"是最大的官了……他听到这里，见一时完不了，就离开了。蓉真追出来问他有事吗？他摇摇头，走了。

搞完报表，他往回走了。路过门诊部时，他不由得跨了进去……注射室里正好有"小毛"，她用棉球擦过一个病人的臀部，然后熟练地把针头扎了进去。"小毛"摘下口罩，露出一张十分漂亮的脸来。沈小荒走过去问："你知道吗？小杨病了，机关里让他休息。""小毛"点点头。"你们是画友，平常要劝他多休息。你不去看看他吗？"

145

"小毛"摇摇头:"今天不去了。你把这点东西捎给他好吗?"

她提一个十分漂亮的粉红色塑料兜,里面装了一盒李子罐头、一瓶麦乳精,还有两盒含化维生素片。她用两根白白的小手指挑着塑料袋,添一句:"需要打针的时候,我给他打好了……"

沈小荒谢谢她,走了。他想起自己初恋时候的一些场景。心里很温暖。

这天晚上又是周末了。礼堂里又是一场舞会。爱人的兴趣比上次还要浓,甚至还有些激动。她主张晚饭吃些简单的东西,余下时间散散步去,然后再去舞会。到了舞会上,时间不是正好、正合适吗?散过步,沿着白杨树下走过之后再进舞场,那是春天的年轻人该做的事情呢。快到四月了,白杨胡儿都生出一截来了,你看了能无动于衷吗?

谁无动于衷?我曾经把手按到光滑的杨树干上,去感受它在春天里的激动和愉悦。我像它一样激动,一样愉悦,我沿着杨树往前走。白杨胡儿刚爆出指顶那么大,有一股香味儿。我立刻想起小时候,把白杨胡儿塞进鼻孔里,做胡子。胡子就这么两根,可是这么粗。胡子搭在嘴唇上,我们就用嘴巴吹它,老是让它颤悠悠的。在我眼里,春天是什么?首先就是茸茸的白杨胡儿。童年,白杨胡儿,我能无动于衷吗?就算我是个不易动感情的人吧,就算我不懂"当官不给民做主,不如回家卖红薯"在今天有什么质的不同吧,就算我不懂,我也不能对那些无动于衷啊。我喜欢散步,也喜欢跳舞,可是今天晚上我要一个人到办公室去。我想一个人躲在机关大楼上冷静一会儿。就是这么回事。这其实很简单。很简单弄不明白？对，也有这种情况，比如说杨阳门上的画吧。我们以后就专门研究些很简单的事情，这样多好。"质的不同"，这未免太复杂：质是什么？咱们的学问还不到那个地步。还不如研究《打虎上山》这支曲子的妙处怎么用在跳舞上……

你不去跳舞，乐队的琴就拉不好，就和弓子上缺了松香一样。你不去散步，白杨胡儿就晚生半月。不去好了，爱怎样就怎样好了。可是你不该嘲笑我工作中说的话。你知道在家庭里该说点什么。你嘲笑我这个，哎呀，你让人多么生气。你让人多么伤心。你最近是越来越傲慢了，我也弄不通是为什么。这样还有什么幸福。你的目光不是从前的了，你的目光里有一股冷气。你看见什么才能高兴起来，我倒想知道。

我看见杨阳门上的画就高兴起来。把贴画这扇门打开，走进去我又不高兴了。如果杨阳高兴我就高兴了，杨阳应该高兴。他不高兴就有不高兴的道理，有道理我为什么要高兴？你不见春天来了，杨阳却要躺在床上了。我们有家他没有家。没有家的人永远不会真正高兴。你没端量过杨阳的眼神，又孤独又阴郁，看着你，根本就不信任你。让一个纯洁的人不信任你要难也不难，他只要一次看出破绽就不信任你了。他的不信任当然是有道理，比如我这个人就不值得他去信任。我现在不高兴，不是因为别人不信任，而是为了解开他们不信任的道理。

原来你就是因为杨阳才不高兴。这也情有可原。不过真正的爱情总能使你高兴，你还爱我，你就高兴。

我爱你我才不高兴。我爱你就希望你更完美。别人嫉妒你有时我反而更高兴。我想爱全部的你。你想让我爱部分的你并超过爱一个全部的你。这其实是一种很小气的情怀和很狭窄的心胸。另外我必须说明,我也不仅仅是因为杨阳才不高兴。我是为你、为我、为杨树胡儿、为春天、为杨阳、为舞会上那两个坏了的彩灯、为……这些才不高兴……

蓉真约不动沈小荒跳舞,自己也感到没劲儿。她也不想吃饭,只把切好的红肠推到爱人面前。她坐在那儿想了一会儿,最后还是自己去舞会上了。她走得很慢。

她走了,沈小荒又有些后悔。后悔又不想追上去。他想等屏风后面的彪形大汉奔出来献花时,只有她一个人,她是多难为情啊。他默默地穿好西装,结上一条紫红色的领带,出门去了。他是向机关大楼走去的。

正像对爱人说的那样,他是要到大楼上冷静一会儿。他将在二楼那宽大的西凉台上久久地踱步……

十一

天还很早,小荒就来胡头的小院了。胡头躲在灶间里烧东西吃。小荒以为他烧的还是山芋呢,可胡头掏出来的是两个椭圆形的黑乎乎的东西。他咬着,发出了咔咔的声音,看来很脆。问他是什么东西,他不回答……他总能在出门拾粪的时候搞回些奇怪的东西吃,比如胡萝卜、黄瓜、地蛋、山药豆、莴苣、地瓜……有一次他搞回来一包萝卜,竟然烧着煮着吃了好几天。他的食性很杂。他的身体很结实。小荒见他吃完了,就问:"那个护身符画好了吗?"

胡头抹抹嘴,从里间屋捏过一张纸来。

小荒见上面歪歪扭扭写着几个大字:"打倒一切牛鬼蛇神,打倒女特务!"

胡头得意地咂咂嘴:"离了这东西不行!带着它,贴到泥屋院墙上,别人就知道我们是去'专政'的。你可别小看了这几行字啊。"

小荒老想笑。他跟上胡头,带着那张纸和一点变了味的米汤,出门去了。

"女特务"的小泥屋在村子的西边,孤零零的。当年父女两人要求把屋子盖在村中的一块空场上,被村领导拒绝了。盖到村边上,就与全村人划清了界限。以后这种界限是必须愈来愈加分明的:村里的十年规划上,就打算逐步将村里的一些"地"富及"地富"出身的家庭迁到泥屋这块儿。在泥屋与村子之间原来就有个小臭水沟,规划上准备把这条沟扩大成一个又深又宽的大沟。但这只是规划,目前的小泥屋还是孤零零的。

胡头把那张纸掏出来,要贴到院墙上去。小荒从墙上那些剥落的和没剥落的旧纸片上知道了胡头是经常来的。胡头"笃笃"地敲门,没有应声。小荒问:"她在家吗?"胡头有把握地点点头:"白天纺麻绺,晚上看大书。在家。她要穿上鞋出来,还要从门缝里看清是谁……"

住了一会儿,门果然开了。

"女特务"走路轻得没有声音。她很高兴地把两个人让进屋里,叫胡头"胡大叔"。胡头进门就问:"纺绳那东西怎么样?好使吧?""女特务"连连说:"好使好使,总是麻烦您胡大叔……"

小荒听她说话跟收音机上的声音差不多。他看她的眼睛,她正好在看他。小荒的脸红了。他觉得她像一个火炉似的,把个小泥屋烤得暖烘烘的。她的眼睛又黑又亮,小泥屋里就是因为有这双眼睛才变得明亮。她把手搭在小荒的肩膀上了,他低下了头……她跟胡头说了句什么,胡头就动手掀开炕席子。原来是有块土坯损坏了,需要换一块。胡头十分高兴地到院里去了。

胡头和好了泥巴,非常麻利地给她换好了土坯。他蹲在炕上,像一个黑熊似的,一对黑手就像熊掌。他需要什么工具时,就对小荒大声吆喝一句。他的一双手又可以做瓦刀和锤子,能砍削余出的坯边,能把坯的边角砸靠夯实。他总是笑容可掬地对着她说话,细声细气。她说句什么,他总是"唵"地应一声,又轻微又透着坚决。他介绍小荒时说:"这是我新交上的一个朋友。他什么都听我的。我的朋友就是你的朋友了……"

小荒对他这番介绍十分高兴。他从心里羡慕起胡头了。

从炕上蹦下来,胡头又坐到小纺车前,像个女人一样盘腿坐了,悠悠地转了两下……他说:"多好的一个纺车!……"说着用手拍打两下。他看看小荒,有几分不安地捋了捋脸上的胡子。停了一会儿,他竟然从腰里摸出了一面漆得又红又亮的小鼓来。他笑微微地对她说:"田萌啊,这个鼓归你了!"

田萌新奇地接到手里看着。她说:"谢谢,谢谢您!"她说着就把小鼓放到抽屉里去了。

胡头又把小荒拉过来说:"田萌姑娘,有事情你就喊我这个朋友。他是我的朋友,可他也有他的另一些朋友。你有事尽管找他。一个人在乡下不易哩。我们几个朋友有东西吃,就不会饿着你。出门靠朋友……"

田萌的样子很激动,眼圈有些红。她扯着小荒的手,把他拉到自己的怀里。小荒立刻觉得自己变得柔软而且娇小了,温顺地伏在她的身上。她身上的气息使他哭了。他喃喃地说着什么。田萌说:"小弟弟……多好的一个小弟弟啊。以后你喜欢来的时候,你就来吧。我读书给你听,你也给我讲讲外面的故事。我不愿一个人住小泥屋。你胡大叔常来看我,帮我做活……"

胡头在一边站着,搓着手。他看了一会儿,就把小荒从田萌的怀中拖了出来。他说:"走吧,咱到院里看看眉豆去……"

眉豆架儿搭在窗下。有一根竹竿倒下了,胡头用力地把它插好。天暖洋洋的,眉豆架儿下有一股好闻的泥土味儿。他们抄着手呆了一会儿,胡头又去什么地方端来一盆水,浇到了眉豆棵里……

一盆水还没有渗到地下去,院门就被什么人擂响了。

胡头看着震动的院门,没有动。小荒要进屋去,被胡头喊住了。他让小荒像他那样大背起手来。

"女特务"田萌开门去了……进来的是斜眼老二!

小荒惊讶地咕哝:"斜眼……"被胡头瞪了一眼。他小声告诉:"要叫'营长'……"

斜眼老二不高兴地四下里打量着。他盯住胡头看了一会儿,叫了一声:"胡头啊!"

胡头弓着腰上前一步,答道:"老二营长!胡头在啦!"

"你到这种地方干什么来啦?"

"我们专政来了……院墙那个,刚刚贴上……"

"唔!"

"营长,胡头的字笔不好,可是……"

斜眼老二再不理他,只是步子软软地往屋里走去。其余的人只得跟进去。

斜眼老二坐在了炕上,到衣兜里掏烟。胡头见了,赶忙递过烟包说:"营长抽吧,地道的顶叶烟!"对方接了,吸了一口,立刻大咳起来。他就这样吸着咳着,一会儿憋得脸色赤红。他不得不把烟末磕了,可一张脸还像喝醉了酒似的。他拉着长腔问一句:"胡头啊,老婆还没回来吗?"胡头摇摇头。斜眼老二嬉着脸儿说:"还熬得住吗?"胡头点点头:"还熬得住。"

斜眼老二听到回答后,高兴得仰脸大笑起来,一边笑一边用眼瞟田萌。笑了一会儿,他觉得不对劲,原来是刚换上的土坯被他坐住了,此刻被炕里的炭火蒸出热气来。他骂了一句,歪躺到田萌叠得四四方方的被子上。他露着一截儿腰带,又活动一下身子,让人看到了锃亮的手枪套儿。

胡头、田萌、小荒,都不眨眼地盯着那手枪套儿。

斜眼老二说:"你胡头来专政,有真家伙吗?有武器吗?咱要专政,一枪就能把他们撂倒!"他说着看一眼一直低头不语的田萌,重复一遍说:"一枪就能把他们撂倒!……哼!"

斜眼老二接下去又问胡头积了多少粪,献礼够不够,问小荒是谁家的孩子,问田萌最近又有什么新的特务活动,问这一段时间谁来过泥屋等等。这样问下去,一边用力地拍打枪套,渐渐觉得懈怠了,才要离去。临走时他对胡头说:"也要注意抓革命促生产,可不要光顾得来专政。你又没有真家伙……"

他走了。田萌的眼圈有些红。胡头拉着小荒的手,哑巴着嘴。他一转脸看到了田萌的样子,忙咬着牙关说:"你放心,我和朋友早晚用烟锅把这个斜眼的头磕碎!"

田萌的眼里渗出了眼泪,但她紧紧咬着牙关,一声也没有吭。

胡头扯上小荒,默默地走出小院,一路不语地回到自己家了。他把院门关严,然后就倚到厢房的门上吸烟锅了。小荒也不吭声。胡头半天吐出一声:"恐怕要出事喽——"

"谁要出事?"

"恐怕'女特务'要出事喽——我胡头一眼就看出了斜眼老二没安好心……他娘的!好端端的姑娘受欺负,我胡头还不如死了好……"胡头难受地晃着头,眯着眼睛。他摸索过门槛下面放着的一把凿子,抚弄着刃子说:"把这条狗的头心上凿个眼子我才解恨……"

小荒眼前老是闪动着田萌那张红扑扑的、美丽的脸庞。他骂着斜眼老二,仇恨地咬着牙齿。他突然说了句:"告诉长乐一声吧,他会有办法……"

胡头捏着烟锅站起来,拍打着自己的头说:"'女特务'是咱俩的朋友,咱俩倒帮不了她的忙……罢罢罢!长乐是个正派人吗?"

"长乐是最正派的人……"

胡头迟疑地摇着头,没有最后下决心。停了会儿他说:"这几天多听着些风声吧,要是斜眼老二还往泥屋里跑,我就去老窝找长乐合计去……罢罢罢,管他长乐正派不正派哩!"

十二

　　三天过去了。杨阳成天跑总院,还是没有最后的结果。他后来干脆也不怎么跑了,一个人关在小屋里,仰望着天花板。天花板被以前漏下的雨水染出一些乱七八糟的痕迹,他能把这些痕迹看出无数美妙而完整的绘画构图来。有的是一个老头手持拐杖的样子,有的则是一个老农民的侧身像。更多的是变形,有些竟然巧妙到无可挑剔的地步。神工鬼斧,自然天成,杨阳有时在床上兴奋起来……可总得去查到底啊,他一想到身上的病就叹气。

　　沈小荒来看他,狠狠地责备了他。团支书咬了咬牙,跟科长请了两天假,拉上杨阳到总院去了……这所医院是二百多年前修建的,解放后又补添了几处房子。这医院又大又破烂,走廊上、长椅上,从进入大门开始,到处都是痰迹。讲起来也没有办法,这座城市的污染之重,大概是全国第一号的,一路上呼吸着乌烟浊气,从街上走进来就正好该着吐痰。他们进来一时找不到痰盂,也吐了两口,不过是吐到了门后。人真多,到处是需要提防、值得怀疑的气味儿。天开始暖起来,阳光照在廊柱上,可以看见徐徐上升的细小的尘粒。一些人枕着鞋子躺在那儿,可能是等候什么。很多人在排队。顺着每一个队伍往前看,都有一个窗口在忙、在吵、在挣挤。窗子上写着各种的大红字:化验室、西药划价处、中药划价处、西药取药口、中药取药口、西药收费、中药收费、空腹抽血处、抽血处、急诊挂号处、挂号处、超声波室、B超室、心向量、心电图、X光室、引流室、包扎室、急救室……纵横排起的队伍让人恐惧。这里真是总院。这里真不愧是总院。沈小荒对于杨阳不愿来体检,似乎是明白了一点点。

首先是挂号。排了一个小时的队,心急火燎,可递进去的单子又原封不动地给抛出来了,一问才知道转诊单过了一天了。沈小荒让杨阳继续排着队,骑车去机关门诊部换转诊单,来回又是半个小时。好不容易挂上了号,已经是一百多号了,上午又不一定看得着。可是不能动,必须在候诊室里等……果然,差二十分钟下班的时候,叫到杨阳的号了……沈小荒在杨阳进去之后,一个人盘算了一下,正常情况下,杨阳的病接受一次检查,起码需要七天或者七天再加一个上午。这期间不知要多少次空腹、排队、往返机关宿舍,而杨阳每次都要找人借自行车——他有时为了不看人家的脸色,干脆就步行……沈小荒这时候算完全明白杨阳不爱体检的原因了。

正想着的时候杨阳回来了,拍拍手中的单子说:"像上回一样,医生不给我开做B超的单子。我这个病要确诊,最好做做B超。可是医生不给开。医生说你年纪轻轻,做什么B超,B超只有一台,老干部还要挨号呢!……"看来只有找个熟人了,沈小荒想起有个同学的爱人在这所医院上班,可一打听,她去外地学习已经一个月了……沈小荒说:"不要急,慢慢想想,说不定就能想起一个关系来……"杨阳打断他的话说:"不用想了。哪有关系?我们家所有亲戚都在那个镇上。我平常又老在机关上……"

从医院里回来,身上折腾得已经没有一点力气了……沈小荒到办公室找到姜主任,讲了医院的情况,然后说是不是帮他找人去……姜主任笑笑说:"哪里找去,就这么个现状。他又不够级别,又不能享受'保健'。已经放了他的假了,他有充裕时间去查自己的病,这已经很好了。我们刚进城那时候……"

沈小荒为了少听点"那时候"的事,就打断了她的话说:"你自己有熟人吧?给他(她)打个电话……"

姜主任思索着,连连摇头:"没有!没有!"

沈小荒失望了。

他继续陪杨阳查了一天。结果和门诊部差不多:脾大,肝功能不正常。多了一条:神经衰弱。医院建议先休半个月,吃点药观察一下再说。当然,很多科室都没能去,这些结论只需验血和听诊手试就可以得出来。结论等于没有。

沈小荒建议他一边治,一边再跑医院,一边留神找找熟人——暂时也只能这么办。为了减轻他的思想负担,沈小荒常陪他玩,并想办法把他领到朋友那儿,领到舞会等场所——有一次一个剧团来礼堂做答谢演出,市里有名的男高音任肖肖也要来,沈小荒就把杨阳拉到晚会上去了。

节目太一般,他们要不是盼任肖肖最后出来唱几首歌,早就走了。任肖肖一年前来演过一次,洒脱、大方、浑身透着一种男性的雄壮和力度。他的台风与其他演员也形成了鲜明的对比:稳健而又活泼,爽朗而又谦虚,毫不扭捏作态……可今晚这些节目,尽是插科打诨,没有什么真货色。好不容易盼来了任肖肖,人们又不认得了:头发卷成无数的弯儿,沿着那个曾经是很漂亮的额头旋上去,又在耳朵上方堆几朵花儿。后头披下来半尺左右长的头发,松松散散。上衣是小紫格子的,又带着无数的镀铬的铁环,下摆扎在一条杏红色的窄裤子里……他一出场就有人鼓掌。他唱了,慢唱快做,两只胳膊端在胸前绞着,使人眼花缭乱。那胳膊软得很,可有时又能像一片弹簧钢那样猛地往外一拨!这胳膊交叉的时候就护住了胸部,但这时两只手却是灵活的,十根手指飞快地晃、旋、翘、推、勾……最有功夫的还不是胳膊,而是那个不停扭动、一分钟也不曾停止过的臀部……有人不断地叫好,咂嘴。瞧了瞧,瞧见了小关。

沈小荒和杨阳终于看不下去,回宿舍去了。

两个人的情绪都不高……沈小荒故意引杨阳谈点别的。杨阳没有兴致,反问:"他怎么这样跳?这样唱?……他不是农村的孩子,我敢说……"沈小荒摇摇头:"中国的孩子差不多都是农村的孩子,只不过有人离开土地早,有人离开土地晚……"

杨阳不做声了。停了一会儿他问:"早了好还是晚了好?"

"这就难说了。听人说过任肖肖,他过去在单位诉苦时说过:'俺爷爷被地主赶出来,冬天要饭,十个脚趾头冻掉了九个……'凭这个推断,他离开土地并不早。可是你就找不到一点淳朴的东西……你看,不能以早晚来划分什么……"

杨阳似乎明白一些了。他坐起来说:"我想,最新的东西让最质朴的人接受了,才有更好的结果……把新东西给那些虚荣的人,只能造成混乱！……"

沈小荒有些激动了。他望着杨阳那双大眼睛，连连说："对！对！你说得多好——我就想，最要紧的是质朴了，是纯洁了。最伟大辉煌的东西，从来都是质朴的人创造出来的。而质朴和诚实一样，来自河流、土地，来自对童年的记忆和留恋……"他站起来了，激动得脸色绯红，一双手举在了胸前。

杨阳望着他，感到非常幸福。

接下去他们又回忆起刚参加工作时的情景，谈了一会儿思念老家的一些共同感触……杨阳说："我最不能适应的就是刚来的那会儿了。机关下去招人的同志见我会画画，就把我招来了。我以为是画画来了。可马上就是集训了，讲保密，讲铁的纪律，一人不准外出。天天背码子，一开一关，哇哇哇，呜哇呜哇，我们就紧张地坐到操作台上。后来听见哇哇的声音，头皮就一炸一炸的，眼前一阵发晕……我咬着牙把集训挨完了。分到具体单位，原来也要听'呜哇呜哇'……"

沈小荒可以想象出小画家当时的窘态。他沉思着。他想那棵红叶树、晚霞中的田野和小河，想操作台上的红绿闪灯和呜哇呜哇……他问：

"你在集训的时间里想过递交申请书的事吗？"

杨阳的脸红了。他被这突然的一句问话弄得不好意思了。但他马上回答："想过。我真想过……只是后来出了一件事……"

"什么事？"

"也不是什么事……是和我一块来的一个朋友的事。他和我在一个宿舍里。他说在机关必须赶紧入党才好。我说好是好,太难了。他说敢跟我打赌:每天提前一会儿来机关拖走廊、外加送给领导土特产就行了!我觉得真可笑。可他第二天就做起来,一年不到就入了。我那次真倒霉,输了一条金鹿烟给他……"杨阳说到这里坐起来,抓了抓头发,"我真恨自己去打那样的赌!不过这让我明白了好多事情。我在心里想:那是一种信仰啊!一种主义!我真不买某些领导的账!我想我决不去捞好处,决不!我要当成信仰、当成主义!我觉得自己变成了一个崇高的人时,再交上我的申请书……多少年来我就闷了这么一股劲儿!……"

杨阳的眼睛透过窗户往远处望着。他的表情肃穆而庄严,鼻翼在轻轻地活动……

沈小荒望着他,嘴角颤动起来……沈小荒听到了一个十八岁小青年的声音。这声音清脆、嘹亮,是穿过童年的翠绿的原野喊过来的……沈小荒的眼睛湿润了。

杨阳继续说:"有一次李部长病了,很轻,姜主任非让我去他家守一夜不可。我真难堪,我想人家有儿女、老伴,我去守在床边上多难受!姜主任狠狠地剋我,我就去了。可李部长闹不明白,明白了以后就批评我,说这么轻的病你还要来守一夜,年轻轻脑子出了什么毛病!我冤极了,回来就发烧。也巧,那天晚上老传达老张病了,要车上医院,姜主任说这么晚了司机不好找,让他儿子蹬三轮去吧……这都是我亲眼见了的。我很难过。我走在街上,老远的见了咱们漂亮的机关大楼就难过。我想:我们的大楼上,有过那样的事……"

沈小荒简直没有勇气听下去了。他心里想：世上最残酷却又是不断发生的事，就是伤害那些纯洁的心灵，伤害从童年的原野里带来的那样一颗心灵……

这天，直到很晚很晚了，他们还在交谈……一起吃了饭，又一起走到街上，用手，去拍打那些笔直笔直的白杨树了……

十三

长乐一个人在大海滩上游荡了一天多。小荒突然不来了，这使他十分懊恼。像往常，他一个人的时候，到海边的浪印上拣回点东西，到芦青河里夹夹兔子逮逮鱼，都感到了无限的乐趣。多少年来他都是这样打发时光的。在大海滩上，他是个国王。国王是很少烦恼的。如果烦恼来临的时候，他就躺在沙滩上唱歌，唱那首挖海扇子的歌……可是现在不行了。没有一个人在身边说话，那种寂寞是难以忍受的。他甚至对自己以往那几年是怎么熬过来的都感到了深深的惊讶。

长乐很快就感到了疲乏。他没有像过去那样劲头十足地穿越槐林和杨树林，去巡视他的疆土，而是拖拉着鞋子，回老窝去歇息了。

刚躺下不久，小荒就进来了。长乐喜出望外，一下子就从铺子上弹起来。可他还没有开口说话，胡头就跌跌撞撞地摸进来了。原来小荒是和胡头一块儿来的。

长乐立刻不高兴了。他看也不看小荒，只抽出那柄木铲在手里玩耍着，慢吞吞地说："你这个孩子完了。你怎么能把不干不净的人领进老窝来呢?"

胡头的眼睛慢慢适应了铺子内的光线,这时就瞪圆了瞅着长乐说:"你说谁是不干不净的人?"

长乐用木铲点着铺子说:"我说那个偷松球儿的人。我正准备把他交给斜眼老二……"

胡头又把手插进了胡子里,咕咕哝哝地说:"我也不是好惹的。不过我看在朋友的面子上,不与你吵闹。再说我们是来商量大事情的……"

小荒接上说了斜眼老二去找"女特务"的事情,他告诉长乐,他几次看到斜眼老二在泥屋那儿颠……

"他妈的!"长乐一听就愤怒地站起来,"我劈了这个斜眼驴……"

胡头兴奋地瞥了一眼小荒。但他把正吸着的烟锅往前一捅说:"人家有枪,小盒子炮,约摸也就是几指长的那么个小东西吧!"

小荒点头证明斜眼老二确实有枪。

长乐默默不语了……他在铺子上坐了,两手拄在木铲上,沉思着。这样过了一会儿,他沉重地说:"'女特务'可不能让谁伤害!'女特务'是好东西啊!村里没有个'女特务',还有什么意思……'女特务'不能伤害……"

胡头定定地看着长乐,两眼闪射着钦佩的光。他每听对方说一句,就咽一口唾沫,他说:"对呀!'女特务'可是好东西……"

长乐继续说下去:"……看来一场恶斗是在眼前了。没有办法,躲也躲不掉。一场恶斗是在眼前了……不过也不怕他。天大的祸患我承当！他妈的,我先用兔夹子把他的脚趾折断！……"

胡头拍拍手："就是啊,我和小荒合计,这事非找人家长乐不可了。长乐是谁？人家在大海滩上看了一辈子泊,是个有勇力的人！……"他说到这儿在腰上摸索起来,摸出了小半截子烧山芋,两手捧着递上去说："你看！这东西我还为你留着！……"

小荒感动地看着胡头。

长乐高兴地捏起来说："没有变味儿吗?"虽然这样说,他却并没有吃,而是放在一边,到一个角落里找什么去了。他找出了一小瓶酒,自己先饮一口,又递给胡头说："看起来是有一场恶斗了……"

胡头贪婪地饮了一大口。

长乐又让小荒饮,并说："咱这是'三结义'了,多少年过去,谁也不准忘了老窝！小荒,喝！"

小荒就喝了一口！他咳着,流出了泪花……

老窝里的情绪特别高,几个人合计着如何收拾斜眼老二,合计来合计去,觉得还是长乐的兔夹最为牢靠。配合这个,胡头准备再挖几个很深的底下有大粪和玻璃碴子的陷坑……长乐为了表达他心中的愤懑与仇恨,又特意找来备用的钢弹簧,给几个夹子加了双倍的弹力！他说："让斜眼等着吧！……"

当天晚上,他们就开始行动。

为了避免误伤,决定让小荒去告诉"女特务"一声。长乐对小荒说："你告诉她,就说为了备战,在门前小路上埋了地雷,三天内不准出门！"……

他们小心谨慎地忙了半夜。一切都做得没有声响,没有痕迹。长乐不愧是长期在海滩上活动的人,夹子下得漂亮极了。从表面上看,不仅土没有被动过,而且上面还踩了几个脚印……胡头对长乐做脚印的功夫是佩服极了——这不仅需要功夫,而且需要胆量:当手拿鞋底子往浮土上印制的时候,万一夹子倒下来怎么办呢?还要不要手了?

　　由于激动、兴奋,三个人谁也不想睡觉。他们都到胡头的小院里去了。

　　长乐可是第一遭进这个小院。他独具慧眼,一进门就发现了这个小院特别的好处,高声夸赞起来。胡头拍着他的肩膀说:"这都怨咱们交往晚了!其实我的小院该是咱们朋友三人的……"长乐感叹一声:"好院落啊!真宽敞。不像我那个小泥屋子,脏得连我的老窝也不如,我就爱住在老窝里——有一天谁端了我的老窝,我也就死了……"胡头深有同感地点着头。他说:"这院子是我爷爷传下来的……看来,我这一辈子也扩大不了多少……"

　　最末一句让长乐白了他一眼。长乐对小荒说:"看看,胡头多少也有些地主阶级想法!"

　　胡头吓得伸了伸舌头。

　　小荒觉得饿了,问他们两个饿不饿?都说该吃饭了。小荒问吃什么?胡头说东西有的是,到家了还能没有东西吃?长乐抱着膀子说:"就看你胡头舍不舍得了!……"

　　胡头将衣袖挽好,哈着腰,里里外外地忙起来。不一会儿屋里就明亮起来,柴草烧得劈啪响,倒好像不是烧在灶膛里,而是满地乱烧一样……小荒要进去帮忙,长乐拉住他说:"不用管他,就看他能做些什么给咱吃了!"

停了一会儿,饭端上来了。是用大盆端的,盆心里盛了胡萝卜地瓜面粥。长乐恼了:"就给吃这个?"胡头委屈地摊摊手:"我连这个也舍不得吃呀!我哪里搞别的东西去,小荒知道,你问他什么时候见我吃过好东西?再说你又没吃,不知道它是什么味儿就埋怨——我锅底放了油哇……"

三个人吃起来,不一会儿就喝得满头大汗。长乐吃饱了,用衣襟擦着汗,说:"还辣辣乎乎的,怪痛快——你他妈的放了什么玩艺?"胡头得意地甩着两只大手:"我还放了辣椒子!哈哈哈!"

吃完了饭,三个人就进了厢房。胡头点起了很亮的一盏灯,使所有的乐器都暴露在光明里。小荒欢快地在杂物的空隙里窜来窜去,一会儿对长乐介绍那个,一会儿介绍这个。他说:"你信不信?全是胡头亲手做的!你让胡头拉了你听!"胡头说这次三个朋友可凑到了一块儿,合奏吧,来点热闹的,来点真的!小荒担心邻居听了会烦,胡头却摆摆手,说今天就是乐的日子,今天哪能不乐一乐?今天谁也不管了。说着他分配起工作来:自己负责拉一把小胡琴,同时还要忙里偷闲去打旁边的那个梆子。小荒打鼓,腿上又拴了一对铁铃。长乐只管着打锣。

长乐十分高兴。他说:"嘿嘿,好活计啊,这是好活计。"

他们行动起来,小院子里顿时热闹了。三个人各忙各的,根本没有一点配合。也许只有这样才更热闹呢,也许本来就用不着配合。小胡琴的声音又尖又细小,但却不会被淹没,总能在嘈杂的间隙里挣挤出来,"唧唧唧,吱吱吱!"……胡头的脚上绑了一个小杠杆,一抬脚就打那个木梆一下。木梆发出的声音就是那么自信而沉着的一下:哒!小荒和长乐总也不得要领,于是各尽其兴,胡乱击之……先先后后有好几个人踢他们的门板,往里面抛泥蛋。胡头拉得更急了,说:"不用管他们,这个日子可不比平常……"

不知搞了多长时间,声音渐渐弱下来了。首先是长乐的锣锤松脱了,接上是小荒扔了小鼓;胡头的弦断了,也索性蒙头大睡起来。公鸡啼鸣了,街上有了吆喝声,小院还是紧紧关着门……小荒的父母因孩子一夜未归,正到处找他,最后是他们把小院的门敲开了。

天完全大亮了。

十四

小毛给杨阳打过了针,从他的宿舍出来,低着头,踢着一块小卵石往回走去。她的脸像云霞那么红,有一绺黑发扫在眉毛上,被她伸手撩开了。杨阳真拗,再拗她还是给他打了一针。她想到这里微笑了,仰起脸来看蔚蓝的天空。这时候正好有一个白杨胡掉下来,打在了她的眉心上。她的眉头皱起来——杨阳的病已经拖了半个月了!她想找找门诊部里的主任,让她跟总院说一下,给杨阳彻底查一番。她在想这会不会成功。她想主任这个白发老婆婆平时对她挺好的。那真是个好老婆婆。

小毛就那样做去了。

第二天杨阳就到总院做 B 超、扫描……各种先进的仪器都试过了……检查结果直接转给了机关门诊部。

主任——就是那个白发老婆婆,一个电话打到机关办公室来。老婆婆语气严厉得可怕:"你们办公室是干什么的!你们就这样对待一个青年同志啊!他才十八岁,十八岁!这么重的病你们竟给他拖了半个月!他是严重的肝脾综合症,脾脏血管已经扩张,血管破裂,大出血就完了……赶快来个负责同志!"

姜主任被对方的语气激怒了,最后是重重地扣上了电话。但她也有些紧张,跟小关交代了一下,就急匆匆地往机关门诊部奔去了。

由机关和门诊部出面,当天就与总院联系住院事宜了。

这时候杨阳还躺在他的宿舍里,他不知道详细情况。沈小荒来了。机关上的很多同志都来了。人们把水果和罐头摆在他的小画箱上。杨阳有些惊讶地看着大家,最后哭了起来。沈小荒握住了他的手,安慰他。杨阳说:"我真想马上就回机关上班。我再也不关门了……我还有好多画要画,我多么喜欢画画啊……我一直准备着报考美术学院,现在看不行了……"

大家都不做声。沈小荒说:"明年你就可以报考了。今年你的病就会好!你还哭鼻子,你真是小孩儿性格……"

正说着的时候姜主任来了。她是第一次来这个宿舍的,把杨阳弄得不知怎么才好。她说:"不要害怕。疾病就是一个敌人,你硬,它就软!你是共青团员,又在我们这样的机关工作,更要有战胜疾病的勇气……正好大家也在,帮你收拾一下,下午入院。我下午开会不能送你了,我已经安排了小关开车去送你。好了,就这样……"

　　姜主任看样子很忙,说完就急匆匆地走了。但她也许是看到了杨阳门上贴的那张画吧,站在门口端量了许久……

　　接上去,李部长也来了。老头子没有说什么,只是坐在杨阳的身边,像看一个孩子那样看着他。老人伸出瘦瘦的手抚摸了一会儿杨阳的胳膊,又看了看他小拇指上没有洗净的一块油彩。最后,老人像自语般地说了一句:"你喜欢画画啊!"……老人再没有说什么。要走的时候,老人像是想起了什么,问杨阳:"老家离这里有多远?是农村么?"杨阳回答:"一千里。农村。"老部长拿起帽子戴在头上,小声咕哝着:"一千里。农村。"转过身去走了……

　　整个上午沈小荒都没有离开杨阳的宿舍。

　　他们也没有说多少话。在这个安静的时光里,他们都想着自己的一段心事。没有说话,连互相看一眼也没有。杨阳又盯着天花板上那被雨水泡出的图形了。他今天,就是刚才的一瞬间,又从天花板的水印上发现了一个奇怪的东西——很像很像,妙极了,当然,同样是一种变形……沈小荒不知怎么又想起了二十几年前的一个场景:他跟上一个成年人,一步一步地往大海走去;海滩的荆棘刺破了他的手脚,通红的血珠滴到了土里。最后见到那片无边的水了,他就奔跑起来,疯狂地往前跑啊……

　　下午,沈小荒要随杨阳一块儿去医院。可是找了一圈儿也不见小关。有人告诉说小关刚才开车出了机关大门。沈小荒以为部里突然有了什么要紧的任务而临时改变了安排,就去找了姜主任;姜主任果然不在,他就直接到三楼找李部长去了……老头子听了,一声不吭地下了楼,然后一直站在机关的大门口。

很多人见了李部长脸色不太好,都不敢到跟前说话。老头子就这样定定地站在门旁,一声不吭……一个小时过去了,两个小时过去了。正好过了上班时间两个半小时,小关的上海轿车打了一个漂亮的旋儿,在院子当心停下了……小关跨出车来,走到大门跟前说:"李部长!您……急着出去吗?"

李部长盯着他,淡淡地问了一句:"你到哪里去了?"

"我……嘿嘿,真不巧,我办公室的钥匙忘到家里了,换衣服时……"

"那里有个重病号等着入院,他站在这里等车,等了整整半个月!……"

李部长突然脸色发紫,手指小关的脸,炸雷一般吼了起来。他的"等了半个月"显然是一种口误,可奇怪的是所有在场的人没有一个以为有什么不对。

李部长继续喊着:"出了问题,你要负责;出了大问题,你要受处分!……先送病人,回来立刻到我办公室!……"

老头子不知怎么胳膊有些抖,说完就往回走去。

大家帮杨阳搬上东西,看着车子飞快地驶出大门去了。

车子驶在马路上,杨阳、沈小荒、小关,三个人都没有说一句话。直到开出了老远老远,小关才恨恨地说了一句:"厉害不了几天了,马上就得离休。昨天刚刚批下来……哼,熊老头子!……"

李部长马上要离休了!沈小荒心里不知为什么活动了一下。他想这个消息不会假,什么消息小关都会提前知道。没有问题,老人马上就要离休了……

把杨阳送进医院,沈小荒为他办了住院手续。回来时小关让他上车,他摆摆手让车子开走了……他也不想坐公共汽车。他就这样默默地往前走去。虽然是来这里工作多少年了,但整天忙这忙那,对这座城市的街道竟然一点也谈不上熟悉。他故意想一个人凭感觉往前走,看看要花多长时间才能走回去。

大街上是过不完的人流。几乎每一个商店门口都传出扩音器的声音:"妈妈的吻是甜蜜的吻……女儿的吻是纯洁的吻……""大削价,广州进口……""本店出售舞票,让您度过一个迷人的夜晚……""有奖购货!有奖购货!一等奖……""恭喜发财!……祝您发财,发财!快乐,快乐!……"无数的人流就在这各种声音的交织中、在红绿灯的阻隔开放间艰难而愉快地往前走着、蠕动着。自行车的铃声、警察的训话声、卖冰糕和奶油瓜子的吆喝声,也汇集在一片声浪的海洋里了……沈小荒本来决心硬着头皮走一走大街,但到后来无论如何也受不了。他不得不寻找到小巷子往前走了……

一些陈旧的小巷子僻静得很。没有自行车和人流。春天的深入在小巷里看得更清楚:柳芽儿炸着,老奶奶坐在蒲团上晒春阳。有的小姑娘在玩"跳城",用一块瓦片放在画了粉笔格格的地上,用一只脚蹦着去踢。小猫儿不一定从哪条巷口探出头来,煞有介事地望一眼巷里的人,巷里的事,然后又慢悠悠地甩下黑长辫似的尾巴,离开了……沈小荒不由得又想起了芦青河,想起了家乡的小巷,想起了大海滩和往昔的朋友。可是一条小巷走到头了,大街上呼喊特别是恭喜发财的声音又传了过来……

很显然,小巷子不会永远是小巷子。僻静是暂时的,喧闹才是永久的。没有喧闹把小巷子连结起来,有时也会失却一些幸福。沈小荒完完全全相信这些。但是他更相信,如果我们更多一些淳朴,更相信自己的文化,那就会找到一个更好的基点,一切一定会显得更有条理;少几分盲从,少几分虚荣心,不是有更好的创造、更多的幸福吗?……这些当然都是些复杂的问题了。他由此又想到杨阳所谈的神圣的信仰,想到了任肖肖的扭动,竟然激动起来……他突然产生了一种渴望:要找机会跟李部长好好交谈一次。

谈些什么呢?随便谈谈看吧。他想谈的很多。他甚至想和他谈谈延安、谈谈老人几十年的生活;当然,作为一个青年、一个做青年工作的干部,他更多的还是要谈谈自己的感受。他来到这座城市好多年了,他是从芦青河边来的,他感到了什么呢?这也是他要谈的。他要多多听取老一辈对这一代青年的看法。他会更多地谈到杨阳,谈到机关、对机关的爱恋及其他一些感受……因为杨阳是住院了,他必然会谈到一个又遥远又现实的问题:我们怎样才会使青年——明天的主人们更健康地成长呢?他们应该过怎样的生活呢?……他相信与一个为人民奔波了一生的、即将离休的老同志交流这些,会收到很多的益处。一定的。

十五

你说说你这几天都做了些什么吧!你已经不小了,别的孩子像你这么大早就到沟边上收拾柴草了……你倒好,你整天游荡着玩,玩也不要紧,你净找一些没有正形的浪荡人在一起混!长乐、胡头,全村里也不过只这两个浪荡人吧,你跟他们搅在一起!你早晚也长成一个浪荡鬼,不信你就瞅着吧!……

小荒的爸爸妈妈训斥着他。

小荒不服气地说:"他们是浪荡人,可他们都是好人。我也不想和他们老在一块儿,可是我管不住我自己,老想往他们那儿跑……"

"你这是跑野了脚了!"爸爸说。

"长乐不是给了你一截枯树吗?你不让我跟他玩,他就不给你了!……"

爸爸不做声了。看样子在权衡那截枯树的分量。

"玩也不要紧,可也不能一去就不沾家呀。你晚上也不回来,大人不挂心吗?……"妈妈的口气缓和了。

"以后我晚上不出去了!"小荒赶紧表态。

爸爸又咕哝了几句,就出门做活去了……小荒在院子里活动着,还是觉得没有意思。又在院里转了一会儿,他就出门去了。

他决定先找找胡头。一进胡头的小院,他就看见胡头两手插在胡子里,蹲在厢房的门槛上发愁。见了小荒,一下子蹲起来,说:"糟了!出事了!斜眼老二天刚亮的时候踩响了夹子,砸断了两根脚趾。他带着夹子往前爬了两步,又落进陷坑里了,头皮上割开一道大口子,血和大粪沾了一脸,送进医院了。'女特务'门口小路上围了好多民兵!……"

小荒说:"糟什么?咱不就是要夹斜眼老二吗?"

胡头像没有听见他的话,只是说"糟了"。他一边说一边在小院里转着圈子:"事情闹大了!这也怨长乐,他给了咱酒喝。酒后做事没有数啊!……"

在小院里转了一会儿,胡头就扯上小荒的手,说快去报告长乐,一刻也耽搁不得……在路上,胡头不住地叹息,埋怨,说酒后做了险事:"……了得么!伤了营长。他可是有一营兵的人哪——一营兵,你不怕么?"小荒更正说:"是副营长。再说又是民兵。民兵就是村里的青年,都认识的……"胡头咧开嘴巴看看他:"民兵!民兵才厉害!大事情净是民兵做的……"

他们去芦青河边,钻松林的老窝,到处都找不见长乐。海滩太大了,哪里找长乐去?小荒提议到海边上找,说他可能又在沿着浪印走哩!到海边一看,长乐果然在沿着浪印往前走。

长乐敞着衣怀,衣襟正被海风吹得撩起来。他的头发也被海风撩动着,像一团火苗。他的两条腿,因为裤子被风吹贴了,显得更长更有力量。那腰间的木铲在身边沉稳地颤动着,更像一把宝剑了。他的脖子硬硬地挺起,扭着头去看大海……

胡头老远的望见他,感慨地说了一句:"长乐是个英雄啊!……"

小荒声音尖尖地叫了长乐一声。

长乐正大步往前跨着,听到喊声,猛地止住了脚步。当他看清了来人时,就挥动手臂让他们过去……他们跑过去了。长乐说:"看看吧!看看今天的浪涌有多么大!我是在海边上转悠了一辈子的人了,也没有看见多少回这样的浪涌!你们看看,多像一架架大山,嗬,钢硬钢硬的绿石头做的,嘿嘿!……"他的大手往前挥动着,很有气魄的样子。

胡头看了一会儿,就退到干沙上坐下来,哭丧着脸讲了发生的事情。他摊摊手:"到底发生了……"

长乐说:"咱就想'发生'嘛!"

胡头沉重地搓搓手掌,看看小荒:"我是说,他有一营兵啊……一营兵这会儿大概都开到'女特务'门口了……"

小荒说:"才不会呢。民兵还要出工哩……"

长乐详细询问了胡头,然后三个人一块儿进了老窝。长乐长时间地沉默着。后来,他又找出小酒瓶让两个人喝。胡头用手挡过了说:"还喝!上次不喝你的酒,能做出那样的险事情吗?可不能喝了!……"长乐也不驳胡头,也不做声,只是一个人抿酒。他定定地望着一个地方,说:"我早说过,一场恶斗是在眼前了。你们是没有眼光的人,看不到今天这个步数!其实那会儿我就看出来了,一场恶斗是在眼前了……好汉做事好汉当,是好汉的,够朋友的,给我喝上这口酒吧!要不,就滚出老窝去吧,都去吧!……"

老窝里没有一丝声音。

停了约摸有五分钟,长乐大饮了一口,然后把酒瓶高高地举起来,就要摔碎酒瓶……就在这时候,胡头破着嗓子高呼一声,抱住了酒瓶……

三个人喝了酒,三个人的脸色都赤红。

三个赤红脸色的人迈着大步向村里走去了……

小泥屋前果然围了一堆人。几个捎枪的民兵在人群里蹿来蹿去,吆喝着什么。公社武装部也来了人,一个胖子的手枪就像斜眼老二的一样,并且也在衣襟下显显露露……长乐、胡头和小荒很快掺到人群里去了。

两个民兵用尺子度量着陷坑的边长,往小本子上记着什么;然后他们又去量陷坑的深度,因为很臭,就皱着眉头,用一根树条去插,再用尺子量树条……最后他们又丈量陷坑离小泥屋的距离。胡头小声对小荒和长乐说:"我听见了,他们说五米三九——五米三九是什么?"……就这样折腾了一会儿,那个胖子对几个民兵说:"进去吧!"他们也就进了小泥屋,进了小院。一帮子人都给隔在了门外。长乐他们三个转到院门下面,面对所有人了。长乐大声说:"我长乐看了一辈子泊了,经验有的是!我就没见欺负好人的家伙有好结果!像斜眼老二这样的东西,只差没叫天上的雷'咔嚓'了!……"

他说完胡头就笑。一帮子人心里痛快,也接上笑起来。

长乐又说:"人家一个姑娘从老远到咱这号穷地方住,容易吗?咱们村里不帮辅人家,还往人家院墙上贴东西。"长乐说着用手指指墙上那几张旧标语,"人还能写出这东西吗?也不知是哪号'现世报'写出这东西来了!……"

大家又哄笑了。胡头用手扯扯小荒说:"他还是不该喝酒……"

正这时候院里传出一阵吵闹声,其中还有"女特务"的声音……不一会儿,门打开了,两个持枪民兵押着田萌走出来了。大胖子凶眉凶眼地端量她一眼,转脸对群众说:"什么叫'美女蛇',这回看见了吧？看看她使出的招儿有多么狠吧！……"

长乐狠狠吐了一口，打断了胖子的话。胖子回头找人，胡头说话了，显得语重心长："大伙看看吧，多俊的一个姑娘！多老实的一个姑娘！白天在家纺绳，晚上就在炕上看书。人家谁也没招惹……"胡头说着说着哭了，用手去抹泪。小荒也抽泣了，一双泪眼望着站在民兵中间的田萌。

胖子刚要说什么，长乐一声吃喝站出来了，用手一推那两个民兵说："往公社押我吧！是我下的夹子！我就跟他斜眼老二有底仇，谁也不怨，'女特务'更不知道！……"

他话音刚落，胡头和小荒也嚷起来："俺干的俺干的。俺仁干的！"胡头还比划说："粪里那些玻璃，是我砸了四个酒瓶弄的……"

胖子让几个民兵把他们押起来……一场子群众都不吱声了。胖子哼着："破案很快呀！"他见绑了绳子的长乐腰里还有木铲，就喝旁边的民兵说："怎么搞的？逮捕了还不缴下他的武器！"——周围的人都认识那是挖山芋用的，都觉得可笑。可是没有一个笑的。大家只用敬重的目光看着三个人……

"女特务"被放开了。她热泪盈眶，站在门前，一动不动。

长乐三个人被押着走出老远了，"女特务"还是站在那儿……

胡头回头望了望，突然喊道："回去吧！该纺麻纺麻，该看书看书！俺出来那天还要来下夹子！……"

长乐咬着牙关，点了点头。他和小荒一直靠在一起往前走着……

十六

经过一段时间的住院治疗,杨阳的病情暂时控制住了。剩下的事情就是住到一个疗养院去,慢慢地恢复……机关门诊部和部办公室很快联系好了疗养单位,杨阳不久就要去长期疗养了。杨阳出院后的精神很好,竟然几次随大家一道上下班,在机关大楼上玩。同志们开他的玩笑,跟这叫"模拟上班"……后来杨阳从小毛的嘴里了解到了疗养院的一些情况,也就更高兴了。

原来疗养院是追随着一股温泉盖在了深山里。山里鲜花不断,犹如南国。并且有一条河,河里可以捕到两斤多重的鱼。有一种鱼叫"沙趴",扁扁的,卧在沙里,可以用脚踩住。到了秋天,四周皆是红叶树,一天到晚愉快地燃烧。风很柔和清新,就是这种风,加上那股温泉,使一批又一批的病员康复回城了。

杨阳于是就准备了画具,还包起了好多书。这很快就被姜主任知道了,她找到沈小荒说,让他管住杨阳,不要带那么多画纸呀书的,国家花钱让他去治病,又不是让他去画山水。沈小荒笑了笑,说画山水只要高兴就尽情地画去,这也能治病。再说疗养院的医生比咱们懂,不用咱多操心,是吧,是吧!

离去疗养院的日子越来越近了。杨阳一想到就要离开机关那么长的时间,竟然又难过起来。沈小荒安慰他,说会经常去看他,还说他如果抓到沙趴先养着,他们好一块儿吃等等,杨阳又高兴了。杨阳说他一定会抓到沙趴,沙趴算什么!小的时候在家里,他曾和一帮朋友们跳到河里,在苇秆地里逮到了那么大的鱼。啊啊,童年多有意思，你还记得童年的事情吗？沈小荒点点头。我怎么能忘了童年的事情。我忘不了田野、忘不了那条河，也就忘不了童年的事情。你看我们两个都没有忘记，时常想起来，提起来。杨阳两手捧住脸庞看着他，这双黑亮的眼睛让他喜欢极了。他想也真是奇怪啊，有肝病的人怎么还会有这样黑亮的眼睛？这双眼睛多像儿童的。对了，他没有割断联结童年的那根线，所以他总能保住这样的一双眼睛。这双眼睛此刻闪动着，说他近来常常和过去的一些朋友在一起玩。这句话可把沈小荒搞糊涂了，后来他才搞明白杨阳是指常常做那种梦。他说人有多么怪，你看看有多么怪，越是病了的时候，就越是想起小时候……说到疾病，两人都恨得要命，说疾病是最讨厌人的，它往往能破坏掉一个人的生活计划：本来准备好的一些事情，还没等去做，疾病就来了。

　　这次谈话刚进行了一半就不得不停下来，因为下班的时间到了。沈小荒请他一块儿到家里吃饭，他说什么也不肯。后来沈小荒终于明白他怕把病传染给人家，就告诉他用种最卫生的方法来接待他吃饭。这个方法无非就是分开盛用饭菜，杨阳直笑，就一块儿回家了。

　　蓉真似乎对杨阳来做客十分高兴，扎上围裙，真像个家庭主妇的样子啊。她今天显得特别美丽，也特别年轻，牛仔裤让杨阳看了好几次。你们两个说吃什么菜吧，小菜刀不锈钢的，电炒锅，当然也有煤气灶，我们终于建设起一个美好而又多情的厨房。沈小荒说你什么也不要做了，你做个"红薯"吧。这是损人，她知道他指那天的事。那天她被人称作了"乡长"。她苦笑着走开了，决心做几个最有趣的菜。

一盘黄花菜,一条鱼,一盘山芋糖,一盘酱拌苦菜,一盘色拉,一盘牛肉……每样都分出三分之一盛在小蓝碟里。杨阳的杯子里只有几滴红葡萄酒。三个人吃得真高兴啊。大家都说菜好吃极了,从来没吃过这么好的菜。杨阳说有个家庭到底是好,单身汉要缺少好多的乐处、好多的滋味。比如说这样漂亮的一个小蓝碟儿吧,单身汉就不可能有。蓉真问他能成为一个画家、一个大画家吗?杨阳说只是准备成一个,当然是越大越好。讨厌的是有些大世面还没有见,这阻碍人成大气候。蓉真打断他的话,说这句话让她想起一个事情,就是你必须多到舞会上走走,多了解现代人的生活。杨阳等她说完就接上说,大世面指另一些东西。还有,就是看以后的环境了。什么样的环境才好他不知道,他只是想这样会把小时候的印象都丢光了,而丢光了就会非常非常危险了,等等。沈小荒在杨阳说话的时候一直沉默着。他在想建设一个机关、一座城市也是一门艺术。艺术之间总有什么共通的东西吧。这当然还需要寻思。不过这样子就不理想,就会把小时候的印象都丢光了。有些印象多么吸引人啊,你只要回忆就会激动。那些东西朴素极了,平常极了。但有时却觉得不可复得。剩下的另一个问题就是杨阳说的见大世面了。当然要成大气候就得见大世面。不过这是不同的两个问题……

为了愉快一些,蓉真建议大家跳舞。杨阳不会,于是沈小荒和爱人跳了一会儿。后来《打虎上山》的曲子奏起来,沈小荒就停下了,他不会这种舞,原计划上周学会。蓉真激情刚刚焕发,就自己跳了。杨阳不转睛地看,沈小荒也是一样。他突然发现这种舞特别适合天真无邪的少女跳,而一个大姑娘跳起来并未失度,也会变成一个天真无邪的少女……他此刻多么爱他的妻子啊,她有多么漂亮!如果没有仇恨、没有诽谤、没有战争、没有欺压和盛气凌人,只有使人年轻和纯洁的诸如此类的舞蹈,生活着是多么幸福啊!……他悄悄地把这个想法告诉了杨阳。杨阳深表同意,只是他说还应该加上"没有疾病"……

直玩到很晚的时候,杨阳才离开。他说这是多少年来他过得最愉快的一个夜晚。蓉真说你养病回来,天天让你过这样的夜晚。杨阳笑了:那我不去养病了,就留下来天天过这样的夜晚……真是个孩子!

沈小荒送他回去。这时马路上行人稀疏,路灯好像也不如从前明亮了。他们顺着一排白杨向前走。临要分手时,杨阳突然握住了沈小荒的手。他声音颤抖着对沈小荒说:"我……给你添了好多不愉快……在机关里,你给我的帮助最多。这些,我会一直记着的……我还要把它画进我的画里……"

沈小荒的手抖动了一下。他说:"不,杨阳,我本来能够帮助你、保护你,可我失去了好多机会。我会为这个责备自己一辈子的……我们不说这个了,不说了……"

沈小荒的眼角流泪了。

他们又往前走了一段……沈小荒说:"你快养好病吧。但愿到了四年一次的探亲假的期限,你的病也好了。我想和你一块到芦青河边——我的老家去。……你不知道我犯了一个多大的错误,我好多年没有回老家！这是不能饶恕的一个错误,真的！我差不多忘了童年时候的朋友,忘了长乐的老窝和胡头的厢房……"

杨阳听到这儿插了一句。他不知道谁是长乐和胡头。

沈小荒接上说:"我准备给你讲讲我的童年,讲讲我的童年生活和童年的朋友……童年的朋友是什么？是田野,是树林和小河,是质朴和忠诚！……我要跟你讲我童年的故事。我想你会画我们的芦青河,画我们的大海滩……"

……

第二天在机关上,沈小荒竟然遇到了小毛。她是到办公室有什么事情的,在走廊上见到沈小荒却不愿走开。看样子她想谈点什么。她说你们这座大楼真漂亮！窗户真大！窗帘都是绒布的！……沈小荒说真漂亮,真大,都是绒布的。他知道她要跟他谈的不是这些。他后来干脆问道:"你这几天见了杨阳吗？""……啊,杨阳！他快走了……他要到疗养院去了……"

沈小荒笑了。他说:"这些我都知道。"又说,"他走了,你不去看看他吗？"

小毛的脸红了。停了一会儿她抬头问:"你说我好去吗？"

沈小荒果断地说:"当然好去！你可能早就知道,那里有满山的红叶树,有温泉,有满岭的野菊花……"

小毛愉快地下楼了。她笑着说:"有红叶树！有野菊花……"

红色的身影一闪就不见了。沈小荒突然想到:她又不姓毛,为什么叫"小毛"呢？真有意思，"小毛"。

1985 年 3 月 20 日—1985 年 7 月 5 日

葡 萄 园

初秋,一片灿烂的阳光照耀在葡萄园上。没有风,没有喧闹,只有一两个头包白巾的妇女弓着身子在葡萄架下做活。一辆马车驶进园里,车轮发出辘辘的声音。一个妇女抬起头来,从白巾中露出通红的脸庞。阳光耀得她眯起了眼睛……

一

在人们的记忆中,很多年以前园子当心就有这座小泥屋。小屋四周全是藤蔓粗黑的老葡萄树,它们纠扯着,极力想把枝条搭到屋顶上去。每年的春天,泥屋的主人都要重新涂抹一下屋顶。有一年雨水很大,淋塌了小屋的山墙。可是墙内有木架撑住,屋顶没有歪下来。

上年纪的人知道,原来这片葡萄园很小,它是属于泥屋主人的。那时候他们就靠这些葡萄树过日子,又可怜又寒酸。四周是荒原,杂草丛生,一直延伸到大海边上。后来葡萄园渐渐扩大,小泥屋仍在中心。大葡萄园是属于公社的,就连贴近小屋的那些葡萄树也不再是泥屋主人的了。泥屋里的人仍旧在园里做活,他们,还有这座小屋,都属于葡萄园了。

罗宁很小就来到了小泥屋里。这里有他的奶奶和叔叔。每年的春天,奶奶和叔叔领着他到园子边上,给两个坟头烧纸。

那是爷爷和婶母的坟。

罗宁六岁的时候该回城里上学了,他的爸爸妈妈都在城里。叔叔明槐一连几天都在给小侄子打点行装,准备送他进城。他们进城要乘坐轮船,从葡萄园到客运码头这段路要乘马车。可就在他们上路的前一天,罗宁的母亲来信了。信中告诉她和罗宁的爸爸要分别到两个农场去劳动,这两个农场相隔几十里,罗宁暂时不能回城了。

他那么想念爸爸妈妈,尽管葡萄园里这么有趣。

每到了夜晚,园子里的风就变得凉爽了。太阳晒了一天,使葡萄园散发出一种温热的、熏人的香味儿。叔叔明槐在隔壁睡下了,罗宁和奶奶一直听着窗户外面不时传来的噗噗的声音。奶奶说那是睡不着的鸟儿。罗宁的枕头边上有一只叫"小圆"的花猫,它有一张十分漂亮的脸,总是用前爪捂住鼻子熟睡。窗户外边的老葡萄树下,睡着他们的一条黑狗,它叫"老当子"。老当子常常把屋里的人都吵醒,因为夜间园里常常有人走动。有一天晚上老当子哼哼地叫着,罗宁探头从窗上一看,见从月光里缓缓跑出了一只刺猬。

就是在这样的夜晚里,奶奶给他讲了很多园里的故事。有一次老人讲到了二儿媳——罗宁死去的婶母,就再也睡不着了。罗宁从奶奶嘴里模模糊糊知道了婶母的样子,知道了她是园里最美丽的女人。

她是在一个秋天——满园的葡萄都变甜了的时候嫁到小泥屋来的。那一年芦青河涨水,漫过了小木桥,明槐用一个小船才把她接回来。

从此葡萄园里有了一个手脚勤快的女人。她绑葡萄蔓、剪枝、摘葡萄,做什么都比别人利落。她像别的女人一样头扎白巾,脸上总是笑吟吟的。从那时明槐就在园里赶车,每天从外面运进筐笼,载走葡萄。当园里响起辘辘的车子声,满园的女人都不由得去看明槐的女人——她丢下手里的活儿,抬起头寻找自己的男人。灿烂的阳光耀得她眯起了眼睛。女人们笑着喊她的名字:"安兰——!"

园里的头儿老黑刀总是突然从葡萄架下钻出来。他有时把做活的女人吓一跳,大家就骂他,往他身上扔东西。老黑刀爱说女人听不得的一些话,笑着在地上滚,两手抵挡着女人们抛出的东西。只有安兰低下头去,不停地做自己的事情。这时候老黑刀就从地上蹦起来,大声吆喝道:

"看看人家明槐媳妇,嘿嘿,嘿嘿……"

老黑刀见了明槐总是板着面孔,讲话时伸出一根手指,像是遇到了很严重的事情。

中午是葡萄园里最热的时刻,大家就走出园子,到海里洗澡去了。女人们硬拉上安兰,说:"不要紧不要紧!"……她们只在离岸不远的水里玩,互相用水撩着,弯下身子去捡踩到的海贝。

老黑刀也到海上去。他常常叫上赶车的一个老头儿,说:"老鲁,走,载上网玩玩去!"他们载着网具到海上去了,顺便可以召集一些洗澡的人拉鱼。老黑刀如果拉鱼拉腻了,就一个人游到深水里。

他通体发黑,在水里扑动着,勇猛极了。他不断地用身体将碧绿的水面劈为两半,真像一把黑刀。他还会潜水,一口气可以扎到几十米远。有一次他在水中捉到一条长长的凉鱼,就在水中把它捏死了,像腰带一样挂在脖子上,从水中钻出来。老鲁见了老黑刀潜水,总是伸出拇指叫一声:"嘀矣!"

女人们看老黑刀开始潜水,大多都上岸穿衣服了。因为有几次老黑刀潜过来,用水喷她们的脸。只有少数几个不怕老黑刀,她们会联合起来捏他的鼻子,伸直食指,像锥子一样捅他的身体……

安兰来到葡萄园的第二年上,身体就瘦下来。人们都说她不如从前好看了。这时候进入了混乱时期,园里的风声也紧起来。老黑刀越来越严厉,他跟明槐说话时面孔板得更紧了,伸出一根手指,很吓人的样子。有一次他问老奶奶说:"你们家过去有多少棵葡萄树?"奶奶摇头说不记得了。他"哼"一声说:"不记得了——了得。我叔叔早告诉我了,哼,了得!"

他的叔叔就是当地一个革委主任。老黑刀每天里都要说到他叔叔。

老黑刀把小泥屋里的三口看成了最危险的人,没事了就背着手在屋子四周转,用一只眼睛去斜小屋的窗户。他对在园里做活的人说:"小心屋里的人!小心他们点儿倒好!"

又住了不久,老黑刀就经常将明槐叫到一个地方去训话、开会。

明槐回到园里,再也打不起精神。老奶奶问儿子外面的事情,儿子总是摇头。后来他对母亲说:"咱们不该来海边上种葡萄树!"

老奶奶不知这是为什么。她只是咕哝:"那也是穷得没有办法……我们逃荒逃到这块荒滩上,先给人家做活,后来搭个小窝,种了葡萄——再说如今的大园子就是从咱的葡萄树开了头呀……"

明槐还是摇着头:"咱不该来海边上种葡萄树!"

一家人不定什么时候就给喊走了。安兰回来时两眼红肿,问她话,她也不说。有一天赶车的老鲁来了,悄悄地跟明槐说了些什么,明槐抓起鞭子就跑出了屋去。

老黑刀正在屠一只山鸡,一边的土枪散发出一股火药味儿。安兰哭着坐在一边,见了男人和老鲁进来了,一下子站起来。老黑刀头也不抬,说:"不用凶,凶什么?这算对你们客气了。我叔叔给上面捎一封信,连你哥哥也得被城里赶回来,哼!"

明槐的哥哥——罗宁的爸爸正在城里工作。明槐听了身子一抖,咬咬牙走开了。老鲁刚要走,被老黑刀喊住了。老黑刀骂道:"你是贫农吗?你这个叛徒!……"

安兰越来越瘦,很快病倒了。住了半年,就死了。

安葬安兰的日子里,明槐一声不吭。晚上,明槐常常喝醉,怀抱着一杆长鞭摇摇晃晃地走到园子深处,用力地抡起了鞭子。

鞭声炸响在葡萄树下,一声连一声。不一会儿,远远的地方也响起了鞭子声——那是老鲁在抡鞭子。两处的声音交汇到一起，久久地震荡着。

小泥屋永久地寂寞了。老奶奶的头发完全白了，心也枯萎了。儿媳离开了小屋，再也不能回来了，这一切仿佛只是一场噩梦——老人几次半夜里醒来，说安兰回来了，要起身去为她开房门。每到这时候明槐就坐起来，一颗心咚咚跳着，趴在窗户上看着母亲走出屋子，在葡萄树下徘徊。老人两手颤抖地在树枝间摩挲着，咕咕哝哝。老当子站起来，大睁着眼睛去看老奶奶。

这样的夜晚，儿子和母亲，还有窗外的老当子，就再也睡不着了。

小罗宁就是在这样的日子里来到小泥屋的。

小泥屋里有了一个生气勃勃的童年的声音。

老奶奶给他讲故事。

明槐给他讲故事。

小圆跟他玩耍。

老当子伸出胖乎乎的前爪跟他"握手"。

小泥屋慢慢地苏醒了，有了声音，有了颜色，有了实实在在的生活的气息。小罗宁手持铁铲，上身穿一件小海魂衫，下身是一条有竖条杠的蓝裤，神气地出现在泥屋前边的葡萄树下。他要铲土，再挖一个了不起的坑，或者是修一条半尺高的城防。他休息的时候就是与老当子交谈。他对小泥屋的第一个严正的批评就是：老当子的名字太难听了！但奶奶告诉他：这是小泥屋的老主人、他的爷爷给它取的名字，如今是谁也不明白、谁也不能更改的了。罗宁撇撇嘴,表示不以为然。不过他仍跟它叫"老当子"。

老黑刀从小泥屋门前走过,见到罗宁就瞪起眼睛,说一声:"唔?!"

罗宁一下下铲土,像是什么也没有发现。

老黑刀有些恼怒了。他不记得有哪个小孩儿不怕他这粗粗的一声。他走上前一步喝道:"你听不见吗?聋?"

罗宁抬头看他一眼说:"我不喜欢你。"

"嘿嘿,奶奶的!你他妈的小狗东西……"老黑刀骂着,端量着面前这个陌生的、面庞白皙的少年,觉得奇怪到不能理解。他本来想伸手揪住小孩子,一抡,把小东西抡出老远。不过他想了想,还是作罢。他从来没有见过这样的小孩子。他又骂了一句更粗野的话,就挪动脚步离开了。

罗宁将铁铲扛到肩上,冲着老黑刀的背影又喊一声:"我不喜欢你——真的,一点也不喜欢!"说完又看一眼,就回到泥屋去了。

他关了门。他自己知道他有多么害怕那个黑黑的汉子。他对黑汉骂的脏话也感到惊讶,感到不能理解。他的心咚咚跳着。

晚上,他对奶奶讲了那个黑汉,讲了黑汉在骂一些很奇怪的话。奶奶半晌没有吱声。后来老人搂紧了他,让他再不要跟那个黑汉说话。他没有再问什么。他从此知道了奶奶也怕那个黑汉。

最愉快的事情就是听奶奶讲故事了。可是奶奶说到婶母就不做声了。罗宁偏要问这一切,奶奶偏不跟他讲。她只是说:婶母死了。婶母长得好。婶母没有了。

罗宁多么希望见到婶母。他当然更想知道关于那个美丽的婶母的一切,知道那一切的细节。可奶奶就是不讲。

一个月光明媚的晚上,老当子突然叫了起来。它叫着,直到把奶奶吵醒。奶奶坐起来,接着向窗外看去。看了一会儿,奶奶又把脸使劲地贴到窗棂上——不知过了多长时间,老人才重新躺下。

后来,有好多的夜晚,奶奶都是这样看上半天。

罗宁有一次看到奶奶夜间伏在窗前,就爬起来偎在她的身边。窗外什么也没有。灰蒙蒙的夜色中,只隐隐约约地看到葡萄藤蔓在轻轻地活动。露滴洒下来,发出很细微的声音。有什么小虫叫一声,又叫一声……奶奶用手搂着罗宁说:"我看你婶母……"

罗宁差点惊叫出来!

"我在看她……我那天好月光的时候听见老当子叫,起来一看,她——就是你婶母,从葡萄树下走出来,直走到明槐窗下去了。他们说了会儿话,她就走了。我想喊一句,又怕惊动了她,她再不来了……一点不错,是她,身形儿,模样,一丝儿没变……"

奶奶说着,激动得嘴角颤抖了。

可罗宁明明什么也没有看到。

老奶奶说:"我就看见那么一回。她再不来了。人真是有魂灵的,她是想家了……"

罗宁想喊一声什么,可他紧紧闭上了嘴巴。他知道这绝对是不可能的。他想奶奶一定是看花了眼。

第二个夜晚,老当子又叫起来。罗宁正在熟睡,突然奶奶伸手把他拖醒了。老人激动得说不清一句话,对在罗宁耳朵上说:"孩子,你、你婶母又来了……她,你看她又到你叔叔窗下说话去了……"

罗宁伏到了窗前。

窗外依旧是一片模糊的夜色。罗宁刚要重新躺下,突然从明槐窗下的黑影里走出一个人来。奶奶揪了一下罗宁的手。罗宁屏住了呼吸看着。

星光下,一个女人缓缓地走去,身影儿在葡萄树下一闪就不见了。

罗宁紧紧地伏在了奶奶的肩头上。他又高兴又害怕。他躺下来,回想着她的形象:细高个子,削肩膀。看不清脸,但他认为她漂亮极了。

二

小圆觉得中午的太阳真好。它从树荫下走出来,眯着眼睛看了看空中那个白亮的火球,然后就卧在热乎乎的沙土上。它扭动着身体,感到一阵从未有过的舒适。温热的沙土使它闪亮的皮毛更加柔软,它炙过了后背,又翻转身子去炙肚腹。作为一只花猫,它懂得自己有多么健壮和漂亮。它比一般的猫要长,腿脚粗而有力,全身都由黑白两色交织起来:黑的地方如墨,白的地方似雪。它只在干净的沙土上躺卧,所以看上去一尘不染。它还长着一对明亮的灰蓝色的眼睛。

太阳晒得小圆周身发热。它幸福地滚动着,直到有些疲惫了,才站起来。它望了望身后的一棵葡萄树,兴奋地抿了抿舌头,一纵身子跳了上去。葡萄叶儿垂在它的四周,把一个美丽的躯体全部遮掩了。它就从枝叶的间隙里向四下观望。

不远处就是那个暖呼呼的家——小泥屋。窗下,老当子在阳光下打盹。它的脖子下垂着一条锁链,链扣儿都磨得闪闪发亮了。小圆每一次从高处看到老当子,都对那条锁链感到满意。

原来的老当子骄傲得很,没有锁链,可以满园里奔跑。这是一条经多见广、通晓世故,对园里的一草一木都熟识的狗。它是由罗宁的爷爷养大的。小圆记得自己当时很小,除了老奶奶偶尔抱一抱,几乎没有任何人注意到还有一只猫。所有的人都在谈论老当子:它追逐一个偷葡萄的人;它发现了深夜袭扰的贼;它咬死了一只野兔……

小圆记得自己当时逮住了一只田鼠,并且把这个猎获物摆在了窗台上展览。后来只有明槐一个人看到了,他嫌脏似的用一根秫秸把田鼠挑起来扔了。这是小圆最懊丧的记忆。

老爷爷除了种葡萄,给葡萄树剪枝、施肥,再就是到荒滩上打猎。他有一杆土枪,乌黑笨重,脏里脏气。每一次打猎老当子都神气无比,尾巴高高地翘着在老人身前身后奔跑。鹰落在树上,兔子卧在草中,山鸡在瞧不见的地方嘶哑地喊叫。老当子所能做的事情就是把一只无比丑陋的、罕见的长嘴对在泥土上嗅着,然后转身对主人咕哝几句什么。当猎物出现了时,它则伏下身子,专心地等待枪声。枪响了,它倏地跳起,在硝烟中把垂死的猎物逮住。

小圆曾经跟上打猎的人到过荒原上。尽管它走不远,但终于还是弄明白了打猎到底是怎么一回事,也瞧见了老当子的表演。

猎枪是了不起的,而老当子不过是一个愿意凑热闹的东西,唯一的本事就是献殷勤。小圆没法遮掩它对老当子的藐视,半路遇见了,斜也不斜它一眼。

老当子很想跟小圆玩一会儿。有一次它在园子里遇到了小圆,就笑着走过去。小圆抬头看了看,气愤地"呜"了一声——因为它正在解溲呢,老当子怎么能如此不知羞臊。老当子又走了几步才发现小圆在干什么,猛地收回微笑,立在了原地。呆了片刻,老当子回身走了。小圆自己跳上了葡萄树,默默地看着离去的老当子,难过得哭了。它认为自己受到了侮辱……

小圆在葡萄树上看着老当子打盹。锁链耀得它睁不开眼。它在想:这条锁链到底是什么时候戴上的?

它已经记不清楚了。它只是知道从那时起,老当子就给拴在了屋前的葡萄树下。

那是一个秋天,就和现在的秋天一模一样,满园的风是香的,葡萄黑紫闪亮。小圆用它尖尖的小牙齿咬碎了一颗葡萄,吸吮掉里面的汤汁。它小心地用通红的小舌头舔着溅到嘴巴上的甜水……每天小圆都是自己在葡萄架上玩,很少回到泥屋去。它发现在这个秋天里,人们的脾气变坏了。小泥屋里的主人哭丧着脸,老要唉声叹气。有一次它爬到明槐的膝头上,被明槐一下子掀开老远。两个老人都愁眉不展,常常半夜里还低声交谈着什么。

园子里的人都在一夜间戴上了鲜红的袖章,动不动就举起拳头呼喊什么。老黑刀让所有人都排成一行,他在队伍前边走来走去。他呼喊一句,所有人都要重复一遍。后来他们做成了一面红旗,老黑刀让一个年轻的妇女举着,站在队伍的一端。

葡萄熟透了,可是人们都排成了队伍,没有一个人可以伏到架子上做活。小圆藏在葡萄叶间,亲眼见到一群群灰喜鹊来偷啄葡萄。这些贼在园里畅行无阻,尖声大叫,吃起葡萄来挑挑拣拣,把肮脏的粪便留在葡萄叶上。它们已经不是来偷吃了,而是胡乱啄着玩,一颗啄一个洞,然后就看着葡萄粒儿流泪,高兴得大笑。这种笑声特别刺耳,小圆常常要掩上耳朵。

葡萄被啄过,慢慢就要烂掉。葡萄园的香气中掺杂着一些酸霉味儿……小圆决心逮住一个灰喜鹊。有一次它小心翼翼地顺着一根粗藤往前移动,巧妙地利用了葡萄叶片的遮挡,离一个灰喜鹊只有二尺左右了。它的心噗噗跳动,全身都在颤抖。它从来没有这样近地观察一个大鸟。它看清了灰喜鹊的眼睛,甚至是睫毛。它觉得那一身灰衣服质料不错,可惜颜色令人厌恶。就在灰喜鹊啄碎了又一颗葡萄,高兴地大笑起来时,小圆迅捷地扑了上去。

它咬住了灰喜鹊的翅膀。灰喜鹊尖声大叫,一边用尖嘴啄它的眼睛。小圆紧紧地闭上双眼,真怕眼睛像葡萄那样被啄上一个洞。灰喜鹊扑动着,仿佛要把它带入空中。小圆用小巴掌敲打着灰喜鹊的脑袋,一边将身体移动到对方的脊背上。它想这一次可逮住了一个偷吃葡萄的贼。灰喜鹊在小圆的身子底下不顾一切地挣扎着,尾巴上的一串长翎像扇子一样猛烈展开,把小圆翻了下来。但它的嘴巴还紧紧地咬住翅膀……灰喜鹊扑打着、尖叫着,渐渐呼唤来一群同伴,在它们的头上惊恐地翻飞、呼喊。小圆有些害怕了!它这会儿想起了泥屋的主人们,也想到了老当子……灰喜鹊挣扎着,终于留下一根灰色的羽毛,飞得不见了踪影。

小圆鼻子上落下了一个小血口子。它叼着这根羽毛回到了泥屋。

全家人围着它,默默地坐在炕上。安兰用手去理它的脊背,又取来一块红薯给它吃。全家人都在等着爷爷回来——他一大早就被老黑刀那伙人叫走了。

天乌黑乌黑了,爷爷才回来。大家松了一口气。爷爷蹲在屋子角落里吸烟,不住地咳。他自语似的说:"我种了葡萄,三棵,后来只活一棵;来年,我又种了三棵,活了两棵……我种这几棵葡萄不容易,葡萄熟了舍不得吃,拿去换粮食。我是逃荒来的,我不是地主……我种了葡萄,种了个小葡萄园,用它换粮食……"

夜里,小圆躺在枕头边上,听着两位老人交谈。它终于听明白了:老黑刀领着一伙人围斗老爷爷,说老人就是过去的"园主",是个阶级敌人。一伙人大都黑着脸,只有几个妇女嘻嘻哈哈。有人把老爷爷推推搡搡,老爷爷站不住,老黑刀就厉声喝一句:"站稳立场!"……

天亮了,老爷爷从枕头边上捡到了那根灰色的羽毛,像是突然想起了什么。他召唤一声老当子,掮上猎枪就走出了泥屋。

小圆原来以为老爷爷又要去打猎了,但走到园子深处立刻明白了:老人是领上老当子来驱赶灰喜鹊的。

灰喜鹊似乎比以往任何时候都多。它们一会儿从这个架子上飞起来,一会儿又喳喳叫着在半空里回旋:像一片乌云,像一股肮脏的烟。小圆恨不能也飞到空中,去和它们搏斗——它这时觉得鼻子上的小口子又钻心地疼起来。

老当子愤怒地吼叫,声音威严。小圆不知怎么,这一瞬间觉得老当子是一个男子汉了。

老爷爷仰头望着翻飞的鸟鹊,一脸深皱痛苦地活动着。他望了一会儿,放开喉咙呼喊起来:"啊呼——哟——嗬哉——!"

灰喜鹊惊慌地聚到了一起,落在一棵杨树上,一声不吭了。

"啊呼——哟——嗬哉——!"

老爷爷呼喊着,一边摘下肩上的枪,往杨树那儿举着,威吓着它们。

杨树上仍然没有声音。园子里死一样沉寂。

老当子瞅着那棵杨树,嘴里发出低沉的"呜呜"声,脊背弓起,毛也炸了起来。

小圆一声不吭地踞在葡萄架上,一切都看得十分清楚。它知道老当子不会爬树。它不知道老爷爷会不会用右手的食指去扳动那个弯铁片——如果扳动,就有一声霹雳。

灰喜鹊一直呆在杨树上,不再啄食葡萄,也不愿离开园子。它们分明是要挨过这个时刻,重新来糟蹋葡萄。

又呆了一会儿,小圆看到老爷爷右手那根黑黑的食指向土枪的扳机伸去。它捂上了耳朵,但还是感到了一阵强烈的震动。枪口吐着暗红色的火焰,刺鼻的硝烟味儿弥漫开来。小圆看到老爷爷的枪口抬得很高,明白他是故意吓唬它们的——灰喜鹊"呼"的一声从杨树上飞起来,飞得很高,飘到芦青河的对岸去了。

老当子箭一般跑向杨树,但没有多会儿,它又回来了。

小圆嘲笑地看着空手而归的老当子。

老爷爷在园里走着,伤心地看着在架子上变坏了的葡萄。他伸手摘下几个颗粒尝了尝,又赶紧吐了……小圆知道被啄过的葡萄是什么味道。它沿着葡萄藤往前奔跑着,架下的老爷爷和老当子都没有发现它。它在高处观察着老当子的傻相,觉得十分有趣。老当子走起路来昂首挺胸,胸脯很高,一双眼睛东张西望,黑色的长嘴一甩一甩的。有时候老当子停下来,低头去嗅嗅地上的什么东西,蚂蚁顺着鼻子爬上脸颊,它就用力地摇头,嘴里喷着气,发出"费!费!"的声音。

突然,老当子定在了原地。小圆爬到架子的最高处,看到了站在一个葡萄架后面的老黑刀。黑汉正把下嘴唇咬在牙齿里,弓着腰从葡萄枝叶间望着老爷爷。停了一会儿,他故意咳起来。

老爷爷站住了。

老黑刀走出来,大背着手端量老爷爷。

小圆看到老当子急忙溜到了老爷爷身后。

老黑刀伸出手说:"我看看你的枪。"

老爷爷迟疑了一下,只得从肩上摘下来,递了过去。

老黑刀拉了拉枪栓,哼哼地笑。他自言自语地说:"什么古怪东西。哼哼,是个老货儿了。老货儿使用老货儿。"这样咕哝了一会儿,他把枪㧟起来,说一句:"武器没收了!"

老爷爷慌慌地喊了一声"啊?!"向前追了一步。

老黑刀伸出一根食指,用力地点着老人的胸脯说:"反革命也允许有武器吗?"

老爷爷叫了一声什么,跌坐在地上。接下去,他一直这样坐着。太阳在空中移动,树荫儿慢慢离开了老爷爷和一声不吭的老当子。老爷爷咕哝着,小圆听清了,他在说:"我的枪!……"

老爷爷从此没有了枪,也不再打猎,老当子也不必跟在他的身边奔跑了。

小圆在园里玩耍,多次见到老黑刀和几个人在葡萄架下放枪取乐。有一次一只美丽的乌蓝鸟飞来了,老黑刀瞄准它放了一枪。乌蓝鸟的羽毛全被硝烟炙成黑色,很多地方露出了皮肉,淌着血死在泥土上。小圆惊得说不出一句话,呆呆地瞅着跌下去的乌蓝……

就在乌蓝鸟被打死的不久,有一次老爷爷领着老当子走到园子里,老黑刀躲在葡萄树后面向老当子瞄准了。

老爷爷几乎和小圆同时发觉了那个黑色的枪口。老爷爷大叫一声,抱住了自己的狗……

从此,老当子就被老人拴上了锁链,缚到了泥屋前面。

这个秋天的末尾,当一串串葡萄干在架子上蒙了一层白霜的时候,老爷爷就长眠不醒了。小圆见泥屋里的人都在泣哭,就跟着哭起来。老爷爷仰躺在炕上,紧紧闭着眼睛,睡得好香。

小圆再也没有见到老爷爷。

它看到老当子一直拴在泥屋前面。

明槐代替老爷爷去开会了,代替老爷爷回答"过去有多少葡萄树"之类的问题。

小圆不记得老当子被拴了多久。它只是记得那以后架子上的葡萄又紫了三次,眼下的葡萄是第四次变紫了……

它呆呆地踞在架子上,俯视着老当子,回忆着往事,已经说不清心中的滋味儿。它这会儿想起老当子该到园里跑一跑,一个多可怜、多寂寞的狗啊!它还想跳下架子去跟它玩一会儿,但一想起它的凶恶样子,只好作罢。小圆想无论是谁,只要拴在泥屋前面两三年,都会变得像老当子一样的暴躁。

小圆缓步离开了葡萄架,向一边走去。

沙土到处都一样温热。小圆的前爪给沙土印了一串串美丽的图案……它在这个秋天的温暖的阳光下,突然感到了一阵难忍的惆怅。有谁可以交谈呢?有谁可以结伴而行呢?

一只螳螂从一片树荫下走出来,伸长了脖子,目光朦胧地望着小圆。

小圆走近了它,看着它一身碧绿的衣衫、手中的两把长刀、那个美丽的三角形脑袋。螳螂摇了摇头,似乎也不怎么愉快。小圆很想借它的两把长刀玩一玩,但螳螂却总是摇头。

原来它的两把长刀是长在了手上的——小圆不禁惊呼起来,它闹不明白这是怎么了。

螳螂告诉:园子里的坏东西太多了,它要时刻提防,刀不离手,夜间也不敢松开一刻,天长日久,两把刀也就长在了手上……小圆听了长长地叹气,它们又交谈了一会儿,就各自走开了。

小圆在葡萄园里奔跑着。

不远处传来喝牲口的声音,小圆知道那是明槐或者老鲁的大车来了。它害怕大马,于是就远远地躲开了。

后来小圆又攀上了高高的葡萄架。它有些渴了,就吃了两颗葡萄。当它低头擦嘴巴的时候,突然发现了架子下有一个小男孩。

小男孩穿了绿色的短裤,白色的衬衫,十分精神。他转过脸来,小圆看清了是小罗宁!它立刻高兴起来,很想扑到他的怀里。但它又发现罗宁锁着眉头,也就犹豫了。它想:罗宁怎么了?他要干什么呢?

三

老鲁和明槐的大车分担了整个葡萄园的运输任务。冬春里,两辆大车要从外边运进园里各种肥料和葡萄秧;夏天运农药、运包装果品用的蒲草等等。秋天里赶车人是最繁忙的,要不停地运葡萄,跑码头和酒厂送货。他们常常早出晚归,摇动鞭子的手满是老茧。马车离葡萄园老远,园子里做活的人就从马的喷气声和赶车人的吆喝声中听出是自己的车回来了。如果是夜晚,则可以清晰地听见一串串马蹄声。

园里做活的人中妇女很多。她们的白头巾在绿叶间闪动,十分醒目。她们每人身边都放着一个筐笼,里面放着刚刚摘下的、有着一层白粉的葡萄。几乎所有包在白巾里的脸庞都是红润的,那一双双眼睛就像葡萄。她们的眉毛都很长,一直伸到头巾里去。大家摘着葡萄,如果凑到一块儿就说笑起来。她们不少人前几年还戴过红袖章,大多是跟上老黑刀热闹热闹。现在不戴袖章了,喜欢热闹的脾气还没有改。她们特别喜欢跟赶车的老鲁开开玩笑,也有的喜欢跟老黑刀闹。不过大多数人后来对老黑刀有些惧怕,不敢跟他随便搭腔了。

大车辘辘驶进园里,女人们哈哈地笑。她们不做活了,坐在筐笼上,吃着葡萄,呼喊着老鲁的名字。有的说:"老鲁,你给我捎回什么来了?"有的嚷:"老鲁过来,俺准备了这么大一串葡萄给你……"一边的人大笑。

明槐的名字没有人喊。他不喜欢开玩笑,因为他是小泥屋里的人——如今在所有人眼里,小泥屋都多少有些神秘和可怕了。当女人们卖力地喊着老鲁时,明槐总是一声不吭地往下卸东西。天太热了,他只穿一条短裤、一个背心。太阳照在他裸露的肩头上,肩头黑乎乎闪着油亮。

老鲁从车上跳下来,一晃一晃地走到女人们中间,接过一串葡萄就吃起来。等到老鲁的肚子有些鼓的时候,他的话就多起来了。女人们恼怒地迎击着,先动嘴,后动手,老鲁常常刚想挪步就被按到了葡萄架下。女人们捶打着老鲁,揪他的耳朵,他放开嗓门叫唤着。女人们松手之后,他抖落了一身沙子站起来,说:"又给我松了松筋骨,嘿嘿,真舒服!……"

有一个姑娘总是离开打闹的女人们远一些,不吭声地做着。有人在远处喊一声:"曼曼——"她就低着头答一声:"哎——"并不离开。

曼曼刚刚十九岁,可是个子很高。她很爱自己的学校。后来因为学校里乱了,再不能上学,她感到十分痛苦。她的叔父就是老黑刀,见她一直郁郁不快,就说:"跟我到葡萄园去吧,那地方我说了算!"……曼曼刚来到葡萄架下,似乎总是低着头。当她抬起头来的时候,所有见到她的妇女都惊讶地喊一声:"哎呀!"

曼曼太漂亮了。曼曼的眼睛才像葡萄,而且永远像早晨的葡萄。她的前额稍有些鼓,光光的引诱别人用手去弹击。真的有一天一个妇女伸手去弹了一下,使曼曼十分愤怒。她就一直用那双水灵灵的眼睛看着对方,使对方慌促地搓起了手掌……曼曼走到哪里,哪里就安静,葡萄的香味似乎也浓了。

她低着头做活,有一次抬起头来,正好看到了一个像她一样沉默的男人。

这个人就是明槐。他当时正坐在一匹白马的身侧,两手放在膝头上,注视着面前的一片沙土。他一动不动。

白马静静地站着,头颅微低。它身上没有一丝别的颜色,是一匹真正的白马。此刻它的一双秀丽的眼睛正望着前方的一片绿色,浓密的睫毛不时活动一下。

明槐两条长腿支在地上,双脚已经陷进了沙土里。

曼曼在想:这个男人如果骑上这匹白马呢?……

她胡乱想象起来。白马长嘶一声,男人跨上了马背。白马奔驰着,出了葡萄园,来到了辽阔的原野上。绿草无垠,在风中滚动的绿色波浪犹如一片海洋。白马踏着波浪前进。男人的长腿夹紧了马腹,身躯挺起,海风吹乱了他的头发。有一绺头发遮住了他的眼睛。更远更远的地方,仿佛是荒滩的尽头,正传来了咿咿呀呀的歌唱。那歌声又熟悉又陌生,白马迎着歌声而去……

明槐从白马身旁站了起来。他牵着马去饮水了。

这会儿老黑刀不知从哪儿钻出来了,看了一眼跟女人们打闹的老鲁,又转身厉声喊住了明槐。他走到明槐身边,伸出一根手指,面色冷峻。明槐看着老黑刀,神情木木的……老黑刀挥了挥手,明槐才往前走去。

老黑刀转回身子,脸上立刻有了笑意。他往摘葡萄的那些妇女一边走去,老远就呼喊道:"老鲁,你这个'叛徒'!跑这儿胡搋和什么?惹我火了给你一枪!"

老鲁再不敢犹豫,跳到他的车上干活去了。

老黑刀过去跟老鲁还算过得去,常常招呼他用大车拉上网具到海上玩。后来老黑刀发现老鲁经常去小泥屋,就厌恶起他来,常常跟他喊"叛徒"了。老黑刀有一次对园里的女人讲起老鲁来,冷着脸说:"早晚还不收拾他?"

女人们见老黑刀走过来大多不吱声了。少数几个女人捏起一个葡萄粒,照准老黑刀的眼睛就猛一用力,使葡萄汁射到老黑刀的眼里。老黑刀用手抵挡着,嚷道:"反正看不见了,反正看不见了……"摸摸索索赶上去,搂紧那些捉弄他的女人,一个一个重重地摔在地上,又用脚踢一下……旁边观望的人都大笑起来。

被老黑刀摔倒的女人躺在温热的沙土上再也不起来。她们让热气熨着身子,舒服得嘴里发出"呋呋"的声音。老黑刀坐在筐笼上,吃着葡萄,得意地看着四周。停了一会儿他命令躺倒的人都起来做活,女人们偏偏嬉笑着不服从。老黑刀说:"打闹归打闹,'抓革命促生产'可不能耽误!"

这时候葡萄架子间传过来马的喷气声。

曼曼向远处望了一眼。

老黑刀卷了烟,吸一口说:"这几天要加紧些运筐笼,添两个人跟车做帮手。谁愿去？"

女人们一齐喊："我去！"——她们在园里有些腻了，都想跟车出去兜兜风。

"嗾。"老黑刀不置可否。

女人们又嚷起来，争着去。这会儿明槐牵着白马从葡萄架下转出来，老黑刀看着白马愣住了神。他笑了，说："嘿！"他拍打着膝盖，"真好马，嘿嘿，我原先没在意，咱园子里还有这么棒一匹马！嘿，想不到在我领导下，还有这么好一匹马！"

老黑刀站了起来，摇摇晃晃走向明槐。他伸手抚摸着白马，嘴里咕哝说："你是个好马。你要拉革命车，你他妈的可不要只低头拉车，不抬头看路——你知道赶车的是什么人？你他妈的！……"他咕哝着，一边伸手从明槐手里接过缰绳，径自牵上往前走去。他走到那群女人身边时，喊一句："看我骑大马去！"

女人们兴奋地互相看了看，高兴地站了起来。

老鲁"哼"了一声，看一眼明槐，跳下车来。他骂着："这个浑东西，想怎么就怎么，还配当什么领导！"说着扯一扯明槐的手，往前走去了。

曼曼一声不吭地摘着葡萄，嘈杂声远去了，她想了想，也站了起来。

一伙儿人走出了葡萄园。

大海滩无比坦荡。一眼望去，绿草地没有边缘。回头看大葡萄园吧，它是草地上的一处绿色的建筑，是凸起于地表的一些小山峦，是大荒滩上的美丽城堡。好像大海滩上到处都是漫不经心地生出来的,而只有这茂盛地纠扯在架子上的葡萄藤是人工雕琢成的。大自然的其他生命会从这葡萄园开始去理解人类、理解人类创造的嗜好和能力,以及有关于这些的一切特征吗?葡萄园当然是了不起的,它是按照人们的愿望,把自然界中这些够得上是漂亮的、像童话般神奇的一种植物集结到一起,使其在同一种氛围里生长、成熟,让所有生物都大开眼界,叹为观止。创造这个葡萄园的人也常常因为自己的创造而兴奋,不过这一切往往只在最初的日子里才能表现出来,日子久了,创造者会倦怠,甚至会厌恶,会嫉妒,然后就自己动手去毁坏那些曾经使他们欣喜若狂的创造物本身。这当然是一种病态。怎样始终保持创造的热情,怎样维护一种原有的鉴别力和欣赏力,使自己对待葡萄园能像对待某种艺术品一样的敏感,一直是千百年来的一大难题。人们惨淡经营,探索不止,结果又是怎样呢?大概世界上总有一个最好的办法。

人们恍惚记得一切的葡萄园都是从第一棵葡萄开始的。为了种植葡萄,就拓荒,生硬地排除其他草木。那时候葡萄活过来真不容易。葡萄树在荒原上显得何等弱小,何等孤独!那时候人们有一种保护创造物的强烈愿望,那时候葡萄园与未加雕琢的荒原对比强烈。这种对比会产生一种激情,长时间地激励着拓荒者。而拓荒者往往在一块土地上只会产生一批,他们的后代不会是拓荒者。因而他们的后代没有激情,那样的激情。他们的后代缺乏一种在大自然的强烈对比中所产生的那样一种震颤。于是人们生存繁衍下去,虽有拓荒者的血统,却失去了拓荒者的情感。某些对于生存来说是极为重要的一些感知器官正在退化。这一切如果是真实的,是一种现实,那么葡萄园最终会消失。承认这一切是不愉快的,是残酷的,但不承认也会发生。

那么,要寻找一种挽救葡萄园的最好办法,还是走出葡萄园,走到平等的大自然之中,去寻找热情,寻找对比,寻找不知何时遗失了的那么一种激情。这不,人们走出葡萄园了,放眼望去,草地、杂树林子,直望到天边,感到和看到的只是一种旷远和辽阔,是渺茫无尽的一种空间。回头看看葡萄园吧!它太工整、太有限、太脆弱、太可爱,又似乎太不值一提了。哦哦,我们的葡萄园,我们用血汗和泪水浇灌的葡萄园,我们的令人痴迷又令人癫狂的葡萄园,你为什么这么小,又这么苍老?多少人在你的身边争斗吵闹,折损了你的茎叶,把你整得血迹斑斑。你结出了甘甜的果子,你的果实美丽如处女的眼睛,或者说处女的眼睛美丽如同你的果实——而人们又是怎样对待这些果实的呢?他们眼看着它被糟蹋、在架子上慢慢烂掉。每天清晨你都在泣哭,泪水落在沙土上。你在哭自身的命运,还是在哭与你相处的人类?

大家走出葡萄园了。一个黑汉手牵着一匹白马。

人们回头看看自己的葡萄园,又转过脸看看白马。后来大家终于不眨眼地去看白马了。

黑汉往白马身上爬着,白马光滑的脊背使他一阵阵难堪,后来他往手上吐了口唾沫,粗野地骂了一句,更起劲地往上一蹦,两手抓紧了马鬃。

他原来只是一个愚蠢的汉子。人们的目光聚在愚蠢的东西上,而没有去尽情地展望原野,这太可惜了。这等于没有走出葡萄园,这结果只会是一场闹剧。

老黑刀抓住马鬃上了白马背,很多女人都兴奋起来了。有的喊:"老黑刀!——老黑刀你打马跑啊!"

老黑刀得意地揪紧缰绳,做远眺状,然后嬉笑着去看大家。

人群中站得稍远一些的那个姑娘就是曼曼。她低下了头,为一个愚蠢的叔父感到害羞。她捏弄着自己的手指甲,直听到嗒嗒的马蹄声,这才抬起头来。

老黑刀坐在光滑的马背上,身子小心地左右晃了几晃,然后骄傲地伸直两手,做飞翔状。白马颠颠地跑起来,老黑刀赶紧伏到马的身上。当马跑得稍慢时,他又立刻抬手做出射击状,嘴里喊着:"忘了带枪来了,忘了!嘿嘿,好哇,我是骑兵啊——"

女人们大笑了,互相看着,有人看到了曼曼,就说:"你叔父是骑兵。"

曼曼又低下了头。

明槐与老鲁一直站在旁边。明槐知道老黑刀的枪就是父亲前几年被夺走的那支。他默默地看着,见老黑刀用力地抓挠白马的鬃毛,心中不由得一阵恼恨和痛楚……白马跑着,一直向前跑去,老黑刀却用力扯紧了马缰,使它转弯,转回来。

老黑刀在人群前边跳下马来,擦着汗,大口地喘息,问:"怎么样?这叫'马术'!"

女人们满意地拍打着巴掌,嚷着:"再来一遍,再来呀!"也有的嚷:"不怎么样,就差没让白马甩下来踩死了!"

老黑刀将马缰递到别人的手里,伸手拍了一个女人的后脑一下,问:"你敢骑大马吗?"他喊完又转身端量着大家,问:"谁敢骑大马?"

没人吱声。

老黑刀又问明槐:"你敢不敢?咹?——来来来,你骑骑我看?"

明槐犹豫了一瞬,然后慢慢地走到牵马的人跟前,接过了马缰。所有的人一声不吭——大家都见到明槐默默地抚摸着马背,轻轻地拍打着它。他将白马往前牵了十几步,然后一跃上马。

马在原地转了几步,扬起长尾,向前方奔驰而去。

女人们紧紧盯住前面的马,张着嘴巴。老黑刀也傻愣愣地站在那儿。

曼曼只看见绿色的草浪间,一团洁白的东西在快乐地跃动,它跃动着,越来越远,越来越远,渐渐成了一个白点。阳光在草地上蒸发出的热气升腾起来,那匹白马和马背上的人都在透明的薄气之后颤动,像是要一块儿飞升起来。

大家都屏住了呼吸。老鲁像是突然记起了什么,放开粗浑的喉咙呼叫道:"明槐——"

白马远去了。在绿草漫漫的海滩上,在荒原的那一端,印上了白马的蹄印。

又住了一会儿,那个白点在绿浪间出现了。人们不禁欢呼起来。曼曼高兴得跳起来,嘴里激动得叫出声音:"啊!啊!……"她的脸色那么红,鼻尖上渗出了汗珠。

老黑刀对人群骂道:"胡咋呼什么?他妈的还跑了他不成?都

给我回园里做活去！"

没有一个肯提前离开这儿。大家都看着明槐骑马奔驰过来……明槐的脸庞被阳光照得发亮，浑身披上了一种光彩。他脸上没有欢笑，只有一位骑手的庄严。他的马近了，慢了，马蹄嗒嗒。明槐跳下马来。

女人们中间发出几声尖叫。老黑刀喝一声："怎么了?!"喝过之后又冲着明槐叫道："你想骑到哪里去？你还能骑到哪里去？你他妈的想干什么?!"

明槐不做声，牵着马向葡萄园走去。

"谁耽误了'抓革命促生产'，我就饶不了谁！"

老黑刀走在人群的后面，恶声恶气地吆喝着。

大家又回到各自做活的地方去了……老鲁继续卸车，明槐忙着将马套到车上。女人们搬着葡萄筐笼，小声地笑着。

老黑刀看看马车，又记起了让人跟车的事，就大声问："你们谁来？"

很多人站起来嚷着要去。老黑刀正要说什么，曼曼从一边走过来了，大声说："我也去。"

老黑刀就从人群中又指定了一个胖胖的妇女，和曼曼一起随车。没选上的女人们唉声叹气地坐下来，骂老黑刀不公。老黑刀说："天底下哪有那么多公平！你们如果是我老婆，我都让你们出去快活快活！"……

曼曼和胖女人一人随一个车，上路了。

曼曼随的车由明槐驾。他们一路上没有说多少话。明槐喝着牲口,偶尔挥动一下鞭子。

半路上,明槐的车已经落下了老鲁一截儿。曼曼说了一句:"明槐,我问你个事情好吗?"明槐点了点头。曼曼就问道:

"在园子里——就是你去饮白马那会儿,我叔父叫住了你,样子怪吓人的,他说你什么了?"

明槐摇动着鞭子,没有吱声。

"明槐……"曼曼叫着。

明槐低着头,半晌才扬起来。他说:"我去看父亲和安兰的坟了……我怎么能不去?有一次让你叔父看见了。他告诉我,这是'反革命阴魂不散',要我好好等着吧。他大概要开我的斗争会……"

曼曼一句话也没有说。一路上,她总是默默的。

四

罗宁两年前抛掉了他的铁铲。他常常望着屋前粗粗的葡萄藤出神。夜间从窗上望出去,葡萄树的枝条纠扯在一起,像一片山峦,透着无比的神秘。婶母在夜间走出来,就是先要穿过这些葡萄藤的。

罗宁记得老奶奶发现婶母走到明槐叔窗下时,那副惊喜的眼神。他觉得这太奇怪了,这是不可能的。可是后来他自己也分明看到了一个朦胧胧的影子。那个影子漂亮极了。

他还记得老当子嗅着那个影子,摇动着尾巴,躺到窗下去睡觉了。奶奶也说:如果不是婶母,老当子决不会这样的。

罗宁平常听得最多的就是老奶奶的故事。现在他不那么想听了。他的心头被一个秘密压得紧紧的,总感到沉甸甸的。他于是常常不顾奶奶的管束,一个人跑到葡萄园里,在一片片绿荫下徘徊。他似乎在寻找秘密。

第一批葡萄快要收完了,园子里开始安静。除了啄食葡萄的灰喜鹊之外,其他的鸟雀都可以算做葡萄园的客人。今年的灰喜鹊也许算错了日子,至今还没有成群地涌进园里。罗宁听奶奶说过,往年的秋天里,园里的人要费好多工夫去驱赶灰喜鹊。她不能做别的活儿了,她的年纪大,又不愿闲着,就给园里赶走灰喜鹊吧。那些日子里,她就在葡萄架下奔忙着,拍打着手掌,呼喊着,看着一群群嘴馋的东西从这个架子落到那个架子上……

罗宁很想去看一看爷爷和婶母的坟。

过去的春天里,奶奶都要领上他去两个坟头,烧纸。那时他心头有掩饰不住的高兴,他老想,那儿有花,有青草,有马兰,好玩极了。在坟头前边,奶奶和叔叔用一根树条画个半圆,然后在里面点燃了黄纸。奶奶和叔叔跪了,让小孙儿也跪下——罗宁觉得这一切都那么好玩……后来园子里有人不准他们随便去坟边了。奶奶和明槐都在半夜里去,像做贼一样偷偷摸摸。

坟地在葡萄园的边缘地带。那里有花,有青草,有马兰。罗宁一个人向那儿走去。有什么在头顶上弄出了声音,他抬头一看,见是小圆伏在架子上。它的尾巴紧紧贴在身侧,一双眼睛那么专注地盯着他。罗宁想招呼它一块儿走,但想了想也就作罢了。

早晨刚刚过去,朝霞还没有退尽。彩色的阳光从葡萄架的空隙洒下来,把他的身上脸上都照花了。罗宁每一次仰起脸看这阳光、这紫色的葡萄穗,心中都涌起一股说不出的滋味儿。他真想大声呼叫,想跳跃,想在地上滚动,想猛力攀到架顶,去看整个的葡萄园……园里如今是太沉寂了,那些能吵闹的妇女们如果不凑在一起做活,园里就是这样默默的了。她们很少能看到罗宁走出来,如果看到了,就喊:"喂,小男孩儿!过来——"罗宁当然不想走过去。她们就把他抱过去,抱在怀里。她们抚摸他,小心地看他露在外面的皮肤,嘴里发出"啧啧"的声音——罗宁这时候总想到母亲,想到母亲身上特有的那种温热和柔软……罗宁终于忍耐不住了,他一边走,一边迎着阳光大声呼叫:"啊——啊哟——啊哈哉——!"

这种叫法是他跟奶奶学的;而奶奶,又是跟老爷爷学的。

园子里发出了微弱的回声。罗宁高兴得笑了。

脚下有一片潮湿的沙土,因为这儿总被四面的架子遮住。湿沙土上,长满了一些阔叶儿青菜和开花的草。有一种大叶子菜叫"猪耳朵",也是猪最爱吃的一种菜。那一簇淡蓝色的小花,颜色那么浓,一枝枝紧紧地挨在一起,像土地上点燃的一些硫磺——罗宁有一次夜间看过配制农药水液的人点了一块硫磺玩,它就发出了蓝色的光束……他蹲在湿沙土上看着,真想把那棵花挖走。一个翅上有黑点的黄蝴蝶飞过来,罗宁就离开了那簇花。蝴蝶落在了蓝花上。

他往前走去,一路上又遇到了好几棵这样的花。

蜜蜂在园里飞来飞去,落到葡萄叶上,又很快飞走。蜻蜓不慌不忙地、平稳地飞着,飞到罗宁跟前,罗宁就迎着它的翅膀吹了一口气。在没人经过的一些角落里,蜘蛛牵上了网子,一个个花脚红斑的蜘蛛在网上活动着,像是用脚爪去拨动一些丝弦。青蛙猛地从草棵里蹦出来,这儿一个,那儿一个,像是从地底射出的一支支箭。它们经过的地方都惊动起一些蚂蚱,蚂蚱又蹦又飞,在阳光里显得浑身通亮。一个无比勇猛的大绿蚂蚱不巧撞在罗宁的身上,他就逮住了它。它在手中挣扎,用多刺的两条长腿去蹬罗宁的手指,把手指扎出了血。罗宁觉得它太不友好,也就用力地往上抛了一下,像抛一块石头:它在半空里展开了翅膀,真像一只小鸟啊!而真正的小鸟却在更高的空中飞来飞去,发出"滴溜——滴溜——"的叫声。小鸟每叫一声,身体就往前猛地推进一次。另一些前不久还像小鸟一样欢叫、一样飞动的蝉,如今却死在了葡萄架上。它们看去如同活的一般,眼睛闪着一层光亮,双翼依然透明。罗宁试着摘下几个蝉来,见它们的爪子都伸开来,明白了它们直到生命的最后一刻还是牢牢地抓紧了藤子。

快到葡萄园边了。罗宁看到了墓地上稀稀落落的几棵杨树。他的心跳起来。

罗宁伏在葡萄架上,望着架子的那一边。他突然发现前边有什么在活动,碰着了葡萄叶子。他很想转身跑开,但身子却执拗地靠在架子上。一会儿,一个姑娘走出来——是曼曼!罗宁认识她,刚要喊她一声,但看到她手里捧着的东西,就闭上了嘴巴。

曼曼手中捧了一棵闪着蓝光的花。她走到坟边,蹲下来,小心地把花栽上了。

罗宁这才注意到,爷爷和婶母的坟前,已经有好多这样的花了。

曼曼站起来,久久地望着什么,身子一动不动。

罗宁叫了她一声,从葡萄架下钻过去。曼曼吓了一跳,见到罗宁,这才镇定下来。两个人都坐在了沙土上,看着坟前一个个蓝色的花簇……

"这都是你栽的吗?"罗宁问。

曼曼点点头,又摇摇头。

她不高兴,心事重重的样子,这点罗宁一眼就看出来了。他们就这么坐着,谁也没有说什么。停了一会儿,罗宁问:"这是什么花?"

"灯盏花。"

"这种花样子真怪啊。"

曼曼点点头说:"傍晚,别的花都看不见了,只有这种花在黑乎乎的地方一闪一闪的……它有点像火苗儿,一闪一闪……"

罗宁惊奇地大睁着眼睛:"真的吗?"

"真的。"

"为什么?"

曼曼摇头:"这谁知道。有人说这种花是人的魂灵变的。好人死了,他的魂灵就变成这种花,在园子里闪闪烁烁的……"

"园里好多灯盏花——我路上见到了。"

"他们都是好人。"

罗宁长长地吐了一口气,盯着眼前刚刚栽上的花,紧紧地皱着眉头。他自言自语地说:"那么爷爷,还有婶母,他们也变成了这样的花吗,曼曼?"

曼曼的眼睛闪着晶莹的亮光。她把罗宁抱在了怀里,把头靠在他的脸颊上。

罗宁一动不动,他感到曼曼的胸脯在跳动。曼曼抚摸着他的头发,仔细地整理着弄皱了的衣服,轻声说着:"你见过婶母吗?你没有。她长得好,刚来葡萄园那会儿,人们看她看得都忘了做活儿。她像我这么高,但比我好看多了。我记得第一次见她,她穿了一件毛线衣服,紫嘟嘟的颜色,紧领儿……她用手理我的头发,说我的头发真滑啊。那时候我初中还没毕业,放假的时候就来园里做活。大家渴了的时候,就随你婶母到家里喝水。她从柜子里拿她做的手工活给我们看。她剪的窗花真好,贴了两个窗户,剩下的就分给我们大家。如今大概还有人家里放着她剪的花……"

曼曼说着说着声音变涩了。

罗宁偎在她的身上,真想大哭一场。他想把婶母夜间去找叔叔的事告诉曼曼,但想了想还是忍住了。

曼曼又问:"你知道婶母是怎么死的吗?"

罗宁说:"病死的。"

"病死的!"曼曼恨恨地重复了一遍,抬头望着远处,没有吱声。这时的葡萄园里没有一点声音,远远近近都是那么安静。做活的人们呢?她们的歌唱和喧闹呢?老鲁和明槐的大车呢?……葡萄树藤蔓纠扯,叶子浓密,一层层望也望不透。在这葡萄的绿海之中,在这令人难以忍受的沉默之中,又到底蕴藏了多少故事?

曼曼紧紧地搂抱着罗宁。罗宁抬起头来,看到的是曼曼那双又大又亮的眼睛。这双眼睛正在看着他,使他想起了母亲的眼睛。母亲的眼睛像曼曼的一样温柔,一样灼热。他看着那长长的睫毛,心中有一股热乎乎的水流在缓缓流动。曼曼的目光从罗宁脸上移开,重新望着远处了。她的声音低得快要听不见了,像是在叮嘱她自己什么一样。

"她是病死的……可她受了欺负,死得冤枉……"

罗宁从她怀中挣脱了,惊叫道:"婶母?"

曼曼嘴唇哆嗦着,突然伸手抱住了罗宁,不停地亲吻他的脸颊、他的眼睛,泪水沾了他一脸。罗宁的心剧烈地跳动起来,他喘息着,大声说:

"婶母活过来了!她半夜里——我和奶奶都看到了,她半夜里就到叔叔的窗下去了,奶奶说他们有好多话要说。他们说,说个不停,老当子也知道,不过它不喊,它认识婶母!……"

曼曼一把推开了罗宁,站起来,盯着他。

"这是真的!你去问奶奶!老当子也看见了……"

曼曼的牙齿咬住了下唇,不停地颤抖。她这样站了好长时间才坐下来,说:"这不会——你和奶奶一定是看花了眼。人死去了就不会活,也不会说话了……"

罗宁有些委屈地嚷道:"这是真的,我亲眼看见的!"

曼曼摇着头:"也许你真看见了,不过那也不会是真的……"

罗宁难过得哭了起来。他揉着鼻涕,蹲在了地上。

曼曼说道:"人死了就不能活过来,也不能说话了。那些好人死了,就变成了灯盏花。它们一闪一闪的,就等于说话了。我把灯盏花移栽到坟前,就是怕老爷爷和婶母孤单得慌。"

罗宁这才明白了坟前为什么有这么多的蓝色的花。不过他心中还是感到委屈极了。他一声不吭。他真想大喊着告诉曼曼:"你要不信就去问叔叔吧!叔叔心里才清清楚楚呢!"他只是这么想,却没有说出来。

两个人沉默了一会儿,曼曼说话了。也许是要故意将话题引开吧,她问:"你想不想爸爸妈妈?他们在哪?"

罗宁也不太清楚他们的事情。他只是从叔叔和奶奶的嘴里知道一点他们的情况。爸爸妈妈近来也不怎么捎信了。奶奶说他们已经顾不上小泥屋了。有一次叔叔读了城里的来信,跟奶奶说了几句什么,奶奶就擦起了眼睛。罗宁告诉曼曼:"爸爸和妈妈已经不在城里了,他们分别在两个农场劳动。他们离得很远。"

曼曼再不做声了。

罗宁又说:"叔叔和奶奶都说,他们不定什么时候就来园里把我接走了。"

曼曼的眼睛望望四周,问:"你喜欢我们的大葡萄园吗?"

"喜欢。可我不喜欢老黑刀。"

"你喜欢奶奶——喜欢叔叔吗?"

"喜欢!"

曼曼的眼睛又渗出了泪水。她又抱起了罗宁,重新亲吻着他的脸颊和眼睛……

五

灰喜鹊又涌到葡萄园里来了。它们往年来得更早一些,如今迟到了,就不顾廉耻地大喊大叫,拼命地糟蹋起葡萄来。园子里有五六个人要专门去驱赶灰喜鹊。园子里再也没有宁静了,到处都是一声声长喊,此起彼落。女人喊,男人也喊。男人和女人远远地对喊,开着玩笑。老黑刀背着那杆土枪在园里晃着,高兴了就放上一枪。

有一次老黑刀打到了四五只灰喜鹊,就在地上点火烧起来。烧熟的鸟肉只有小红薯那么大,黑溜溜的。老黑刀一边吃一边说:"他妈的!谁想到这东西去了毛才这么小。没吃头,嘿嘿,贱东西……"

小泥屋的老奶奶也出来驱赶灰喜鹊了。她出来赶鸟也不挣工钱。只是她一听到满园的呼叫声就坐不住,就要走出来。她在园里奔忙着,有时老要跌倒。她的衣服沾满了沙土,白头发被风吹乱了。她呼喊的声音和腔调与所有人都不同:"啊呼——哟——嗬哉——!"老奶奶的喊法像去世的男人一模一样。

灰喜鹊总是离开老奶奶很远很远。它们更畏惧这熟悉的声音。

小罗宁就跟在奶奶的身后。他也像奶奶那样喊。奶奶站在树荫里喘息的时候,就高兴地摸着他的头,说:"你爷爷听见他的小孙子这么喊就好了……"她说着,一句话没完就不吱声了。

有一天他们在园里遇上了老黑刀。老黑刀背着枪,见到老奶奶和罗宁,就嬉笑着摘下枪来,向他们瞄着。

老奶奶扯紧罗宁的手,小声说:"不用怕,他是吓吓人……他是个畜生。"

老黑刀半晌才收了枪,说:"我看花了眼,我以为是只老狐狸——领只小狐狸……"

老奶奶说:"我也看花了眼,我以为眼前一只狼……"

罗宁恨恨地盯着老黑刀。

这天晚上,老奶奶和罗宁怎么也睡不着。老人不停地叹气。后来她想起什么,坐起来往窗外望着。外面什么也没有。罗宁紧挨着奶奶,一声不吭。老奶奶捶打着腿,说:"明天我不去赶灰喜鹊了……我看不得那杆枪。那是你爷爷的枪,跟了他一辈子,后来被老黑刀硬是抢走了。我看不得那支枪。"

罗宁咬着牙关。

"你爷爷没了那支枪,就像失了魂灵。他夜里说梦话也咕哝:'我的枪!我的枪!'说着就伸手在炕上乱摸。他半夜里醒来,再也不睡,坐在炕角上吸烟,吸到天亮。这支枪是他亲手做的,那时候他还年轻。从有了枪,跟枪就没有分开过。当年这海滩上还荒无人烟,没有枪就没法过活。海滩上有野物,还有零星土匪,他们来了就得放枪……"

罗宁插了一句:"打中过土匪吗?"

"没有。你爷爷是放枪吓唬他们。那年头当土匪也不容易,他们来了,你爷爷就抬高枪口放一枪,等于告诉他们这座小泥屋里有枪也就罢了。当土匪的也不容易,白天黑夜在外面窜,遇到什么吃什么,他们差不多都是穷人。不过他们都不是正经人,恶事做多了。这些人到头来没有一个能得好死,都得落在官府手里、村头儿手里,给砍了头、点了天灯……"

"什么是'点天灯'?"

"就是那么样了……你长大了才能知道这些。你爷爷反正从来没打死过土匪。有一天夜里刮大风,天阴,你爷爷听到动静,披上衣服出来——他看见一个大白布包袱,用一把刀插在土墙上,就知道是来了土匪。他回身取了枪,吆喝说:'朋友,出来吧,进屋喝碗茶。'谁知道这话音刚落,从黑影里飞出一把刀来,差点伤着你爷爷的脖子。你爷爷火了,冲着黑影就打了一枪……"

罗宁紧张地搂紧了奶奶,问:"打中了吗?"

"打中了。点上灯去看了看,是个不满二十岁的男人。散弹打在腿上,血不住地流。你爷爷叹着气,把那个人背进家里,让我给他裹伤……那个人后来在小泥屋住了三四十天,养好了伤才离开。再后来那个人就把你爷爷和我当成了恩人,在外面偷抢了东西,路过这里就从院墙上扔进一包,你爷爷随手再从墙上扔出去。他对墙外的人喊:'你还不务正啊?你是逼着我再打枪啊?'墙外的人不吭声。你爷爷让他进来喝水,也没有声音。后来我和你爷爷都出去看了,见他坐在那里,两手捂着头哭,鼻涕眼泪的落了一堆……"

说到这里,老奶奶想起了什么,用衣襟去擦眼睛。罗宁也不做声,他在用力地想象着老奶奶讲述的情景。他似乎嗅到了火药的气味,听到了那个年轻土匪的呻吟声。老奶奶接上说:

"咱们家是外乡人,在这片大海滩上落脚可真不容易。那时候到处流浪,挑着一担子破破烂烂的东西,找个地方住下来。哪里也没有这样的地方,走啊走啊,看见了海,知道是来到天边上了。海滩也是有主的,你爷爷去哀求人家,给人家看管海滩,这才落了脚。我们搭了泥屋,闲下来就种葡萄。没有吃的东西,就用葡萄去换粮食。那时候葡萄不像如今这么值钱,一筐子才能换来一捧玉米。你爷爷到河西岸的村子里,挑着筐子,串街走巷这么喊呀,直喊到天黑才转回来。我在家里等着粮食做饭,等得两眼发花。就是那几年有了你爸爸,你爸爸从小就跟上你爷爷栽葡萄树了。"

"爸爸后来怎么住在城里?"

"他十几岁上当兵。先是在县大队,后又到什么纵队,再以后上了大学,毕业不几年就在城里成了家……他们爷儿俩种葡萄,屋前屋后,种得那个欢。葡萄树要种也容易:剪一根枝条插到沙土里,慢慢就长成蔓子,就结葡萄了……这地方风大,天冷,冬天时葡萄树不知冻死了多少,他们再从头干。小葡萄园子就是这么栽成的,你爸爸知道这有多难。除了栽葡萄树,闲下来你爷爷就到海滩上打猎。那时候杂树林子多,人在里面常常走迷了路。里面什么野物都有:狐狸、狼、山狸子猫、獾、兔子、山鸡……"

罗宁一听到打猎就来了兴致。他从炕上站起来,又被奶奶按下来坐了。窗外,老当子不安地活动着,嘴里小声地哼了几句。老奶奶听到老当子醒了,急忙伏在窗上望着。罗宁知道老奶奶想看什么,一颗心也不知不觉地加快了跳动。老当子转了一下身子,又呼呼地睡下了。

老奶奶坐到炕上,叹息了一声。罗宁问道:"那时候老当子也跟上打猎呀?"

老人摇头:"那时候还没有老当子。它是小葡萄园归公以后才有的。你爷爷打猎打上了瘾,老往外跑,慢慢的你爸也有了瘾。两个人在沙滩上跑着,回来不光捎一些野兔、狸子,还带回一肚子稀奇古怪故事。到后来我也闹不清这里面哪些是真的,哪些是他们编的。有一回你爷爷说,他们打猎走到了一片密林子里,遇到一条胳膊粗的大蛇,那蛇因为太大,头上也就长了鸡冠子,也会像鸡一样咯咯地叫。他说那一天万不该照准大蛇放一枪,结果惹怒了蛇王。往回走的时候,条条小路都让蛇拦住了,横一条、竖一条,并不咬人,光是躺在路上。他们实在没地方下脚了,就踏着蛇往前跑,跑回了家来。"

罗宁惊讶地张大着嘴巴,看着奶奶。

"还有一回你爷爷回到泥屋就扔了枪,一动不动地仰躺在炕上。我看他脸色像窗纸一样白,以为他病了。后来他爬起来,喝了一碗水,说从今以后再也不打猎了。我问他到底是怎么了?遇到什么了?他就是不说。我问你爸,你爸呆呆地摇头,说闹不明白,父亲跑,他也跑,两个人就这么跑回了家来。那一天我真害怕了。这样直停了好几天,你爷爷才到葡萄树下做活。他慢慢讲出了事情的经过:那天他们去海滩打猎,多半天了,只打了一只山鸡;后来他们走到一片柳条棵子里,碰巧打了一只狐狸。两个人心里高兴,就往林子里最密的地方走。半头晌,他们来到了橡树棵子里,你爷爷知道这地方野物多,小心地提着枪往前走。走了不一会儿,身后有什么叫了两声,开始他以为是你爸发出的声音,就没在意,后来又听到几声,就回过了头去。老天爷!你爷爷看到了什么啊,他说离他们三十来步远的地方,有个东西像只老狼一样,站起来,只用后腿走路,前爪还使劲甩着,笑嘻嘻地往前走……"

小罗宁又站起来,大声问:"真的吗?我不信!"

老奶奶又把他按到炕上坐了,说:"我也不信。我也问你爸是不是这样?你爸说他当时吓慌了,看父亲两手抖着往回跑,就跟着跑起来。就是这样。反正那以后你爷爷再不敢去打猎了,老老实实在葡萄树下做活了。这样一直停了好多年,直到有了老当子,你爷爷才又试着去打猎了,不过还是不敢往远处走,光是在近些的杂树林子里转悠。你爷爷出去打猎,不光是时间长了忘了过去的那件事,要紧是让些野物气的。那些野物扒出葡萄秧子,嚼烂了刚长成小拇指粗的嫩芽。有一天屋里不知怎么蹿进一只山狸子猫,满屋里跳,最后把盆盆罐罐打烂,窗户纸撕得稀烂,逃得没了影。你爷爷气得直骂,把他的土枪背起来,说了声:'人善有人欺!'就出去打猎了……"

"老当子胆大吗?它敢咬猎物吗?"

"老当子是个好人。它从来不咬那些老实的东西。它是个好人,脾气也好。"

罗宁不解地望着奶奶,他不明白老人怎么跟一条狗叫"好人"?但他听下去,也就明白了老奶奶把什么都叫成了"人"——罗宁反而觉得这样十分有趣,也更加亲切、更加好理解了。

老奶奶说下去:"老当子守夜,葡萄熟了的时候它最辛苦,一夜一夜不睡。有一种小野獾爱吃小香瓜,也爱吃葡萄,那是个馋人。老当子夜里有多半时候要和它斗心眼。你看窗外那棵大葡萄树了吧?粗藤子比你的腿还粗。它是园子里最大的一个人,辈分最高,园里的葡萄都是剪了它的枝蔓生成的,是它的儿子、孙子……它是个老人了,年纪比我小不了多少。我和它,园子里就俺这两个老人了。它的脾性我知道,我的心它也知道。我常坐在它跟前,和它说话。人老了就絮絮叨叨的,这个老人也一样。它说脚背疼,被什么东西磨坏了,我一看,见老当子的锁链子系在葡萄根上,磨出了黑乎乎的一道痕子。我赶紧给它解下来……我有什么话全说给这个老人听,它听了一声不吭,陪着我难过。"

"我的话它也听得懂吗?"罗宁好奇地问了一句。他从窗上往外看,见到的就是老葡萄树那密密的枝叶。他记起那个夜晚里,那个影子,就是婶母,从它的身后走出来,直走到叔叔的窗下去了。老葡萄树什么都明白,它什么都清楚?它会在交谈中告诉奶奶吧?

"老当子是个好人,给拴起来了,要不老黑刀就会杀了它。你爷爷被叫去开会,批斗一场下来,他就老上几岁。他们说你爷爷是个'园主',是个阶级敌人。说满海滩上,就这么一个'园主',要抓阶级斗争就得抓小泥屋里的人。他们抓了你爷爷,用拳头打他,用皮条子抽他。这些谁都不知道,你爷爷一声不吭。夜里,他脱了衣裳,我才看见身上这一条一条伤痕。我不住地问老葡萄树:你也算个见证人了,小泥屋的人做过什么恶事?我们不就是种了几棵葡萄吗?我们不也是穷人吗?为什么有人非要这么折磨我们?他们的心真是铁打的吗?……老葡萄树跟着我落泪,泪珠一滴滴落到我脸上。它是园里年纪最大的人了,老人才知道老人的心事。有时候我夜里坐在一个蒲团上,也跟天上的星星说话。北斗也是个老人了,地上没有什么能赶得上它的年纪大。它直眼瞅着人间,世上的事情都装在心里了。它站在那里一动不动,直眼瞅着。葡萄园里的事它什么都看见了,清清楚楚。可我还是要跟它说话。谁叫它是一个老人,我也是一个老人……"

"一个老人!"罗宁自语着,在心里琢磨这几个字的意思。他这会儿似乎听到了一种特别的声音,一种不同于风鸣树响、不同于海潮的声音。他用心地听了一会儿,终于听出那是远处的河水奔流声。他自语道:"芦青河……"

老奶奶接上孙子的话说道:"那也是一个人。我是说芦青河也是一个人。它是个好人,就是脾气太暴了些……你妈来信那天,它哭了一天,它的心多软!那一整天我都听见它呜噜呜噜地哭……"

罗宁昂着头颅,在黑影里盯着奶奶的眼睛。他问:"信?什么信?妈妈告诉她和爸爸去农场了——那封信吗?"

奶奶点点头,把孙子抱在了怀里:"去农场了,你叔叔偏说那是个劳改场,是犯人去的地方……我儿子!好端端的怎么成了犯人?我不信,可有人从外边来,也说那个农场是个受罪地方,干活的人吃不饱,还有人看押着。你妈妈那个农场好些,离你爸老远,两个人连面也见不上……"

老人哽咽了,紧紧地搂住了孙子。

罗宁无声地哭着。他似乎什么都明白了。爸爸不能接他回城,原来是去了劳改农场。劳改农场又是什么?妈妈的农场与爸爸的农场有什么不同?他没有见过,他不知道。一种悲哀,一种童年无法接受的沉重压抑着他,使他哭了起来。他擦着眼睛,不知怎么眼前闪过了一些蓝色的小光点,他想到了灯盏花。他真想告诉奶奶、爸爸和妈妈,告诉他们:爷爷和婶母,还有更多的好人,都变成了灯盏花,在园子里闪烁着、交谈着。他叫了一声奶奶。

老奶奶没有听到。她只是一个人说着:"……老葡萄树是个好人,天上、地下,这么多好人。你们都听一个老婆婆说吧!男人死了,儿媳死了,大儿子在外面受罪。这全怨俺种了几棵葡萄,在沙滩上种了这么几棵东西。大儿子两口子原来过得好好的,我知道是坏人往他单位上去了黑信。大儿子再不得安生了,也跟上泥屋里的人受罪了。我如今才明白,我们种的不是葡萄,不是;我们种下的是几辈子的冤屈呀!……"

罗宁又听到了芦青河的奔流声:呜噜、呜噜。

"老葡萄树,你是个好人。你老了,这个园子里的葡萄树都是你的子子孙孙……"

六

白马身上流汗了。明槐吆喝一声,车子停下了。

两辆车都停在了树荫下,明槐和老鲁在车旁坐下来。老鲁吸着烟,端量着白马说:"好。"明槐一声不吭地掐着一个草梗玩,不解地抬头看了看老鲁。

老鲁磕打着烟锅:"一匹好马。半年以前还说不上好,这会儿行了。我赶了一辈子车,还是第一遭儿遇上这样的好马。"

明槐望着白马,两眼渐渐射出了明亮的光彩。白马是个母马,可是神情刚毅。只有那对秀丽的眼睛、眼上密密的睫毛,显示了女性的深深的温柔。它昂首望着远方,四腿直立,脖颈上雪白的鬃毛被风吹向一边。它的高挺的胸脯、浑实的臀部,还有披洒下来的长尾,都透着一种神奇和俊美。它站在那儿,安然沉静,思绪也许飘向了很远很远。旷野的风,一望无边的荒原上的风,正在它的胸间鼓荡。美妙的遥远的记忆,还有那一次在荒原上崭新的奔驰,都一起涌来。它激动地踏动了一下前蹄。至今为止,它贞洁而纯白,周身没有一丝杂毛。当这银子似的高大身躯从碧绿的葡萄园中穿过,那白绿两色的映衬对比是何等鲜明!松软的泥土印着它深深的蹄痕,泥土也证明它是长大了。它渴望着什么,它要扬起长鬃奔驰。它藏起了自己的热情,这一切也许只有一个年轻的汉子知道。

这个汉子此刻不眨眼地望着多年与他做伴的白马。

老鲁吸完了烟,目光从白马身上收回来。他一转脸见明槐不转睛地看着白马,就感到奇怪地"哼"了一声。停了一会儿,他伸手拍打了一下明槐的膝盖。

老鲁对转过脸来的明槐咕哝了一句:"跟车的两个女人不来了,一下子车上空荡荡的……"

明槐搓搓手掌,没有吱声。

"这个老黑刀,冷一阵热一阵——刚让她们跟了两天车,又变了卦,让她们回园里做活。车上空荡荡的。"

明槐瞥了老鲁一眼:"车上装满了筐笼,怎么空荡荡的!"

老鲁哼了一声:"心里空荡荡的。"

明槐看了一眼白马,低头看着自己的脚。

"曼曼在你车上的时候,你的车就跑得快。你的车落下我半里路。"老鲁笑吟吟地说。

明槐的脸红到了脖根。他不安地站起来,又坐下了。后来,他的脸色又像平常那样木木的了。他把手里的草梗一截一截掐断，狠狠地抛到了路旁的泥沟里。他抬头看着远处，大口地呼吸着。

这是一条连结着葡萄园和酒厂、码头的沙土公路。两辆大车每天就奔跑在这条路上，去运送葡萄，去筐笼铺子里载筐笼。白色的沙土路面在绿树间弯弯曲曲，直通向一片瓦蓝的天空里。远处有车子驰过，腾起一股雾似的白烟。赶车人"噢哟、噢哟"地吆喝着，还有"嗒嗒"的马蹄声，都清晰地传过来。路旁是白杨树，油绿油绿的叶子，光滑的蛋青色的树皮。路旁的田野全是初秋的颜色，一种深绿色。大片的田野上没有人，没有声音，只有默默生长着的庄稼和草棵、各种绿色的野生植物。一层淡淡的透明的雾气在旷野上浮着，使空气变得润湿了。青草和各种植物的野性的气味越来越浓，直涌进人的肺腑。这种气味能滋润那些外出劳作的男人，使他们永远有着力量和生气。

老鲁重新燃上一锅烟，说："老黑刀这个孬货，还能有那么好一个侄女！嘿嘿，想不到。曼曼是个好闺女，好得太出眼了。"他说着瞥一眼明槐，声音低下来咕哝了一句："太像了，差不多一模一样！"

明槐的两手抖了一下。他知道老鲁说曼曼太像安兰了！明槐的心急急地跳起来，他又去看白马了。

明槐永远也忘不掉安兰，这一辈子都把她装在心里了。安兰活着的时候十分喜欢曼曼，常把她带到泥屋里玩。她教她剪纸花，用钩针织一种奇巧的线衣。她们在园里做活也差不多总在一起。后来老黑刀训斥了侄女，说她"阶级阵线不清"，怎么能和小泥屋里的人来往呢？安兰再也不叫曼曼来家里玩了，平常也躲着她，安兰知道自己是小泥屋里的人哪！夜里，两口子躺在炕上，安兰一遍遍地追问家里的人过去到底做下什么罪孽了？明槐只得向她叙述一家人的历史。这一家人实在是清白得很。他们是被贫穷逼迫到海边上来的，用两个老人的话说，他们是"来到天边上了"。他们种了一小片葡萄园，吃尽了辛苦。这家人被叫成了"葡萄园主"，可这家人至今还住在一个小泥屋里。这是一家受人欺辱的外乡人……安兰伏在男人的胸脯上泣哭着，说她本来就不该追问，说她认定了小泥屋里的人全是好人，才铁了心嫁过来的。她哭着让明槐原谅她，原谅一个刚来到小泥屋不久的人……

安兰过世的日子里，曼曼病得汤水不进。从那以后她变得沉默寡语了，整天谁也听不见她说话。她刚来葡萄园里做活时，手不停嘴也不停，一支歌接一支歌地唱着。园里的女人们都跟曼曼叫"乌蓝子"（一种叫声非常悦耳的鸟）。"乌蓝子"哑了，谁都知道她是为什么。老黑刀沉着脸，在葡萄架下背着手走来走去，也顾不得跟女人们说笑了。他走近了曼曼，就站下来看一会儿。曼曼不理叔父，这使老黑刀特别恼怒。那些日子里老黑刀经常去县上开会，已经是有名的人物。谁都知道老黑刀沾了他叔父的光，那个主任与县上的领导都熟得很，老黑刀去县上，就常替叔父捎上一些葡萄和鱼。所有东西都是分成一个个小箱，上面写了"某某组长"、"某某主任"、"某某指挥"……曼曼不理睬老黑刀。有一次曼曼盯住了他，说了一句："我什么都知道！"她知道什么？她恨着自己的叔父吗？老黑刀气得浑身发抖，指着她说："你、你给我滚出园子！"他接着又骂了几句粗鲁的话……可后来曼曼并未离开园子，她只是沉默地在葡萄架旁做着……有一天下雨,她穿着蓑衣走到园子里,见到明槐就把他叫住了,一动不动地盯着他……

那一天下雨,那一天下雨……明槐至今想起来,心还在噗噗地跳!那一天下雨……

雨水顺着她的斗笠流到蓑衣上,又流到裤角上。一些水珠溅在她的眼睫毛上,溅在她粉红色的双颊上。透过雨帘,她的一双大眼在盯着他,使他不由得倒退了几步。他问:

"曼曼,有、有什么事吗?"

曼曼点点头。

"那你快说吧,别让你叔父看见。"明槐督促她。

曼曼四下里看了看,说:"安兰去世的前一个月跟我说了半天话。她有几句话让我捎给你——那时我还不明白,后来才知道当时她把什么都想到了。我后悔没有帮帮她,我什么都想不到……"

明槐难受地咬了咬牙关。他看着曼曼,费力地说:"你这会儿就把那几句话告诉我吗?"

"嗯。"

"你……说吧。"

曼曼的泪水一下子从眼眶里涌出来,与雨水交汇到了一起。她一直咬着嘴唇,看着明槐。停了片刻,她声音急促地说:"安兰姐让我告诉你,她已经对不起小泥屋里的人了,对不起你……她先走一步了。不过,她说,她已经把照顾你下半辈子的事情托付给了另一个姑娘,她跟那个姑娘全部说好了……"

明槐惊讶地退开了一步。他声音粗浊地问了一句:"她说的那个姑娘是谁?"

曼曼摇摇头:"不知道。你自己看吧,到了日子,她会一块儿跟你去坟前烧纸,那个姑娘就是了……"

……

明槐活动了一下身子,揉了揉眼睛。他又抬头看了看白马。它此刻低着头,像是有些羞涩的样子。忽然它抬起头来,看了明槐一眼。他明明感到了白马那对明亮的眼睛里,有什么灼热的东西。他真想跑过去,依偎着白马,向它诉说胸中的一切。这个白马,这个白马!他与它相处得如同兄弟,亲密无间。雨天里,他脱下外衣披在它身上;坎坷的路上,他帮它往前拉车。当车驶了一段路程,他和白马都停下来歇息的时候,他就与它久久地在一起沉默着。深夜,有时他要到马棚里去照顾一下牲口,那时他就呆在白马身旁,用手去抚摸它的柔软的嘴唇。他叫着白马,向它诉说着自己的事情、小泥屋里的事情……

明槐还记得那天的情景,一切都像是发生在昨天。

自从经过了那个雨天之后,他就再也没法使自己安静下来了。他每天几乎都要捏着手指算一下日子……终于到了给安兰烧周年的日子了!明槐激动得一整天不知该做些什么。他很早就来到安兰的坟前,悄悄地烧了纸,又小心地用沙土盖得没有痕迹。他后来就藏到了葡萄架后面,静静地等待,等待着那个时刻。

不知过了多长时间,四处仍然死一般沉寂。明槐的一颗心提到了嗓子眼,一直注视着前面。他不信这一切真会发生,不知道当那个姑娘走出来时,他会怎么样——走上前去,还是跑掉?他不知道。

一阵微风吹过来,四周立刻响起飒飒的声音。明槐四下里看了看,好像预感到这里即将要发生什么事情了……当他转过脸去,重新看前面的坟尖时,他差点儿尖叫出来——一个姑娘,不,她活生生就是安兰自己,站在了坟前,背向着他!……明槐跳出了葡萄架。

"安兰!"

他喊着。

她仍然背向着他。

"安兰!"

她缓缓地转过脸来——是曼曼。

曼曼向他点点头,动手烧纸……一缕蓝烟升起来,黄草纸化为嫣红的炭火,又顷刻间变为黑色的小碎片片。微风将纸灰往上旋着,曼曼急忙用沙土将烧纸的痕迹全部掩起来。

明槐呆呆地站在了那里,曼曼叫了他一声,他像没有听见。

曼曼羞涩地低着头,声音十分微小,但这一次明槐听清了:"明槐哥,这是安兰姐托付给我的事情……我听她的,不,是我先答应下来的。明槐哥……"

明槐还是呆呆地站着。住了一会儿,他突然转过身去跑走了……曼曼在后面喊他,他转过几个葡萄架,就什么也听不见了……

白马昂起头来,重新遥望着前方了。明槐的思绪从昨天挣脱出来,抬头看他的白马了。他顺着它的目光看过来,望到的仍是一片绿色的原野,是一片透明的烟雾。

老鲁被烟呛着了,不停地咳着。他的脸涨得发红,使劲用手按着下巴,还在对明槐说着:"你……吭吭,你真是个老实孩子,吭吭!我什么都看出来了,曼曼对你好,你不敢。怕个什么?吭吭!她叔父把你家整治成什么模样,曼曼你还不敢要?我要是你,你猜我,吭吭,怎么办?"

明槐迎着老鲁的目光,问:"怎么办?"

"她只要上了我的车,我就不让她下车啊!我快马加鞭,一溜烟儿跑到天边上去,去和她过日子去啦……"

老鲁说到这里站起来,兴奋地大笑,嫌热似的解开了衣怀。他笑了一会儿,又摇摇头说:"说是这么说,哪能呢!不过你俩好起来是理该着……泥屋里该有个曼曼才对……"

明槐不吱声了。

老鲁蹲下,用手戳戳他的胸脯说:"结结实实一条汉子,胆子小成这样,还是赶车跑路的人哩!"

"鲁叔……"明槐抬起头来。

"哼!"老鲁鼻子里响了一声,"那天我见你骑上白马在海滩上跑,我那个高兴!我心里想:英雄!明槐是个英雄!小子啊,你不看看你有多壮实,你他妈的两条长腿,地地道道一副硬汉骨架,你该添些胆气!"

老鲁不知怎么骂了起来,不知骂谁、骂些什么。

明槐的汗水从额头上流下来,紧紧咬着牙关。停了一会儿,他伸手抱住了老鲁黑乎乎的手臂,说:

"鲁叔！鲁叔！你骂吧，你骂我吧。我不是条硬汉子，我也不配跟着你跑车……我是在这个园子里,在小泥屋里长大的人啊。鲁叔,有谁仔细想过小泥屋里的人一辈一辈怎么过日子呢？没有。他们忙自己的日子,愁自己的,笑自己的,不去欺负小泥屋里的人就算不错了。这家人从老远的地方来到天边上,是又穷又可怜的外乡人。这家人流血流汗种了片小葡萄园,吃的苦头没有数。鲁叔你能够证明：没有这家人拼死拼活开垦这片荒滩,种出一片小葡萄园,能有如今这片大葡萄园吗？你说,你说说看！"

鲁叔有些惊讶地看着满脸淌汗的明槐,如实地回答道："没有那片小葡萄园,就没有这片大的……没有。"

"那好,"明槐喘息着,急促地说下去,"那好,那该好好照顾一下小泥屋里的人了,他们全都有功,是最先种下葡萄的人。可后来呢？小泥屋里的人全成了罪人,罪名就是过去他们有过一片小葡萄园。一家人成了别人的玩物,高兴了,谁都可以训斥他们。老父亲的枪给夺走了,还要叫到会场上,低着头,一站就是半天。我妈妈常常流泪,问她话也不回答……老父亲过世第二年,妈妈才哭着告诉我,父亲活着的时候,脊梁上全是伤。原来他们打了他。你知道,老人一辈子也没做过一点坏事,辛辛苦苦活过来,到头来还要落在那些人手里。你不要以为这些全怨一个老黑刀,不是,不是一个老黑刀。我原来也想：老黑刀死了就好了,后来才明白这是梦想。我也被叫去开会了,先是在葡萄园,后来去村上开,去公社开,认识和不认识的人都喝斥我。我吓得手脚直抖。四周的人拿了枪,有钢枪,有红缨枪,我知道他们怕我跑了,或者是怕我照准他们来那么一下子。可谁不知道我们没有枪了？我跑,我会跑吗？我开完会,一个人往园里走,老要回头看。我就担心有人喊一声:'看哪,他在这里!'然后'嘎勾'一声把我打死在地上……鲁叔,你看看吧,我胆子小成了什么样子!"

老鲁阴沉着脸,皱着眉头,一声不吭。

明槐继续说下去:"……夜里,我从外面开会回来,妈妈还没有睡。我轻手轻脚往西间屋里走,就怕惊醒了她。她会问这问那,我怕她心里难受。她没过一天舒心日子,她真可怜。我悄悄躺下,可妈妈还是听见了动静,走进来,用手摸我的脸。她的手碰到我眼上,就沾了我的泪……安兰离开了泥屋我哭得没有了知觉,我也不想活下去了……很久以后我明白过来,我根本就不该把安兰接到这座小泥屋里!人家活蹦乱跳一个姑娘,小泥屋里盛不下。她这回走了,再也不回来了,什么都利利索索了!不过安兰死得太惨,她活的日子太短了,她才三十几岁。从那会儿我算明白了:小泥屋的苦难就该这家人自己挨,不能去挂连别人。自己挨吧,慢慢挨,总有挨到头的日子……"

老鲁愤愤地插嘴:"曼曼是谁？她是老黑刀那一族的人!她该分一半苦难去,理该着!她这一族人作孽太多了!"

明槐摇着头:"你不知道曼曼。你不该这么说曼曼。我现在分不清曼曼和安兰了,我觉得她们一样好,一样俊,心也一样。鲁叔,你不知道我心里想什么,一个人哪,一个男人哪!他爱上一个女人,让他怎么都行!都行!他到死那天也忘不掉这个女人……这个女人!鲁叔,你知道我在说谁吧？我说安兰,也说曼曼!我心里的一股火日日夜夜在烧着,烧得好旺,我全身都给烧成了红火炭!鲁叔!你是第一个听我心里话的人了,你明白了我的心。我天天盼着什么,又天天躲闪着什么。我怕啊,怕小泥屋又多上一个好人跟着受难,我还不配拉上一个好人跟我一块儿挨苦日子。我就是这么战战兢兢活过来的,我就是这样一个人了……"

老鲁咬着牙关,有泪水从眼眶里流了出来。

白马垂着头,像在一直倾听着。这会儿它突然扬起长尾,声音激烈地长嘶了一声。

老鲁和明槐都被白马惊了一下,他们不由得全站了起来。

七

中午的太阳炙着葡萄园,到处暖洋洋的。一切的小动物都躲到阴凉里歇息了。园子里的人都在这个时刻里往海上跑了,去海水里痛快地洗一洗。罗宁走到园子里,除了见到小圆站在葡萄架的一根石柱上之外,没有见到任何做活的人。

他身上涌起一股冲动。他那么想跑到大海上去。

透过一层层葡萄架,罗宁听到老当子在泥屋前面的空地上烦躁地咕哝着什么。这时架子上的小圆激动地跃到了最高处,向泥屋的方向观望着。

罗宁踌躇了一会儿,终于向海边上跑去。

从跑出园子的那一刻起,他就感到了海风在迎着他吹拂。这是一种绝对不同于葡萄园的奇异的风。它凉爽,带着一种腥咸和莫名其妙的什么别的气味,扑面而来。罗宁学着小圆和老当子的样子,蹙着鼻子嗅着海风,心里畅快极了。自从来到葡萄园到现在,他只看到几次大海。老奶奶不让他一个人到那儿去,他觉得这真有点像老当子一样被拴起来了——拴老当子是因为有人用枪向它瞄准,而大海上总不会有谁向自己瞄准吧?

穿过一片极其有趣的绿色草地,就看见浩渺无边的大海了。罗宁"啊啊"叫着奔跑起来,一口气跑到了近水处那片洁白洁白的沙土上。一些人在水中玩着,有的玩得非常认真,原来是在捉鱼。他四下寻找着自己熟悉的人,终于看到了那些妇女。

她们都将裤脚挽起老高,站在浅水里。一个个白色的头巾在风中飘动着,像在召唤着罗宁。她们之中真的有人看到了他,正用手指点着。

罗宁跑了过去。

大家呼啦啦地围过来,愉快地给罗宁脱了衣服,又将衣服团起来,送到远一些的地方。罗宁在她们手上挣扎,她们就紧紧地抱着他,往深一点的水里送。"真白呀,小家伙!"大家笑着,抚摸着他,最后"扑通"一声把他扔进了水里。

水开始有些凉,渐渐就温和了。罗宁想远远地逃离她们了。他潜进水中,故意睁眼看水下的东西。水下的沙子一粒粒清清楚楚,还有各种颜色的贝壳、韭菜似的水草。他愉快极了。他只想逃远一些去玩,因为他被剥得一丝不挂了,脸上有些发烧。

女人们眼看着罗宁跑掉了,七嘴八舌地嚷着什么。后来终于有人忍不住,就不顾衣衫打湿,在浅水里奔跑了;水深了,她们就游起来。

几个女人把罗宁围在水中,像网鱼一样将他裹住了。

罗宁红着脸嚷:"我不喜欢这样!"

几个女人笑着:"俺喜欢这样。"

罗宁真想哭一场才好。怎么办呢？她们好像根本就听不懂他的。罗宁往身上撩着水,故意撩得很高,落她们一身,发泄着心中的气恼。女人们却丝毫也不在乎,为罗宁搓洗着脊背和脖颈。罗宁一动不动地站在水中。有个女人撩着水说:"这要是我的孩子多好,我只会生女孩子!"另一个女人说:"干脆留着他给你闺女做女婿吧！挺好的一个小女婿子!"大家笑起来。罗宁的脸又发烧了。这会儿,有一个女人突然一动不动地僵住了,泪水缓缓地从脸上流下来。大家不吱声了。又停了一会儿,女人们就走散了。

罗宁盯着她们的背影,觉得奇怪极了。

他一个人在水中玩着,反而觉得孤寂了。他不明白那个流泪的女人——她哭起来没有声音,这更让人难过,心里老是沉甸甸的。他抬头看着海上的人:大家东一簇西一簇地凑在一块儿,女人们离男人老远老远。有的地方热闹得很,有人不知在嚷叫着什么,大概是逮住了大鱼吧。有一个熟悉的身影,正在稍远一点的沙滩上张望着什么,罗宁认出了她是曼曼。他向沙滩上走去。

曼曼刚从水中上来一会儿,裤子还湿漉漉的。她高兴地喊着罗宁,看着他到一边去穿了衣服……罗宁坐在了她的身边,心中开始高兴起来。

"你怎么上来了呢?"罗宁问她。

曼曼笑着:"我累了。"

她的眉毛那么细,弯弯的,眉梢直插进白白的头巾里。罗宁觉得她比所有的女人都好看。他还记得那天在葡萄园里,她抱他的情景。一见到她,罗宁就有一种温暖和安逸的感觉,就像来到了阳光下、来到了母亲身旁。他想约曼曼一起到水中去游泳,又想和她一直坐在这白白的沙土上,或者手扯着手到绿草上奔跑。

曼曼看着海中的人,眉头皱了皱。

罗宁想起了那个流泪的女人,就问她是怎么回事?曼曼眼睛望着大海,说:"她想起自己的孩子了。她的孩子前几年死了,和你一样大。那天夜里她孩子跑出去玩,因为月亮挺好,大人也不怎么放在心上。谁知孩子刚跑出一会儿街上武斗开始了,也不知哪一派闯进了村子。武斗直打到后半夜,还放了枪,天亮了孩子也没回来。当母亲的哭哑了嗓子,到处去找。几天后在一个水井里找着了尸首……"

罗宁吸着冷气,问:"谁害他了?"

"不知道。那夜里太乱了。有人说是另一族人跟她家有世仇,趁乱把孩子推到了井里;也有人说是孩子乱中躲藏,一不小心掉进了井里……"

罗宁觉得身上的皮肤都绷紧了。他恍惚间又看见了葡萄架间伸出一支黑乎乎的枪口,向着自己瞄准。太可怕了。他不由得往曼曼身上靠了靠。

两个人一声不吭,直停了好长时间,曼曼才问了一句:"你叔叔他们怎么没来海上?"罗宁摇摇头,说他大概出车了吧。曼曼的眼睛突然变亮了许多,看着罗宁,用手扳住了他的肩膀问:

"喜欢不喜欢看你叔叔骑大白马？"

罗宁站起来："当然喜欢了！他会骑吗？"

曼曼拍拍他的肩膀，让他坐下。她的眼睛望着绿色的海滩，伸手指点着："有一天，他就在这海滩上骑着白马，一会儿就跑没了影；后来他又出现了，先是一个白点，慢慢变大、变大，帅极了！"

"真的？"

"真的！"

"哎呀！"罗宁拍打了一下巴掌，恨不能这会儿就让叔叔把他抱到马背上。"我就没看到！我一定问叔叔去！让他以后带上我吧！……"

曼曼摇着头说："不会。他不会带上你。老黑刀不会让他骑白马了。"

罗宁的脸色肃穆了。他自语般的咕哝道："老黑刀！"

曼曼接下去又问老奶奶跟他讲了什么有趣的故事，问他这几天晚上看没看到那个婶母去找叔叔了？罗宁说没有，都没有。曼曼叹息着，望着远处的天色说：

"你再看不到婶母了。我说过，人死去就不能转活了。"

罗宁有些生气地看着曼曼，执拗地说："我看见过！我不会骗人！奶奶，还有老当子，都看见过！……"

曼曼盯住罗宁，好像被他的倔强激怒了似的，眼里慢慢渗出了泪花……罗宁有些害怕地站起来，说："真的，我没有说谎……"他一边说一边往一旁走去，不断地回头看她。

他沿着海岸无精打采地走着。

一簇簇的人围在一起,很热闹的样子。罗宁就像没有看到这一切,用脚踢着贝壳往前走去。他的脑海里出现了那些夜晚的情景,觉得真是奇怪极了。

前边不远处又有一帮子人在吵闹着什么。这儿大多是男人,也有个把女人。原来这儿是一处深水小港,平常只能停靠几只船。人群中有一个熟悉的粗嗓门,罗宁听出是老黑刀,就凑上前去。

这伙儿围在小港上的男人大多只穿一个短裤,露着黑红色的黑皮肤。他们中间那个摇动着手臂、不停喊叫的人,那个通体发黑的大汉,就是老黑刀。老黑刀大约要做跳水表演,两脚蹬在水泥台的边沿上,手臂不停地摇动。他回头瞅着大家,喊道:"看好——看好——"却总也没有跳进水中。

罗宁惊讶地看着这个黑乎乎的躯体:两腿根部有水桶粗,鼓胀着,绷紧的皮肤闪着光亮,有三两条紫色的筋脉隐隐约约活动着。一双脚短而圆,薄薄地铺展在地上,像从腿上长出来的两个大吸盘,它吸紧了水泥台,所以碾砣般的身子摇晃再三也没有倒下去。腰上堆满了皮肉,一层一层像套了几摞子黑面烙饼。当他弓腰时,皮肉伸开,闪出几道深深的、用刀儿划过似的白线。皮肤出油,阳光一照也就通黑油亮。

"看好——看好——"

黑汉又喊两声,大展四肢落下乌青的海水中了——他故意用强壮的身体去碰开水面,真像一把黑刀毫不留情地剁开了一大块翠玉,屑沫飞溅到空中;当断开的碧水重合时,又立刻发出轰隆轰隆的声音。黑汉像石头一样沉到了水底,水面是水泡、屑沫、冲撞的水头。大家探头看着,欢叫起来。不一会儿,一块黑黑的东西从水下漂上来,像漂了一块乌木板子。人们又一次叫起好来。这会儿浮上来的老黑刀用力踩水,使胸部在水线之上,拍打着胸口说:"革命人民又怕什么?……"

老黑刀踩着水,伸手将头发上的水花撸掉,又朝上面的人做着各种手势。人们笑着,一边回身寻找女人们,见她们都走去了。老黑刀一个个端量着,突然发现了人群中的罗宁,立刻眉开眼笑,身体往上一拱一拱的,嚷着:"你这个小东西也来了吗?我上去咬咬你……"一边嚷一边往上攀。

罗宁飞一般跑开了。

他一口气跑到了绿草地上,坐下来,留恋着海滩上的人影。水蒸气在阳光下升腾着,一切影子都在后面颤抖不停。他看不清曼曼了,爬起来,往葡萄园里走去……

这个夜晚,他失眠了。

他后来睡着了,梦见了一条黑蛇,在葡萄园里拧动,拧动,将老当子的锁链拧紧,老当子惨叫一声倒下了。

罗宁吓出了一身冷汗。他望着窗外,看到了老当子刚刚醒来。

一个黑影从葡萄藤里走来,走到明槐的窗下去了。

罗宁看到老当子的尾巴摇动着。他一颗心快要蹦出来了。

老奶奶睡着。窗外的老葡萄树在风中轻轻活动……不一会儿,那个黑影往回走去,她的身后跟着明槐!

罗宁眼看着两个人走进了葡萄园里。他小心地摸下炕,开了门,先贴着墙壁站了一会儿,等呼吸变细了的时候,就弯下腰,钻到葡萄树下……他趴在老葡萄的粗藤上,四处张望。那两个人呢?他们在哪儿?——不远处的一棵葡萄树下有两个影子,那棵年轻的葡萄树被他们的肩头碰得摇晃起来。

罗宁尽可能地靠近了那棵葡萄树。他想,他想极了,想亲眼看一看婶母,看得清清楚楚!他要把这一切只告诉一个人,就是曼曼……

婶母的脸看不清。她遮在一簇葡萄叶的后面了。

明槐在说话,声音又低又涩:"……我是个什么男人,我也说不清。我怕什么?我怕这座小泥屋了……真的,我怕它把你拘束坏了。小泥屋还装不下你……你不知道你是个什么人,你在我心上是个什么人。没有人再能比上你了,除了她再也没有。你在我心上,可你不能在小泥屋,就是这样,你不能……"

叔叔一个字一个字咬得又清晰又沉重。可是罗宁一句也听不懂。他几乎从来也没有听过这么晦涩难懂的话了,什么意思?——"在我心上,可你不能在小泥屋",奇怪的话!深夜里两个人跑到园里来说这种奇怪的话!

婶母叹息着,没有吱声。叔叔又说了:"什么时候我也忘不了你,小泥屋里的人都忘不了你。你不用等我了,你还是走出葡萄园吧,我看出你呆不下去。你陪着小泥屋里的人难过,我更不好受……你走吧,到哪儿都行,到你愿意去的地方。你把我忘了吧,我配不上你。你太好了,太好了!……"

她一直没有说话,这会儿用手去捂叔叔的嘴巴。叔叔把她的手移开,继续说着。她终于生气了,说:

"我恨你!"

叔叔一声不吭了。

罗宁心中一惊:是曼曼的声音!他差点儿喊一声曼曼,但他用力忍住了。"不是婶母,不是……"他心里默念着,一切一切的谜一下子又涌过来了。他不知是难过还是高兴,眼泪老要往外流淌。他恨不能马上跑走,去告诉奶奶,可他的两脚却死死地定在了土地上,一步也挪不开。

她又说:"……你让我走,你让我走出葡萄园,你让我一辈子都恨着你吗?"

是曼曼,是曼曼的声音!罗宁真想扑进她的怀里。"啊,曼曼,曼曼……"罗宁在心里呼唤着她,眼睛一眨不眨地看着他们。

叔叔嗓子颤颤地叫道:"曼曼,曼曼!你恨我吧,你不能在小泥屋里,只能在我心上。你在我心上,我这一辈子就什么都不怕了。黑夜里出车,走得再远我也不怕,因为你在我心上,和我一起……"

"明槐!"曼曼叫了一声,突然伸出手抱住了明槐。

罗宁不解地看着他们,不知怎么脸有些烫。

他们紧紧地抱在一起,再不说话。明槐伸手抚摸着曼曼的头发,像怕惊醒了她的甜睡似的,轻轻的。一会儿,明槐不活动了。两个人互相依偎着,葡萄园里真静啊。罗宁看着看着,脑海里有什么闪了一下。他记得好像在哪里见过这样的情景——在哪里呢?他想啊想啊,想得头疼,终于想起来了。他记起有一天跟上叔叔的车出去玩,半路歇息的时候,叔叔牵上白马到水潭去,他走在叔叔的后面。回来的路上,他们穿过一片柳林。叔叔站住了,伸手抚摸着白马的鬃毛,白马幸福地昂起头来。叔叔与白马小声地诉说着什么,罗宁走过去,叔叔继续诉说:那个秋天,他和白马走进园子里,阳光灿烂,女人们低头做活,头包白巾的安兰抬头望着他们——白马哟,你还记得吗?白马摇着头……

明槐和曼曼久久地依偎着。

夜风吹起来了,一股浓郁的香味荡漾开来。满园里都是窃窃私语,满园里都是秋虫的鸣唱。一滴露水落在罗宁的眼窝里,又像泪水一样顺着脸颊流下。他用力地擦了一下脸。

八

老当子的神情有些异样,小圆早就看出来了。它的心特别细密,暗暗留意着,只是不动声色。小圆每一次进出小泥屋,都要漫不经心地瞥一眼老当子。

老当子已经被拴在窗下好几年了。它知道这是好心的主人把它囚禁起来了。一条狗突然告别了无边的原野,那种痛苦是任何别的生物都难以理解的。它自己明白,这样下去,再不用几年,四肢就会像木棍一样笨抽,牙齿也会退化。最后它变得不能撕咬,不能跳跃,只能倚在泥屋的墙壁上晒阳光,挨着可怜的时光。

它回忆着那段自由奔跑的日子,愉快地想着海的颜色。它甚至记得有一次晚霞使自己全身改变了衣装,人人都说它漂亮极了。荒滩上,老爷爷吆喝一声,它就奋力地跳跃、狂奔。它飞驰着,比得上奔马,在绿草中闪耀,有时简直像老爷爷亲手射出的一支箭。

那一切似乎永远地过去了。但它远远没有绝望,而且心中的欲念越来越强烈——跑向原野！跑向原野！

于是它一直在暗暗地做着一件事情，它要磨断锁链！这件事情真需要精力、需要耐性。深夜，屋里的人睡着了，它就磨起来；白天，主人不在的时候，它更是尽情地磨。窗下有一块青石，它认为这是再好也没有的磨石了。它能准确地让脖子下第六节铁环磨到石头上，而且只磨铁环的同一个位置。铁链总是发出"哗啦哗啦"的声音，谁也闹不清老当子在做什么。有时主人走过来，它可以装成迎接的样子，低下头，先让第六节铁环小心地落到地上，然后从一侧向前一蹿——那个铁环就可以准确地在青石上狠劲儿磨一下，并且谁也没有察觉。

它这样做了两年。它认真地注视着那节铁环的小凹痕，怎么也看不出它变深了没有。小凹痕倒是亮闪闪的，那是不停打磨的结果。如果这道凹痕再深上一个毫米，它就可以将这个铁环猛力挣断。然而这道痕子简直一丝也不愿再深下去了。老当子有时快要绝望了，它真想放弃这个工作，去向泥屋的主人哀求。但它心里明白这一切都是无用的，主人不会放开它，让它去接一颗罪恶的枪弹——但它知道那个枪口该怎样躲闪，子弹打不到它的身上；而且那点危险比起心中日益强烈的欲望来，真是不值一提。可是这一切想法都无法让主人明白，那么剩下来的路也只有一条了，就是磨断这条锁链！

跑向原野！跑向原野！

凹痕终于深一些了——这是它在一个早晨的第一束阳光里突然发现的！它兴奋地估计了一下，觉得已经完全有力量把它挣断。

想到这里它的身躯不禁抖动了一下,一股热流从尾部冲流到周身去……小圆走过来了,老当子若无其事地摇了一下头颅,装出一副怏怏的样子。小圆的精明的眼睛看着它,有几分得意地扭了一下黑黑的尾巴。老当子像是疲倦地躺下来,于是第六节带有凹痕的铁环被巧妙地压在了颌下。它哼哼着,用痛苦的呻吟来遮掩此时此刻无比的欢乐……小圆没有怎么逗留,又扭了几下,就奔向屋子了。

老当子这才松了一口气。它知道小圆的嫉妒是根深蒂固的。它永远没法信任它的品质。小圆那花哨的服装、小巧的鼻子,都多少给人一种油滑的感觉。

它等待着寻找一个更好的时机,来开始那奋力一挣。

讨厌的小圆正从窗户里往外张望。老当子恼恨地哼了一声。它看到小圆正在微笑,眼角闪着一丝狡黠。它有些慌促地背过身去,低头注视着那一节锁链……这个夜晚显得十分漫长,老当子焦躁不安地等待着红色的太阳。

太阳如果是新鲜的,就会让老当子全身变得美丽起来。它渴望着在霞光里开始这令人无比激动的新的一天。老当子把前爪使劲压在泥土上,让其漂亮地弯屈——每当它要向前猛地一蹿的时候,它就要这样把前爪压弯。它的头颅低着,激动地将下巴贴到前爪上。它马上就要蹦起来了,那时节"咔"的一声,第六节铁环就要断开。它忍耐着,忍耐着,因为太阳还没有出来,因为它要和一轮新鲜的太阳一起奔跑呵。

跑向原野!跑向原野!

夜色缓慢地消退。老当子知道,太阳正从遥远的东方走过来了。它再也无法抑制心中的兴奋,活动了一下身子,抖散被夜露打湿的毛,接着歌唱了一声。

小圆轻手轻脚地从屋里走出来了。它大概被老当子奇异的歌唱惊呆了,这会儿大睁着眼睛,一步一步走近了,不转睛地看着。

天已经有些亮了,老当子可以看清小圆粉红色的小鼻梁。

小圆似乎是第一次离这么近端量对方。它发现老当子的两眼有些发红,眼角的皮毛也多少有些暗淡。它记得前不久老当子的皮毛还是油亮油亮的。老当子竟然在短短的时间里苍老了许多。小圆心中有些悲凉。它目光垂了垂,突然觉得垂在老当子颌下的铁环有些异样,定睛瞧了瞧,发现第六节铁环耀眼地闪亮!

老当子也不明白自己为什么在这一瞬间竟然没能背过身去!一切都来不及、也不必要去掩饰了……它用平静的目光看着小圆。

小圆看清了那闪烁的铁环上有深深的一道凹痕。它吸了一口冷气,一抬头,看见了老当子深沉的目光。

小圆坐下来,抿了抿嘴角。

如果坐在眼前的是个告密者,那么用不了几秒钟,小泥屋里的主人就会来重新加固它的锁链。老当子的心不安地跳动着,等待着那个时刻。一瞬间它想起了那么多往事,都是不安和悔恨。它记起在过去的日子与小圆的一次次摩擦、充满敌意的挑衅。有一次只为了一条小鱼,它把小圆推倒在地上,小圆则还了它一个耳光。它们那以后曾一连几十天互相不再理睬……如今上帝算给了小圆一个报复的机会了。

第一道霞光闪耀着,老当子仿佛听到了太阳的呼唤。

小圆看着老当子,向它深深地点了一下头。

老当子的眼睛湿润了。它站起来,望着越来越红的东方,又看一眼小圆,仿佛在用目光询问:你瞧,从来也没有这么漂亮的一个早晨吧!你瞧,你瞧啊!……泥屋的门打开了,明槐走出来,向这边望了望,拿起一边的长鞭走了。屋内,老奶奶活动着,脚步声十分清晰。老当子后来只看着小圆了——它看见小圆周身都在变红,变红……小圆正投来激励的目光。

啊,一轮崭新崭新的太阳!

老当子呐喊了一声,按低了前爪,脊毛竖起,然后猛地一挣,将第六节铁环挣飞了……它跳跃着跑进了葡萄园,呼喊着小圆,迎着太阳。

葡萄园激动了,泪水洒了它们一身。它们和大葡萄园一起哭着,不停地呼唤。所有的葡萄树都伸手去迎接老当子,它忘情地应答着,声音响彻在园子里。每一片叶子都闪着太阳的光彩,上面的水球晶莹透亮,在早晨的清风里微微颤动。那么多新长成的葡萄树,面孔陌生,神态可爱。老葡萄树指点着细小的葡萄藤,告诉老当子哪棵是它们的孙儿和孙女。小葡萄树顽皮地扭动着身子,嘟嘟哝哝的声音谁也听不清楚。

"我们想念你和老爷爷啊,看见你,也像看见了老爷爷……我们做梦都梦见他背着枪,在我们身边走,老咳嗽。"

一棵老葡萄树对停下来的老当子说着,不停地揉眼睛。它的话让老当子一阵阵难过。老爷爷不在了,他老人家的枪也被一个恶人抢走了……有的葡萄树为让老当子高兴,就唱起歌来了。满园的歌声,满园的浓香。小圆在老当子头顶的架子上飞快地奔跑,愉快地朝地下呼唤着。

老当子跑着,禁不住低头去辨认那杂乱的脚印。这是它很久以来养成的习惯。那些脚印,还有脚印上散发出来的气味,都清楚地告诉它谁从这儿走过,发生过什么事情。它顺着这些脚印提供的线索想象下去,就可以把当时的情景一幕幕地从头脑中闪过。这当然是非常有趣的。它又可以看见不久前发生在脚下的事情了:妇女们摘着葡萄,说着笑话。她们遇到被灰喜鹊糟蹋了的烂葡萄,就狠狠地抛到地下。有人口渴,大张着嘴巴,一手提起一串葡萄往嘴里填。正在这时老鲁过来了,他挥起手里的鞭子,一鞭子就把一个胖女人坐着的筐子抽倒了,胖女人跌倒在地上。大家没有心思做活,一齐拥上来,笑着打老鲁。老鲁抛了鞭子,在地上滚动着,一边躲闪一边大骂……有一处脚印散发出明槐的气味,老当子立刻确认明槐在这儿站过:他热汗漉漉,刚刚卸完了车,正在树荫下歇息。他什么也没有察觉。在离这儿几步远的葡萄架后面,老黑刀恶狠狠地盯了他两眼,走开了;明槐背后的葡萄架间,正蹲着一个包白头巾的姑娘,她一声不吭地注视着明槐。汗水从明槐黑红色的脊背上流下来,一个酱色的甲虫从容不迫地靠近滴落的汗珠,伸出吸管喝着。汗水太咸,甲虫又吸了一会儿,就皱皱眉头走开了。那个姑娘从葡萄叶空里看着明槐,忘记了做活……

小圆见老当子嗅着地上的脚印,知道它又陷入了那种沉思。小圆不愿去打扰它,就自己在架子上玩了。它想炫耀一下自己很久前跟灰喜鹊的那场勇敢搏斗,于是就忍不住呼喊了老当子一声,领它往前边走去。

太阳升到了葡萄架的上空,满园通亮。园子里各种小动物都欢呼起来,螳螂、小蝴蝶、小七星瓢虫、大蚂蚱、黄雀,一个个都从架子下出来了,指点着太阳,笑着,鼓着手掌。有的说今天的太阳比昨天的脸庞要红润,有的说她比昨天那个更加温柔了。老当子完全赞同它们的意见,觉得身上暖洋洋的,太阳正微笑着看着葡萄园,看着园里的一切。

美妙的早晨在一片浓绿的园子里,在这片飘动着蝴蝶的土地上。露水打湿了脚掌,葡萄碰到了鼻梁,小蚂蚱伸手给老当子挠痒痒。它感到了从未有过的愉悦,也为那长时间的囚禁深深地悲哀。那是一种绝对不能重复的生活,真是可怕极了。直到现在它的脖颈上还悬着短短的锁链,那是痛苦的标记。从踏上园子的第一步开始,它就决定永不再套锁链。如果泥屋里的主人硬要缚住它,它宁可死去。也许这种游荡是没有尽头的,也许只有短短的时间,也许旅程中充满了苦难。它吃什么?再没有主人给它食物了,完全靠自己想法去填饱肚皮。它渴了喝水湾里的水,水湾干涸了就去找芦青河。它现在则可以尽情地吃满园的葡萄。它饿了,就要去野地里扒一些花生和红薯,没有庄稼的季节里,它只好去向田鼠借一点粮食。田鼠们的吝啬是有名的,那么,它只得踏着冰雪,冒着严寒,到大海边上去捡食冻死的鱼虾和贝蛤。反正它不想再回到小泥屋了,它永远也不要过囚禁生活。它要阳光,要风,要无边的原野。它一点儿也不恨小泥屋里的主人,它永远会挂记着他们的生活。它不回泥屋,是恨那条锁链,而锁链是生活强加给小泥屋、强加给它的……它从懂事的那天起就在保护大葡萄园了,熟悉园里的一花一草。它曾一步不离地跟随着一个持枪的老爷爷,在大草滩上尽情地游荡。它的勇武是出了名的,在危险和困苦中不曾退后一步。谁也没有理由让它离开葡萄园和原野!

老当子往前走着,不知怎么流出了泪水。前边奔跑的小圆也许不知道它今天的挣脱意味着什么吧?老当子想起了那个在泥屋里不停操劳的老奶奶,望着她的白发。它明白老人看到挣断的锁链会怎样:又惊又喜,深深地忧虑,久久地盼望。老当子会回来吗?她会这样问她的儿子和孙子。老当子在心中的回答是:会回来的,但它不会再让任何人给它套上那条锁链了,它只会远远地在泥屋前站一会儿,然后再默默地离去。你们问我要到哪里去吗?去我的原野,去寻找那个背枪的老人。你们告诉我老人不在了,他永远也寻不到了吗?不,我会寻得到,因为大海滩太辽阔了,我跑得太快了,我会问遍每一寸沙土、每一株树木。我会寻得到……

小圆在前边站住了。它就在面前这棵葡萄树上,跟讨厌的灰喜鹊进行过一场搏斗。那场较量是十分险峻的。到了最后,一大群灰喜鹊向它围攻,狠狠地啄它。

老当子在小圆的提示下,记起了很久前的那一天。就因为小圆叼回了一根灰色的长翎,老爷爷才领上它驱赶灰喜鹊。那一天老当子永远也不会忘掉的:老人失去了枪。这之后不久,老黑刀就用夺去的那支枪,向它瞄准了……老当子久久地伫立着,一声不吭。这样站了一会儿,老当子突然叫了一声,向另一个方向跑去。

小圆随着老当子跑着,跑着,直到见了满地闪烁不停的灯盏花,这才明白它们奔向了坟地……老当子在老爷爷的坟前站住了,站了一会儿,偏着身子躺下了。

风吹着一片片蝴蝶从坟头上飘过。不知什么野花瓣从高处的树棵上撒落下来。花瓣洒在了坟头上、洒在了老当子的身上。四处都是飒飒的响声,千万片叶子在摇动着。

这里已是葡萄园的边缘。从架子的空隙里,已经可以望见那绿色的海滩了。小圆向海滩上张望着,它盯住那些杂树林子想:它就要与老当子分手了。

太阳升得更高了。

老当子在坟前卧着,一转脸,看到了平坦坦的草地。它的眼睛突然间变得雪亮了……它站起来,四只有力的腿脚颤了颤,然后又转脸去看坟头……

跑向原野!跑向原野!

太阳升得更高了。太阳将葡萄架的暗影投在地上,使葡萄园仍然有着一片片阴凉。一层层的葡萄藤蔓纠结交织,密不透风。有什么东西笨拙地从一道架子上爬下来,"扑哧"一声跌倒在地上。后来是喘息声,再后来什么声音也没有了。

老当子、小圆、无数的葡萄树和小动物,此刻都在注视着那个坟尖,几乎全都忽略了另外的声音。当小圆第一个将目光移开的时候,它一下子发现了那个黑洞洞的枪口!

小圆撕心裂肺地喊叫了一声……

与它的喊叫同时响起的,是枪声。

老当子跌倒了。它的腰部中了散弹,鲜血溅到了蓝色的灯盏花上……一个人在葡萄架后面嬉笑,是老黑刀的声音。

老当子费力地爬起来,头朝着那片原野,又走了两步。

小圆不顾一切地冲上前去,伸出了前爪……老当子的腰部又涌出血来,身子摇晃了一下,重重地倒下了。它的眼睛还在望着原野。

跑向原野!跑向原野!……

九

太阳就要落下去了。晚霞比早霞还要红,把葡萄园染成一片血色。

小泥屋里的老奶奶和她的孙儿一直等着老当子归来。暮色里,老人扯着孙儿的手走进园子,一声声呼唤起来。

园子里发出一阵阵回响。老奶奶喊了一声,罗宁喊一声……

沙土都被霞光涂红了,小罗宁用手扒开一层,下面的沙子还是红的。他惊讶地去问奶奶,一抬头见奶奶的白头发也是红的。罗宁心里老要打战,他紧紧地依偎在奶奶身边。小圆一声连一声地呼喊,疾疾地跑过来,罗宁老远就望见了它身上是红的。它跑近了,罗宁伸手去摸它身上的红色,红色竟然沾到了手上!

罗宁尖叫起来。老奶奶加快了脚步,后来跑向了园子深处。小圆在前头领路。罗宁觉得四周的葡萄叶子下,都闪动着一个个黑洞洞的枪口。他的心揪紧了。

小圆跑到了那片坟地上。

老爷爷的坟前有凝结了的一片鲜红的血……老奶奶低头看了看,跪在了坟前。

罗宁先是呆在一边,后来小心地挪到跟前,抱住了奶奶。

"老当子啊!你早晚死在那支枪下啊……你受不住拘束,偏偏要跑出来,你到底还是躲不过那一枪呀,老当子!老当子!你是个好人哪,你的下场也和好人一样……老头子啊,你看见你的狗死在坟前了,它是让你领去了。从今以后你们两个又凑到了一块儿去了!……"老奶奶絮叨着,两只黑黑的手不住地拍打膝盖。

罗宁怎么也哭不出来,只是感到了惊恐。他看着奶奶,一动不动,突然"哇"的一声哭了起来……

天色渐渐暗了。沙土上的血看上去像墨一样黑。一老一少的脸快要对在了沙土上。

一个挺拔的壮年汉子缓缓地从夜色里走出来。他无声地站在坟边。站了一会儿,他弯腰去扶地上的老少。老人费力地仰脸看着壮年汉子,叫了一声:"明槐!"……汉子搀扶起母亲,拉着侄儿的手,声音低得快要听不见了:"走吧!"

老人一步也走不动。明槐于是蹲下来,背起了母亲。他们往小泥屋里走去了。

小泥屋里亮着一盏小小的灯,一个女人坐在灯前。三个人进了屋,看清了她是曼曼。明槐看也没看曼曼一眼,将母亲扶到炕上……曼曼往锅里添水,要动手做饭。

明槐蹲在门槛上,点燃了一支喇叭烟,使劲吸着。他一支烟还没有燃尽就站起来,看了看屋里,转过身去。

"你要去哪儿?"曼曼问他。

明槐小声说:"出去……一下。"

"吃了饭不行吗?"

明槐没有回答。他高高的身影在门外闪了一下,就不见了……

夜色真浓啊!明槐走在葡萄园里,不断被一条条藤蔓牵住。他的头颅嗡嗡响着,不知怎么对自己到底要走向哪里也糊涂起来。往日在这园里他算是熟极了,闭着眼睛也能摸到他要去的地方。一条粗藤拦住了去路,他握紧它摇晃着,又去找它的末梢。藤子像胳膊,它的一端长了几个杈子,像巴掌。明槐跟藤子紧紧握了握手,往前走去了。

他辨不清方位,只是走着。黑影里,有什么"嘎——嘎——"地叫了两声,他立刻抬起眼睛去寻找。一天的星星,又小又亮,很神秘的样子。他觉得两条腿,还有胳膊,真是沉重得很。

不知走了多久,他看见远远的地方透出了一线灯光。那灯光有些发蓝。他从看到灯光的那一刹那起,立刻清醒了。他终于明白自己在奔向哪里,步子加快了许多倍。

一片房屋黑乎乎的。明槐摸过一个巷口的时候,听到了咀嚼声和喷气声,他立刻明白这是到了牲口棚。"白马……"他在心里咕哝了一句。那个洁白的身影在哪里呢?他心里一阵温热,抬头去寻找它了——它在棚子里,停止了咀嚼,"咴咴"地轻声呼唤起来。明槐走过去,抚摸了一下它的脖子,又拍了拍它的脑壳。

他迎着那个发蓝的灯火走去。那里有一幢红砖房子,有一盏电石灯。他摸到了黑门上,从门缝往里望着——电石灯闪跳着,灯旁是几把刀子。一口铁锅冒着白气,锅旁坐着老黑刀。那支枪竖在屋角,枪口不知为什么塞了一团棉花。枪的一旁有一团黑乎乎的东西,看不清。他用力辨认着,终于看出那是死去的老当子!

明槐敲着门。

"谁呀?"老黑刀沙哑的嗓门。

明槐继续敲。

"妈的……"老黑刀趿拉着鞋子过来了。

门开了,老黑刀"哼"了一声,接着往后退了几步。明槐跨进了屋子。他看到老黑刀身穿了一件灰布衫,下身却只穿一条短裤,好像故意露着粗壮的两腿。铁锅冒着气,屋里又热又闷。

老黑刀把手里的什么东西扔到了地上,喝道:"来干什么?"

明槐只是看着他,一双大拳在两腿上磨了两下。

"你他妈的给我滚……"老黑刀伸出了一根手指。

明槐迎着他走过去……

"你这个反动东西……你给我站住!立定!……"老黑刀抔着腰,发出了一声霹雳似的口令。

明槐没有理他,蹲在了老当子的身边。他伸手去摸它的皮毛,两手立刻沾满了血……老当子的身上已经变凉了,可眼睛还是大睁着。它在看什么?看什么?明槐试图用手给它合上眼睛,但总也不能。

老黑刀狠狠地踢了明槐一脚。明槐没有躲闪,他两手哆嗦着抱起了老当子,鲜血沾了他一身、一脸……老黑刀照准他的胸部打了一拳,不停地叫骂。他让明槐扔下老当子,明槐像没有听见一样。老黑刀暴跳着,最后揪住了明槐的头发,发狠地拽着。

"我打死你这条落水狗!"老黑刀揪紧了明槐的头发,使他的脸向上仰起,然后照准鼻梁狠狠一拳。鼻血猛地淌了下来。明槐将身子弓下,使厚厚的脊背抵挡着沉重的拳头。老黑刀越打火气越大,最后抡下了上衣。

明槐咬紧牙关,蹲在地上,身子球到了一块儿去……他的两条腿好长,膝盖抵住脑门,使老黑刀的脚总也踢不到头颅上去。这样停了一会儿,明槐突然抬起头来——老黑刀趁机去踢他的脸,他一扭脖子闪过了,站了起来。他稳稳地放下老当子,擦了一把脸上的血,去看老黑刀。

老黑刀又扬起拳头,但还没有落下,左腮上就吃了明槐一拳。

"啊?"老黑刀惊愕地大叫,腾地跳到了一边,伸手去电石灯边摸刀子。明槐踢飞了地上的两把刀子,接连两拳把老黑刀击倒了。老黑刀还没有爬起来,明槐就扑了过去。他压紧老黑刀的头,闲出手来就频频击打那个下颌骨。鲜血从老黑刀的牙缝里流出来,老黑刀用力地拧着脖子,把脸躲过拳头。明槐的左臂被老黑刀一歪头咬住了,他就拼命地卡那个凸起的喉头。老黑刀松了嘴巴,却紧接着将屁股猛力一撅,两条粗腿硬硬地抵住泥土,呀呀大叫着把明槐从身上掀了下来……两个人在屋里滚动着,从中间打到里间,瓷坛和瓦罐、玻璃,全都砸得稀烂。老黑刀的光身子被碎玻璃片割得一道道口子,就像毫无知觉一样。他把十根手指的力气全用到明槐的两肋间,像铁钩一样往缝隙里抓。明槐的拐肘狠劲撑开老黑刀的身子,极力想挣脱那两只利爪。他感到有两三根手指已经扎到了两肋深处,正撕开他的肌肉。明槐差点没有昏厥过去,他顶住对方的下巴翻着身子,一丝一丝地反过来,然后挪动双膝去压那两只胳膊。那要命的两只利爪终于被拉开了,明槐可以尽力地挥动两拳了。他不知道两拳滚落在哪里,只是一下一下击出去,只是看见一张被泥土和血迹蒙住了的黑脸在拳头下抽搐。他变换着姿势,骑在扭动不停的黑汉身上,狂怒地击打……后来他觉得黑汉一动不动了,这才站了起来。

　　明槐全身一点力气也没有了。他瞥了一眼老黑刀,见这个黑家伙的肚皮一鼓一鼓的,嘴角歪到一边去了……明槐扶着墙壁移动着身子,取到了那支枪。他伸手揪去了枪口上的棉花,然后紧紧地抱在怀里。枪管散发着浓浓的火药味儿,明槐一下下嗅着,觉得一颗心在有力地搏动。全身的伤口一齐疼了起来,他咬紧牙关,想往外走去,可一挪步子,重重地摔倒了。

　　老黑刀两手抱住了明槐的脚,又滚动一下坐起来,狠狠地用膝盖点压明槐的小腿弯。明槐毫无提防,又一次被老黑刀压在了底下。老黑刀眯着眼睛,嘴里发出"嗯、嗯"的声音,伸手就去抓明槐的眼睛。明槐赶紧用右臂护脸,同时左手还击了一下。两个人重新滚在了一起,明槐更多地被压在下边。他终于明白了老黑刀上一次是停下来积蓄力量,并没有完全被打垮。老黑刀的手更狠了,每一次出手都不落空。后来两个人动用了牙齿,血水糊住了嘴巴,就喷到对方的脸上。明槐抵挡着,大口地喘息。他觉得缠在自己身上的,是一条头上生了鸡冠的巨蛇——老父亲曾经向这条巨蛇放过一枪。巨蛇的鳞片全在一霎时张开了,切割着他的皮肉。全身没有一处不淌血,鳞片同时把毒液掺进了伤口里。巨蛇把尾部拧在他的喉头上,他一阵窒息,两眼迸射出金星。蛇尾在收缩,大蛇发出了嘻笑。他用力地睁开眼睛,见老黑刀的两手正卡在他的脖子上。明槐想给这个黑脸一拳,他估计只需要准确的一拳,这个黑汉就得滚到一边去。可是他一点力气也没有了,胳膊怎么也抬不起来。他闭上眼睛,脑海里又出现了那条黑色的巨蛇,但同时出现了老父亲冒烟的枪口。他奋力挣脱着蛇尾,终于吸进一口新鲜的空气。他试着抬起胳膊,暗暗握紧拳头,眯着眼睛去端量击拳的位置……正在这时不远处传来了一声马的长嘶——是白马!明槐全身一震,高呼一声:"白——马——"随着喊声挥起右拳,"噗"的一声砸在了老黑刀的左眼上。

老黑刀左眼爆了出来,一下子跌翻在地上。

明槐一跃跳了起来。他的两眼通红,"啊啊"大叫,冲向跌倒的老黑刀,一拳一拳痛快地打起来……老黑刀的嘴巴不停地流血,头歪向一边。明槐后来发现他不会呼吸了。明槐站了起来,把枪抓在了手里,又看了一眼老当子,跑出了屋子。

白马又叫了一声。

明槐跌跌撞撞地摸到了牲口棚里,直接奔向了白马。他来不及跟白马说什么,飞快地解了绳索,牵上就走。他和白马刚刚走出几步远,就有一个人从黑影里走出来。那个人喊:"谁?"明槐听出是老鲁的声音,但没有吱声。老鲁赶了几步,凑近一些叫道:"是明槐吗?"……明槐还是没有应声,艰难地跨上了马背。

夜已经深了。

一轮发白的月亮升起来了。白马走过的地方,露水落了一地……明槐直奔小泥屋去了。

屋里的人都没有睡。明槐拴了马,推门进屋。一家人一眼看到了明槐身上的血迹,都吓得喊起来。老奶奶叫着:"我的孩儿!我的孩儿!……"明槐躲闪着老人,怕将血迹沾到她身上。

罗宁哭起来,扑到了曼曼的怀里。

曼曼一声不吭地看着明槐。明槐像是在说给泥屋:"我走了。"又握住老人的手说,"我走了,妈妈……我得走了……"

"到底出了什么事啊,我的孩儿!我的孩儿!……"老人叫着。

曼曼流着泪水,推开了罗宁,到里屋找出了几件衣服包起来。

老人看着儿子,又急急地弓腰去包了一摞子干粮……老人包好,又解开;填进什么东西,又包好;然后又解开,加进去一些钱和粮票,再包好。老人的手抖个不停,当最后把包子打好走出来,两手一点儿也不抖了。她定定地望着儿子。

屋外有什么声音,接着小圆尖着嗓子叫了一声。明槐端起枪来,小心地开了门……一个人从老葡萄藤下走出来,明槐看出是老鲁,就收了枪。

老鲁喘着,盯住明槐说:"快走!"

明槐点一下头,握住了老鲁的手说:"你知道了。我杀人了……"

老鲁叹一口气:"我过去看了。他没死,这会儿快缓过气来了……快跑吧,天不亮民兵就会来抓你。"

罗宁和曼曼哭着。老奶奶把干粮和衣服提过来说:"快走吧……到时候快些回来……"

曼曼不顾一切地抱住了明槐,亲吻着他,双肩剧烈地抖动着,叫道:"明槐!明槐!我等着你!我等着你!你呀!明槐!你什么也别说!你走吧!……你走吧!……"她一边说,一边用手捶打明槐的后背。

罗宁哭着,紧紧扯住叔叔的衣襟。明槐轻轻扳开小罗宁的手,弓着腰,快要对在他的脸上了,说:"你不能哭了。小泥屋就剩下你这一个男子汉了!……"

"快走吧,快走吧!"老鲁催促着。

明槐解开了白马。他看着泥屋、泥屋前的这几个人……他的目光最后停留在母亲的白发上。

白马的前蹄活动了一下。明槐上了马背……

白马穿过葡萄园,向北;在一片辽阔的海滩草地上,它又向西疾驰了……明槐不断回头看着葡萄园——它在月光下望去,重重叠叠的葡萄架子真像些小山峦啊。

葡萄园看不见了。明槐闭上了眼睛。他仿佛看到了这样一幅图画——

一片灿烂的阳光照耀在葡萄园上。没有风,没有喧闹,只有一两个头包白巾的妇女弓着身子在葡萄架下做活。一辆马车辘辘地驶进园子里。一个女人抬起头来,从白巾中露出了通红的脸庞,阳光耀得她眯起了眼睛……

他笑了。他坚信总有那么一天,他会回到葡萄园。

白马在原野上奔驰……

1986年4月—6月写于济南

海边的风

一

对于这个海滨村庄来讲,第二年是个可怕的年头。可是第一年不知道第二年的事情,村庄的人全都兴高采烈的,突然像着了魔一般忙碌,极度兴奋,一个个变得有点莫名其妙。

虽然居住的地方离大海不算远,可是在整整一年多的时间里人们把大海忘记了。于是锅里没有鱼,碗里没有虾,小猫馋坏了。

只有一个老头子远离村庄,一个人住在海边。他的窝棚离开涨大潮留下的水印只有几米远。大海滩上,一个尖顶儿小窝棚显得多么孤寂。离开窝棚一点,有一条小破船,船根老有一摊杂物。

老头子弓着腰才能从窝棚里钻出来,直起腰,就显出瘦干干的高个子。他恼怒地向一边吆喝什么,没有回应,也就坐下来。好像他在吆喝自己的老伴或者孩子。其实他什么也没有,是真正的光棍一条。

村庄里最热闹的时候,有人来劝他说:"回村吧,回村吧。"他脱下裤子小便,不搭理对方。后来又不断有人来,他还是那样,村里人后来叹息道:"一辈子就那样了,谁能给他改过来?"

也许过去老头子并不寂寞。海边上从来就是热闹地方,那些赶海的、拔草药的,都要在他的小窝棚里落落脚。人们老远就喊:"老筋头!老筋头!你这个老混账……"所有人都骂他,并且从他的小锅里抢东西吃。他的小锅子总煮着美妙的海鲜:蟹、鱼、蚬子。他从不放盐,只取海水煮,结果别有一种鲜味诱惑村里人。

除了深冬之外,几乎没有人见过老筋头穿鞋子。他赤脚,短裤,露出一个黑红干硬的身体。这身体大概没有一丝平常人所说的那种肌肉,而是由一股股筋交织而成的。筋是牛筋。

那时候总有人在海边上伴他过夜,点一堆火,喝几盅酒,半夜半夜地拉鬼怪故事。那可真是个有意思的年头。有一回四方来了——她是个高高大大、四四方方的鱼贩子。她来了,赤身裸体地跳进海里洗澡,最后还在岸上滚动着沾一身沙子,拉长声音喊叫:"老筋头啊,给我搓搓背!"

如今谁都不来了。老头子知道这会儿村里的事情做大了。他听说从前常常厮守在海边的几个老朋友全给派了新用场:虎背熊腰的于志广赶一辆木轮子车;懒得动都不愿动一下的老伙计千年龟被安排拉一个大风箱;连那些平时像苍蝇一样围在鱼锅旁、赶都赶不开的毛孩子,也都要忙着搬运什么东西。

船被风吹干了。它小得远看像一个瓢壳,腥气却能飞出几里远。一群群苍蝇围上它哼着歌,有时又拢成一个松松的球在上面滚动。盐末干结在船舷上,十分好看。它没有桅。它算个船,也算个不错的玩物,伴一个浑身生满了筋疙瘩的老头子玩了很多个年头。它在海上晃啊晃,其实是老年人的摇篮。大海无边无际,有时老筋头呆在船上,一个瞌睡打过去,就任它漂走了。它在这蓝蓝的大海上自由自在地来往,没有怕过什么。大风恶浪也遭遇过,不过总算没有拆散它。太阳从海里生,又从海里落,海大得了不起。循着无比辽阔的大海展开想象,直想到世界的另一头。人如果老想什么也许总有一天会做什么,老筋头说不定会驾船一直漂流下去。

从海上驾船而去,走到哪里的可能性都有。因为海上没有路,是一片真正的广场。

老筋头终究没有抛弃这道海岸,大概是留恋着熟土与旧友。

他特别想念那个小东西——"细长物"——一个奇奇怪怪的有意思的孩子。他常常站在窝棚口恼怒地呼喊,有一多半是喊这个孩子的。

孩子的体形真像老筋头,又细又长。不同的是他小小年纪体滑肤细,抱在怀里温热柔软。小家伙有个特点让海边上所有人都惊讶得很:平展在沙土上,身体可以比站立着多出小半尺。他躺在那儿,整个身体像条软软的鳗鱼。老筋头每见他倒下了就坐到近前去,伸开粗壮的巨掌按在孩子的后背上,说一声"长啊——",顺势往下一理,细长物的身体也就伸长了一截,两脚在沙土上划出几寸深深的印痕。老筋头说:"你是个蹊跷玩艺儿。"细长物听了,将脖子拧过来,眯着眼看看老人,说:"哼。"

细长物给老筋头带来无限欢乐。老头子将一些没头没尾的故事讲给他听,双方都幸福愉快。有时细长物领来了一帮莫名其妙的朋友,那是一群男男女女、破破烂烂的孩子,浑身肮脏,口齿也不清,一律用衣袖揩鼻涕。有一次这帮孩子中还夹杂了一个矮小的老婆婆。不管是什么朋友,老筋头都一样喜爱。吃饭的时候,大家分着鱼汤,一会儿喝得浑身冒汗。

在可怕的冬天里,村里人全躲进他们的小窝。这时的海边是冷清的。于志广不来了,四方也不着面,就连千年龟也多日不见踪影。可是细长物仍旧来陪伴他,并且夜间睡觉时用一双小小的脚去蹭老人的脸颊。他们合盖一床又破又厚的大棉被子,身上的热力一齐散发出来,抵挡着寒气。

这是个美丽的夏天,大海的面容以及气味都好得很。老筋头本来可以随心所欲地驾船出海,毫不费力地搞来几条好鱼。可他懒得动。海上干净得很,没有一点帆影。好像所有渔人都忌讳着什么。老筋头光着身子往海里走,跟谁赌气似的,一步一步地往里走。他跟海混得熟透了,怎样做都行,差不多敢在里面睡一觉。他站着游、坐着游,还能顽皮地一头一头往前扎。他曾对细长物说过一句话:"我是淹不死的一条老鱼。"

他在海里顺便捉了几条鱼,用来下饭。

这个夏天他常常蹲在小船旁边想心事。他有时觉得奇怪的是,他根本不需要这条船,因为他要维持日子,凭自己水上生活的本事,稍稍活动一下手脚也就绰绰有余了。可他又是那么依赖这条船。他绝不仅仅是喜欢它,而是有一半的性命分在它身上。有时他甚至愉快地想:小船被海浪打碎了的那一天,我肯定会一起死的。

也许是出于对死的恐惧,他细心地照料了小船多年。他给它堵漏、上油，换掉不中用的木板。白天伺候小船，晚上就做它的梦。有一回他梦见小船生出了轮子，变成了一辆车，载上他顺着一条坚硬的道路往前跑去。这车子跑着，跑着，但只能在路上跑，一不小心离开了路面，轮子立刻陷于泥土。他是活泼惯了的人，受不得这拘束，于是就敲掉了轮子，使它又变成了地地道道的一只船。小船重新漂在了无比辽阔的海上……那个夜晚的梦中，他乘小船到了最遥远最美丽的一个地方。

他看到了什么？梦中又到了哪里？他守口如瓶。

他渐渐明白了，对于小船的依恋，是渴望着有一天能到远远的那个地方去。噢哟，他吸了一口冷气。明白了这一切之后，他直瞪瞪地盯住了其貌不扬的小船。原来这是骨子里的一股劲儿。就是这股劲儿使他恋着一条船。

他记得第二天千年龟来了。这个老头儿个子不高，沉默寡言，走起路来双手倒剪，一年到头戴一顶黑色的小帽。小帽是四方的，一看就知道不是汉人传统。他喜欢吃鱼喝酒，三杯下肚话就多起来，并且都是知心话。老筋头故意问他："千年龟，你说说看，船和车有什么不同？"千年龟灰尘满面，遮去了酒后的红润，微微仰脸看了看他说："车有轮子，船没有轮子；再说，车是地上的东西，船在水上……"

他听完千年龟的话，拍了一下大腿。他想你个千年龟一下子就答准了。不过他可不想把什么都清清楚楚地讲出来，转弯抹角地说："车有轮子，可它只能顺着一道专门的线儿往前跑，能去的地方你想想吧，也就有限了。嘿呀，船就不是这样喽，船漂在大海上，横竖左右都能走,这就是船,嗯!"

千年龟当时诧异地望着他。他喝了一口酒,摇摇头:"不过要紧处还不在这里——"千年龟赶紧问在哪里?老筋头一下接一下摇头。他已经有些后悔了。他不想告诉千年龟。

第三天细长物来了,老筋头忍不住兴奋又与他讲起了小船,讲了它与车的区别。他后来将前一天对千年龟隐去的话告诉了这个可爱的孩子:"船在海里漂,你想想,'三山六水一分田',水比土地要宽大出多少!船是在最大的一片水里面闯荡,又没有轮子,爱怎么走怎么走!明白了吗?"

他记得那时细长物似懂非懂地望着他的脸。接下去,孩子问了海的那一边、海的最深处都有些什么,他回答不出。他曾经驾着自己的小船远航过,那时候像跟谁比赛似的让小船尽情奔跑,亲眼见过一些岛屿、各种颜色的海水。但大海永远是茫茫一片,他永远是呆在大海的边缘上。所以他回答不出大海的最深处到底是怎样的。细长物又问:"你琢磨琢磨它是什么样的不行吗?就是说,你想出一个样子来不行吗?"

他试着闭上了眼睛。黑暗里他望到的还是一辆车子,敲掉车的四轮,变为一条船。小船在大海上任意游荡,穿过了一片蓝的水、绿的水、粉色的水、橘红的水,来到了一个冰晶般的闪亮透明的瑰丽世界。这里到处是一片迷人的芬芳,是花瓣的颜色,是春天的气息……他大口地呼吸,一脸深皱快乐地活动不停,直停了很长时间才睁开眼睛。

他告诉了大海深处是什么样子,细长物欢跳起来。孩子把一件紫色破衫的下襟儿拧紧了,在沙土上翻起了跟头。玩累了的时候他就大睁着眼睛仰望蓝蓝的天空,说大海和天空可能是一个东西。老筋头十分赞赏孩子的比喻,不过还是要给他做一个更正:"我跟你说过嘛。天底下的地方是这样划分的:大约分成十份,那么三份是山、六份是水、一份才是田……"细长物鬼头鬼脑地一笑,回应道:"'三山六水一分田'!"

那天老筋头与细长物烧了一条大鱼,并且喝了很少一点酒。细长物吃饭不用筷子,伸手去捏洁白的鱼肉。老筋头瞅瞅孩子乌黑的手指,说:"孩子的手,有什么干净呀不干净的。"他给细长物灌了一口酒,眼瞅着这张脸红了。他端量着孩子,觉得这一对细细的长长的眉毛借着酒力又长出了一段,美妙无比。他说:"你如果是我的儿子就好了。我该当有你这么一个儿子,细溜溜的,像条长虫。"细长物只顾用手捏鱼,嘴里咕哝一句:"吓人!"

关于船和车的愉快对话,至今他还记在心里。

在这个滚热的夏天里,老筋头再没有心思去整治那条船。他除了躺在阴湿的小窝棚里,就是扎到海水里玩一会儿。他有一副缺子儿的象棋,从海里出来后就自己跟自己下一盘。他想象的对手就是千年龟,伸手替他搬弄子儿。结果每次都是他自己输。"你这个千年龟,那么多高招,鬼气啊。"下完棋就一阵惆怅,不知干点什么才好。他想自己是真正变老了,因为老人有时像小孩子一样耐不住孤单。他早年强健的时候可不是这样,那时胆子特别大,什么都不怕,还怕孤单吗?他回忆这一生里度过的一些孤寂日子,发现都是些黄金一般闪亮的时光。这些时光,他将留给自己最兴奋最愉快的时刻里再去诉说。

让人烦恼的还是这个夏天。这个夏天的奇怪之处,就是人们突然都忘记了大海。他们在村庄里奔忙,把事情做大了,结果连一群孩子都派上了用场。不过老筋头料定他的这些朋友过得不会愉快,早晚他们一个一个还要回来。

二

夏天过去了,接上是凉爽的秋天,身材高大的于志广驾着木轮车来到了海边。他刚喝住牲口,老筋头就认出了来人,高兴地奔到跟前。老筋头说:"嘿,怎么样!到底还是得到我这儿来吧!"于志广把鞭子插在车杆上的什么缝隙里,迎上一步问:"有什么好吃的东西?"老筋头不吭声,领他到小窝棚里去了。

于志广是有名的壮汉,力大无比,传说盛食物的胃比一般人要大出两倍。他从原野上走一趟,四周可吃的东西都要损失一些。这会儿他坐在窝棚里,两手抓紧了一条鲅鱼。这条鲅鱼是很大的,老筋头逮它的时候,让它把腰拍疼了。它刚刚出水时浑身闪亮,很像一把钢刀,老筋头的手指抠进它的腮中,它就狠狠击了一下老头子的腰。于志广一会儿就吃完了鱼,拍拍手掌说:"真好。"老筋头问:"你们那里有鱼吗?"于志广瞪起眼睛:"还有鱼?!""那就是有肉了。""还有肉?!"……老筋头笑了。于志广说:"你也不用笑,老家伙!你笑什么?这是在做大事情!"

"大事情"听来倒是蛮有趣的,不过因此失去了吃大鱼的口福,无论如何不能说是件便宜事。老筋头很想了解一下村里的情形,就向他打听起了几个人，问他们如今都忙了些什么。于志广皱起眉头，摸了摸领口，又看了看不远处停着的木轮子车，说：

"千年龟还不是拉拉风箱！他又能做什么？这个人懒出了花样，成天就是躺着，躺着拉风箱，踹上一脚也不起来……"

"千年龟嘛，年纪大了。他跟我下棋时也躺着，不过他老要赢我。"

"这个人不行。精神不行。再老风箱也是拉得动的，也许本来就不老——不过没人知道他的年龄罢了！他几年不洗澡，全身是灰，你见他进海洗澡啦？你肯定没见……"

"一个人一路脾气。千年龟说万物土里生，人也是一样，太干净了就活不久。"

"哼，他这个脏气样儿就只能拉风箱了。他沾手的东西没人敢吃。愁人的还有四方，她这会儿还穿一条破裙子，在大屋子里转来转去。好人哪有穿裙子的？夏天怨热，秋天呢？千年龟躺着拉风箱，四方走过来，他就往上看，她也不在乎，说：'看就看去！'"

老筋头大笑起来，痛快地鼓了鼓手掌。

"有一回四方坐在千年龟身上，裙子一搭盖住了他多半个身子，差点把老头子闷死……细长物一群小东西在大屋子里忙来忙去，满身满脸都是黑灰，像些小黑鬼。他们跟千年龟学坏了，也不洗澡，只说随便哪一天往海里一跳就全干净了。"

于志广说得很有兴味，老筋头也一阵神往。停了一会儿老头子问：

"你叫他们来海上，来我这里！"

于志广摇摇头:"那不行。每人手里都有活计,像一部大机器上的轮子,一个停了全都不转了,停不得。"

"端人碗,受人管!"老筋头狠狠一跺脚。

于志广又瞅瞅不远处的木轮车,说:"最重要的营生还是我这个——"

"你赶的是一辆车吧?"

于志广点点头,略有惊异。

老筋头利落地一摆手掌:"那还不行。"

"怎么了?"

"车有轮子——或者两个,或者四个、三个——不管是几个,都得在硬硬的路上跑。路也就是那么长。你的车还能跑到哪里去?"

于志广大惊失色地望着老筋头。他觉得离开老人这一段时间,老人已经变得不可琢磨了。他试着干咳了一声,往后退了一步。

老筋头盯着于志广宽厚异常的胸部,又转脸望望那车,尴尬地一笑。他叹息道:"不管怎么,你还知道抽空儿来看看我呀!……"

于志广摇摇头:"我哪有这样的闲心。我是来海边上拉海蛎子皮。"他说着用手指了指被潮水冲积成一堆一堆的蛎皮。

老人没想到还有人要这种东西。

于志广告诉老人,海蛎子皮是拉回去造酱油的——起码要做一个试验。老筋头真正给吓了一跳。他吼道:"这些东西像石头一样,也能做酱油?"于志广回应道:

"在我们那间大屋子里,想做成什么就做成什么。"

木轮子车吱扭扭地离开了海边。老筋头觉得刚刚做过了一场梦。一切都像是梦境中的事情,在脑海里摇摇荡荡。他抬头看看小船,小船好像更加沉默了。大海比以往任何时候都显得平稳、湛蓝——这平展展浩淼一片竟强烈地诱惑了他,他一刻不停地收拾了一下东西,跑到小船跟前,把它推下海,然后一桨一桨地摇起来。

海鸥围拢过来,像是要在老人身边做个巢。老筋头眯着眼睛看着四周:水波、漂浮的绿草、一片片阳光。他歪着身子试了试水温,觉得海水比想象的还要凉。他低头的那一刻,正好看到一条身上布满黑斑的鱼在船边上窥视他。更深一些的水底隐隐约约有什么黑影在活动,他知道那是鱼、蟹子,还有各种叫不上名字的东西。船往深处去了,不知是向北还是向东,他故意这样胡涂一会儿。他把这叫做"浑驾"。不知驶上多长时间,想回去的时候他才抬头看岸、看日头或者月亮、星辰。只要一眼他就清楚了。他觉得这辈子最不够劲的地方,就是没有迷航。

天色快要暗了,海风加大了。老筋头仰躺在船上,一个一个想着老朋友们的面孔,十分舒畅。海风的气味这会儿真有点像酱油,他于是突然觉得用蛎子皮做酱油的试验也许不算荒唐。他躺着,侧脸看西方那火红的一片海水。水浪微微跳动,很像在愉快地燃烧。这片富丽的红缎子铺展着,炫耀着,抖动不停。火热烫人的颜色越远越浓,渐渐跟一个巨大的球体连结到一块儿。大海化成了一片血,它简直是那个巨大的球体流淌出来的。红色慢慢暗下来,血汁越淌越多,蒙过了球体,蒙过了一切,天也就全黑了。

满天的星星,满海的星星。小船在星星之间,到了一天里最动人的时刻。老筋头每逢这时候,呼吸都放得轻轻的。他知道这时候海中所有的精灵都复活了,并且开始了大胆的游动。他无数次胆怯地企盼着,等待某一种精灵把湿漉漉的爪子搭上船舷,再搭上他的肩膀。他想他们之间不会互相伤害,他会小心翼翼地将精灵载回去,让它看看人间的窝棚……这会儿又到了这样的时刻了,他不出一声,头颅也不动一下。海水哗哗地响,漆黑的海水看不到一点边际。有什么尖尖的声音小心地响一下,又被水浪吞没了。只有星星在水中一荡一荡的。突然有一条鱼嘭一声跳进船里,又在他的肚子上滚动一下。他的肚子响起来。他这才抬头去望海岸——

海岸上有一团火焰在跳动,老筋头惊喜地捶了一下腿。他知道是村庄里来人了,如果没有猜错的话,是细长物来了。

小船欢欢跳跳地往岸上奔去,飞快飞快。那团火越来越红,火边上有个又细又长的黑影在活动。老筋头踏在船板上喊:"细长物!"

岸上没人应声。停了一瞬,火边上飞出了"嚯嚯"的哨子声。

老筋头骂着,鼻子里蓬蓬地喷气,往上推船。"你这个没良心的小妖怪,你这个鬼东西!等会儿我过去揪下你耳朵扔进海里!"

火堆跟前再没有一点声音。老筋头不骂了,擦着湿漉漉的两只手走过去。火边上,果真是细长物躺在那里,他拉长了身子,一动不动,嘴里紧紧咬住一枚铁哨子。老筋头蹲下来,一声不吭地看他。细长物本来就瘦削得很,这会儿已经皮包骨头了。他的颧骨凸出来,眼窝老深。那一团头发乱得不能再乱,上面满是灰土和草屑。这会儿他的眼睛睁开了,又大又亮,一眨不眨地看着老筋头。老头子把又粗又大的手掌放在他的肚子上。肚子很凉,像海水。细长物轻轻地吹起了铁哨子……

这个夜晚,他们两人睡在了窝棚里。睡觉以前,细长物吃饱了鱼,又像以前那样活蹦乱跳了。老筋头揪紧了挂在他脖子上的铁哨子问:"你戴这么个东西干什么?"细长物一拧脖子:"我是一大帮小孩的头儿。我一吹哨子,他们就围过来干活儿。"老筋头不吱声了。停了一会儿他说:"怪不得你不来我这儿了,你做官了。"细长物急得嗓子尖尖地喊:"我是不得空闲!一人顶一个位子,一离开他们就喊我。今晚上我饿坏了,偷着跑出来……"老筋头把孩子的身体理得很长很长,然后又把他弯一弯抱到了怀里。

细长物伸出手指在老筋头硬硬的胸脯上划着印痕,一下一下划着。老人舒服地笑着,又问:"你是在我身上写字吧?你欺负我是个不识字的人。"细长物不吱声,一会儿才说:"我是画了一条鱼,大加吉鱼,红鳞的,嘿,硬是给你逮住了!"

老筋头知道孩子饿坏了,心里想的也就是鱼了。他决定明天进海去捉大鱼,要让这孩子的肚子溜圆起来。想着想着他闭上了眼睛。

不知睡了多会儿,他觉得细长物要挣脱他,于是就醒来了。细长物搓弄着眼睛说:"我也睡着了。不过我睡不沉。我老听见有人喊我回大屋子里去。"老筋头用手试了试细长物有没有鼻涕,顺手抹了一下他的鼻子说:"我也睡不沉。你胸口那个铁哨子老要硌我的肉——听我的话把它扔到海滩上吧,什么毛病都是它生出来的。

扔了吧。"细长物在黑影里做了个鬼脸,没有吱声。他小心地将铁哨子从胸前拉到后背上。停了一会儿,他想起个什么,问:"村东有个瞎子会算命,偷偷摸摸地算,给他一把玉米粒儿就算一回。你知道吗?"老人没应声,他又问:"我偷了一把玉米粒……他给算了,说我日后是个'五斗米的官儿'——'五斗米官'是什么?"

老筋头把细长物从怀里拉出来,嫌热似的推到一边,瓮声瓮气地说一句:"是猪粪。"

细长物伏在被子上,又把脸蒙在手心里。今夜的海浪声又响亮、又细碎,活像大水一丝丝地涨满了压过来。他这样听了一会儿爬起来坐了,把身子贴紧老人赤裸的胸膛。他嗅着,觉得老人的皮肤像干鱼的气味一样。他想起村里人说过的话——大家认为老筋头说不准就是一个海怪。真的,所有人都有家族分支,唯独这个海边老人没亲没故,也没有姓名。细长物恨不得他真是一个海怪呢,这会儿用手捏了捏热乎乎的老皮。

老筋头快活了一些,就抽起烟来。烟头儿一明一灭,映出半张脸颊。他朝细长物吐着烟雾。叹息说:"小东西,我是想你啊。你倒是奔着鱼来了。"

细长物"哼哼"笑着:"你就是鱼。"

说完这句话,他马上侧起了耳朵倾听。那是一阵尖溜溜的声音,它夹杂在海浪声里,从空中飘过,像是愈来愈近——以前细长物无数次听到过这种奇异的声音,它多像女人的歌唱。

"你愣怔什么?"老筋头用烟锅碰了碰他。

细长物细细地呼吸,往窝棚的角落里缩了缩。他记起了有人对他描绘过的海中女妖的形象：细长细长，浑身软得像麻线，用手摸一把，冰凉冰凉。她的脸庞也是细长的，一双眼美丽得没法说，双眼皮，细长细长的眼角直伸到额角里去。这样的眼神看谁一下，谁都要记上一辈子，迷得要死要活。她还描着红脑门儿，小下巴儿又光又亮。衣衫像蝉羽一样薄，缠在身上，被风吹得一甩一甩……他盯住老筋头一明一灭的烟火，问：

"听到了吧？"

"听到什么？"

"海里的女妖……"

老筋头手里的烟锅没有捏牢，掉在了地上。

细长物笑吟吟地替他摸到了，塞进他嘴里。细长物的嘴巴笑得很大，但没有发出声音。他笑老筋头藏起了一个秘密，藏得严严实实：老头子一年一年踞在海边上，那是因为要会一个女人，这个女妖半夜里湿漉漉地从海底爬上来，摸进小窝棚里。村里人说：老筋头的热血全让女妖吸走了，瞧老家伙剩下了一把筋。细长物想到这儿凑近一些，又一次用鼻子嗅老人淡淡的腥味儿。他想这气味是从女妖身上染来的也说不定。女妖是天长日久、一丝一丝地把一个人毁掉，所以细长物有时也真想亲近一回女妖——只是一回呀。他小心地仰起脸来："你真见过她吗？"

老筋头的嘴巴收成了一束，又放开，停顿了一下才说："见过，见过，经常的事……"

细长物从地上跳起来，头撞到了窝棚顶。

"那是个女鬼啊，天黑下来常冒出水面唱歌。下雨天，大雪天，她都唱。她心里有事,常年住在海边上的人古怪事见多了,女鬼只算一桩。她在海边游晃着,一般不到窝棚里来……"

"还真的来过?"

"来过。那是她实在太孤单了,想找个人聊一聊。我坐在窝棚里,听见棚子门缝嚓嚓响,心里就说:'来了!'我们就这么一动不动地坐着。我看不见什么,可她坐在哪儿我清清楚楚。一会儿她走了,你伸手摸摸她坐过的那块地方,刺骨地凉。"

细长物紧紧咬着牙齿:"你不是看见过吗?"

"嗯。心里边知道。她白脸皮,有些黄,又瘦又小,披头散发坐在那儿,有时你觉得是只小猫。"

老筋头低下头,下巴紧紧地贴压在胸骨上。他伸手去摸烟锅,燃上烟,默默地吸着。"什么东西都一样会孤单,就看你怕不怕它。孤单一阵,熬过去了,你再往前走;有时是孤单缠着你,你拖着它往前走,像水里的网。我年轻时候不怕孤单,一个人也过得挺好——等我以后讲讲那一截日月。现在老了,现在得伴着海,伴着船,伴着细长物。还有四方、千年龟,有时一股劲地想他们。"老头子用力地搓一下鼻子,嘴唇贪婪地包裹了一下烟杆,说下去。"海边的日子你是混熟了。你这个小东西有一半儿是鱼肉生成的。一条鲜鱼放到小锅里,扔进点葱花姜末,就是一阵煮。那会儿你像个猫一样蹲在一边闻味儿。千年龟躺着,一躺半天,喝鱼汤了还是躺着。我这些古怪朋友!咱们是一块儿快活,你这细溜溜的身子,至少有一半儿是我晚上用巴掌理出来的哩!……"

细长物不安地叫了一声:"老筋头!……"

"没有我这巴掌,你就长不大。"

细长物两手抱住了老人的腰,用力地往怀中勒。他的鼻梁贴紧在老人身上,摩擦着,费力地喷气,发出了含混的无比亲昵的声音。

天渐渐明亮了一些。东方发红了,细长物打个滚儿爬起来,摸一摸怀中的铁哨子,咕哝一句什么,跑出了小窝棚。

老筋头冲出窝棚,赤裸着身子站在沙土上,愤恨地望着一扭一弯跑远的细长物。老人的眼窝又黑又深,脸上的肌肉抖了抖,大喊道:"昂——"

远处的细长物身体一硬,站住了,他转脸望着浑身被阳光染成金色的瘦长老人,眯上了惊讶的眼睛。

老人金色的手臂扬起来,用力一挥说:"滚吧。"

三

老筋头觉得如果能把事情分开来看,那么这个秋天本身是不错的:没有多少风,天空瓦蓝,海水的颜色和气味都好。半上午时分到处都是阳光,他穿个短裤蹲在沙滩上看光景儿,看那个瓢壳似的小船。正看着,感到身后有什么懒懒地在动,一转身,见到了千年龟抄着衣袖走过来。

千年龟走到近前,伴他蹲了一会儿,就在一层干沙土上躺下来。老筋头坐到他身边端详着,心中有些愉快。他看到了一个更加消瘦的老家伙。千年龟身子松松地躺着,与过去没有什么两样。他脸上脖颈上的灰尘很多,因而也无法辨别气色如何。老筋头凭经验知道,千年龟极度饥饿的时候耳垂下边有个坑洼。他低头看了看,发现那个坑洼已经很深很深了,就痛惜地拍了拍膝盖。

躺着的千年龟紧闭双目,哼一声说:"莫吵莫吵。"

"噢。你夜夜拉风箱。睡吧睡吧。"老筋头轻轻走开,到小窝棚旁边的露天小灶上忙活起来。他想现在最要紧的事情就是让老伙计先喝几大碗鱼汤。躺着拉风箱,那可真是个消耗体力的营生。

鱼汤的气味使千年龟醒来了。他没等鱼汤盛到碗里,就要伏上去喝个饱。老筋头用勺子敲了敲他的头壳。千年龟一口气喝了四大碗鱼汤,连白净的鱼骨也舍不得吐。老筋头在一旁看着,哈哈大笑。千年龟舒服地重新躺下来,两眼闪闪发亮。他的一溜儿眼睫毛全是白色的,十分整齐。老筋头的目光一落到这白色的睫毛上,就有了兴趣去猜测他的年龄。

人们普遍认为千年龟至少有八十岁,可千年龟总说自己六十岁。而老筋头琢磨,这个老家伙少说也有九十多岁。他与千年龟长年厮守在一块儿,看惯了他举手抬腿、拿东西,知道那手脚活动的方式该是多大年纪的人。更要紧的是与他下棋,谈天地之间的事情,那时千年龟表现出的丰富深奥的智慧简直使人暗暗惊讶。老筋头认定他是个暮年之人,但又是个活力长在的人。他估计这个人大约要活一百二十岁左右,并且在死前不久还能够同人下棋。

千年龟眯着眼睛,转着脸四下里看看,辨辨风向,两手按地欠起半个身子。他说:"像个阳春天儿。"

老筋头明白他没说出的那句话是:这不是打鱼的好光景吗?老筋头笑笑:"如今喜欢吃鱼的人也少了。"他想千年龟也该听出藏下的那句话:你们做起大事情也就忘了打鱼的老头儿了。

千年龟下唇往上包了包,吹了吹自己的两个鼻孔。

老筋头用手狠力弹去沾在肚子上的几颗沙粒。

谁也不说话。这样足有半个钟头,千年龟首先笑了。他伸展了一下手脚,说:"下棋下棋。"

两个人移动到窝棚里。一个仍旧躺着,一个蹲着。他们使用的就是那副缺子的象棋,缺少的恰恰是一个大子儿:车。千年龟说:"我不用这个车。"即便这样,一盘棋下完,老筋头也要浑身冒汗。千年龟说:"这比打鱼还累?""斗心智啊。"老筋头懊丧地回应一声。

下过棋老筋头就抽烟。他端量着眼前这个老伙计,心里想,自己到了眼睫毛发白的时候也不见得会有这么高的心智。他想象着躺下拉风箱的架式就忍不住要笑,不过怎么也闹不明白:凭着这样的智慧还要一天到晚拉风箱?他咳着,一下一下磕着烟灰。

接下去老筋头问了用海蛎子皮做酱油的结局如何——他一直挂念着这件奇异的大事。千年龟说他一概不知。老筋头又把话题转向四方,于是千年龟立刻来了精神,竟然几次两手按地欠起半个身子。他说:"胖了,她胖了。别人都瘦下去。她一开始就从大屋子里偷东西吃,口渴了就使劲喝水。""这个四方!"老筋头喊一声。千年龟说下去:"你爱信不信,前几天她还穿裙子哩,不怕冻腿。""像鱼一样耐寒。"老筋头又插一句。"她这个人的情谊都是假的,偷了吃的东西从来不给我。我给饿跑了,跑到你这里来了……"

老筋头只在心中冷笑,心想你个千年龟倒是说了句真话。他伸手在千年龟的脚上按了一下,见按下的一个坑凹很快就消失了。千年龟两脚贴到一块儿摩擦着:"谁也别想把我饿死,我就像条鱼,一边游一边找食吃。"

"海里的东西没听说能饿死!"老筋头兴奋地说了一句。

千年龟屈了屈身子,扶正头上的四方黑帽,看了对方一眼:"那是因为海太大。海里面什么都有……"

说到海里的事情,老筋头就忍不住要笑,真想伸手捏住千年龟的嘴巴。他故意问:"海里的东西跟田里的东西一样多吗?"

千年龟闭上眼睛:"一样多。"

老筋头吐一口:"呸。比田里多。"

"海里有马吗?"

"有'海马'。"

"海里有狼吗?"

"狼算个什么。'海豹'都有。"老筋头抓起烟锅,仔细地揉着烟末。他说:"你干脆点问吧,就问海里有没有人?你敢问吗?你这会儿要问,我这会儿就告诉你:有。"

千年龟恼怒地双手按地欠起半个身子,看了看他,又重重地躺下了。他把棋子拢到一边去。

老筋头长长地吐着烟,从铺子的窗洞上望着蓝蓝的天。他的目光收在棋子上,说:"这副棋子可不一般,它有腥气。就算你个千年龟有心智,也闹不明白有只什么手捏弄过它们……"

千年龟拨棋子的手停住了。

"那会儿我刚学会走棋,闷了就胡拨弄。马踏日字,车走直线——车是有轮子的东西,不这样走又怎么走。象飞田字,老将围城转。我在棋盘上两手直倒换,抽烟,喝酒,半夜里还是睡不着。"

"毛病!"千年龟大喊一声。

"睡不着,盯着棋盘想心事,觉得全盘子儿都是活物了……一天半夜里有人敲门,我心里一愣。开了门,进来一个跟我差不多年纪的老人,穿着黑衣服。今天想想也不怪,当时觉得那衣料儿真怪:黑亮黑亮。老头子长了一对鱼眼,有点鼓,盯着我直笑,偏着腿一坐说:'下盘棋吧?'我老瞅着他的眼,心里想这是谁?我可没见过。这样想着,黑衣老头儿伸手摆棋了——天哪,手指又黑又长,指甲锃亮,右手中指那儿有一块干疤。这只手捏棋子儿怪好玩的,滑溜溜地摸起来,'啪'地放下,五根手指同时一缩。"

"这个人是谁?"

"不知道。当初只想他是海边上哪个鱼铺里的,像我一样的孤老头子……我们下棋,玩得痛快。老头儿走子儿飞快,差不多不动脑筋,那个带疤的手指一闪一闪。我哪里是对手。我没记得赢过一盘……"

千年龟翻了一下身,拧过头来看老筋头。他愉快地喘息,有些急促,停了会儿问:"他先进哪个子儿?"

老筋头没来得及回答,千年龟就闭上眼睛说:

"肯定是先走马了——高手都是这样。"

"他先走卒!"老筋头伸手一指下边。

千年龟两手按地欠起了身子,接上又"噗"地卧下了,万念俱灰。

老筋头喷着烟,咳着说下去:"你想想看吧,一分脑筋都不动的人,谁是他的对手?不过我也多少学了两招。俺俩又下棋又喝酒。说起海里的事情,我敢说今生今世再也遇不上比他懂得更多的人了。他也是个大酒量的人,贪酒。我们俩在一块儿,我老觉得这个小窝棚腥气太重。有一回我实在耐不住了,就蹦到外面去——这一天是大雾天。以后我留心了,只要是大雾天他来了窝棚,窝棚里肯定是腥气熏人。两人熟了,一天不来都想得慌。后来他不光半夜里来,高兴了大白天也来。我给他烟锅,他小心地用牙咬住,吱吱地吸。吸完就咳,咳半天。有一回我的手沾了一下那黑衣服,觉得凉丝丝的蛮好。他还带给我一些古怪石头,白的,紫的,蓝的,都是大海最深处才有的。那时候我的脑筋就慢慢活动开了,寻思:这不是个凡人。"

千年龟不高兴地插话:"一开始你就该弄个明白。哼。"

老筋头斜他一眼。"我出了窝棚送他,送着送着就不见了影儿。海浪又大,海滩上影影绰绰的,他走得比谁都快。我越来越认定他不是个凡人。后来我在心里给他起了个名字:老黑。我一辈子忘不了老黑。千年龟你记住吧,我下边就要讲出个揪心事了,千年龟你记住有个叫'老黑'的朋友……那年秋天,大约就是眼下这个时节。老黑一连多少天没来了,我像丢了宝贝,天天在海边上蹿。我寻思转回窝棚里,一推门,老黑坐在里边该多好。想是这样想,他再也没来。我怕是老朋友病了,又怕他搬到远处去了。那几天我正难过得胡乱琢磨事儿,邻近的一家鱼铺——离我这儿三五里路——传说他们打鱼网住了一个鱼人!不知多少人跑去看,回来嘴巴都张老大。我听了也赶紧跑了去,可人太多了,费了好大劲儿才钻进人空里。伸长脖子瞅了一眼。真是一个鱼人,卧在那儿,早就死了。它像小牛犊那么大,浑身是闪亮的黑皮,有尾巴,有鳍,闭着眼。鱼头多少有点像人,脑壳真大。我特意看了看右边的鳍,一眼就看到了上面有一块干疤!那时候我的心慌慌地跳,蹲在了地上。四周的人在吵,吵些什么我都听不清了……"

千年龟欠起了身子。

"我什么都明白了。老友再也不会来了,这一辈子里再没有他了。老黑原来是一条大鱼闪化的,是个鱼人。海里的人比地上的人要好,地上的人要想再聪明些,就得一心一意跟鱼人学学本事。这个老黑年纪大了,在水里走路不灵便了,不知怎么就碰到了打鱼人的网扣上。他就这么死了。也许他急匆匆赶来下棋,那就等于是我害了他。你看看,鱼人也像人一样,害怕孤单,喜欢跟别人一块儿度日月。他要是一个人呆在深海里呢?我不是一个人呆在大海滩上吗?一个人成天孤零零的,多了些什么,又少了些什么,谁能算得清!一个人对付日子是个难事,人一辈子也学不会它。像我这会儿,就活像那个鱼人,老要盼我的一些朋友。我一天也没安分过,不一定什么时候就驾船出海了,再也不回来。我还想去老黑伙计过日子的地方看一看。"

老筋头嘴里的烟熄了,索性收了烟锅。他的嘴唇紧紧绷着,生气似的看着千年龟。千年龟在老筋头连声感叹的时候就倦倦地伏在地上,眯起了双目。他嘲讽地问:"你是说海里有人了?……"老筋头只是看着他,不屑于回答。千年龟又说:"我躺在小窝棚里也觉得腥气。我这会儿明白了,你就是个鱼人。不过你的眼不鼓。"

老筋头不说话。后来,他站了起来。

他走出窝棚。太阳偏在西边,海滩上暖洋洋的。那个瓢壳似的小船披着阳光,活像一个古旧的玩具。老筋头伸展了一下手脚,然后一动不动地看海。千年龟缓缓地来到他跟前,弯腰抚摸着洁净而温热的沙土,又躺了下来。

大海在阳光下闪动不停。海水由近及远呈现出一层层颜色。绿色、浅黄色、深蓝色、黑色……最远最远的那一边有一条模模糊糊的线——那线像悬在空中,又像紧贴在碧水之上。它诱惑了多少驾船人往前划,不停地划,结果它永远只是那一条线。水汽迷漫在海面上,流动在浪涛的低谷里。这个秋天的大海上没有船帆,只有大海自己。

老筋头低下头去,像是说给脚底的沙土听:"天下最大的就是海了。海的最里边、最深最深的那一片里面又有什么?没人知道。只有鱼人知道。他跟我下棋,他告诉过我了……"

千年龟嘻笑着:"你再转告我便是。"

老筋头久久沉默着,摇摇头。

四

到底是深秋了,每到半夜,小窝棚里就一阵阵寒冷。老筋头不得不生起炉火。他白天沿着浪印儿走,将海水推拥上来的煤块儿和木片收集起来。这都是出海的人丢失的,海浪又把它们送还了老人,作为抵挡严寒的礼物。半夜里,老筋头蹲在炉灶旁边倾听火苗的声音,噜噜响的火炉不知怎么让他想起了细长物的身体,心中又温暖又惆怅。接下去的这段时间里再也睡不着,就用来想这一辈子。他爱回想过去那金子一般闪亮的时光,那时候自己健壮,浑身都是力量。他曾经像现在一样孤寂,可是他没有恐惧过什么。那样的日子他宁可再回头过一千遍。夜里的时间就在想象中一丝丝划过,肚子饿了,就取一条干鱼烤熟,费力地咀嚼着。嘴里的牙齿已经脱落了很多,可是剩下的几个还十分顽强。他常常想起一片像大海一样浩瀚的森林,他在那儿度过了怎样的日月啊。他咀嚼着,又缓慢又有力,一条干鱼就这样吃光了。

他愿意在天蒙蒙亮的时刻站到大海的对面。如果大海像黎明一样安静,他就认为它还在安睡。海风又湿又凉,是从那一边吹过来的,走过了数不清的遥遥路程。天色模糊,水雾迷蒙,老筋头默默无语地蹲下来。直到太阳一丝丝冒出水面,大海变得色彩斑斓,他才长长地喘一口气,往小船那儿走去。这之前他一动不动,像一尊化石。有时他眯起眼睛,打打瞌睡。他常常想到那个叫老黑的鱼人,鼻子里满是浓烈的腥气。鱼人真的来了。他掏出烟锅,一人一口轮换着吸。鱼人跟他讲海底世界,带他一遍又一遍地遨游,他全身都沉浸在里面了,如痴如醉。鱼人划着鳍走在前边,海水像布帘一样向两旁卷去,闪出一条笔直的大路。大路不知有多么遥远,一直指引着他们。有时他又觉得不是在走路,而是坐了一条大如瓢壳的小船,任意游荡。眼前的世界越来越绿,气味异常清鲜,他有些惊讶地望着这一切。

这里到处都是纯粹的绿色,青翠欲滴。葱茏茂盛的各种植物生长在晶莹透明的土壤上,盛开着碧绿的鲜花。花瓣上露水不停地颤抖,滚落在空中,芬芳的气味立刻弥漫开来。没有喧哗,没有尘土,只有宁静和美丽。在花朵中来来往往的是船,它们身上撒满了花瓣。这儿看不到一辆车子,也绝没有车轮子吱吱扭扭的声音。船的灵巧使人瞠目结舌:它们可以在一簇簇的花丛中穿过,不碰掉一滴水珠,不惊动一只蜜蜂。船到哪里都可以,四面八方都是它的方向。花瓣一层层覆盖了船舷,乘船人掬起鲜花瓣儿撒向空中和土地。土地闪亮滑润,映照着花朵和小船,使人看上去一切都是成双成对。行人微笑着走在花丛中,安然从容。无论是小鸟、蜜蜂和各种花木,都试着挨近他们。这个世界里好像一切都可以互相交谈、互相问候和致意。不止一个人停下步子,弯下腰去亲吻一下刚刚结出的果子,果子下的绿叶就像小巴掌一样伸开来,抚摸着人的脸颊。蜜蜂要到远方去,可以飞去,也可以落到人的肩膀上,让人带它去。人到远方去可以坐船,也可以在晶亮的土壤上飞速滑行。船是真正自在的,没有什么地方不可以去;它如果游在空中,也就等于飞翔了。它们永远不会相撞,不会有运行方面的事故。它们的速度没有极限,一切全按人的意志随时变更。这里的白天和夜晚、早晨和傍晚、上午和下午,不仅有着颜色亮度等等区别,而且还有气味上的差异。任何人闭着眼睛也会感觉到他处在了什么时刻。比如早晨是茉莉的香味,而中午却是茶花的香味。夜晚来临了,各种花朵都合拢起来,叶子也贴到了一起。夜里没有任何人会失眠,因为这儿的万物做出了睡眠的姿态,教导了和引诱了人们如何去获得安宁。这个世界上没有太阳,也没有月亮和星星。因为花瓣和晶莹的土壤都会发光,光明无所不在。这里绝对没有阴影。看不到一个悲痛欲绝的人,有时晶亮的泪滴挂在脸庞上,就像花瓣上的露珠。人们不是没有忧虑和痛苦,只是它们比较起巨大的幸福已经显得微不足道了。往往为了寻找幸福才去接触痛苦,比如人们的懊恼就主要来自爱情。在绿色的花朵下面,在船上,在泥土中,人们都喃喃地叙说着爱。无论对男人或女人,大家鉴定他或她是否贞洁的唯一尺度是其懂不懂得爱,懂得爱的人也就是最贞洁的。这里没有死亡,当然也没有坟墓。因为人类、蜜蜂、花朵和小鸟,一切一切有生命的东西都可以互相转化,谁面临着这种转化,都是欣慰而愉快的。获得了转化就像获得了爱,大家兴奋地歌唱起来,歌声使万物沉醉。一切都按照一个生命的意愿去安排,一切都要和颜悦色地商量。大家不知道什么叫发号施令,也不知道什么叫恐惧。这里的天地是彩色的,人们的生活也是彩色的。到处都是纯洁的、闪亮的、透明的,包括了人的眼睛和心灵。无数的船在滑动飞翔,伴随它的永远是一簇簇活鲜的花瓣。人们上了船,去远方,去一切可以去的地方,心到意到,意到船到。鲜花瓣儿飞舞起来,一片一片落在人的头上脸上,落在人的嘴唇上。一阵冰凉的、清香的气息像电一样传遍全身,船上的人立刻激动地伸手去捧那些纷纷下落的花瓣。有的花瓣落在地上,像人一样微笑,接着就化为透明的泥土。这时候就有微风送来一阵丝琴的声音,若有若无,时断时续,渐渐消失在船的后方。一群无比秀丽的、闪闪发亮的姑娘在翠绿的林间仰卧着,她们不说话,只伸出长长的手臂相互交谈。有时候一株结着果子的树木会伏身吻她们之中的一个,她也就晃动着肩膀笑起来,露出衣衫下面细细的肌肤。一只只船从旁边飞速滑过,船上的人注视着姑娘们。有的船上载满了男子,他们就让船速慢下来,轻轻地弯过姑娘们身侧,同时大家一齐呼喊着:"遇见你们真幸福啊!我们必须告诉你们,我们爱你们啊!"姑娘们停止了交谈,两眼闪射着夺人的光亮,望着裹满了鲜花瓣的船,一齐喘息着、叫着:"啊啊,啊!我们也是一样啊,一样!"船滑走了,姑娘们眼中饱含着泪水。船上船下,花下林中,到处可见这样的分别。在一片片的绿色之中,茉莉的清香会使一切生灵欢呼雀跃,因为这是早晨的气息。在早晨开始的时刻里,大家贪婪地呼吸,接着去享受劳动和创造的幸福。这个世界是无边无际的,劳动和创造的幸福也是无边无际的。人们把劳动与船和爱情连结在了一起。绿色越来越浓,越来越浓,所有的透明的绿色都在溶解,慢慢化为一望无际的波涛。风来了,波涛推涌着,绽开一层层白色的花簇。透明的柔软的山峰向前移动,一座又一座压向陆地。陆地上,先是一片开阔的沙滩,接上是一处小小的窝棚,里面是一个踞踞着的老人。

老筋头费力地将头颅从两腿之间抬起来。金色的阳光立刻照亮了他坚硬的额头。他用瘦瘦的大手抚摸着胸口,惊讶地张开了嘴巴。一双深陷在眼窝里的眼睛闪着光彩,向极其遥远的方向探望着。他不安地站起来,活动了几下,大口地吐气,仿佛要吹开他面前环绕着的晨雾。他的目光由远及近,渐渐落在水浪和沙滩交接的一道线上。

那儿有一个活物在蠕动。老筋头瞪大眼睛看着它,又走近一步。他看清了它的脑壳、胡须,还有杏核大的眼睛。它往沙滩上继续移动,一会儿就将头颅抬高一次,露出光滑的、水淋淋的胸脯。老筋头脸上的肌肉活动着,小步往前跑起来,嘴里叫着什么,声音无比亲昵。那个东西见有人迎着它冲来,开始并不躲闪,甚至还拍了拍巴掌,闭上了左边的一只眼睛。老筋头展开硬棍似的双臂,直奔过去——它立起来,双目闭起,身子一翻倒在了水里,接着箭一般射进大海。

老筋头搓搓手,大骂了几声。

他认为这是个品行不怎么端正的鱼人。"呸,鱼人里面也有逗弄老人的人!"他骂着,往回走去。

他刚要进窝棚,突然听到后面有"噗噗"的声音,回头一看,又见到了那个东西——它又立起身子,向这边张望。

老筋头兴奋地拍拍手,转身大步走去,嘴里呼喊着:"你躲闪什么!只管放心地来家里吧,你还年轻,不省事,你怕个什么!……"他到后来终于小步奔跑起来。

那个东西见老筋头走近了,像上次一样愉快地立着,似乎在期待着什么。后来它拍拍手掌,闭上了左眼,实实在在地做一个鬼脸,倒入水中不见了影子。

这一次老筋头没有骂。他认定了这不是一个好鱼人。他倒真希望逮住它揍几巴掌。海中原来像土地上生长的东西一样,花花色色,什么品性都有。他感到悲哀的是现在似乎一切都在抛弃一个老人。

为了早饭,老筋头沿着浪印往前走,捡了几条半大的鱼,一个大海贝,三两个蚬子。他把这些东西统统装进小铁锅里,又倒进半锅海水,煮了起来。小铁锅冒白气了,熟悉的海鲜味儿喷向四方。老筋头像个孩子一样,一遍又一遍地揭开铁锅的木盖子。他有一次刚刚伸出手去,窝棚外面就响起了"嚯嚯"的哨子声。他嫌烫似的将手飞快缩了。

细长物穿着一件又破又大的夹袄,站在门口。老筋头掀开门上的草帘,一下子愣住了。

细长物浑身蒙着一层灰气,像是一个陈旧了的器物。他眼神僵僵的,看着老筋头,鼻子莫名其妙地还要用力喷气。他的裤脚短了半截,露出奇细奇脏的一段小腿,不停地颤抖。铁哨子就咬在嘴巴上,鼻子用力喷气时,它就跟上发出微弱的声音。

"是你!"老筋头喝一声。

"嚯——"细长物嘴里的哨子无力地应一声。

"你他妈的多少天没来了!"

"嚯——"哨子越来越无力了。

老筋头搓着手掌,咕哝着:"鬼东西……"

老头子一句话未了,突然细长物的嘴巴一张,哨子跌在了胸脯上。接着细长物的双眼一暗,倒在了老人怀里,像一捆秫秸那么轻。

老筋头慌慌地摇晃着他,他紧咬牙关,一声不吭。"啊哟!这不是好兆头,这是饿的!……"老筋头用膝盖顶住细长物的后脑,歪着身子去舀鱼汤,吹着气,费力地给他灌下去。

细长物尚有吞咽的力气。

半晌,孩子醒了。他软软的身子没等立起来,就伸出热乎乎的手臂抱住了老筋头的脖子。他抱着,抱着,眼里闪出了泪花。老筋头用力地搂着孩子,叫着:"细长物!细长物!……"

只是不长的时间,细长物就从老筋头怀中蹦跳下来,双腿一颤一颤地在窝棚里活动了。他在铺子上滚动,翻跟头,又扑到老人后背上,让老人驮他。后来他停息下来,伸手就去抓锅盖,锅子里已经是空空的了。"你这个肚子啊!"老筋头长叹一声,望了望天色。他决定今天驾船入海,逮上几条顶大的鱼。

细长物动手帮老筋头收拾网具了。他们把小船推进海里,满脸欢笑地扳动橹桨。海水里有彩色光斑,由远到近地不停抖动,像抖动锁链一样。细长物把身子歪在船舷上,看水浪怎样从船体上飞溅开来。后来他又钻进了腥闷的船舱里。

老筋头摇着橹,跟细长物说话。细长物的声音从船舱里飞出来,带出了几分腥气。那个小舱里曾经装过像细长物那么大的鱼。老筋头说:"有一年我钓上一条大鱼,肚脐像人一样……再有这样的大家伙就好了,煮的时候要分三口大锅,用去半口袋盐。"细长物在舱里笑。

船离海岸渐渐远了,回头望去,那个窝棚的影子已经模糊起来。老筋头又记起了早晨浪印上钻出的那个东西,就生气地告诉了细长物——"我俩该晚些出海,先设法把那个坏鱼人逮住。它逗弄我玩,取笑我老呢!"

细长物从舱里探出头来:"真有'鱼人'吗?"

老筋头并不回答,只是说下去:"它朝我做鬼脸,闭了左眼呢!

我转身走了,它又在身后弄出声音,回头看看,哼,它拍巴掌哩……"

细长物的眼睛亮闪闪的,身子一耸翻到甲板上坐了。

老筋头不停地骂那个"年轻的鱼人",骂它大清早取笑一个孤老头子,该捉住揍几巴掌。

细长物抿着嘴笑了,后来又把胸前的铁哨子咬了,"嚯嚯"地吹。他听到这里,已经知道老筋头说的"鱼人",不过是爬到岸上来的一头海豹。但他故意不说。他见过那东西,也知道老筋头在装糊涂。他笑着松了铁哨子,说:

"怪事就是多。那一年我们一大帮小孩儿洗海澡,洗到日头往西偏。离开海滩两丈远的水里露出一个马头,大家说'小马小马',就往那儿游。我最先骑到马背上,抓住了滑溜溜的马鬃。后来马被抓疼了,一尥蹄子,把我甩到了沙滩上。腿上火辣辣的,低头一看,皮都没有了……那是一匹海马呀,海马有鳞!……"

老筋头鼻子里喷一声,说:"什么海马。那是条鲸鱼。"

细长物鼓着巴掌:"就是呀。你那是'鱼人'吗?你那是一头海豹!"

老筋头愤怒地盯着细长物。老头子一句话也没有说。他仿佛又看到了一只带干疤的黑长手指夹住了一枚棋子。他闭上了眼睛,摇了摇头。

小船从浪头上跃下来,很像从冰山上滑溜出去,但不同的是这冰山富有弹性。小船的头颅昂起,从高处往四下里遥望。船儿安静一些了,一老一少就抛出一根细得不能再细的丝线。他们叉开腿站着,让丝线从膝盖和臂弯里勒过去。一会儿细线跳动起来,老头子呼叫了一声,双腿弓着用力。丝线往上移动,跳荡得更加厉害——老人说:"好大好大,你快抓件家伙。"话刚落,一条很扁很大的鱼像芭蕉叶儿似的跳起来!

鱼又落进水里,一霎时又跳起来。丝线好几次要绞成一团,奇怪的是老筋头总能顺顺溜溜地抽成一根……那条银亮的扁鱼挨近了船舷,一纵,在甲板上乱窜,嘴里还紧紧咬着丝线。细长物手里捏紧了一根木棒,比划一下子,"啪唧"一声击在了鱼头上。

"多好的一条鱼……行了,小锅里有东西了。"老筋头喘息着,摸出烟锅来吸。

细长物长久地蹲在那儿看鱼。鱼眼锃亮,一动不动。他迎着它的嘴巴吹响了哨子……停了一会儿,他抬头去看老筋头,见老头子一声也不吭,望着海的远处出神。他故意喊了一声:"哎!"

老筋头转过脸来。

"今天能逮几个大家伙?"

老头子吐一口烟:"至少再逮它三五个……"他高兴些了,"这是一顿好生活。回头小锅子里焖上大鱼,焖它半天。我有瓶好酒!小东西你这回也喝些酒吧,我还没见你醉了是个什么样子……"

"我不会醉!"

"我非要弄醉你不可。不醉不行,不醉,你吃饱了大鱼就要往回跑。"

细长物吃吃地笑。他扁着腿看着老人,做着鬼脸,说:"这一回不跑了。我们盖上被子睡觉,听你拉故事——你可要多拉些故事。

说不定半夜里那个女妖就来了……"

老筋头嫌冷似的缩起身子,收了烟锅。他蹲在那儿,又挪蹭到船头上,眯着眼看闪亮的海水。远处的海雾升到半空,遮去了水天交接处那条神秘的线。

细长物顺着他的目光去看,什么也看不见。

"大海没头没尾。你驾船走十天、二十天,走上一年,也找不着头。'三山六水一分田',这话不假。船没有轮子,哪里都去得——你知道海雾那边有什么光景吗?细长物,这船得跑上几天才到那里。那里有一片老林子,像海似的——你没听过老林子里的故事。你该听听,听了,就好比驾着船去一趟。不过你可不要以为那里就是海水的边儿,不是。海是没有边的,没有尽头,土地是让海水包在中间的,那片林子也是一样。"

老筋头的脸上落满了阳光。

细长物觉得从来没有见过这样一张脸。他看着这张脸,惊讶地张大了嘴巴。

五

月光冰凉。海浪一下下拍打着石堤。一只小船不知从哪儿推过来,橹桨碰响了船舷。小船上的两个人像伏在甲板上的样子。后来他们从海风中坐起来,才显出一男一女的身影。男的细高个子,胸脯宽厚,女的叫他"壮男"。女的完全像个孩子,穿了件通红的上衣,壮男就叫她"小红孩"……两人压低了嗓音说话,不停地喘息。他们的声音里多少流露出一点恐惧不安。小船缓缓地驶离了石堤,两个人一齐回头注视着。

一城灯火微微闪动,这座城市像个燃烧着的巨大窑炉。

教堂的黑色尖顶高高耸立,那阴幽的倒影落进海里,像指北针似的指向远方。小船仿佛就依照它的指引往前划去。小红孩在胸前画着十字;壮男紧绷着脸,眼里有什么在闪动。

船舱里一些包袱和杂七杂八的物件,是他们带出来的所有东西了。一支桨秃秃地挺着,指点着天上的星辰。风起了,壮男深深地吸了一口气。他们默默地抱在了一起……城在远处了,此刻它像个蜂巢。那里有多少蜂子在辛苦地劳碌,维持着喧闹。

他们彼此都听得见怦怦的心跳声。这会儿刚结束了一阵剧烈的挣脱。他们挣脱了一座蜂巢。那儿有一只霸道的雄蜂,又高贵又漂亮;小红孩封在蛹里的时候,雄蜂就要将她据为己有了。壮男诞生在一个大家族里,这个大家族不允许任何人有选择的权力。极其不幸的是小红孩刚刚咬破了蛹壳就看到了壮男。于是雄蜂张大翅膀在他的俘虏身旁巡视,亮出了蜇人的毒针。小红孩呻吟的声音震栗了整个蜂巢。在这个秋天的寒夜里,当月亮悄悄爬上教堂的尖顶时,壮男杀死了那只雄蜂,从血泊里抱起了小红孩,像抱走一只甜睡的蜜蜂……两颗心怦怦跳着,恐惧渐渐逝去了,留下了昂奋的节奏。他们紧紧依偎着,停了不知多长时间,壮男站起来,徐徐地升起了帆。

小船在无边的海上醒醒睡睡。

后来小船从海里驶进了一条河道,逆流而上。两岸慢慢出现了林子,先是稀稀疏疏,后来密不透风,透着无尽的荒凉。没有人烟,野兽的号叫声在林间震荡。船舱里有一支枪,壮男把它放在身边。

小船后来行驶得特别艰难,最终搁浅了。他们放弃了它,把舱里的东西装进一大一小两个背囊。他们踏上土地之后,久久地注视着河里的船——一条独桡的、永生难忘的小船。

小红孩背着包裹无比可笑。她的齐耳短发甩动着,转脸去看壮男,眼睛像星星一样闪耀。后来这双眼睛暗淡下来了,只低头看着自己的脚尖。她说:"我们……就这么跑出来了。"壮男点点头:"是的。我硬把你抢出来了——我要和你在这片林子里住一辈子。"小红孩咬着嘴唇,久久地望着这个高个子男人。

他们白天行走,夜间就燃一堆大火休息。壮男机警得像一只神犬,有一点声息也要醒来。他睡意蒙眬的眼睛看着他的女人——她的脸庞被火焰映红了。壮男常常再也睡不着,就这样看着她迎来黎明。林子里不断可以看到猎人留下来的痕迹:烧黑的木块、食物的渣屑、树木上的刀痕……可他们没有遇上一个人。人在这片大林子里就像一粒沙子。两个人苦苦寻找可以定居的地方,盼望着出现一个村落。可以吃的东西全吃光了,就不得不求助于那支枪。壮男的枪法不错,可他还不敢去打熊和狍子一类大兽,只猎取一些飞禽。裤脚划破了,用布条缠裹起来。吃饭的时候他们每人握一把刀子,把烤熟的肉割下来,送到嘴里。

有一天,小红孩听到了流水的声音,她扯着壮男的手往前跑去,找到了一条小河!河的一边平坦得很,周围的大树十分茂密,似乎是个落脚的好地方。他们犹豫了一刻,决定把家安在这里。

接上是不停地奔忙,终于搭了个小小的窝棚。

他们的小家暖暖和和的。小红孩夜晚久久地伏在男人胸膛上,发出喃喃的叙说:"这才是家,一个小家。它是我们动手盖的,让它靠近一条小河……"壮男的大手抚在她的脊背上,眼睛睁大了望着黑暗:"我爱你,我这一辈子就做这一件大事:我爱你。我告诉你,我爱你。那天晚上有什么溅到我手上,火烫火烫……我的小红孩!"她赶忙去掩男人的嘴巴……夜晚的风吹着四周远远近近的树,听起来像是有无数的野兽在怒吼。他们紧紧搂抱着。一棵巨大的树在远处倒下,发出了轰隆隆的响声。小红孩颤抖着,壮男把她搂到胸口那儿。后来她屈了屈身子,整个儿偎到男人的胸前了。壮男说:"你多么小!你小成这样……我现在差不多明白了,凡是无比让人爱怜的东西,都是小的。"她伸手抚摸着他长出的胡须说:"你说些什么呀!……壮男,壮男,你知道我是你妻子吗?你妻子啊!"壮男在黑影里用力点头,喉咙那儿热乎乎的。

白天和夜晚,一切时间都属于他们。

他们发现旁边那条小河里有鱼,就逮了几条,美美地做了一顿鱼汤。后来吃不完的就晒成鱼干,一串串地挂在屋子前边。他们猎到的第一只大兽是一头鹿,然后又打到了一头很大的狍子。兽皮钉在木头上,这里已经完完全全像是一个猎人的家了……可他们还多多少少有点孤独,希望听听除了风声、河水声之外的另一种声音……有一次不远处响起了一声枪响。

他们的小窝接待了第一个客人。他是一个四五十岁的猎人,熟悉林子里的每一条小路,当他见了河边这个崭新的窝棚时,十分惊讶。年轻夫妻尽最大力气为猎人准备了一顿饭。吃饭时,猎人从怀中掏出了自备的酒葫芦,让他们每人喝了一口……这个夜晚过得愉快极了,猎人告诉他也是那座城里逃出来的人,已经离开那儿三十多年了。他说自己之所以逃进林子里来,是因为当年"犯了事情",但究竟犯了什么事情,他却闭口不谈。猎人久久沉默着,然后一个一个抓起壮男和小红孩的手掌看着,抚摸着上面刚刚结下的茧子和被什么划开的血道子,长长叹息。他说:"我刚来的时候也这样,可这会儿你看吧。"说着捋起了袖口,露出了黑硬吓人的皮肤。他们睁大眼睛看着猎人,猎人低下头说:"三十多年了!三十多年了!……"他从腰中抽出葫芦,又喝起酒来。一会儿他的脖子和脸都红了,喘气发出"沙沙"的声音——壮男去阻止他,却被他轻轻地推开了。

  猎人继续饮酒。后来他站起往前踉跄了几步,又坐下了。他突然问:"你们……是、是怎么逃出来的?"壮男回答他坐船。他拍着裸露出的胸脯说:"我也是……坐船来的!他妈的只有坐、坐船了……"猎人真的醉了。他一双迷蒙的眼睛一直看着壮男夫妇,一只手不停地去抓摸什么。后来壮男看出他是要找猎枪,就从一旁拿过来交给了他。他把枪抱在怀里,身子一晃一晃地唱起来。这时夜色快要降临了,一切归于寂静,只有猎人断断续续的歌声回荡在黄昏的林子里。

  ……别骂我这个不孝的儿孙,别骂;别问我为什么跑进了深山老林,别问。我是个满脸胡须的壮汉,我是个人。脚镣和笼头我都不要,我只要一件破衣遮身。万贯家财随他去,一贫如洗也不能使我灰心。三十多年,真像梦境啊,如箭光阴!一杆猎枪陪伴了我,它是猎人的魂。在莽林里面游游荡荡,背个酒葫芦,从天亮跑到黄昏。哦哦,别骂我这个不孝的儿孙,别骂;别问我为什么跑进了深山老林,别问!……

猎人唱着,先是看着渐渐变暗的林木,后来就紧紧地闭上了眼睛。他吐字不怎么清晰,好像有一半的声音是从鼻孔里发出来的;可是他的嘴巴张得老大,下颚颤动得十分厉害,可以看出他在用力压住哽咽。

壮男和小红孩听着听着,双眼溢满了泪水……猎人唱完了,又坐了一会儿,就要离去。他们无论如何要留猎人过夜,因为他走路晃得太厉害,令人担心。可猎人把手扬起来,使劲挥动一下说:"没事!没事!我闭上眼睛也摸得回哩……"

猎人走了。远处,又响起了他的歌声,还是断断续续的……

壮男和小红孩这个夜晚没怎么合眼。他们都在心里猜测着猎人的身世,可谁也没有说出来。他们都明白自己踏上的这条路,很早很早已经有人在走了;那个猎人、还有比他更早的人,都在走这条路了。这是一条漫长无边的、布满荆棘的路……他们这一夜紧紧拥抱着,听着河水的奔涌声、听着野兽在不远处嘶叫。天亮了,壮男第一眼看到的就是小红孩通红的眼睛上还挂着泪滴。她说:"壮男,我真有点怕了……"壮男问:"你怕什么?"她说:"我也不知道啊!"

不久那个猎人又来了。这回他领来了几个人,都是分散在很远几个屯子里的人——他把客人一一作了介绍,并说,这些人的祖辈都离那座城不远,大家算是真正的老乡了,以后要互相照应。小窝棚第一次这么热闹,来的客人纷纷放下带来的土布和盐,还有莫合烟。壮男不知怎么感激大家才好,他让小妻子把从城里带来的东西分给大家……分手的时候人们告诉他们,走一条什么路、到一个什么地方,可以用兽皮换取粮食和盐、土布。

客人中有一个二十岁左右的年轻猎人,他的脸像害羞的女孩那么红,一双眼睛黑亮灼人;腰间扎了一块豹皮,裹腿也精心打过。他的猎枪是新的,连腰带上的刀子也是新的。他的头发像被黑漆染过,浓密浓密,差不多碰一下就能喷溅出滚烫的火星。年轻猎人不怎么说话,站在不起眼的角落里,轻轻地抿着嘴唇。他的嘴唇略有些厚,富有棱角,显得又憨厚又拗气。有人介绍他叫"汪坝",夸奖说是这里第一厉害的人,不知打过多少豹子和熊了,枪法和胆气都是没比的。那个四五十岁的猎人说:"猎人不是别的人。光枪法好不顶事的,还要有胆气——枪膛里的火药是让胆气点着的。"汪坝一直谦逊地笑着。壮男走过去,像兄弟一样搂抱着他,让他多来小窝棚里……他们一见面就知道了对方会成为自己的好朋友。

汪坝常常来了。他教给了这对年轻夫妇很多方法。比如识别很多药材,这样壮男除了打猎还可以采药。有一回他们挖到了一棵很大的人参,汪坝说这棵参可以换一杆绝好的猎枪、一些子弹等等。小窝棚旁边的小河里有时可以搞到一些河蚌,汪坝拣出一种长圆形的,用刀子撬开,寻找珍珠。他真沉得住气。后来他找到了一颗珍珠,小心地装到了腰间的小瓶子里——那里面已经有好几粒珍珠了。他告诉壮男哪一带河汊里这种长圆形的河蚌特别多,采珠的机会不能放过等等。

　　壮男和汪坝一起走在林子里,常常被这个伙伴搞懵了。有一次他们正走着,汪坝站下来,小声说一句:"它在看我们了。"说着坐下来,一声不吭地呆了一会儿,再走。走了不到几百米,他又站住了,向着一旁的林子生气地大声喊道:"你老要跟着我们!你这是什么意思?你是什么时候被我得罪的呀?……"喊完就忧心忡忡地低下头,看着自己的脚尖。这样过了几分钟,他才抬起头来,轻松地向壮男说一句:"它走了。没事了,它走了。"壮男问:"什么跟着我们?什么走了?"汪坝有些惊讶地跺一下脚:"老虎呀!老虎一直跟着我们哩。"壮男说:"我怎么没有看见?你看见了?"他摇摇头:"我知道它。我用不着看见——它跟着我我就知道,心慌慌的。"壮男仍不解:"你这样的猎手还要怕老虎吗?"这一句话让红脸小伙子差点蹦起来。他站在那儿,直盯了壮男一分钟才说道:"怎么敢打虎?想一想也是罪过了;虎是林子里的神,你和我,所有这一切,全靠它保佑呢!"

　　壮男夜间把汪坝的事情讲给小红孩听,小红孩不停地笑。她说:"上帝呢?那么上帝呢?"说着面向那座城的方向祷告了几句什么,用手在胸前画了十字。她闭着眼睛,眼睫毛又齐整又长,样子那么娴静。壮男久久地吻着她。

　　时光在无声无息地流逝。

　　小窝棚缓慢地苍老,再也不是簇新的了。它被一束束的草药、一张张的兽皮熏出了大山里的气息,浓烈刺鼻。小红孩渐渐瘦下来,一双眼睛也暗淡了。她的皮肤变粗变黑,脸上手上常常带着虫子叮咬后落下的斑点。有一次她对壮男说:"我老得真快啊。"壮男却觉得她永远弱小,是个不可能离开大人的孩子。他把手按在她的头发上说:"你是个大些的娃娃。"小红孩这一回没有笑,而只是小心地将壮男的大手取下来,捧到眼前看着。这手掌真像一棵老橡树的杈子啊,皮儿黑硬,裂出了数不清的深深纹路;顺着袖管看上去,是一件兽皮坎肩,那是她费了好大力气才给他缝制成的。小红孩把壮男的手掌贴在了脸上,紧紧地咬着嘴唇。

他们没有孩子。小红孩说:"我们的孩子会是什么样的?他穿着兽皮,跑在林子里,后来,他背着一支枪……壮男!"壮男用询问的目光看着她。她一声不吭。

夜晚越来越漫长了。大风在林子里狂啸,像雷鸣一样消逝在山的背后,又像巨石一样从山巅上隆隆地滚下来。野兽嘶叫着,一双双暗绿色的眼睛在黑影里闪动。他们不得不在前面空地上燃起一堆大火,整夜搂抱着。每逢大风怒吼的夜晚就不能安睡,常常一整夜都是睁着眼睛。有一天他们实在困极了,就睡了过去。天蒙蒙亮的时候壮男醒来,一眼就看到了一条碗口粗的蟒蛇盘在小红孩的身子四周。他紧咬牙关,看着酣睡的小妻子,最后小心地伸手捂住她的眼睛,把她抱起来。

春天里,河下游的那个屯子里闹起了瘟疫。猎人们惊慌地携带家小逃进林子深处,逃得晚的也就死去了。汪坝大惊失色地跑来小窝棚里,讲了屯子里的事情,吓得小红孩嘴巴都合不上。汪坝领他们到林子里采一种结小豆角的干草棵子,回来用它烧水喝,预防瘟疫。这些日子里两个男人很少出去打猎,偶尔到林子里去,小红孩也总是跟上他们。

有一天他们在林子里穿行到傍晚,遇到了不少散立在林子里的小窝棚。他们知道这里面住了屯子里逃出来的人。有一处小山坡上垒满了新坟,三个人呆了片刻,又急慌慌地逃离了……在一个崭新的窝棚前,他们亲眼见一个林中老郎中给病人医治。那个郎中五十多岁,满脸油灰,手指骨节像核桃一样肿大。他让病人光着身子躺在一个土坑上,在坑里点上一种怪味草炙那人的皮肤。病人惨惨地叫,老郎中不得不用脚去踏住他。小红孩紧紧地揪住壮男的衣襟。后来老郎中又从腰上摸出一枚方头铁针,照准那人的脖子下边就是一下。黑红的血涌出来,病人尖叫一声,身子软软地屈了。汪坝长长地吐出一口气,扯上壮男的手往前走了。他说:"那个人得救了。如果再晚上几个时辰。也就没命了……"

秋天瘟疫才过去,人们纷纷搬回了屯子。这时候那个四五十岁的猎手又到壮男的窝棚里来。他说他在春天也染过病,好不容易才活过来,怕把病传给他们。他说着这次可怕的灾难,说像这样的景况历史上不止发生过一次。猎人说,瘟疫期间,不少人逃出了林子,又返回老家去了。这使很多猎人犯了思乡病,有人抱着猎枪号啕大哭。他的话使小窝棚里的人久久沉默。猎人说:"这里原就是块没有人迹的地方,人来了,它不舒服。狼虫虎豹还有瘟疫,都来折腾我们,老林子是容不得人了。可人身上就有股拗劲儿。"

猎人走了,小红孩的神情慌慌的。她从带来的旧物中翻找出一些小戒指、小胭脂盒,一些五颜六色的丝线。她把戒指套在指头上,又取下来,这样反反复复的。有一张旧报纸包了东西,她惊喜地将它解开,贪婪地看着上面的字迹。壮男也看那张报,一个字一个字看了一遍。后来他摇摇头说:"我会忘掉的。我什么都会忘掉。"

又一个春天来临了。这个春天降临的不是可怕的瘟疫,而是外地的商人。他们是从大海的那一边来的,用火药、盐和洋布换走兽皮和鹿茸。小红孩和壮男急匆匆地赶到屯子里,火药和盐比在林子里找老户兑换要便宜得多,再加上这些商人还有很多别的新奇玩艺,比如一些花花绿绿的红绸、小巧的刮脸刀。小红孩除了换回一块洋布,还特意给壮男弄了一把小刀。

商人们走了,带走了几驮大兽皮,还有好几个思乡的猎人。留下来的猎人流着泪水把他们扶上骡子脊背,见他们走远了,又唉声叹气地骂上一通。"他们是从大海那边逃过来,受不住,又跑回去了。"汪坝这样对小窝棚里的两个人说。

得知有人跟上商人走出老林子的这天晚上,小红孩和壮男无心点起灶火。后来他们在空地上把火燃旺,坐在火边,倾听着四周各种奇奇怪怪的声音。夜色漫漫,无数的生灵在丛林里游动,发出乱纷纷的响动。有什么在尖利地呼唤,凄凉而急促;有一种哽咽声由远而近,到后来又像是哈哈的笑声。壮男说:"一个猎人可以在这里落下脚,可是生不上根……"小红孩往火堆上加着木柴,一直没有吭声。壮男看着她,一只手按在她的肩上,问:"你也想家了,想逃出林子,是吧?"小红孩仰起脸来,火焰映着她一双大大的眼睛。她说:

"我没有想。我怎么敢想啊。"

他抱起妻子,久久地抱着。小红孩不安地扭动,他拍打着,像自语一样小声在小红孩耳边说着:"秋天……小船、风……教堂的尖顶映在水里……那个夜晚……玻璃碎了……灯……突然停电……谁喊叫……谁的声音?小船……你睡了……"小红孩闭着眼睛,安详地睡过去了。停了一会儿,她像做了个噩梦一样,猛地从他怀中挣脱了,愣愣地站在了他面前。

他急急地问:"怎么了?你怎么了?"

小红孩长叹一声,又坐下来。她盯着火焰说:"不,我不离开这儿,我不……"

天亮了,火也熄去了,他们却拥抱着睡着了。半上午时分,他们一块儿醒来了。小红孩望着地上的灰烬,泪水缓缓地流下来。她摇动着壮男的肩头说:"我们逃走吧,逃走吧!……"

壮男看着她,摇了摇头。

小红孩放声哭了出来。

不久又有商人到屯子里来了。壮男出去打猎,回到窝棚发现他的小红孩不见了。

壮男身上的汗水一下子涌出来,疯了一般往屯子里跑去。那儿,有人告诉小红孩刚刚随商人的骡子走了,和几个屯里老人一起……壮男的心怦怦跳着,低头看了一眼地上的蹄印,大叫一声跑开了。

六

老筋头和细长物将那条大扁鱼洁白的鱼骨摆好,晾晒在一块干净的沙土上。看一眼鱼骨就知道原来的鱼有多大。这一老一少就把这样一个大家伙给吃掉了。

细长物再也不想回那间大屋子了。他躺在海滩上,梦想着更大的鱼。他知道不久将有很多人从那间大屋子里跑出,奔这条船来。

他还没有从沙土上挪挪窝儿,千年龟就踉踉跄跄地赶来了。

千年龟没有看老筋头和细长物,竟然老远就瞅上了洁白的鱼骨,沮丧地吆喝着:"天哪!这是怎么回事?这么大的鱼就让我错过了?"他蹲在了那儿,伸手抚摸起来。

老筋头笑着,用手按住他的四方小帽转动了一下。

千年龟厌烦地抖一下膀子,径自进了窝棚。他掀开锅子寻找着什么,最后从一个坛子里发现了几条刚刚洒盐的鱼,就提了出来。

老筋头说:"先下棋吧。"

千年龟不屑理他,自己抓住鱼尾到海里涮去盐末,然后胡乱扔到锅里煮起来。老筋头从什么地方摸出点东西,掀开锅盖撒进去。千年龟躺在了小锅旁边,惊诧地问:"你撒什么?"

细长物在一边大声喊:"他撒的是胡椒呀!"

千年龟骂一句,蜷起身子。

老筋头说:"昨夜我和细长物吃一条大鱼,这怎么吃得下?肚子撑大了,就沿着海岸直走了一夜。这会儿舒服了。"

千年龟转过了身子。

"你老急慌慌地往回跑,我知道是恋着那架风箱。"老筋头又说一句。细长物大笑。

"呸!"千年龟吐了一口。

"那么就是恋着四方了。"

千年龟又吐:"呸!"

小铁锅冒出了白气。鱼的鲜味儿扑出来了。千年龟欠起身子看看,一转脸突然喊道:"她来了! 四方来了!"

他们一齐回头去望,见四方一扭一扭地往这儿走,脚步急促得很。老筋头和细长物都兴奋地站起来,伸手指着她嚷:

"四方! 好个大家伙呀! 你到底来了……你这个馋东西,闻见腥味了吧? 哈哈……"

四方过去遇到这种情景,就会一纵身子蹦起来,远远地伸出又胖又长的胳膊骂:"两个瘦鸟,一大一小!"可她这次就像什么也没看到听到,只是往前走……她走到跟前来了,显出了满脸憔悴。原来她给饿坏了,已经耗尽了激情和力量。

她直奔喷气的铁锅而去,到了近前,用脚将千年龟推开一点,然后从衣襟下面掏出了什么,掀开锅盖扔了进去。

大家都知道她扔的是姜。四方最喜欢的就是少年和姜——她每次来老筋头这儿喝鱼汤,总要自己带来大把的姜;她没有丈夫,也没有儿女,极喜欢怀中抱一个小孩儿抚玩。她此刻放过了姜,就坐在锅旁大口喘息,一边用眼睛瞟着一旁的细长物。细长物对她做个鬼脸,她仍旧瞟着。

鱼汤发出"咕咕"的声音。千年龟忍不住又一次欠起身子,被四方伸手按到沙土上……又过了半个钟点,四方掀掉了盖子。大家喝起来。姜太多,除了四方,一个个脸上都流动起汗水。四方两只大手牢牢地抓住大碗吹去白气,然后身子一摇一颤地喝个不停。她太饥渴了,老筋头知道她身体的摇颤,是因为全身心都感受到了鱼汤的美妙。

喝饱了肚子,千年龟眼睛闪出微微的光亮;四方高兴地一拍手掌站起来。她笑嘻嘻地走近了细长物,一把抓住他说:"你怎么没叫我一声就跑来了?你这个细条儿物件!"她无比亲爱地用下巴抵到细长物的头顶心,两只胳膊勒紧了他的腰,嘴里发出"咳、咳"的声音。细长物转脸看一下老筋头,不快地嚷一句:"什么呀!"四方给细长物弄出一溜儿刘海,又亲了一下他的额头,说:"像我儿子似的!"

细长物再也不能支持了,奋力挣脱出来。

千年龟一直注视着,这会儿嗓子沉沉地说:"有的人,哼哼,想的多了!……"

四方挪蹭到躺着的千年龟身边,顺势坐在他身上说:"你这是什么鬼意思?嗯?"

千年龟用力屏气,只是不语。

老筋头挥挥手说:"讲讲大屋子里的事吧——你们造的酱油怎样了?"他永远没法忘记于志广拉走的那一车海蛎子皮。

四方直了直身子,但仍坐在千年龟身上,说:"嘻!别提那个酱油了。不知费了多少煤水,又是煮呀又是蒸的,最后海蛎子皮雪白雪白,锅里的水黑乎乎。再往里放盐。领头的闻了闻说,不过有点土腥味,颜色也对。他让于志广先喝点试一试。于志广喝了,嘿,没过半个钟点就大吐大呕。领头的倒说,快成功了,快成功了,剩下的不过是解决呕吐的问题。现在还是分开几口大锅煮着……"

她说着,高兴得哈哈大笑,像扬东西一样拍一下手掌往上撩一次胳膊。

"于志广怎么不来海上呢?"

四方借着千年龟后背的弹性耸着身子说:"他能离开呀?他走了,那辆木轮子车谁来驾?大屋子的东西哪样不靠车子去拉!如今的大个子可瘦出个样子啦,光剩个骨头架子,眼窝老深,就和他那两匹瘦马一样——是吧千年龟?"

千年龟吐出几个字:"一点……不错。"

"好。"四方拍拍千年龟的头,说下去,"一伙儿人围在大屋子里,有意思啊!我这个人生性就是喜欢热闹,哪里热闹哪里去——人怎么不是一辈子?大伙儿一块儿忙,要睡觉也在这间大屋子里。水汽遮住头遮不住脚,雾气里边活动着,一伸手不一定抓住谁了,多有意思。那些小伙子就是爱闹,抱起我来,噗一下摔倒了……"

千年龟歪过头,朝老筋头使个眼色。

细长物扬四方一把沙子,说:"鬼东西!那你还往海上跑?"

四方抬了抬屁股,等千年龟活动一下身子又坐了,说:"那也不行。后来没东西吃了,再热闹也不行。人饿了就老想躺着,瞌睡,又睡不着……我是熬不住了,拍拍身子就跑出来。"

"你是个祸害!"老筋头看着她说。

"浑身是筋了还坏!"四方笑嘻嘻的,"回头收拾收拾你,看你还有多少筋力……"

311

千年龟小声说一句:"筋力可大。"

"用你瞎说!"四方的身子往下狠狠一夯,千年龟大叫。她朝老筋头翻翻白眼:"今后有好吃的东西只管搬了来,这回饿坏了,只怕补也补不起来,上了岁数该咳嗽了……你可不能忘了老交情,我贩鱼那会儿带来多少粮食?"

老筋头站起来:"粮食还不是我用鱼换来的?"

四方仰着身子笑了:"就是呀,就是呀,你个老东西靠个海,靠个船,积了多少阴德。俺不来,你上哪儿积阴德去?"

细长物像给她伴奏似的,"嚯嚯"地吹响了哨子。

老筋头想起了什么,抬头望了望海,对四方说:"这里数你的力气大了,你也别闲着。我划船出去撒上网,这头儿牵在锚上,你自己往上慢慢拉吧,我和千年龟下棋。等网要上了,你让细长物喊我一声。"

四方说:"就便宜两个老东西一遭吧。"

老筋头回身去搬网,喊着细长物帮忙。等他们从铺子里出来时,见千年龟背上还坐着四方。老筋头说一句:"真是'龟驮千斤'哪!"

他和细长物将网的一端系在岸边的铁锚上,然后摇船入海了。网不断撒到水中,水面上显出好看的弧线浮漂儿。船上岸了,老筋头大声喊着四方。

四方将绳扣儿套在腰上,哼呀哼呀地拉了起来,大脚板深深地陷在沙土中。

两个老人就在窝棚外面下棋,顺便也为了监视拉网的四方。

细长物去看海中的网,有时也跑回来看两个老头移动棋子儿。千年龟躺着,一手举起棋子,胳膊像没有骨头。他的棋落下来,无一点声响。老筋头像磕头一样趴在地上,全神贯注,不一会儿汗水就从额头上流下来。他瞅准一步,就抓住棋子硬硬地往上一顶。两人正下棋,细长物喊一句:"快看四方啊。"老筋头抬头一看,见她故意用力地一下一下撅着臀部往后退,使网纲儿一松一紧地弹跳。他扬起脖儿喊一句:"四方你不正经干,看弄坏了网!"喊完又低头下棋。不一会儿,细长物又小声说:"看看四方吧。"老筋头一歪头,又见四方这会儿大仰着身子,如果不是网扣儿拦在腰上,她早就躺倒在地了。老筋头生气地叫道:"四方,你就这么拉网啊!你给我好好干!"他的话刚停,四方就憋足了力气,猛地往上拉了一大截,然后一边拉一边喊着号子:

"老筋头这个人哪,不是人哪!嘻哉!他是个老水妖啊,他是个大鱼精!嘻哉!嘻哉!他不吃人粮啊,也不做那事情!嘻哉!嘻哉!……"

细长物愉快地看看老筋头。老筋头用力地往上顶棋子,千年龟就不慌不忙地把棋子吃掉。后来老筋头焦虑地看一眼四方,对千年龟说:"你就快些将死我吧!"对方说一声"好",三五下就把一盘棋结了。

老筋头和细长物跑去拉网,都随了四方的号子用力。网很快靠了岸,银色的鱼儿在浅水里跳起来。老筋头跑到水边去按住网脚,急火火地嚷着什么,指挥四方和细长物。千年龟也过来了,将鱼收进一个柳条篓里,刚好一篓。

四个人都高兴得很。他们将拣出来的大鱼焖到锅里,剩下的摆到沙子上晾晒。

海滩上,鱼儿在阳光下亮闪闪的。四方看着小窝棚,又看看泛着白光的小船,说:"咱这四个人,不像一家子人吗?"

千年龟躺在锅边,往灶里捅着柴火。

四方冲他笑笑:"我和老筋头像两口子,细长物好比是我生的。你最占便宜,算孩子的大伯……"

她的话音未落老筋头就吐了一口。

细长物捡一个泥蛋,弹在了四方的身上。

四方撇撇嘴:"不识好歹的东西,哪里找去!我就和千年龟做两口吧——这个脏东西也许真是老来的依靠。"说着走到锅前,又从衣襟下掏出一块姜投进锅里。

细长物在晒成一片的鱼儿中间走着,这时惊喜地拣出了两个砂皮鱼,对老筋头嚷:"又有了!咱们还那样吧?"

老筋头看了看鱼,笑了,连声说:"还那样!还那样!"说着进了窝棚翻找出一个圆圆的木桶儿——这会儿细长物已经将一条大鱼的砂皮剥下来了。老筋头坐下,将鱼皮蒙到木桶上,用力地撑着。细长物在一旁帮忙,用一根细细的皮绳将鱼皮固定在桶口上。四方见了,嘻嘻笑着:"这不是一个小鼓吗?"

新做成的小鼓在阳光下晒着。一会儿,鼓面紧绷绷的,细长物小心地伸手弹了一下,发出了"咚"的一响。千年龟大叫一声:

"鱼焖好了——"

老筋头很久没有这么高兴了。他从窝棚里取出了酒,让每个人都喝。千年龟躺着喝酒,酒液常常从下边的嘴角淌下来,老筋头就毫不客气地给他抹进嘴里。四方原来海量,每次吮酒都鼓大了腮帮,然后"咕咚"一声咽下。她喝得大脸粉红,眉毛更加舒展,只是比平时沉默一些了。细长物与老筋头对饮,直到老人眼瞅着细长物的眉梢借着酒力又长出了一截,这才作罢。大家边饮边吃,为了热闹,还故意号出响亮的声音,与阵阵涛声呼应。

饭后,太阳升得很高,整个海滩都暖融融的,风也息了。老筋头取一段木棍,把那个鱼皮小鼓摆在胸前,盘腿坐下,"蓬咚蓬咚"地敲响了。他越敲越快,越敲两眼越亮,最后随着鼓声啊啊地唱起来。

他唱自己几十年来在河里海里游荡,已经是河里海里的人了。这是一首老人的歌,又由一个老人粗大的喉咙唱出来。周围的一切没有了声音,都在屏息静气地倾听。这歌声把人的思绪引到了久远的岁月。

汗水顺着老筋头的脸上、脖子上往下流。他张大嘴巴唱着,额上的青筋都暴凸出来。唱罢,他又将鼓槌儿塞给细长物,细长物扭捏着,老人就大喝一声:"唱吧!今天高兴,今天都得放声大唱,唱!"细长物不敢再拖延,也"咚咚"地敲起鼓来。

"……我敲鼓,鼓呀就响,我唱个什么?我心里躁得慌。饿得急,跑海上,我呀,跟上老筋头拉大网!依呀依呼咳——!"

"唱得不孬!"千年龟夸着,接过了鼓槌。他敲着,敲着,敲了好久才哼出词来。因为是躺着唱的,声音也就格外嘶哑:

"敲起鼓来,我扬起槌,今天就唱唱我千年龟。一辈子,好孤单,一身老皱一身灰。眼见得就要随土去,可怜巴巴身边还有谁?敲起鼓哎,我扬起槌,今天就唱唱哎千年龟……"

老筋头默默的,当鼓槌握到四方手里,他才想起去督促她。可是四方喝多了,一改平日的脾性,不愿言语。她击鼓有气无力,随便哼了几句就放下了。老筋头说:"这不行!满海滩上就你这么个旦角,不唱还了得!"细长物与千年龟也再三劝她好好唱。四方后来被逼得有些恼怒,就狠狠地击了一下鼓,差点把鼓面击碎,喊道:"好,唱!唱!我唱啊!……"喊完以后频频地击鼓,"咚咚"声震人耳膜。她唱了,竟然一发而不可收,那嘹亮的歌声使旁边的三个人目瞪口呆:

"我四方,不会唱,不会唱啊也要唱!唱唱天,唱唱地,唱唱大姑娘心窝里的一口气!俺三岁跑到海滩上,看惯了男人光脊梁,看到二九黄花女,那呀依呼又怎么样?俺头发黑,皮儿黄,十八年没有吃全粮。说俺丑,哪里丑?一条辫子乌油油。一天到晚跑海上,为的就是饭一口。名声坏了嫁不出,嫁不出哎我不愁,又吃又喝又贩鱼,身强力壮呀赛头牛!哪个把俺欺,俺就绾袄袖,一拳捅破他的头!啊呀呀坏就坏在这一手,长到老没人把我收,四方啊,大海滩上胡转悠。哪是四方心里冷,她心里热得流蜡油!哪是四方嫌儿女,她想把天下的娃娃都搂到怀里头——宝宝啊,睡觉吧,美滋滋地做个梦,一觉到天明。到天明,看大船,大船上面挂个帆,那是你爹顺风顺水把家还……"

四方唱着,直唱得热泪涟涟。她身旁的三个男人一声不响地听下去。

七

跑来海边的三个人再也没有回村。那里，饥饿正威胁着越来越多的人。奇怪的是这并没有使他们停止那异常的忙碌。这期间也陆陆续续有极少数几个人来海边上寻点吃的，但塞饱了肚子很快又跑回了村子，并且再也没有跑回来。

四个人睡在小窝棚里无论如何还是太挤了。他们摸着挨在一起，倒也非常暖和。四方开始与千年龟靠着，但他们久久不愿入睡，声音嘈杂，老筋头不得不将他们隔开。四方搂抱着孩子细长物柔软的身体，做了一夜母亲。她把细长物的脚丫扳得弯曲一些，使其蹬到自己的肚子上，又将他长长的手指按在胸窝那儿。她不停地抚摸拍打，嘴里发出"噢、噢"的声音。开始细长物倔犟不驯，后来终于在她松软的臂弯里香甜地睡去。

天一蒙蒙亮，四方像一个主妇那样第一个醒来，腰上系了块油布，然后动手做饭。饭熟了，她就撩开小窝棚的帘子喊一声，三个男人，先后爬起来，揉揉眼，扑打着身上的沙土，围到饭锅那儿。

这四个人过得很好，真的像一家子人，始终有一股暖熏熏的气息环绕着他们。老筋头和细长物到海里钓了几次鱼，每次都很幸运。当他们划船离岸之后，小窝棚也就成了千年龟和四方的天下了。千年龟不断地欠起身子与四方说话，有一次还要手把手地教四方下棋。四方并不遵守棋盘的规矩，竟用一门炮一口气打掉了千年龟的两匹马和仅有的一个车。

每天都有新鲜的鱼吃，日子过得很好。高兴了就击鼓，胡乱唱一些歌。只是闲下来时大家才想一下那个村庄,都不知如今变成了何等模样。严冬很快就要来临,树叶纷纷脱落,他们想不出满村的人用什么办法抵挡寒气。细长物后来每次吃饱之后都愁眉不展,问他,也不答话,只是面向南方用力地吹那枚铁哨子。

有一天,在"嘟嘟"的哨子声里,一群孩子跟跟跄跄地向海边上跑来。他们远远看去就像些蚂蚁一样,滚动着、吵叫着,爬起来又跌倒,一个个全身乌黑,头发乱蓬蓬的。细长物双腿叉开,由于吹哨子太用力,整个面颊都变成了紫红色。哨子越来越急促,那群孩子跑得更急了。老筋头对身边的两个人说:

"细长物当过他们的头儿!"

一群孩子连滚带爬地跑到近前,吓了大家一跳。孩子们瘦成了什么!他们只有皮和骨头了,肚子被凉水鼓涨了老大,放着光泽。一双双眼睛亮晶晶的陷在深处,像灯苗似的燎着几个人的脸。"饿呀!饿呀!"他们喊着。这群孩子头发很长,又脏又乱地遮住了脖颈。他们之中还掺杂了一个同样矮小的老太婆,她瘪着嘴哭泣,可是眼中没有一滴泪水。

老筋头挥挥手说:"快把鱼汤烧开,快,一锅接一锅!"

四方和细长物飞快地把鱼装进锅里,千年龟嘴对在灶上吹火。老筋头要在窝棚一边另搭一个更大的窝棚,正不停地奔忙。

鱼汤烧好了,四方左手端一个铁碗,右手把孩子一个个扳到怀里,像喂奶一样喂他们;那个老太婆挪蹭过来,正犹豫的时候,被四方一把搂紧,同样小心地给她喂了一碗……四方这样喂过了所有的孩子,脸上渗出一串串汗珠,红润润的。她见孩子们一个个倒地安睡,手一松,铁碗掉在了地上。她喘息着,嘱咐千年龟不要松懈,赶紧熬第二锅鱼汤,然后又跑去帮老筋头抱柴火搭新窝棚。

阳光晒得孩子们个个发烫,他们饱吃饱睡了一阵之后也就精神了。四方跑进他们中间,痛惜地拍打膝盖,埋怨说:"小东西啊!小傻瓜!饿成了什么样子还不往海上跑!这里有老筋头,有船,到大海里抓鱼吃呀!……"孩子们仰着灰脸,看看千年龟,又看看远处奔忙的细长物说:"头儿不在了,哨子响,俺们才能散开……"四方转脸骂着:

"这个小死东西!他跑来了,可他该把铁哨子留下呀!"

细长物此刻跟在老筋头身后奔忙。当他扭头看到一群伙伴在阳光下活动,就拾起垂在胸前的哨子吹了一声。孩子们爬起来,呼呼啦啦地奔向了他。那个挟裹在孩子中的矮矮的老太婆也随着跑过去,唯恐落到后边。细长物神情肃穆地挥了挥手说:"快帮老筋头做活,这个窝棚天黑前要盖起来!"孩子们答应一声,散开了。

阳光照耀着一群肩扛怀抱树棍柴草的孩子,像潮头上闪亮的水沫一样缓缓流动。

除了千年龟在熬制第二锅鱼汤,其余人都忙做新窝棚了。黄昏时候,又宽又大的新窝棚也做成了。孩子们喜滋滋地跳进去,一仰身子躺倒了,球到一块儿。窝棚还闲出一大块空地,老筋头建议千年龟和四方也住进去——四方明白这是老筋头要和细长物一起清静,心中有些不快。但她也乐于和千年龟一块儿熬夜,就答应下来。

入夜后,老筋头睡不着,就和细长物走出窝棚。两个细瘦的身体离得很近,在沙滩上缓步向前。老头子默默不语,细长物嫌冷地将身体贴近了他,他伸出胳膊护住了瘦瘦的肩膀。这个夜晚没有月亮,只有大海的磷光映衬出两个窝棚的轮廓、小船的轮廓。他们走到小船跟前,蹲下;老筋头背着风点上烟锅,又把烟嘴插进细长物的嘴里。细长物轻轻咳着,哑哑嘴。海风不断将烟锅里的火星儿吹出来,一闪一闪地飞到黑夜里了。老头子伸手抚摸着船,嫌烫似的,手指一缩一缩。后来这只手又按到了孩子厚厚的头发上。

他们不知在小船旁边停了多少时间,才回到了窝棚。

这个小窝棚真黑呀!什么也看不见,只是无比地暖和。老人舒服地叹气,躺下来,一边用手捶背,一边伸出脚勾倒了细长物。细长物也学老头子那样发出叹气声,将头在铺子上一滑,平展展地睡过去了。

约莫睡到半夜里,老筋头又惊醒了。他好像听到一位老友的声音在喊他——那是最早的一个棋友——鱼人老黑的声音!他坐着吸了一会儿烟,重新睡下。可是老黑仍旧喊他,他甚至又看到了老友漆黑发亮的衣服……老筋头摸索着走出窝棚。

天上的星星一齐闪动,海浪噗噗地打着沙岸。老筋头摇摇晃晃,身子靠在了小船上,小船在激动地颤抖,老筋头觉得它今夜有了人的体温。

海水徐徐地漫过来,他闻到了一阵浓烈的芬芳。他感到了海水今夜那么柔和、温煦,像一只娇嫩的手掌那样触摸着他的周身。海水漫过来,漫过来,把他和他的小船高高举起——小船无比灵活地滑动一下,轻快地向前飞翔……大海的绿波无边无际,小船向着远方航行。海上的风越来越轻柔,清香的气味越来越浓,渐渐连绿色的水波也变幻了颜色。好像有初升的太阳照射一样,一丝丝红色在水浪里闪跳,五光十色,把一只好奇的幸福的船吸引了过去。

　　这里的一切都闪着粉色花朵的颜色。这是个彩色的、无比芬芳的世界。水浪的声音消逝在远处,就像丝弦的余音被南风拂去一样。粉绒绒的花朵盛开着,它的气息、它的颜色布满了整个空间。人们在路上徐徐行走,互相微笑着致意,好像所有的人都是朋友。脚下的土壤也是粉丹丹的、透明闪亮的,一尘不染。它培植和滋生的一切都像它的颜色和品格,又质朴又纯洁。这儿唯一的交通器具还是船,各式各样的船。它们可以在无限的空间里任意穿梭,而绝不会碰撞和受阻。这儿鸣奏着一种永恒的音乐,它来自船、花朵、泥土及一切有生命的物体身上。在这种美妙的声音里,像羽绒一样轻柔的雪花从空中洒落下来,变成花瓣上的露珠。人的身上常常沾满了这样的雪花,大家相遇时就互相伸手拂去。姑娘们以挂满雪花为美,她们的头发上、眉毛上,都有晶莹的雪花在闪耀。小伙子和姑娘在路边交谈,他们的语言是这个世界上最富有创造性也是最随便的了,简练而淳朴。她说:"你如果听到歌声,晚上的歌声,会想到什么? 太阳,月亮,是传说中的东西。太阳月亮,还有星星,把光辉送到人间,是因为什么?"他回答:"我如果听到歌声,我想到你的眼睛以及花瓣。我从未见过太阳月亮还有星星,像所有人一样。它们是传说中的东西。它们把光辉送到人间,是因为人间的爱都藏在黑影里,并且极易消失。"她又问:"如果我使你爱,我又远离了你,你会在想念中怎样妆扮我?"他答:"让我想一想。这样了,你会穿一件红色的衣服,穿一条纯蓝的背带裙子。也许你还会穿一件粗条绒蓝裤,但上衣的款式及颜色永不变换。"她又问:"那么,让我吻一吻你好吗?"他答:"那是很好的。"她吻过他之后,说道:"我认为人一生只爱一个人是非常幸福的。"他点点头:"反过来,人一生爱所有的人也是非常幸福的。"姑娘紧紧地握住小伙子的手,说:"太对了。我们如果不交谈,怎么会知道彼此想的都一样呢?交谈多么重要,让我们告诉别人,让他们互相多交谈吧!"他们的谈话结束了。类似的谈话还有很多,最后都化为了粉红的花朵。与此正相反的是,如果这场谈话走向谬误和怪异,他们身边的花朵就会渐渐枯萎。这儿的动物很多,机灵可爱,与人为友,一律舔食花瓣。它们从人们居住的地方路过,常常被主人邀请了玩一会儿。人的心和动物的心因为互相接触而变得湿润,无比愉快。有一种像狼一样的形貌但并不叫狼的动物,可爱的发亮鼻头上受了伤,被一个穿短裤的小孩遇到了。小孩难过得流下泪水,抚摸它,安慰它,又为它涂上药水。人与人、人与动物、人与植物、男人与女人,互相之间不可说谎、不可背弃、不可欺骗、不可侵犯。如果这类事情发生了,那么飘飘下落的粉绒绒的雪花沾到他的脸上手上,立刻化为乌黑的汤汁,渍入皮肤,永洗不掉。人们见了他,都用无比怜惜的目光望着他,在心里说一声:"我真惭愧"——他们在为自己难过,因为他们感到没有尽自己的力量去消除这类事情的发生负有巨大责任。那个被标注了黑色印记的人默默无语,不停地劳作,并且尽最大的能力去体贴周围的事物,渐渐那印记也就褪尽了。这儿的每一种花都不同,然而每一朵花都是美丽的。人与人也像花与花一样,他们如果想寻找那最深处的区别,也只有互相久久注视。人们的眼睛是不一样的。虽然眼睛都乌黑闪亮或像大海一样湛蓝,但它映照出的景物是大不相同的。在这个世界里,每一个地方都变得不那么遥远了,这完全是因为有了船。他们的意向就是船的航向,随船去居住区,去彩色的田野,去大森林。这儿的居住区也许是最自然又最奇特的。这儿只有房屋,没有街巷。几间宽敞的房子连在一起,四周就是色彩斑斓的田野。田野上有农作物,有鲜花,有树木,也有汩汩的河流。那些粉色的屋顶散在广阔的原野上,就像被花朵簇围着一样,而连结这广袤田野上的房屋的,也就是船了。每一户人家都面对着大自然,都伸手可以触摸一片粉红色的天地。居住区同时就是田野,田野同时就是城市,人们的各种建筑只是田野上的点缀,就像一簇簇鲜花差不多。居住区无比阔大,但人与人的联系又是频繁而密切的。由于有了船,距离也就大大缩短了。只有居住区之间由大片森林隔开着——它是动物的"居住区。"森林由无数的树种组成,或高大挺拔,或枝蔓蜿蜒,神奇的植物交错繁生,茂盛无边。鲜花像灯盏一样在林间闪烁,哪里鲜花怒放,哪里就光辉灿烂。各种动物在林子中歌唱着,比着皮毛的斑纹,尽情游戏。人们在劳动的间隙里进入森林,各种动物兴高采烈地围拢过来。这是森林——动物居住区的节日。人们带来了他们对大森林的问候,也带来了一大堆人类特有的难题。比如他们要让森林和动物们帮忙解除一些疾患,特别是失眠和眼疾。他们的眼睛望不太远,如果很久不到林子里,那么就望不到自己所处的这个世界的尽头,用一句时髦的话说,也就是看不到明天了。这个世界给人的独特的幸福,也就是每个人都能准确而清晰地看到明天。这儿没有太阳、月亮和星星,因为光亮从泥土和植物身上均匀地散出,互相照耀着、温暖着。如果这儿接受一个太阳,那么所有的物体都要围绕太阳旋转,实际上所有物体都要尽力维持新的平衡以不致倾斜。最不能同意的是,太阳再大也是一个物体,而世界上的所有物体都应该平等,这是生存的尊严。太阳在别处倾听着万物对它的歌唱,那是别处的事情。在这个粉丹丹的鲜花一样晶莹的世界里,生命是最有光彩、最有力量、最受尊重的。一切都尽情地生长,形成它自己的颜色和形状。由于土壤晶亮透明,这里也就没有尘埃。一切都永远是崭新的、鲜亮动人的,生气勃勃的。

大海涨潮了。浪花飞溅起来,扑到小船上,有水珠沾到了老筋头的脸上。他的身子紧倚着船舷,嘴里的烟斗早已熄灭了。大海里有磷火倏地闪亮了,又熄去;一些碎细的光点在水波里,好像要让水流带上沙岸……他揉揉眼睛,叫了一声"老黑",站了起来。

这时天已经要亮了,东方出现了鱼肚白。

他走向小窝棚,觉得两腿像棍子那样硬。天真冷啊,黎明时分的风吹起来,刺骨地凉。他的牙齿碰响了,身子瑟瑟抖动。进了窝棚,细长物正好醒来了,可小家伙的思绪还在另一个世界里,他一下子抱住了老筋头说:"抓住了!"老筋头让他抱着,他抱了一会儿,就失望地松开了,说:"你不是……"

老筋头问他,才知道他刚才又梦见了那个女鬼……老头子一声不响了。他将身子往里缩了缩,又把细长物揽到怀里。天亮了,风更大了,又是那种尖利利的声音。

细长物说:"你听——"

风声愈吹愈响。小窝棚口的草帘抖动着,闪开了一条缝隙。

老筋头铁青着脸,小声说一句:"她……真的来了……"

草帘子猛地一撩,接着又安静下来。

老筋头僵直着身子坐着,脸庞微微侧向一边,注视着靠近棚口那儿。

细长物也看那个地方,但什么也看不到。

老筋头轻轻地咳了一声,一只手小心地去摸烟锅,抖得厉害……

八

壮男向前跑去,没有回头,一直跑下去。渐渐看不到纷乱的蹄印了,他才停下来。脚下没有了路,身体处在了一片陌生的丛林中。无数条粗粗细细的葛藤交织着,竖着横着拦在了四周。他费力地打量辨认,想弄明白走到了哪里。丛林顷刻间化为一片绿色的雾气,跳动着,将远远近近的树影隔离开来。壮男叹息着,绝望地坐下来,闭上了眼睛。

夜晚来临了。壮男燃起了一堆大火,抵挡着寒冷。他坐倚着一棵大树,猎枪就贴放在右膝那儿。野兽在不远的地方来回走动,不断弄出细小的响动来。如果这堆火熄灭了,它们就会蹿过来。他此刻好像全无饥渴的感觉,虽然他已经整整一天没吃没喝了。火焰升腾到一人多高,他发狠地往里加柴。这火焰不知怎么让他想起了那座城市的教堂尖顶,想起了那个月夜的血的颜色,以及它沾在手臂上的滚烫的感觉。

火焰发出剧烈燃烧的声音,壮男恍惚中看到他们亲手搭起的那座小窝棚在小红孩的尖声大叫中烧毁了!火焰直冲腾到空中,带着不可遏制的勇猛卷去了一些黑色屑片,发出劈劈啪啪的响声。小红孩蹲在一边泣哭。一阵牲口的铃声响起来,有人轻轻地把手搭在她的肩上——她立刻双目一亮,不哭了。一些人将她放到牲口背上,沉着地向森林深处走去了……壮男苦笑着摇摇头。他突然明白那个心中的小窝棚烧毁了!他彻底失掉了那个汗水浸染过的小窝了。风呼叫着,野兽发出了不耐烦的狂吠。他将身子动了动,使火焰能够烘烤身体的另一部分。

这个凄冷的夜晚使壮男第一次明白了,大森林才是他的家;他从那座城市挣脱出来,如飞鸟投林。现在他再也不想回那个窝棚了,他是真正地步入大森林了!

天亮了,他的第一个念头不是回去,而是搞一个大背囊,整一个越简陋越好的栖身之所。临离开那堆熄去的炭火时,他小声说一句:"那个小窝棚已经烧毁了。"

他一口气吃掉了很多野果子,水和食物差不多也就同时解决了。然后他动手为自己搞一个安身之所,尽可能地让其靠近一处水源。这个小窝可也太简单了,甚至不能避风遮雨。他想日后再慢慢收拾它吧,眼下最要紧的是新的猎物,是它所换取的锅子和食盐,还有火药。本来这些东西可以从原来那个窝里取到,最起码也可以找那个老猎人帮忙。但身上的一股拗劲阻止了他这样做。

从告别那个蜂巢般的城市的那一刻，他就明白自己做了一次庄严的抉择；当他认定那两个人的窝棚已经烧毁了时，他也同样明白自己开始了另一种更艰难的跋涉。他也不明白自己，他觉得起码不像预感到的那么痛苦，这就非常奇怪了；好像有一股奇怪的力量推动着他，把他从那座城市直推到这片茫茫林海，又把他推离了亲手搭起的小窝棚。好像人本身就有孤注一掷的冒险嗜好，又好像要发着狠去不断地证明什么。证明什么？不知道。反正要去证明。

他把自己安顿下来了，一切要从头开始。一连两天没有说话了，所有的欲望都用一杆猎枪去宣泄。他觉得自己一夜之间成了一个饱经沧桑的猎人。猎取非常顺手，竟然接连打到了一头熊和一只獐子。他默默地在林间窜行，有时走着走着就停下来，屏住呼吸去倾听——他觉得自己也能够像汪坝那样了，用心力去感触远远的一个大兽。他仿佛看到那个大兽怎样卧下来，很有耐性地注视着这边的一举一动。他再向前走，大兽爬起来。前行二里多路，那个大兽失望地咂咂嘴巴，向别处跑开了……如果壮男看到刚刚熄灭的炭火，总是小心地绕开。他不想遇到生人，也不愿看到熟人。猎枪的声音，野兽绝望的呼叫，他都远远地躲避着。

尽管如此，一天黄昏还是有一位猎人光顾他的窝棚了。这是个陌生人。壮男没有任何惊讶的表情，只是往锅里多放了一些吃的东西。他们燃起一堆火，都没有说什么。天渐渐黑了，火焰烧得越来越高。猎人从怀里掏出一撮莫合烟，壮男接过来吸了。两人吸着烟，都不抬眼睛。锅里的东西熟了，他们开始吃饭。猎人吃着,非常缓慢地咀嚼。壮男看看他,伸出手来,猎人赶忙解下腰上的酒葫芦。他们一人一口饮着,酒咽下肚的时候,就舒服地张大嘴巴吐一口气。不一会儿,两个人的脸都有些红了。火堆边上的沙土烤得热烘烘的,壮男不管猎人,一个人躺了下来。他大仰着,用力地伸展腿脚,又将身体扭动着。猎人凑近了,发现他脸上盖满了尘土,膀子从绽破的衣服露出来,有一道道的伤疤。猎人把他的头扳在自己的膝盖上,这样躺着会舒服一些。他闭上了眼睛。猎人握住了那个拳起的手掌,给他展开,看到一道没有愈合的血口子。猎人的手抖着去掏衣兜,又抓过身旁的背囊翻找,找出什么东西填到他的伤口里去。

猎人直坐到半夜才离去。他起身走的时候壮男并没有送他,仍旧躺着。后来那个猎人又来过一次,带来了一些烟草,还有壮男很长时间没有吃过的鱼干。他帮壮男加固窝棚,用随身携带的一把大斧伐树,被壮男阻止了。他只让猎人将斧子留下来使用。

日子一天天过去了。在这短短的时间里,壮男明显地苍老了,他的胡须乱乎乎地罩住了下巴,额上的褶皱突然间刻深了。他不去想小红孩和那个窝棚,但那个小小的孱弱的身影总在眼前闪动。他在心里呼唤:小红孩!小红孩!你到了哪儿?把我一个人撇在了林子里,那就一个人吧。这样也挺好的,我重新搭了窝棚,从头开始了……他有时在深夜里想,这片大林子对于那个弱小的女人来说,也许真的太荒凉、太可怕了。

他去打猎,门也不锁,把小窝棚凄凉地放在荒野丛林中。直到天黑的时候他才喘息着回来,或者疲惫地蜷曲着,或者马上动手燃起炊烟。小窝棚坐落在茫茫林子中的这个地方看不出更多的道理,只有搭棚人按时回来又走去,才多少显示了这是他生活中一个了不起的标记。他在林子中做了这个新的记号,然后就围绕着这个记号去寻找,去生活着。

他不知道有一场惊险的猎熊在等待着他。

那个黄昏,他觉得青草像被红颜色染了一遍。当他这样端详了一下地上的青草,一抬头看到了一头棕熊。它笨拙地在一个粗粗的橡树根上挪动一下前爪,目光蒙眬地看了旁边的什么一眼。它并没有看到有个年轻的猎人。只是壮男抄枪弄出了响动,棕熊才转过脸来。它吼了一声,身子一扭躲到了橡子树背后。壮男沉着地接近那棵树,心里想这个熊他打下了。他必须离得再近一些。老橡树像是有意做什么,他无论怎么绕都发觉树身会吃去很多霰弹。后来他在离树十几步远处站住了,认为机会可以等得到。估计得不错。五六分钟之后,棕熊蹲了一下,离开了橡树,但它稍稍偏离了那个枪口和树木规定了的直线,猎枪就放响了。

棕熊腾一下立起来,又斜着跌倒了。鲜血像是从脉子那儿涌出来的,嘶哑的吼声令人恐惧。壮男迅速抽出腰间的刀子,与此同时棕熊却以难以置信的速度蹿起来。刀光对着熊的脖子往下一点,可是稍稍偏了一些。他身子抵在橡树上,就顺着树身往下一滑——棕熊的爪子扫过,扫去铁一样坚硬的老橡皮,击中他的右肩。上臂立刻撕去一大块皮肉,像被一块烙铁印了一下。壮男"啊啊"叫着在地上翻滚。棕熊又扬起致命的前爪。他觉得全身的血液全涌到头上来了,一片火星在额头上方"啪啪"地爆响,也不知怎么伸出了刀子,像拨开一团乱麻一样,奋力一挑……

他昏过去了,天完全黑透才醒过来。他首先闻到的是刺鼻的血腥味,而这血是他与棕熊共同流出来的。棕熊的腹部破了,已经死去,可那恶狠狠的眼睛似乎还瞪着他。他什么都明白,是这棵橡树在那一刻帮了他一把。他呻吟着爬起来,向着老橡树磕了一个头。

他赢得了一头不错的熊。但他因此不得不躺倒在小窝棚里。

从进入森林至今,他好像第一次这样清闲过。没有了猎取的欲望,只有一堆永不熄灭的火焰烘烤着躯体。他闭上眼睛,就觉得身体像浮在水上一样,他知道这是躺在了那条小船上的感觉。他可真渴念那只小船啊。如今它哪去了?或者是在风雨中无声地朽蚀,化为软软的泥土;或者是让一个好人驱驾到波涛之中——"嘿,那样可真棒了!"他说出了声音。一个人躺在船上,周围都是水,那可真孤单,就有点自己这会儿的滋味。这也挺不错的。他一边想着,一边撕下一条鱼肉,放火上燎一下,有滋有味地咀嚼起来,这样孤独着真的挺好,一个人一生没有真正可以称得上孤独的时候。那个人一定过得没劲。

这些日子他多多少少想了想他出生的那个地方。他回忆起一个至关紧要的事情:他杀了一个人。至于为什么要逃离那座城,好像也不完全是因为杀了人以及小红孩等等缘故。为了什么?说不清。好像是过得烦腻了,讨厌这座城了。比如他要不客气地问:一代一代人都拥挤在这个地方,理由是什么?而这座城的实际,不过是很早、很早的一个人在茫茫荒野中做了一个标记,就是说像自己一样搭了个小窝棚。那个人的生活标记影响和决定了后来这么多人的生活范围、嗜好以及性质。这些想一想就很憋气。真憋气。他爱,他恨,他杀人,他真像在制造着逃跑的托辞,那种最最表面的理由。他有了理由,也就登上了一条船。

那条船离开堤岸,漂荡在绿色的波涛上,小极了。远些看,它是一个小点子。这个小点子会动,动来动去,在远比土地阔大得多的海面上,真是不可思议。随时可以停泊,又随时可以扬帆远行。它不会做一个永久的标记,而只能流行下去。船与窝棚、船与车辆、船与一座城的区别,是十分明显的。

小船泊在林海。他们搞了一个小窝棚,围绕着它旋转了好几年。如果照此下去,他们可以生孩子,可以吸引新的窝棚。这就极容易变成一个屯子,而屯子久而久之也说不定会变成一座城。新的蜂巢又出现了。几百年过去之后,就没有人怀疑这个蜂巢存在的理由、它的合理性。其实它最初不过是两个年轻人的选择。这一选择可能断送多少人重新选择的自由!真可怕。在无尽的天宇里,人的选择也应该是永不停止、永无尽头的啊。

壮男欣慰地端量着这个极其简陋的小窝棚。他随时都可以弃之而去,正像他曾经做过的那样。那时候它就变成了一个供猎人随便歇脚的好去处了。这该是它最好不过的结局……膀子上一刻不停地滋生着新的肌肉,一阵阵奇痒。伤口愈合得不错,他十分高兴。因为怕冻了伤处,就缠裹了厚厚的布条,看起来怪可笑的。窝棚里积存的东西吃得差不多了,现在只能咀嚼所剩无几的鱼肉干。有时他费力地爬起来,掮上枪到附近的林子里转悠,希望有机会打到一只飞禽。他可真想吃一点可口的东西。一只山鸡就在不远处的枝丫上活动着,他将枪放在树杈上,用左肩顶起,试着瞄准——扳响了枪机,霰弹喷射出去,野鸡尖叫一声飞走了。

像这样尴尬的场面已经有好几次了。他每次都苦笑着,艰难地捐了枪,回到窝棚去。

他烤着鱼干,故意烤得火大一些,这样吃起来省力。

那个臂膀可以抬起来了。他回头看看那些咸干鱼,还有整整两条呢!他笑出声音……他伤后第一次离开窝棚那么远,并且成功地猎到了几只肥鸟。肉汤香喷喷的,这肉汤棒极了。美餐之后,他出了窝棚,发现太阳在树顶上燃烧。他愉快地吁了口气,将臂膀轻轻旋动着。这一段过得好艰难,但也满足了心底的那么一点拗气。他一直要证明点什么,比如现在起码证明了他可以在一头异常凶猛的巨兽爪下逃生;证明了他吃着干咸鱼也可以康复,等等。

太阳燃烧着,他只瞥了一眼,就感到它比任何时候都明亮……又一只野鸡落在树桠上,可没等他举枪就飞起来。正这时从另一个方向响起枪声,野鸡应声跌下来!他收了枪,惊讶地贴紧树干站立着。一个强壮的猎手出现了——是汪坝!两个人注视了一下,大声呼喊起来,然后紧紧地抱在一起。汪坝捶打着他:

"你让我们找得好苦啊!你藏在了这里——你的小红孩急得死去活来……"

"她?她在哪?"

"她没有逃出去,半路上她跳下了骡子,两天两夜没吃没喝赶回来,可你又不在了……"

壮男蹲在地上,一双手插在乱蓬蓬的胡子里,望着汪坝。

汪坝气愤地跺着脚,不知骂了一句什么。

"小红孩呀!你呀!"壮男闭上了眼睛,摇了摇头。他站起来攥紧汪坝的手,转回身去……

他到河边去寻找小红孩。

小红孩像变了一个人,黑瘦黑瘦,只剩下一双大眼睛了。她看着归来的壮男,一声不吭,只是流泪。壮男抱起她来,觉得她的身子轻得像一捆茅草。她像只小猫一样伏在他的肩上,整整一夜没有离开。他说:"你跑走了,我那时头嗡嗡响,只知道再也没有你了,我们的小窝棚一下子塌了。"

小红孩默默地吻他,使他安静,使他无声无息……一个永远也没法忘记的夜晚,一个温柔和宽容的夜晚!大森林里一切的嘈杂和不安都远远地消逝了,只剩下了他们轻轻的呼吸。天亮了,小红孩又给他翻找出那把刮脸刀,当她发现了他胸膛和臂膀上的伤疤时,吓得大叫了一声。她抚摸着他的伤疤,说:"大森林不要我们了,它老要赶我们走……它也许会的。"壮男沉默着,说:"你也许不该从那座城里跑出来,是我把你领出来的……"小红孩生气地捂上他的嘴巴,站起来。

壮男的伤完全好了,小红孩也渐渐胖了一点。汪坝和那个四五十岁的猎人常常来他们的小窝棚做客。不久,小红孩怀孕了。他们真担心在这荒野里孩子会生不下来。小红孩病过两次,但她不敢让壮男去求助屯子里的郎中。天转暖了,林子里的各种虫子又多起来,叮咬得他们浑身红肿。白天晚上都不得安息的日子又来了,壮男再也无心出去打猎。他点上一种香草熏着窝棚,可小红孩呛得大声咳嗽,泪水溢满了眼眶。

一天壮男出去了,回来的时候扛了一头獐子。他走近窝棚,见小红孩倚在木栅栏门上,手里紧紧攥一把刀子,见了他才大出一口气,坐了下来……她告诉他:一头豹子在这儿转悠一整天了,还蹲上后面的小窗洞那儿。她说完一直看着他,汗水从额头流下来。壮男把她的手握住,说:

"你说吧,我知道你想说那个字——走……"

小红孩咬着嘴唇,摇了摇头。

汪坝常常来。壮男因为要照顾妻子,也就很少和他一起出去。汪坝在河的上游奔波一天,傍晚再赶到小窝棚来吃饭……这天太阳还挂在树梢上,壮男和小红孩正忙着什么,忽然听到窝棚外面有喘息的声音。往常这时候汪坝还回不来。他们出了棚子一看,一下子惊呆了!汪坝跌倒在小窝棚前面两三步远的地方。

他静静地躺着,脖子被什么扯破了,鲜血差不多淌尽了——他的手掌满是鲜血,可以看出他刚才还在紧紧捂住伤口。他大概想赶回来,死也要死在这个小窝棚里……壮男蹲下来看看,从伤口判断,他认为是遭了熊了。这个出奇的好猎手也没有逃脱巨兽的爪子。此刻他静静地躺着,脸上没有血色,俊气的眉毛更浓更长……壮男咬咬牙站起身来。

小红孩面如纸色,一手攥紧了壮男的衣襟。

壮男让小红孩等他,他去了屯子里。

林子里一片血红。一会儿,那个四五十岁的猎人和壮男一块儿来了。

猎人说:"我们在太阳落下以前把他埋了吧!"

小红孩大哭起来。壮男把汪坝抱在怀中,一步一步往前走去。

汪坝埋在了小窝棚前面不远的一棵松树下。他的坟堆垒得小小的。

这天晚上那个猎人没有走。他们在坟边点上一堆大火,默默地陪伴了汪坝一夜。

天亮了,太阳把小小的坟尖染得通红。猎人站起身来,低头立在那儿,咕哝了好长一会儿。壮男和小红孩一句词儿也听不清,但那悲凄哀切的音调却让他们心痛欲裂。猎人拖着疲惫不堪的身子走了,大森林里一会儿传来他那断断续续的歌唱:

"一杆猎枪陪伴了我,它是猎人的魂。在莽林里面游游荡荡,背个酒葫芦,从天亮跑到黄昏。哦哦,别骂我这个不孝的儿孙,别骂;别问我为什么跑进了深山老林,别问!……"

两个人回到了小窝棚里。这个温暖的小窝啊,至今还留着好朋友汪坝的气息,可他要永远一个人沉睡在门外的松树下了……半夜里,只要大风呼啸起来,他们就睡不着,紧紧地搂抱着呆到天明;白天,只要远处传来枪声,小红孩就说:"听,他在打枪!"

壮男差不多一步也不愿离开窝棚了。可一个猎人不打猎也就没有了一切,只好在近处打一点小野物。有时他萌生出搬到屯子里居住的念头,却遭到小红孩的激烈反对。问她为什么,她不做声。后来他才明白了,如果要离开这儿,那就索性离开整个可怕的荒野。

小红孩的身子一天天笨重了。壮男尽一切力量照顾她。为她去弄可口的饭菜,可她的脸色还是越来越黄,整个人都变得有气无力。有一天她终于恳求壮男说:"让我们回去吧!我真怕在这儿生孩子……真怕!"壮男木木地问:

"再回到那座城市吗?"

"嗯。"

"你……不,永远也不回那座城了。"

小红孩再一次恳求:"我们走吧,随便你到哪里。可一定要离开这儿,一定……"

壮男终于明白他们真的要离开这块地方了。他们不得不做出这样的决定——但他可不想回到那座城。

为了尽快赶上时间,必须请一个人帮忙,于是就找来了屯子里的那个猎人。他们又移居到了初来森林弃船的地方,在河沿上动手造船。一个多月过去了,船造成了。

与猎人分手的时候,猎人哭了。一个近五十岁的男人放声痛哭真让人难受。他说:"我死后,就让屯里人把我和汪坝葬到一块儿……"

又是一只小船漂在了大海上,像来时一样。

不同之处是船上除了他们两个之外,还有一个等待出世的生命。

这可真不是远航的时候啊!小船颠簸着,她可怎么忍受得了。壮男又要驶船又要照顾她,简直连喘息的空闲都没有。她在小船刚刚驶入海口的时候就病倒了,壮男要将船返回,她却死也不肯。

小船就是找到一个小岛也好啊,可茫茫的大海什么也望不到。小船上有一个装淡水的皮囊,有一个像铁罐一样的小吊锅。壮男每天都设法钓到一条鱼,让她喝到鱼汤。

小船走了三天了。

第四天上,她在甲板上翻滚着,号叫声撕人心肺。这显然是早产的征兆。她两手紧紧抓住壮男的胳膊,呼叫着。壮男满身满脸都是汗水,他应答着,但不知说什么、做什么。后来他就抱起她来,她放声呼喊,他又胆颤心惊地将她放下……

她喊叫了整整一个上午。中午时分,她的力气差不多全用尽了,喊声低下来。后来她平展展地躺下,一双美丽大眼睛直直地看着壮男。他小声问她:"小红孩儿,我的小红孩儿!你好些了吗?"她点点头。停了一会儿,她伸出双手,让壮男将她抱起来。

她一直闭着眼睛,像是安睡过去……当太阳染红了小船,整个大海仿佛燃烧起来的时候,小红孩在他的怀中醒来了。她叫了一声"壮男",费力地吐出几个字:"你……真好……"说完眼睛又闭上了。壮男的眼泪在眼眶中旋动,但忍住了没有流下来。他俯在她耳边问:"小红孩!是我把你领进了一片荒野,我是说,你真该恨我啊……"小红孩的嘴唇活动着,但已经没有力气说话了。她摇了摇头。

壮男的泪水哗哗地流下来。她死在了他的怀中。

小船在海中任意漂流,船上的男人不动橹桨,只是紧紧地抱着她,不吃也不喝……不知多少天过去了,小船终于靠在了岸上。船上的男人扑到沙土上,身子久久地贴在了上面。

女人葬在荒凉的沙岸上。他出海捕鱼,归来时第一眼就看到了那个坟尖。可有一次大风把坟尖吹平了,从此他眼里只有一片茫茫的海滩了……

九

老筋头这儿有些零零星星的客人,他们来得晚,走得早。仿佛有什么在催促着他们一样,急急匆匆的。从一些消息来看,那个村庄的情况已经无比严重了。

千年龟几次呼喊老筋头下棋,都被他拒绝了。他把两个窝棚的人喊到身边来,对他们讲了这出奇的荒谬:一群群人饥饿难忍,其中有不少人倒下再也爬不起来了;但这些人就是不愿意离开村庄!这真是永远也没法理解的事情。他决定:海边的这些人分成两沓子,一些身体强壮的(真正可以称得上强壮的其实一个也没有)人抓紧拉网打鱼、晾晒鱼干、捞海菜;最小的家伙们回村劝说大家赶紧来海上逃生。大家急忙行动起来。

细长物吹响了哨子,一群脏乎乎的孩子带着满身腥气围拢过来,随他向村庄跑去。

老筋头摇船入海,撒下网,让四方和两个半大孩子往上拉;千年龟唉声叹气地沿海岸寻找浪花推拥上来的海菜。

大大小小的鱼给网上来,收获令四方欢呼不已。她说又好像回到前些年的情景了。那时候她从这儿买走了多少鱼儿。千年龟用一个铁抓钩去抓海菜,一会儿就把湿淋淋的海菜堆成了小山似的。他用手捂着黑帽往铺子里跑,想躺一会儿,又被四方喝住了。

老筋头让千年龟烧水烫鱼——鱼儿要晒鱼干,最好先放进滚热的锅里烫个半熟,这样晒得好,又可以拿起来就嚼。

千年龟拖着身子走到灶边,点燃了火就躺下来。

海上第一次热闹起来,四方拉网十分卖力,又非常得当地指挥了两个孩子。她喊着号子,并让他们呼应她。老筋头下了船就去拉网,帮着三个人拽网纲。四方的手在纲上滑一下,身子快挨到老筋头了。她说:"热天里拉网多美气,光着身子,想洗澡了,躺下一滚就入水呀。"老筋头说:"你现在光着身子谁还管你不成。"四方大仰着身子,把头探到老筋头耳朵上方,咕咕哝哝说了几句。老筋头响亮地吐一口:"呸!"

海滩上有了哨子声,两个半大孩子赶紧松了网纲。他们回头去看,只见细长物领着几个孩子飞一般向这边跑来。

老筋头和四方都停了手,等着他们跑过来。

细长物喘着,说:"哎呀!"他喘着,咽一口唾沫接上说:"哎呀!真是神了。村里的人劝也劝不来,还骂我——'小杂种,乱跑什么!'……他们不来海上,死也不离开村子,还要我们都留下——我说没东西吃呀!他们说:'俺嘴巴也没闲着!'我说那怎么饿死这么多人?他们说了:'人还有不死的理?你跑到海上早晚死不?小小年纪张狂!'我知道他们是不会离开村子啦……"

老筋头打断他问:"都不来吗?"

"都不来。他们说:'小杂种!乱跑!一个庄里的人在一块儿多热闹。'我们一看老的劝不动,就去劝年轻的,最后真有几个人要来了。不巧的是这事给老头子们知道了,他们骂了一大会儿,还要把我们这些小杂种捆了……"

四方对在老筋头耳边说了几句什么。老筋头这才发现缺了几个孩子,就大声问:"有人给捆去了吗?"

细长物摇头:"说是捆,不过吓唬了我们一会儿,倒是他们先哭了,越哭越厉害,哭着说着:'你们这些没出息的孩子啊!你们这些没良心的孩子啊!庄里人苦成这样,你们不和庄里人一起,还要撇下他们跑走!天哪!……'他们哭得人难受,立刻有好多人要留下来,再也不出村庄了。我急了,吹起了哨子——一吹他们身子一摇,可就是不挪步。我就用劲儿吹,这才把几个人吹了来……老筋头,我再也不回村庄了!"

千年龟走过来,愣愣地睁大了眼睛。他看看四方,四方看看老筋头。老筋头去看孩子们,目光落在了那个矮矮的老太婆身上——她始终跟着这群孩子了。老筋头坐下来,去摸烟锅。他吸着烟,摇了摇头。这样呆了一会儿,他又转过脸去望那只湿淋淋的、被阳光照得熠熠生辉的小船了。他站起来,问:

"他们还在试验做酱油吗?"

细长物点点头:"还在试验,听说一大车海蛎子皮都快用光了……他们说要试验到六百六十六次,那时候也就成功了。"

四方拍拍手:"他们成功了,咱熬鱼就有了酱油……"

老筋头转脸对细长物说:"你快领大伙儿捞海菜、拉网,不可偷懒。"说完大仰起脸来,长长叹了一口气。他闭上眼睛,蹲下来,像瞌睡一样晃动了几次身子,小声叫道:"四方啊!"四方走近一步,他却不吱声了。停了一会儿,他睁开眼睛站起来。

老筋头在大海滩上走动着,垂着头颅,像是遗失了什么东西。他的身后就是那群奔忙的孩子,他好像把他们全忘掉了一样。四方一声不响地跟在他一边。

老筋头抬起头来,第一遭发现大海滩上是如此空旷。一眼望去,没有什么树林,一片毛茸茸的杂草棵子的那一边,有灰色的瘴气挡住了视线。在看不见的远处,就是那个村庄了。它与大海之间相隔的,是这片海滩。

老筋头似乎没怎么进入这个村庄。他因为离开热闹地方久了,一走进街巷头晕目眩,浑身都不自在。在不得不路经一个村庄时,他都是半闭着眼睛,急急地穿越行人。如果离一个村庄近了,那种特有的声音和气息总使他多少有些紧张。他看了看四方,见她也在遥望那个村庄。

每个村庄都由一层不易察觉的气团包裹着,远远看去像月亮外面的晕圈儿。这是村庄的生灵万物发放出的气息和其他物质。比如众人的呼吸、食物的酵味、做东西的烟火及蒸汽,还有马厩及茅厕的气体……它们混在一块升起来,松松地罩着这个村庄,久久不愿散去。这层气团通常被晴蓝的天空映衬得十分清楚,一般人却视而不见。一个村庄发生了巨大的灾变或其他事故,气团的晕圈颜色就会大大改变。这是老筋头十分熟悉的事情,因为他的眼睛看惯了大海,对于村庄气息格外敏感。

现在,老筋头注视了一下那个村庄的"晕圈",大叫一声"不好",圆圆地睁大了眼睛。

晕圈放出了暗红的光,那气团浓浊而紧密,轮廓也不清晰,最外的边缘还散射出青紫的颜色。

四方叫了一声老筋头,老筋头像没有听见。这样停了足有四五分钟,他才拍了一下膝盖说:"天哪!……"

四方问:"怎么了?"

老筋头小心地把头颅侧向一边倾听。好像从村庄的方向传过来"嗡嗡"的声音,一阵阵像海浪一样,却又是若有若无。他知道现在的村庄是越来越神奇了。特别是那个大屋子,他无论如何也弄不明白它的功用、它的根底,只在默想中描绘过它的模样。这"嗡嗡"声或许就与那个大屋子有关。

它一定处于那个村庄的中间,窗洞、门口,时刻都有白白的蒸汽滚出来。在一片迷蒙之中,村庄的人猫着腰在这个大屋子里活动,又从大屋子里扩散开来。一切都无声无息,又是这样的井然有序。

四方曾把最后一次回大屋子的情景讲给海边上的人听——她走进去,空旷的大屋子里没有人影。她钻到水汽深处,揪着耳朵拉来一个肚子瘪瘪的小伙子。她曾大声训斥过他,说:"你也学千年龟躺着干活!年纪轻轻的……站稳了!回我话,大屋子里的人都哪去了?"小伙子不停地喘息,说人也少不到哪里去,只不过躺在旮旯里看不见罢了。他说着伸手一划。她弯下腰四处寻觅,真的看见人们三三两两地躺着倚着,歪倒在地上,不过手里还在忙着什么。她问这是怎么了?做活的人眼也不抬。

四方还清清楚楚地记得,那天她刚要呼喊什么,蒸汽里就传来扑打的声音,原来是有几个从角落里跑出来的孩子被唤去干活,孩子不听,有人就打起他们来。一会儿扑打声没有了,几个孩子从蒸汽里走出来,低着头,手里搬一大块东西……

老筋头注视着南边,用力地点了点头。他此刻已经感到了什么——这种奇怪的感觉从很早以前就隐隐约约地出现过,如今是慢慢清晰起来了。他好像感到有什么无形的力量在左右着村庄的每一个人,整个村庄就像一部机器,人是机器上的零件;而那个大屋子,又是那部大机器的心脏。村庄的一切仿佛都渐渐归结到这间大屋子里,那些纷乱的经络和血脉都通向这间大屋子,在此结成了一束……他这会儿不知怎么又想到了那辆木轮子车,一个又高又大的身影在眼前飞快一闪。

"四方,你这一段看见过于志广吗?"

四方拍一下手:"那个人可真能吃东西啊,有一天他赶着木轮子车,一扬鞭子抽下了树尖上的一串叶子,用手卷起来就吃,像吃煎饼一样;还有一次他实在饿急了,连喝八碗开水。大伙儿估计他的胃像水桶一样大。"四方说着哈哈大笑,老筋头却不吭一声。他沉思着说:"大胃口的人如今可麻烦了。他该早些奔着大海来呀!"

一群孩子的拉网号子一阵阵传过来。

老筋头回身看了看海边上奔忙的人影,低着头往前走去。他们不知不觉踏上了一条硬硬的土路。

沿着土路往前走,渐渐听不见身后的号子声了。路上的辙印很乱,都是那辆木轮子车的痕迹。有两道辙印新鲜清晰,他们就顺着它走下去。

土路弯弯曲曲,把他们引向了西南方。路是没法琢磨的——

常赶路的人都明白,一条路本来是向着这个方向,可你随之而行,却不知不觉到了相反的方向。路在田地上如蛇般蜿蜒,没法从它的起始去判定终点的。像他们脚踏的这条路吧,向南,向西,又向东南,最后弯弯扭扭又折向北——难道这是条通向大海的路吗?如果通向大海,那么它为什么一开始不直接向北呢?老筋头不解地瞥一眼四方。他们走着,沿着路上车的辙印——路原来是人的思路。人的思路不会是笔直,因而路的距离总比应有的长出若干。像这条入海的路吧,也许最初踩路的人是这样想的:往南走走,再往前走走,海在哪里?往北吗?那就往北走走……他的思路印在了土地上,也就成了眼前这条路。

车辙深深浅浅,有的地方让车轮碾成一个深坑,一看就知道车子在这儿吃了不少苦头。赶车的那个壮汉无论怎样挥鞭大叫,车子还是跃不出去。他的额角涌出汗水,后背也湿了。也许只有这个村庄里最强悍的人才配驾车——从辙印上看,车子又艰难地往前走去了……老筋头不停地叹息。唉,"三山六水一分田",田地只那么一分,人就在这一分田上奔来跑去了……

四方突然喊了一声,打断了老筋头的沉思。

他顺着她的手势一看,见远远的路面上有一团黑黑的东西,"于志广!"老筋头惊喜地喊道。他边喊边跑。

可是那团黑影一动不动……跑得近了,渐渐看清了车子翘翘的后尾——两匹马死了。

"于志广!于志广!"他们喊着,四处寻找驾车的人。马的肋骨凸出着,一看就知道它们再也走不动了,只好倒地死去。马的四周没有人。

后来他们在路旁的野地里找到了死去的于志广。

可以看出他是在最后一刻弃车而去,想抄近路往大海跑去。可怜他没跑几步就倒下了,再也没有起来——他的手伸着,嘴里含着沙土,头向着大海的方向。

这儿离海岸只有半里之遥。

十

他们用一个满是腥气的大网包将他抬到了海边上,在一群老老少少的注视下将他葬了。

海边上有了一个小小的坟堆。

老筋头最后拍打着坟堆,使它坚固光洁一些。当他抛了土铲的那一刻,他想起了另一个人。他自语一句:"两个好汉……"说完他就木木地走进了窝棚。

在这一天的时间里,细长物已经率领大家搞了很多的鱼和海菜。千年龟由于不停地躺在灶边烧火,脸上的黑炭灰末已经添了数层,再加上他旧有的尘灰,如今已经不辨眉眼。但他看到无数的鱼都被自己煮过,也十分高兴。细长物胸前的铁哨子发挥了巨大威力,"嚯嚯"声不绝于耳,使一群孩子紧张而又快活。那个矮小的老太婆小足如削,在沙滩上活动着,常常像锥子一样扎进沙里。但她因为吃饱喝足,觉得力气很大,跌倒的时候从来不用别人去拉。

小小的坟堆笼罩在夕阳里。

谁都亲眼见到了这黄昏的埋葬。如果不是这样,那么没有人会相信是他在此长眠了。村庄里的很多人永远地倒下了,但这次不同的是倒下了一位最高大最强壮的汉子。看来死亡可以制伏一切。看来死亡对一部分人的执拗也无可奈何——人们怎么也不愿离开村庄。

天完全黑下来了。小小的坟堆被夜幕吞没了。海边上的人全都一声不吭,呆呆地站在那儿。小铁锅干干的,人们不愿吃饭,也无心点起灶火。

海浪噗噗地拍打着沙岸,那洁白的水花在夜色里生生灭灭,闪烁着动人的白光。一天星辰映在海里,大海像无际的淡墨,染遍了天涯。这是个无风无波的春夜,天气也不寒冷,微微的风不知从哪儿吹来,带来的是意味深长的香气。人们站在这样春意浓浓的海滨,会想起大海的深处正有一个迷人的春天,那儿的银色李子花开满枝头,有红衣短裤的肥美娃娃在捏弄蝴蝶,笨拙可爱……海水的确把另一种气息引渡过来。

当人们呆立海岸的时刻,只有老筋头一个人嫌冷似的缩到了小窝棚里。

铺子上,一堆棋子散乱地摊在那儿。他一手撑了头,一手去摆弄它们。棋子摆在了它们各自的位置上,有一方缺少一个车。他挑选了红色的棋子,轻轻地、十分小心地往前走了一个格子。对面的黑影里倏地伸出一只手,手指又软又长,上面有着一块干疤——它拾起棋子,从容不迫地也挪动了一个格子。老筋头的手颤抖了,因为那只手捏起的棋子是一个卒。

棋子"啪啪"响着。

窝棚外面的千年龟听了,将身子探进半截。他见窝棚里漆黑如墨,根本看不到棋盘棋子,又谈何下棋!但棋子啪啪响着,分明是一局好棋、一场好杀……他吸了一口凉气,将身子收回去。

棋子啪啪响着。老筋头捏棋子的手渐渐平稳下来。他很久很久没有跟这个对手下棋了,求胜之心像火一样燃烧。他点了烟斗,一丝一丝地吸着烟,神智全聚在棋盘上了。每一方的棋子都带着深深的离别之苦,交错奔走,紧紧地扭在一起。这等于是一场倾心交谈。黑长的、带有一块干疤的手指捏着棋子,异常潇洒地在棋盘上挥来挥去,最后"当"一声落在红色的"帅"字上。一盘棋下完了。

老筋头的额头流下愉快的汗水,感激地将烟锅伸到对面。正在这时,小窝棚的草帘被风吹开了,一股凉意透遍窝棚。老筋头在心里咕哝着:"她来了,她又来了……"忙将烟锅收回来。他眼看着一个身穿红衣的瘦小的女人坐在铺角,脸色煞白,脑门那儿还有一个红色的胭脂点儿。她的到来使一切都沉默了。那只黑色的有干疤的手也无声地垂放在那儿。三方都轻轻地注视。后来,老筋头看见红衣女子微微露出笑意。转向了那只黑色的手臂。她小心地拾起那只有干疤的手,嘴角动了动,站起来。他们手扯着手,棚口草帘被风一卷,跨出了门去。

老筋头一愣,接着追出铺门。

外面漆黑漆黑,什么也看不见。老筋头奔跑了几步,撞在了四方的身上。他爬起来,见到了一片惊讶的目光……他坐在了冰凉的沙土上。他觉得海风那么凉,那么尖,身子不停地抖。他的牙齿抖着说:

"煮锅鱼汤吧,越烫越好!……"

千年龟立刻动手往小铁锅里添水,烧起鱼汤来。月亮缓缓地升起来了,大海滩罩在了惨白的月色里。海水拍在沙岸上,那银亮的水珠溅开来,又飞快地在沙面上滑动一下,不见了。大如瓢壳的小船在月光下泛着淡淡的光色,像是在愉快地跳动。没有一个人说话,海滩上一瞬间这么安静。

大家看着烧沸的小铁锅都有些兴奋,围在四周,有的坐了,有的站了;唯有千年龟拉长身体躺着,斜眼去看老筋头。大家随了千年龟的目光看去,只见老筋头神色忧郁,盯住自己青筋暴起的两只大手。那两只手倒换了一下,又重新握在一起。

四方走过去,问了句:"老筋头,我们敲那个鱼皮鼓吧?敲敲大家高兴些。"

他点了点头。

小鱼皮鼓搬在了小铁锅旁边,四方"咚咚"地敲响。鼓声震动着,人们那颗心立刻颤抖起来。四方用力飞快地敲,鼓声又急又响,使小铁锅里的白气猛地蹿了出来。她的力气用尽了时,又由细长物接上;再就是下边的孩子们接续下来……鼓声急一阵缓一阵,人们都看到老筋头眼中有什么晶亮的东西在闪动。大家互相看了一眼。

鼓声渐渐慢下来,但比先前更加沉着有力。老筋头找出了他的酒葫芦,仰着脖子喝起来。四方喊了他一声,他就像没有听见,继续喝着。不知是灶火映的还是喝了酒的缘故,他的脸膛那么红。葫芦里再也倒不出一滴酒了,他就愤怒地将它抛入灶里。他的眼睛看着蓝色的夜空,喊了几句什么,接着随上鼓声唱起来。他唱的词儿是千年龟、四方和细长物听过的,他们知道老筋头又沉浸在遥远的往事里了。

"……河有多长啊,我走多远!海有多宽啊,我游多宽!我本是漂在水上的精灵啊,我是一条船!岸上的大嫂喊我喝米粥啊,村里的大叔请我去抽烟!我飞快划桨就是摆手啊,我要流落到天边!……"

他唱着,嗓音粗粗的,是那种老男人略带沙哑的声音。在这歌声里,孩子们大口地喘气,眼也不眨;那个与孩子们呆在一块儿的矮小老太婆流下了泪水。千年龟躺在离锅灶最近的地方,此刻像被火星溅了一样,不停地翻身。只有四方咧着嘴角,老筋头的歌声刚刚煞尾,她就接了上去。

她的歌声像深夜里翻滚而去的河水,暴怒地呜咽。有人听出好像她在悼念死去的于志广。也有人听出那更像是在诅咒什么。那种壮年妇女的悲凄歌声一阵一阵,海浪都压抑不住,锅底的火焰顷刻间像被冷水泼了,呼呼地冒出了黑烟……千年龟赶忙大把大把地往灶里加添柴火。

火苗重新舔着锅沿的时候,鼓声又紧急如初了。四方不再歌唱。她弄乱了头发,在沙滩上走着,有时还去拍一下细长物。老筋头歪倒下去,很快就睡着了。细长物蹲在老筋头身边,又伏下身子看着老人的睡态。他看到老人又深又密的褶皱里夹住了一些沙粒,就伸手给他伸展出来。老筋头的鼻孔张大了,用力往里呼气。那衣领袒开着,胸脯及半截臂膀都被月光洗得冰凉,细长物从上面看着,把手插进了老人的衣领里,抚摸着一个温热的疤痕累累的躯体。

千年龟躺着,被来回奔走的四方踩了一下,也就猛地坐了起来。他搓揉着眼睛,仰脸去看星辰,然后就动手去捅灶火,搅着鱼汤。小铁锅一会儿又喷吐出白气。

不知是鱼汤的鲜味儿还是什么,使老筋头很快醒来了。老头子一手揽住细长物一手向空中指划着,说:"你听到了没有?"细长物侧侧耳朵,摇摇头。老人说:"我刚才听到了马蹄的声音,'咔哒、咔哒',从远到近,又从近到远,越过我们的头顶过去了……"细长物的身子扭动了一下,大睁着眼睛问:"是于志广的木轮子车吗?"

老筋头的目光又去寻找那个小小的坟堆了。

大家喝着鱼汤。看来这一夜谁也不想睡了。四方给一老一少捧来两碗汤,又无声地走开。一群孩子因为没有碗,一人捧一个大海螺壳,"吱吱"地吸吮着。矮小的老太婆受到了特殊照顾,四方给她一个长把儿汤勺。

白天晾晒的鱼儿在月光下亮成一片。海菜堆成的山峦在沙滩上投下了很大的黑影。细长物说:"老筋头,于志广不死就好了,他会用车将这些拉回村庄的。"老筋头摇摇头。细长物把鱼汤喝完,用一根手指挑着碗旋转着说:"那我们就得把这些东西一点一点搬回村庄了。"老筋头仍旧摇头:

"最要紧的是让他们离开那个村庄,到海上来。"

千年龟喝饱了汤,抹着嘴巴挪蹭过来,得意地端量着老筋头,说:"你平常说什么?你说我是个有大心智的人。那你为什么不让我动动心智！你想想看，如果让人把鱼隔几步扔一条，直扔到村庄里，天亮了他们还不循着鱼线跑到了海上？……"

老筋头的眼睛一亮，一下站了起来。他笑着盯了一眼千年龟，然后转向锅边上的几个孩子说："快跟上细长物做大事情去吧！"

话音未落，细长物就急急地吹响了哨子。一群孩子两眼尖尖，虎生生地看着细长物。他们用背篓背上鱼，又点上火把，匆匆忙忙往深远的夜色里奔去。

火把星星点点地散开在月夜里，哨子声也渐渐消失了。

四方又敲响了鱼皮鼓，清脆的鼓声急促亢奋。这鼓声随着清冷的月光一块撒落到夜空里，那般遥远和费解。咚咚……咚……它终于缓下来，淡下来，一下一下地拨动着海边这凉凉的夜晚。但只是一会儿，它又急躁如初了，鼓声里大片大片的月光飞快地垂落下来。

整个的大海滩都响彻着频频的鼓声，那个大如瓢壳的小船又在月光里愉快地颤动了。

夜栖的海鸥被鼓声惊醒了，在浪印上"嘎咕"大叫。它们有的从上边飞过，让人们看到了那漂亮的、一尘不染的羽衣……

不知过了多长时间，远处响起了孩子们的喧嚷声、细长物的哨子声。老筋头对四方喊一声："加劲擂鼓！"鼓声如爆豆子一般密了，圆圆的月亮在鼓声里一丝丝地往下落，最后把大地映成一片金属般闪亮。孩子们跑近了，一张张汗漉漉的脸庞像鲜花一样在巨大的圆月下一一开放。

天色放亮了。海雾在小窝棚的尖顶上飘荡。所有人都伫立着,连千年龟也站在灶火旁边。大家一直望着南边,望着村庄的方向。

细长物第一个用手向前指了一下,说:"看呀!"

黑乎乎的一片人分不出个儿,在远远的荒野上蠕动着、颤抖着……老筋头大喊一声:"他们可来了!来大海上了!"

荒野上的人群清晰了,越来越近了。他们的声音传过来,"啊啊"响成一片……这是一群突然陌生了的人,衣衫残破,头发长长,被海风吹拂着,一直奔涌过来。

人群望也望不到边。好像奔向大海的不是一个村庄,而是所有的村庄。他们黑压压的一片,像浪潮一样,那巨大的呼声远远压过了海的波涌。

老筋头望着越来越近的人群,大笑着呼喊一句:

"你们来了!我该走了!我本来就是河里海里的人……"

他说着不顾周围几个人惊讶的眼神,返身就向小船跑去,弯下腰推船入海。

细长物望着不远处的人群,有些恐惧地叫了一声,也奔向了小船。

四方、千年龟,那群孩子,都怔怔地站在大海与人群之间。他们犹豫了片刻,然后一块儿扑向了小船——细长物原以为这个小船至多能盛下三人,可奇怪的是所有人都上来了,它还是宽松如常。细长物惊喜地看着这条船,又看了一眼摇橹的老筋头。

人群逼近了海岸。

小船驶入浪谷,消逝了。停了一瞬,它又跃上了浪峰。小船上的人向岸上频频招手。

太阳很快使大海一片火红。风愈吹愈大,整个大海都在熊熊燃烧。那长长的火舌舔着一个抖抖的小船。

小船在愤怒的火焰中昂首航行了。

1986 年 12 月—1987 年 4 月于济南

远 行 之 嘱

"明天你要赶路,早些睡吧。要说的话是说不完的,睡吧。"

我摇摇头。真不想离开这张书桌,不想离开姐姐的小房间。我明天就要走了,离开姐姐,去开始一个人的长途跋涉。我害怕这一天,又渴望着这一天的到来。我是姐姐带大的,她比我大十多岁。几天来她帮我打点行装,说了那么多的话。我多么珍惜远行前这最后一个夜晚。我又一次摇头:

"姐姐,我在车上打瞌睡吧……让我呆在你屋里谈下去吧,不然我在路上会后悔的。"

她看看窗子,没有说话。

窗外漆黑一片,也许是树木和云彩遮挡了,看不到星光。夜静极了,一片小树叶落在地上也听得见。这样的夜晚由于有了姐姐而变得温暖和安逸了,以后的夜晚呢?真不敢想象。我十九岁了,实实在在的一个男子汉,即将开始我的远行了。这样的远行每一个人都有的。在漫漫的路途中,我不知道将会遇到些什么,但肯定有坦途也有凶险。姐姐对我不放心是自然而然的。她看着我长高了,如今又要亲手送我去远方。我将在路上花掉很多年的时光,这些年里,我将永远记住你的声音。

"你路上常常是一个人。会有人和你结伴,不过大多数时间还是你一个人。要想到一个人走路的难处。你最好记住,今后是一个人了……"

姐姐的声音压得很低,完全是一种告别的语气。

我说:"我不怕什么。我担心的是遇到情况想不出好主意。你也说过,我是个没有主心骨的人,这是我最大的弱点……"

"这也怪我。我总是让你这样、那样。本来这片林子里只有我们一家居住,你活动的地方很大,应该从小磨炼出很强的生活能力。你很小就会爬树,八岁那年你敢一个人游到大海里面……这当然都是能力。不过一个人最重要的能力还是主见,是判断事情。可惜你从小跟我在一起,我替你作出的判断太多了。"

"但是,"我有些急促地说下去,"但是我也跟你学会了理解事物的方法呀,比如说我今后遇到了什么难题,就会想起你是怎么解决的……"

姐姐的手按在桌上,眼睛闪了一下:"毛病就出在这儿。今后面对那个难题的只是你了。你不妨忘掉我——重新想出自己的办法。我的经验只能给你辅助,只能这样。"

姐姐是对的。我记得自己任何时候都习惯于求助她。比如小时候路口上有一个马蜂窝,马蜂老要蜇我。那时姐姐已经从省城的一所师范学校毕业了,因为受爸爸的事情牵连而暂时呆在林子里。我问姐姐马蜂窝怎么办?她说可以用火把燎——以后我对付马蜂也就永远使用火把了。我笑了。

姐姐仍然很严肃。她说："你要有一个人走下去的决心。我说过,不会有什么伴儿和你一同走到底的。抱怨也没有用。翻山过河,还有,一个人走到大沙漠上……"

"那真可怕。"

"没有水,没有绿草,连绊脚的荆棘都没有。如果你走不对方向,就会倒下去……一个人不怕高山大河,就怕沙漠。"

"我带了指南针呢。"

"走长途的人都带了。但愿它能帮你。不过你可别全指望它呀。不知怎么,我多少有些害怕它,害怕它耽误了赶路的人。我也不知道这是为什么……"她撩了一下头发,嫌有些闷热似的打开了窗子。

深秋的凉气涌进来,姐姐又把窗扇合上一半。

我的背囊放在一边,它可真是够大的了。那里面有一把锋利的半长刀。她帮我整了背囊,但我偷偷加进了这个东西。我不告诉她,因为怕她因此而增加忧虑。东西太多了,我想扔下一些,姐姐不同意。她说天气快冷了,不久你就要把棉衣服穿在身上,路上天气又会渐渐转暖,那时候就可以扔掉棉衣,行装也就轻松了。我看看背囊,舔了舔嘴唇。我准备明天在车上时将刀子翻找出来,放在易取的地方。背囊里还有一些姐姐不知道的小东西,我必须带上它们,也许依靠了它们,我才能更好地走完我的旅程。

姐姐看了一眼背囊说："你真要走了,以前想都不敢想。可是你也该走了。父亲离家的时候比你小得多,他走得格外艰难。父亲看不到他的儿子离家了……"

我忍住了什么,但后来还是打断她的话:"姐姐,我求你不要再提父亲了。你知道我恨他。"

"知道。我这几天没提父亲一个字。可是我还要跟你说父亲,我要说,只跟你说一次。因为我想来想去,还是不能把话藏在心里。你知道我跟你一样恨他,不过上路之前不跟你好好谈谈父亲,我会难过……我们都把父亲藏在心里,今天晚上让我们说出来好了。"

不知由于气愤还是怎么,我的身上有些颤抖。父亲死了,他的坟就在林子里,我每一次进林子都小心地绕开它。他生前走遍了半个中国,关于他的一生我敢说永远都是个秘密。这个世界上除了母亲说他是个好人,所有人都肯定他是个十恶不赦的坏人。他被指定为最危险、最丑恶、最反动的一个男人。他受尽了折磨之后也就死去了。然而他生前是家庭中的暴君,别人折磨他,他就折磨妻子和孩子。就因为他的缘故,我们被人从城里驱赶出来,但任何一个像样的村庄都不允许我们去居住,最后只能住在林子里,由林子边上的一个村庄负责惩罚我们。妈妈、姐姐和我受尽了屈辱,我身上带着别人留给的伤疤,也带着父亲击打的印痕。我身上疤痕累累……我用乞求的目光逼视着姐姐,那意思她当然会明白:让我忘掉他吧,让我轻松地上路吧!

姐姐盯着我。我明白她要说什么:你忘得掉吗?!

我低下头去。

姐姐沉默了一会儿说:"不管怎么说,父亲是个走过千山万水的人——他走过了,而你才刚刚开始。他的后半截路全在林子里了,我们扳开树棵和茅草,找找他的脚印,这也许是应该的。他生前绝对不许我和妈妈追问他的历史,可是他高兴了,比如喝了酒,自己就会讲。有些话我永远也听不明白,问妈妈,妈妈也不知道。他的话让我搞不懂。他后来让我们跟他叫'老红军',非这样叫不可。"

父亲喝醉了酒就让我们那样叫他。有一次我不叫,我说:"不,你不是'老红军',你是……"他一巴掌把我打得鼻子冒血。后来姐姐为了我,一声连一声喊起了"老红军"——父亲,他眯上了血红的眼睛,哈哈大笑着骑在一个白木凳上,一手握着酒瓶。那会儿我还卧在草地上,血溅在手上、衣服上……我闭了闭眼睛。

姐姐突然说:"我现在倒想,他真是一个老红军。"

我猛地站起来:"胡说!他到过陕北吗?他长征过吗?没有!可你……你怎么了姐姐?"

"我觉得父亲说的不是醉话。记得他临死的那个晚上吗?他躺在床上,嘴里吐着白沫,咕哝了些什么谁也听不清。妈妈伏在床上,极力想听懂什么……爸爸就这样和妈妈挨得紧紧的去世了。我叫着爸爸,问妈妈他临死说了什么。妈妈的眼泪掉下来,用手擦去说:'你爸爸说,他是个老红军。'"

姐姐的话让我回忆起那个可怕的夜晚。我也记得妈妈的话,但我不会相信父亲。我摇了摇头。那个晚上,村子里专门管理坏人的瘦筋领了一帮真枪实弹的民兵游动在林子里。他们在暗中监视我们,怕我们在一个人垂死挣扎的时刻做出什么。父亲死了,母

亲哭着,用手使劲捂着嘴——瘦筋不允许这个屋子传出哭的声音。我真害怕想那个夜晚。我说:

"让我们谈点别的吧,谈……就谈那个诗人。"

姐姐的脸红了一下。她点点头:"他这个冬天就回来了。他的刑期满了。真不知道他这会儿成了什么样子。"

"他一出狱就会跑到林子里的。一定会的。我真想他,一闭眼睛就能想出他的模样。"我这样说着,完全为了让姐姐高兴。但我说的是实话。

那个诗人是姐姐的同学,他在那座小城里时爱着姐姐,后来就跑到林子里来。他的一条腿不知何时受过伤,一拐一拐的。由于他老在林子里出没,瘦筋认定他是海中泅上来的特务,就率领民兵包围了林子。诗人在突围中与一个持刀人搏斗,把对方伤了,被判为无期徒刑。姐姐这几年几乎将所有时间都花在他的身上,为他辩护上诉,终于使诗人减刑。诗人已经在狱中度过了六年。我最后一次见到他,记住了那双有些深陷的大眼睛和坚硬的方额。关于他的回忆能带来特殊的温暖,我相信在最艰难的时刻,我和姐姐都是靠思念这个人才获得一点希望和安慰。

"我把他的那本诗抄了一份放在你背囊里,你在路上不要丢了。到了你不喜欢的时候,你就寄给我——我不敢说你一辈子都会喜欢他的诗……"姐姐很平静地说。

我点点头:"记住了。不过你的诗我也一起带上吧,你知道我喜欢。"

"它不值得带,什么多余的东西都不能背着上路……你以后如果在一个地方住久了,就要来信,我把他和我的新诗一块寄给你。"

我不吱声了。我多么想见一见诗人再走。可是那要等到冬天……记得他第一次到林子里来可把我吓了一跳。那是个晚秋,橡子落在地上。我在林子里捡橡子,忽然从橡子树上跳下一个人来。他满脸胡须,头发蓬乱,我盯他一眼,扔下篮子就跑。跑了一会儿,我回头去看,见他一条腿跪在那儿,正往篮子里一颗一颗捡橡子——我把它们撒了一地。我看了一会儿,就走了回去。后来的日子里我就替他和姐姐站岗了。我们既要回避着瘦筋的人,又要躲开父亲。只有妈妈和我们站在一起,她有时握住诗人的手,叫:"孩子!孩子!"诗人看上去有四十五六岁,实际上只有三十多岁。诗人读诗给我们听,我听不懂,但像大家一样激动。我永远忘不掉那时候的林子。就在我坐的这个小桌前,坐过我们家的诗人。

姐姐也沉浸在往事里。她这会儿望着墙壁说:"他是个能够宽容别人的人。你这点上远远不如他。你知道父亲对他多么凶狠,可父亲死了以后,他偷偷去坟上放过鲜花。那时我们家里倒没人敢去……父亲如果看到这些会难过的。当然,你和我永远也不会理解父亲。我最不明白的是他为什么一直不让我和诗人在一起。这个家被父亲领到了地狱里,他完全明白我是绝望了……"我打断她的话:"全家都绝望了,包括他自己。""是啊,都绝望了。在这时候,诗人送来了一线光亮,他是我的希望、我们的希望。可父亲一见到诗人呆在我屋里就大喊大叫,用酒瓶摔着砸他。有一回父亲坐在院里剁猪菜,一抬头看见诗人往我屋里走——他想偷偷绕过去。父亲跃起来抓住了他的衣领,骂得难听极了,还比量着要用菜刀劈了他。妈妈、我和你都在一旁哀求父亲。诗人没有说一句话，也没有反抗，只是事后长长地叹气。他当然不怕那把菜刀，仍然到林子里来。"

这些没法解释，也不需解释。我说："他被生活逼疯了，他不会爱任何人了，也不愿在这个家里看到爱……"

"这已经不是我们的父亲了。那个为了爱情奋不顾身，抛弃一切从海滨城市赶到妈妈身边的男人，才更像我们的父亲。那时候他多好啊，我什么都想象得出来。妈妈住在一个小城里，就是那个港口小城……父亲的苦日子就是从那个小城开始的。我真不知道他该不该来这个小城……"姐姐有些激动地喘息着，胸脯起伏不停。

我咬了咬牙关，没有做声。如果让我回答，我会说他不该来这小城。因为根本就不该有这个家，不该有我们。我们是人，不是牲畜——即便是畜生，只要老老实实地拉犁，也不能没完没了地抽打和羞辱它们。我们住在林子里的这一家，每一个成员都是有罪的。父亲要起早摸黑赶到大田里劳动，像牲口一样被人看押着；雨天，他要到那个村子里排水；雪天，他要去街巷上扫雪——大雪下一层，他就要扫去一层。每逢集市什么的，他都要被捆绑了，像牵牛一样拉到街头，有一个民兵在前边敲锣，一边敲一边喊："哎——让开——哎——"妈妈混在人群里，往前挪动着看父亲，还要忍住眼泪。她如果流泪了，就会被认出来，和父亲捆到一起。那时候好多孩子就会高兴得蹦起来……姐姐和我要做最苦最累的活儿，做活时要一声不吭。但我已经感到很幸福了，因为我从那个学校毕业了。那是个村办的七年制学校，一座真正的地狱……

姐姐注视着我，我抬起头，与她温煦的目光相碰了。但我知道我的目光是冷冷的，此刻像冰一样。她说："我不该在你临走时谈论这些，不过我实在忘不掉它们。我也不愿让你忘掉，我不信一个浑身轻松的人就一定会过得好。一个勇敢的人什么都不用回避，你是十九岁的男子汉了，你用不着怕什么。不是吗？你还很小的时候就已经十分倔强了，你的眼神像父亲……"

我又一次站起来，觉得浑身燥热。后来我又坐下了。我说："我知道你指什么。那是我在学校的时候，你听到什么消息跑去了，见我浑身是血，就上来抱住了我。你见我不吭一声，也不哭，就那么看着你……后来，姐姐你后来说了一句话，我到现在也没忘。你说：你的眼神比你身上的血还要吓人。就是这句话。"我两手捧住了两颊，说下去，"你看出了我的眼神里有什么，可你没说。你今天才说出来：像父亲。姐姐！你知道我那么小怎么会有那样的眼神。那是疯狂的、仇恨的——你知道你赶到学校时，他们已经整整打了我一天了——那天我一早上学校去，一帮同学就叫着父亲的名字，并学着他被捆绑的样子。他们不叫我的名字，只将父亲的名字前面加一个'小'字来代替我。我忍受着侮辱，像过去一样。可是这一天我们小组里开小型批斗会，有个老师也来参加了，点名要同学批斗我。我给推到了桌子上。他们喊口号，跺脚骂我，后来有人喊了一声什么，猛地把我从桌上推下来。我的头磕破了，血流进了眼睛里。我两手去搓眼，怎么也擦不干净。我睁开眼，看到教室里，同学和老师，他们全是红的颜色。"

我说到这儿闭上了眼睛。一片片的红色更清晰了。我不停地搓揉眼睛。"推我的那个同学两手拄在膝盖上看我,头一歪一歪地笑。我看他也是血的颜色,就握紧了拳头,往他下巴那儿来了一下。所有人都惊呆了,哇哇大叫。那个老师说:'反了!反了!'接上这个一拳那个一脚打起来。我不吭声,不流泪,拳头打到我脸上,我也不躲闪。就这样硬挺着,不一定瞅准机会给谁一下。他们咬着牙往上扑,说:'打烂他!打黏他!'有几个人从破桌上扳下了一个板条,上面露出一溜钉子尖,两手举起来拍了我一下。我疼得在地上滚,血一下染透了几层衣服,拿钉板的那个同学这才把板子扔了。有几个同学见我流了这么多血,吓得要把我拉起来,那个老师阻止说:'让他滚!让他滚!'我听了就一动不动地趴在地上,趴了一会儿,一下子站起来。我睁开血糊糊的眼睛,一眼看到了你走过来。我就那么看着你。你流泪了,没说一句话,弯下腰抱起我往回走了。一路上,我的血沾了你一身,我的手指全让血和泥土黏在了一块——我全身发黏。我这才明白了什么叫'打黏他'……为了不让妈妈看到这么多血,你背着她给我擦洗,用止血草的绿水抹伤口。我永远忘不了这一天,忘不了那个学校——七年里我不知被折磨过多少次,差不多爸爸在街巷上游斗一次,学校的老师和同学就要仿照着对我来一次……"

姐姐听着,几次难过地咬着嘴唇。她这时说:"那一次是你的一个同学跑到林子里报信的,他说你大概给大伙打死了……同学中原来也有同情我们的。我们永远不要忘记他。可是大多数同学都要参加批斗,你与他们都一样,都是十来岁的孩子——你不觉得这很奇怪吗?"

"有的原来还跟我很好。我给过他们铅笔刀,还从林子里逮过小鸟、折过花给他们。可是到了时候一闹起来,他们也对我伸出了拳头。"

"这些仇恨比什么都可怕,因为它连点根据都没有。一些人从小就知道站在强暴的人一边,去无缘无故地欺凌弱小无援的人。那天我抱着你回头望了望,见一片孩子的脸全都仰着看我,这些脸在阳光下闪亮,非常好看。我扭头往前走了,心里想这都是些挺好的孩子啊,这么小就迷上了打人,合伙把我的弟弟打得鲜血淋淋。那天我想的是我们大家都完了,完了,因为我们这里从孩子开始就让人失望了——这样想当然有些过分,但从那儿我也明白了一个重要的道理,它非常重要。"

"什么道理?"

"这就是大多数人的激愤和向往不一定就是合理的、正确的。再没有比人更容易被撩拨起来的了。当有人以'多数人的要求'为借口做什么的时候,常常隐藏了最大的欺骗和阴谋。有时候大多数人在盲目地一块儿激动。所以我们判断事情的时候,千万不能以人数的多少为唯一的依据。任何时候都能冷静自己,站在真理一边,可真是太难太难了。我今晚上一开始就对你说,生活的能力主要是一种主见,是判断事情,就指这个。你一路上不知会遇到多少蜂拥的人群,你千万不能盲目跟随。你要看重自己的智慧,要蹲在角落里把事情想好。一万个发昏的头脑也比不上一条清晰的思路,这是事实。你想想看,前些年那个村庄里的人是怎么对待我们的?不错,也有人设法保护我们、爱我们,成为我们生活中的一缕阳光,但绝大多数人在不公正地对待我们,排斥甚至藐视我们。他们人数众多,但他们并没有因此就变得合情合理。事实证明他们错了,他们太残酷了。所以说,弟弟,真正可靠的指南针是没有的,我一开始就说,我有些害怕那个机械的东西。我的意思是你真正重视起你自己,去思索,去寻找……"

"姐姐!"我感激地叫了一声,打断了她的话。她说得很慢,这会儿停住了,期待着我说什么。我什么也说不出,我只是激动。原来我们全家人经历过的那一切全存在她的心里,她不但没有回避,反而把这一切令人心悸的苦痛从头咀嚼过。她生活得太难了,她把一切不愉快、一切难言的苦楚全掩盖在柔和的温笑下面。她始终像一个姐姐那样温柔……我说:"我一定记住这些,记住你刚才的话。"

她点点头:"那就好。你的眼神太让我担忧——因为你虽然口口声声说恨着父亲,但你的脾气太像父亲了。有时你那么孤傲,也容易冲动。你的倔强怎么形容都不过分。这些真不让我放心。我常想,你一个人到外边去,什么委屈事情碰不到?你没有家里人的规劝,闹得不可收拾怎么办?父亲走到这一步有其他原因,不过性格也决定了他一部分命运……"

我承认自己的性格有些像父亲。我也为此大为苦恼。我不明白的是,我为什么学习了一个自己所憎恨的人的毛病?我问:"这是遗传不是?"

"可能是。我们的血管里流着他的血液。性格与品德和思想不是一回事,我总相信它会遗传。"

我咬咬牙关:"这真糟糕。"

"也不一定。父亲的性格常常是孤注一掷,暴躁,目空一切,这当然不好。可它的另一面是顽强、是忍辱负重,坚定不移地活下去。你的性格中也有母亲的一面,那是柔和、平静和忍让,多愁善感。可这种性格的另一面是没有主见——你知道妈妈是个没有主见的人。她太软弱,太脆弱。这些素质不用说也遗传给了我们两人。"

姐姐的分析很对。她的所有分析,都可以在我们家庭的那段生活中得到印证……我默默不语,心头一阵痛楚。

她接上说:"你明白了这些,你就会变得主动多了,有力量多了。你的反省就会是经常的事了。只要你能每时每刻反省批判你自己,我也就安心了。你爱妈妈,可妈妈的缺点你不要保留;你恨父亲,父亲的优点你不能去厌弃。你和我是父母合成的,是一个新人,新生命,我们在这个世界上得自己活……"

"自己活……"我小声默念着这几个字,抬起头看着窗外那无边的漆黑世界,大口地呼吸着。我清楚这几个字的分量。那一段日子里——我可不信那样的时光就会一去不复返了——我算弄明白了,这世界上就是有人不想让我们活下去,尽管我们活着一点儿也不妨碍他们活。那时候那个村子可算穷到了底,我们家就要随这个村子分红。其实我、姐姐、父亲、妈妈,四个人没白没黑地干,反倒欠下了村子的钱。村里的人都有自留田,我们却没有份,于是就在树木空隙和房前屋后垦出一点土地。父亲五十岁以前两手几乎没有沾过泥土,他为了活下去拼命地干。他学会了使用各种农具,侍弄各种庄稼,并且成了一把好手。他不知蜕掉了几层皮,真正算是脱胎换骨了。他在垦出的荒地上种玉米、山芋和黄烟,这些作物在夏季需要浇大量的水,这时我们自己掏的那口土井总是干涸,父亲就领我们去芦青河边担水。我们家离河边有二里多路,而且一直要穿越林子。树根绊倒了水桶,累得躺在地上,都是经常的事。父亲总是从后边赶上来,不住地骂着,用脚踏,用树条抽。有一次我再也起不来了,就用手抵挡着父亲的脚,死也不爬起来,最后是姐姐救了我。夏季是值得我一辈子诅咒的,每到了夏季,我总想这是我和父亲之间最危险的季节。说不定他会发了狠把我扼死,也说不定我会在他熟睡时给他一刀。这些都说不定。

夏季过去了,我们还活着。庄稼长得乌油油的——我们的庄稼不是用水、也不是用汗浇灌的,而是血汁养活的,它永远是深绿色。瘦筋领着民兵到林子里转,总是用嫉恨的眼睛盯着庄稼。他说:"赶地!赶地!"——我们一听这两个字就要浑身发抖。那是指我们种地垦荒超出了他们划定的界限,把公家的地"赶"开了。这是剥削阶级的一种土地欲,是罪大恶极的。接着瘦筋就要惩罚我们,让民兵把靠近边缘的几尺宽的一溜儿庄稼全都削掉。黄烟秸、山芋蔓和玉米棵上都渗出了晶莹的水珠,后来这水珠又变成了红色,通红通红。瘦筋他们走了,除了父亲之外全家人都抱头痛哭。父亲在地里走来走去,恶狠狠地冲我们叫骂:"再哭他妈的给你几巴掌。"妈妈第一个止住眼泪,弯下腰收拾被砍掉的烟叶。那些秋天我永远也不会忘记,因为我们收获的更多的,是屈辱和眼泪……

我问姐姐：

"你还记得那天早晨……玉米被砍倒了，我们……"

姐姐打断我的话："怎么会不记得。那个早晨我给吓坏了。经过了那个早晨，我更不明白父亲了。"

那天我们得知玉米田被瘦筋他们砍了，一齐扔了手里的碗往田里跑去。整整三行玉米被半腰斩断了，还没有成熟的玉米棒子吊在秸子上、踩在湿土里。父亲腰里掖了把镰刀，站在田头上。谁也不知道他为什么要带一把镰刀来。我们跟在妈妈后边收拾折断的玉米秸，把青嫩的玉米棒子捡起来……我们不敢吭一声。我看到妈妈做活的两手抖得厉害，就小声叫她："妈妈。"妈妈不应声，头也不回。有一个人蹲在玉米地里，弄得玉米叶儿唰唰响——我不知怎么一下想到了一个人，诗人。我总觉得他快来了。我对在姐姐耳边说："是他。"姐姐打了一下我的手。正在这时我们身后响起了炸雷一样的吼叫："你给我站起来！"我们在这吼声里一下子凝住了。玉米地里死一样安静，那个人没有一点声响。"站起来！"父亲又那样吼了一声。那个人缓缓地站起来——他让我们看清了，真的是诗人。原来他比我们早一步来到这里。我估计他要穿过林子到我们家去，目睹了凌晨的惨剧，就躲在了这儿。靠近被砍削的玉米秸那儿有很多玉米棵被踩得七歪八倒，它们之间有的已经让一只手小心地扶起来，并在根部加了新土。这一定是诗人干的。我想他正干着，我们来了。这时诗人跛着腿走出来，看也不看父亲，蹲到歪倒的玉米那儿干起来。父亲喊道："你又来了！我说过这个家再不准你来沾边，我说过……你吃我一镰吧！"他说着一下拔出镰刀，一步一步向诗人逼近过去。我们叫着站起来，妈妈不知为什么搂住了姐姐，嘴里叫着："我的孩子！我的孩子！"姐姐喊："快跑，你！"那个诗人站起来，拍了拍土，直眼盯着父亲。父亲举起了镰刀，两眼通红，喷着火气。他突然"嘿"地大叫一声，镰刀狠狠地落下来，把诗人刚刚扶正的那株玉米当腰斩断……妈妈跌坐在地上。

小屋里没有一点声音。我相信此刻姐姐又一次听到了那把镰刀掠过空气的嘶嘶声。她沉默了一会儿，说：

"父亲欠我们的东西太多了——我多少年来一直这么想。他一步一步把他的老婆孩子领到了地狱的入口。可是现在我不那么想了，这也许是我上了几岁年纪的缘故。不过我不敢说我不恨他了，更不敢说心灵深处有一点点爱。我每逢走到林子里，看到那被荒草掩着的两个坟尖——妈妈的坟和父亲的坟靠得那么紧——心里就泛出一阵酸楚。我可怜他们，我是说我也可怜父亲。我知道我和你都太小了，没有能力去理解自己的父亲。可是你就要走了，这些天我一遍又一遍想着父亲，不知该怎么跟你谈。我心里想，一个儿子长大了，就该把父亲和母亲，特别是父亲弄明白，弄不明白，应该焦急，应该尽快搞清楚。我不信一个连父亲也搞不清楚的人，会在外面过得好。"

"姐姐！"我着急地喊了一声。这喊声里掩藏了一丝别人听不出的愧疚。

姐姐看也没有看我。"不用说，没有父亲，母亲就会活得更久，活到现在。差不多是父亲一手害死了她。可她临死的时候唯一的要求是跟自己的男人葬到一起。她还是恋着他，在阴间里也要追随他。你不觉得奇怪吗？妈妈到底怎么了？是妈妈糊涂还是我们糊涂？不知道……理解父亲太难了，因为我们不知道很早以前的父亲。你还记得父亲那张照片吗？"

我点点头。这张照片对我的刺激太深了。那是一个深夜，姐姐拉严了窗帘，从桌子下面的小盒里抽出了一个小本子，又翻出了一张硬纸片——我以为那肯定是诗人的照片了。谁知那是个陌生人。一个男人，二十多岁，又黑又大的眼睛，头发浓密。他穿了西装，文弱羞涩，像是另一个世界里的人……我不信这会是父亲，然而事实上这正是几十年前的他。这张照片一直由妈妈保存着，她给了姐姐。我一遍一遍凝视着照片上的人，第一次有了对生身父亲的强烈的好奇和向往，但这仅仅是对那个年轻的父亲。这怎么能是他！他们之间怎么会有什么联系！我心中的父亲一直是那个伸开两腿坐在泥土中，手握一把菜刀恶狠狠地剁着猪菜的老男人。他满脸深皱，眼睛又小又恶，手上是发红发紫的伤疤，在田里做活时，像大家那样一转身就解了裤子小便。这才是现在的父亲。从此我心中就有了两个父亲，而奇怪的是我坚信那两个父亲之间充满了深深的仇恨。我有一次将这个想法告诉了姐姐，姐姐说："胡说，他们是一个人。"我没有做声，我也知道他们是一个人，但还是认为照片上的人与现在的父亲有着强烈的仇视。有一次我又把这个想法告诉了那个诗人，诗人望着姐姐，问道："难道弟弟说得不对吗？"

原来岁月可以把一个人分成两半。一半恨着另一半，差不多要杀死另一个"他"。

姐姐说:"我刚刚说过父亲性格中的顽强——你很容易一般化地去理解这个'顽强'。不了解过去的父亲,这一切你就没法搞明白。仅仅说他是'顽强'行吗?照片上的那个人怎么变成了后来的父亲?这一切能够让人相信吗?但它的确发生过。就这样,岁月可以改变一切,重铸一切,让你目瞪口呆。你后来亲眼见有些人是怎么打父亲的,可母亲看了回来一边流泪,一边擦着眼泪说:这也许不会是最坏的呢。要知道父亲这之前还住过五年监狱,在深山里戴过脚镣、开过矿。是啊,我们没法亲眼见到深山里的生活,就不能说回到林子以后的父亲更受虐待了。妈妈说父亲从来不讲深山里怎样,这个男人把什么都闷在肚子里。每个人抵挡磨难的方式都不同,有人大喊大叫抵消一些痛苦,有人就不声不响地吞咽下去,把它在肠胃里消化掉。比如那一次我亲眼看到了他们批斗父亲和另外几个人:会开到接近尾声的时候,主持会的几个人、站在台子两侧的几个人都激动到了顶点,骂着,搓着手,最后打起了被批斗的人。他们甩着皮带横抽,台下的人就呼口号、助威。他们越打越来劲。父亲和身边的那个人被打得嘴角流血,后来又猛地给推倒在地上。两个人没有提防,嘴巴碰得直流血——那个人费力地爬起来,一丝一丝挪了几步,一下子伸手卡住了打他的那个人,发狠地叫着。好多人惊叫着跑过去,有人一棍把他击昏了……那一刻我的心都跳到嗓子眼了,我怕父亲也会那么来一下。可后来没有。后来所有人都不声不响地盯着最后一个趴在台上的人——他碰伤得最重——久久地趴着,后来也是一丝丝挪动着,爬起来,紧紧闭着眼睛。我怕他也会突然伸出两手。但这种担心太多余了。他闭着眼睛,费力地吐出一颗牙齿,仍旧默默地站着。那以后我为他的忍让暗自庆幸,也多少有些瞧不起他。多少年过去了,现在回想起来,就再不敢那样看父亲了。你说呢?你能说父亲那样就是软弱、是窝囊吗?"

我长长地舒了一口气。我不能那样说父亲。我摇摇头。

"我不敢去看父亲的手,"姐姐看着自己的手,"那双手有时候让我恶心,有时候让我害怕。十根手指全变了形,有的骨节像烟斗那么大。茧子从掌心长到手背上,又被疤痕分成一块一块,往上鼓着。这双手能代替锄子除草松土,还能顶铁锨用,有时像一把镰刀那样,不知怎么就把伸到田边的树枝削去了。父亲一有空闲就蹲在田里,很少拿上工具。他的十根手指插进土里,什么都阻挡不住。正是这双丑陋的手才使我们全家没有饿死。你不难想象这双手原来是怎样的,它一点也不比你的难看。这双手发起火来够吓人了,打到你和我的身上、打到妈妈身上也比一般的手重十倍。可是我现在想想,我没有多少理由像过去那样恨这双手了……"

我听到这儿想告诉姐姐:是这双手使这一家在林子里活下来;可同样是这双手把一家人推到了灾难里。像这样活着,难道比死去还要好多少吗?我只是这样想,并没有说出来。此刻我想到了母亲,想到了我真正怀念的人。她才是让人可怜的……我难过得很,用力地抑制着什么。

姐姐好长时间没有说话,她只是看着我。她的眼睛、她的神情,不能不让我想起母亲。

我的永远再也见不到的母亲啊!我在远行的前夜里可以忍住

什么,一百次地提到父亲,就是不愿提到您。我们如果过多地谈论您,会扰乱您的安睡。您在一片夜色里如果看到一个神气十足、即将离家的活泼的儿子,会微笑的。

　　姐姐的目光久久地落在我脸上。再有几个钟头我就要启程了,她要更多地看着我。我不怎么看她,因为我心中深深地印上了她的形象,因为我在她的目光里多少还有点羞涩。我们沉默着。有一次我抬起头,见姐姐在用询问的目光盯着我。我叫了一声:"姐姐……"

　　她说:"那把刀呢?我找了几天,没有找到……你一定看见了。"

　　我心上被什么轻轻按了一下。

　　"你看见了就告诉我。"

　　"那刀……"我嗫嚅着。

　　姐姐站起来:"你真的需要吗?"

　　我想了想,回答说:"我需要它。"

　　姐姐的眉头微微皱了皱,然后叹了一口气。她的手指在桌子上活动了几下,好像仍在表示怀疑……她终于坐下了,一只手扶着额头。

　　那把刀是我们家唯一可以称为武器的东西,能够保存下来可真是一个奇迹。谁都不知道这把刀的来历,只是觉得它的样子有些特别,刃子也特别锋利。有一次我用它削一支木棍,妈妈看见了立刻夺下来包到了围裙里,四下里看看说:"让你父亲看见就糟了……"她小步跑到姐姐屋里,让姐姐藏起来。我从那儿模模糊糊知道了那是父亲用过的刀,而他差不多已经忘记了。可是有一次父亲喝醉了酒,竟然跟母亲要起他的刀来。他吆喝着:"我的战刀呢?"母亲声音怯怯地说:"哪有什么刀啊!你早不知丢在什么地方了……"父亲拍着桌子嚷叫:"胡说……老红军怎么能没有……没有一把战刀!"……我清清楚楚知道那把刀就在姐姐的小屋里,也知道自己有一天也许真的会把它派个好用场的。也就在那一年的秋天,我在一个深夜把它取出来,月光下用拇指试了试它的刃子……

"你还是把刀留下来吧。"姐姐好像一直犹豫着,这会儿说道。

"我总得有个护身的东西呀,再说……"

姐姐摇头:"我还是不放心。"

可是我已经十九岁了,作为一个男人,我有理由带一把刀上路……那时候我没有很好地使用它,是因为我还太小。那个秋天我才多大?不记得了,只记得那是一个秋天……满地铺着死去的树叶……父亲和母亲又一次被那个村子捕走了。他们把父亲和母亲用一根麻绳拴在一起,一路上,妈妈没有哭;她低着头——她很少被人绑起来,这会儿害怕村里的人看到她的脸……几个民兵把他们押在一个碾屋里,又跟一家富农的父女两人一块儿拴在碾砣上——他们一直被押了七八天。后来有人想出一个主意,用他们换来邻村的几个坏人——这就可以斗个新鲜。他们于是落到了一个陌生的村子里。陌生的人们对于这几个人更有理由冷酷无情,而且动用了更陌生的方法。不久父亲躺在地上起不来了,有人用脚去踏他,他就没命地号叫,这在过去是很少有的事情。妈妈哭着哀求那些人说:"别折磨我的老头子了,我知道他不行了……"人家根本不听,上前就把父亲拖起来,两人架着他往前走。这样又是几天过去了,父亲常常昏死过去,他们才不得不把他送回来。妈妈奇怪地挺住了,她竟然没有倒下去。回到林子里,她和姐姐急急忙忙采了些草药给父亲裹伤口,然后去村里,请求他们允许我们家请一个医生来……医生请来了,他轻轻按了按父亲身上,说:父亲至少断了三根肋骨。妈妈说这能不能接上?医生摇头。他离开的时候对妈妈使了个眼色,妈妈跟他出了门去,半晌才回来——她面无血色,一进门就坐在了地上。她小声说:"医生料定你父亲也就是这几天的事了。"父亲在炕上一会儿就尖叫一声,骂着什么,有时能听出是骂母亲。我希望这一切快些过去,这些尖叫,这些咒骂,都过去吧。我看着炕上挣扎的那个人,在心里说:"也就是这几天的事了……"我当时瞥了一眼姐姐,见她也看着炕上的父亲。我相信她心里也有过那样的一句话。

如果不是亲身经历了那个秋天,谁也不会相信林中小屋会发生这样的奇迹:父亲在炕上苦熬了几天,竟然一拐一拐地下来走路了。他瘦得只剩下皮和骨头,那双眼睛陷得老深,有些吓人。他用一支细细的槐木做了拐杖,费力地从屋里走出来,又到姐姐的房间里看了看,然后站在了小院里。我悄悄地跟在他一侧,不时地瞥他一眼。后来我吓得跑回了姐姐身边。姐姐见我惊慌的样子就问:"怎么了?"我说:"他,父亲站在院里还、还笑呢!"姐姐"啊"了一声,赶忙到窗前去看他。此刻正好妈妈跑出来了,伸手去扶父亲,被他推了个趔趄。妈妈说:"你死不了啦,你还没有受到头啊……"

她说着就呜咽起来。父亲哼了一声："让那些人做梦去吧。老红军要死那么容易吗？"我揪住了姐姐的衣襟，我每逢听到他的嘴里吐出那几个字眼，就感到一阵难忍的羞辱。这会儿我想，我们好像都被父亲打败了似的。他还是活过来了，打败了死神，也打败了我们——在这个四口之家——如果勉强加上诗人是五口之家——"我们"两个字又包括了哪几个人呢？反正不包括妈妈，但可能包括姐姐……

小院里又响起了"咔咔"的剁猪菜的声音。父亲又像往日那样坐在泥地上做活了。但那几根断掉的肋骨并没有长好，老要扎他的内脏——每扎一下他就要暴怒一次，拼命地喝酒，砸家里的器具。我们都不敢从他的身边走过，因为他不一定什么时候给我们一下。有一回妈妈端了一碗汤给他，他把汤泼到妈妈身上，砸了碗，又揪住她的头发狠狠抡了一下。当时可能折断的肋骨又在扎他的内脏了，他的眉毛眼睛都拧到了一块儿，两手抖着、抖着，然后一拳把妈妈捅倒了……他还像过去那样霸道，那样凶恶，可也越来越无能为力了。田里的任何重活都做不了啦，那个村子就让他打扫全村的街道和厕所。他回到自己的田里还想像往日一样做活，但已经没有那样的力气了。他比以往任何时候都更加爱惜田里的庄稼，从菜叶上发现了一个虫子，就把虫子扯成好几段。有一回从林子外面跑来了一头猪糟踏了青菜，他气得双手乱颤，就做了个陷坑。结果猪虽然陷入坑里，但它又掘土跑走了。父亲咬着牙盯着黑黑魆魆的林子，跺了一下脚。我知道他决定了什么。第二天，父亲就从一个小店里买回了毒药，掺在了一个玉米饼里——妈妈苦苦哀求他不要这样做,他骂着,还是把它扔在了菜地里。他把全家人都赶开,一个人守候在地边上。两天之后,那头猪死在了林子里,父亲又在一个黑夜把它割成几块拖回家里。他让妈妈做肉汤给他吃,妈妈不做,他就发狠地揍起妈妈的头、后背,有一次还打了她的耳光。我和姐姐去护住妈妈,身上不知挨了多少巴掌。我们后来呆在了姐姐的小屋里,听着小院里父亲"吭哧哧"的喘气声。一会儿火光闪动着,他在煮肉了。肉的香味很浓很浓,但我们都像是嗅到了一股毒药味儿……这之后不久,妈妈也许是再也不能忍受父亲的凶暴,也许是对什么都无望了,在一个下午喝掉了父亲剩下的毒药。

现在我仍然不敢想那个下午的情景。汗珠从我的额头渗出来,我不安地去掏手巾。姐姐叫了我一声,过来给我擦汗:"你怎么了?你的脸色不好……"我挡开了姐姐的手,嘴里一连串叫着:"不不不……"

我又闻到了毒药的气味,这时张大嘴巴喘息。那个下午我永远不会忘记的,那个下午。我记得那天中午下了一阵小雨,所以林子里到处湿漉漉的。妈妈一个人吃过了什么,擦去了嘴角的水,微笑着,把我和姐姐叫到了身边。她躺下来,盖了一床被子,看着我们说:"你们两个是好孩子,会听我的话。是吧?会听话……我要你们不去恨父亲,不去恨他,他也活不久了。你们要尽力去扶扶他……"她说着咳了一声,再不说话了。我觉得妈妈好像年轻了,脸上有一层白霜似的东西,鼻子有些红。不过我总觉得有什么奇怪的地方,后来才明白:她从来不在这时候躺下休息呀。我问:"妈妈,你身上不舒服吗?"妈妈摇摇头。姐姐一声不吭地看看妈妈,又看看我。后来妈妈的身子扭动了几下,姐姐一下揭开了被子,又快速地盖上,大喊了一句:"妈妈,你是不是……"一句未完她就哇地大哭起来,伏在妈妈的身上。她用手推我:"快去叫医生,就说妈妈吃了东西,就要不行了,快,快跑!"我的脚下什么知觉也没有了,像是一纵身飞出了屋子,飞入了林子。我不知赤脚踩过多少棘棵,却一点也不知道疼痛。我觉得脑袋里有什么一声连一声地爆响,眼前只有一条弯弯的小路,小路像蛇一样,自己会动……

医生在我们家一直折腾到天黑,直到妈妈大口大口地呕吐,他才搓了搓手,说:"行了,没事了……"我直到这时脑子才恢复了正常。我一直不敢凑近了去看妈妈,只听着医生倒弄皮管的声音,听着妈妈嘴里发出的呻吟声。姐姐端过一盆发红的东西,那是药液还是妈妈吐出的血?我相信都有。姐姐把脸盆端到外面去了。我伏到炕前看着,我发现妈妈的脸变成了灰白色,皱纹又密又多,肮脏的枕头上散着她稀疏的花白头发。我用力地忍住了眼泪,往外走的时候,与姐姐撞在了一起。"你要去哪?"她问。我没有回答。我蹑手蹑脚走进了姐姐的小屋,拉开抽屉,翻倒了一个纸箱的破棉絮。我终于找到了那把刀子……外面,月亮已经升到了林梢,远处的村子里传来狗吠。我看着月光下黑压压一片林木,用拇指试了试刀刃。"什么都在这个夜晚了,到头了。"我在心里咕哝了一句,把刀插在腰带上。正在这时姐姐从妈妈的屋里一步跨出来,伸手拉住了我,低着嗓门问:"你在这儿干什么?"我不做声,蹲在了地上。她用手在我身上摸着,我就拼命摇晃两肩。最后她还是握住了刀柄,抽了出来。我看不清她的脸,但我听得见她呼呼的喘气声。我们谁也没有说话。停了一会儿我说:"你看不住我。我一定把他杀了。"这句话是咬着牙说的,我觉得仇恨已经填充了浑身的每一个毛孔。姐姐问:"你杀了谁?"我毫不犹豫地回答:

"父亲。"

这样回答之后,心底冒出了一个微弱的声音,那就是妈妈在炕上的叮嘱,她留给我们的最后一个叮嘱……我的手伸到姐姐的背后争夺那把刀,这会儿手指抖动了一下。姐姐轻轻一拨就推开了我的手,接上抱紧了我。她抱着我,抚摸我的后背,手指活动得缓慢而又小心。我的头埋下去,一辈子都不想抬起来了。这就是那个月夜发生的事情。如果不是姐姐,这把刀子早就派了用场,我也不会有明天的远行了。刀子没碰到父亲,但他还是在那年的冬天死去了。妈妈虽然那次没有危险,不过却留下了深深的创伤,第二年春天就去世了。就是这样的一把刀子,我没有资格带上它吗?它一路上会守护我,也会向我倾诉关于它的一切。姐姐,你就让我带它上路吧。

姐姐这会儿终于走到背囊跟前,打开来,寻找着。

"你!……"我叫了一声。

姐姐把刀取在手里,对在眼前看了半天,又重新放到了包里。我松了一口气。

南风吹进屋里,一阵凉。不知是深夜几点了,有鸟儿压低声音叫了一声。我向天空遥望,透过树隙,发现了一片又大又亮的星斗。它们在这个夜晚炽烈地燃烧着,光亮刺目,简直让我不能置信。我记不起曾经见过这样大的星斗,此刻仿佛感到了它的灼热。天空没有云,没有一丝雾气。近处的树上淌下水珠,洒在冰凉的泥土上。我清晰地看到了这个夜晚一棵棵矗立的树木,它们向上拢起的浓黑的枝丫,一动不动。整棵树木看上去像是一座座方尖石碑。泥土上是一层暗红色的草,无数片火叶燎着这个秋夜。一个小蚂蚱很偶然地蹦出来,展开钢硬的后翅弹了一下,发出了极细弱极清脆的弦音。芦青河在远处响着,它的声音只在这安静的时刻里才传过来。当我再一次仰脸去看天空的时候,发现一天的星斗更大了,它们颤动、旋转,一齐向我逼近过来。我压抑着心底的惊讶,悄悄地退回到姐姐身边。

姐姐说:"这把刀是你的了。路上会遇到意想不到的事,也许会有野兽——到那时你就用得着了。不过你知道我担心的到底是什么。我怕你冲动起来不得当地使用了它。一个真正坚强的人永远也不忘自己的责任,不会随便把自己交出去。说到这里我还是要提到可恨的父亲,他就从不轻易放弃生的希望,相信自己该活,也就活下来。你可能问他活下来又有什么好处、有什么用,那我劝你还是先这样问一句:如果父亲早死十年我们这个家又会怎么样?你会弄明白父亲还是尽了一个男人的责任。没有他,这个家也就真的完了。你有一把刀,这把刀是从林子里的这个家带出来的,记住这点也就够了。不要轻易使用它,最好一辈子也不要使用它。"

我赶忙说:"我会记住的。我一辈子把它放在身边。"

"你在林子里过了十九年,这是有血有泪的十九年。你不会忘记。我担心你忘了另一些东西,就是你在最艰难的时候得到的安慰和希望。你不该忘掉……"

我打断她的话:"永远也不会。"我的脸有些发烫。我怀疑姐姐知道了我的背囊里还装下了什么。那是几个美丽的小海贝、一块手帕——这是农村简朴而永恒的信物。我当然要把这些带上,开始我的长途跋涉……我回答姐姐:"不会忘记。"

"你的朋友不会跟你一块走,他们还要留下来过自己的日子。不过他们的心会跟随你上路。我知道你这几天会跟他们道别,说很多很多话。我只是不放心,怕你忘了。"

我看着姐姐,眼眶一阵发热。我张大嘴巴呼吸着,让这秋夜的风灌满我的肺叶……这片林子和田野,会铭刻在我的心灵里。当我结束了七年可怕的学校生活,投身到自然的怀抱中时,还是感受到了另一种温暖。尽管每天的农活很累,满手满脸都是泥巴,我还是尝到了少有的愉快。特别是我躲开了父亲——他往往被押到更脏更累的地方去干活了——现在差不多完完全全是我一个人了。劳动无论多么艰苦、周围的人无论对我多么冷淡,我还是没有放弃去寻找友谊,哪怕仅仅有一丝指望。一些比我早几年毕业回来的姑娘们看我的时候,目光里没有半点轻蔑和鄙视,这使我觉得十分奇怪。就在她们当中,我发现了一个叫阿队的姑娘,发现了她的热烈的目光。

阿队的父亲是当地人,母亲是南方人,很早以前就跟爷爷生活在一起。她的母亲没有了。她长得样子让人看一眼就忘不掉:额头鼓着,眼睛圆圆的,细细高高,脸色很红。她差不多总穿一件通红的衣服。她爷爷疼她,唤她"丑乖"——我曾问姐姐什么是"丑乖"。姐姐笑而不答。我知道阿队是非常美丽的,常常注视她。我看她的时候,一颗心就快乐地跳动。阿队离我近的时候,我可以闻到她身上的热烘烘的气味……她常把好吃的东西装在衣兜里,瞅空就给我一把,那主要是酸枣、花生、糖果等。有一次几个年青人休息时摔跤玩,阿队偏要把我当成对手。她一下抱住了我,我也抱住了她。她的腰那么细。她使劲揪我的衣服,还伸出一只脚来下绊子。当然,我轻轻一下就把她摔倒了。这是我永远难忘的游戏。这是我一生中无法重演的无忧无虑的天然有趣的一幕。后来——大约是半年之后的一个下午,我第一个来到空无一人的田里,等待人们一块儿做活。我坐在长满紫穗槐的沟渠边上,看身体大如拇指的小黄鸟儿啄食。一会儿,突然阿队从绿色的枝条间探出头来,朝我做了个鬼脸。她嘻嘻笑着,说早就看见我了,于是猫着腰从渠中钻了过来。她喘息着说:"渠下边可阴凉了!"我们一块儿到渠里去了。她的身子一缩回紫穗槐中,就再也不笑了。她看着我,伸手抚动着我的头发,又用手指轻轻按了按我的眼睛。她看到我的手腕上有一个血口子,就惊讶地张大了嘴巴。我不愿告诉她这是父亲打的——他把一个铁铲子扔过来,我用手去挡……我退开了一步。阿队的眼睛比刚才更亮了,呼吸的声音更大了。她口吃地说:"我们,抱在一起,好吗?"我的眼泪不知怎么出来了,我说:"我们摔跤那会儿抱过了……"她紧紧地抱住了我,说:"那才不算,那可不算。"她的胸脯一起一伏挤压着我。我的泪水一滴滴落下来。她给我擦去了泪水。最后,她盯着我的嘴唇看了看,低下头吻了一下。

那时的情景就像在眼前一样。我紧紧地咬着嘴唇,从桌前站起又坐下。姐姐问:"你看过她了吗?"

她问的是阿队……我闭上了眼睛。

我没有去看阿队。"阿队!我的阿队……"我多少次在心底这样呼唤着,可我一次也没有去看她。

还是别让我看到她吧。阿队,我的阿队……我被钉子板打得浑身是血的时候,我没有流泪,可我与她在一起的那会儿流泪了。她的温暖的身躯使十几年的积冰一瞬间全部融化了。以后的日子里,那真是不可思议的一段时光。人的一生中原来还有这样的一段时光组成,令我心醉目眩。我多少次在深夜穿过林子,到那个村子里,在她的茅屋前边徘徊。她一有空就到林子里干点什么,采蘑菇、捡干柴、摘野枣,仰起脸呼喊什么。当父亲不在的时候我就跑进林子深处,寻找我们一起呆过的地方。那时我穿着打满补丁的衣裤,裤子还是一条刚刚染上黑色的暗花布做成的。我的头发又乱又脏,洗也洗不干净,脚背上是泥土和刚刚结住的伤痕。总之,我的一切全都标明了我是林中小屋的一个儿子,我只配有这样一副模样。我是在这个时刻才明白了爱情的,它可不管你住在林中小屋、在草窝里、在土洞里,甚至是在粪坑里,它只要找到你,可不管你住在哪里。这样的情景只有一次也就够了,有一次也就什么都不该抱怨了。我走过来了,我长大了,我是个大人了——从那时起我再也没有埋怨什么……阿队的父亲知道了女儿的事情,扬言要放火烧了我们的小屋。父亲拧住我,把我折磨得死去活来。但我都没有抱怨什么。不久阿队被卖到了南山,换回的是五斗上好的玉米。阿队说自己很快会死的。我后来见过一次阿队,她没有死,只是瘦得两眼更大更深。那双深陷的眼睛里有看得见的火苗。阿队,我的阿队,别再让我看到你,让我就这样上路吧。

姐姐沉默着,她在想阿队、想她的诗人吧。在这样的秋天的夜晚,他们在哪里?他们会想到这个林中小屋吗?这儿只剩下了姐弟二人……她的温柔的眼睛注视着我,在这临行前的夜晚她看了我那么多。这目光就是一种叮嘱。当我踏上漫漫旅程的时候,我的前面一直会有着这样的目光……她声音缓缓地说下去:

"尽管你生在林中小屋里,你知道还是有人喜欢你。我想起这个就高兴,就忧愁。你长高了,长大了,说话的声音有那么一股男人的味儿。这有多么好,我心里甜滋滋的,因为你是我的唯一的弟弟。我知道你多多少少会给我们这个家惹下乱子的,后来果然出了阿队的事情。她一门心思爱护你。她看见我,就换了一种特别友爱的眼神。这一切都非常美好,非常非常美好。从那时我知道你的天性中除了刚烈火爆,还很多情,有时十分细微也十分敏感……"

"姐姐!"我急急地打断了她的话。

"不是吗?你应该说是这样……"

我急促地喘息,不想肯定也不想否定。

她说下去:"这当然是一种好的天赋,你为什么要不好意思?不用说这往往与难得的才华连在一起,就是说你有独到的能力。你认识或不认识这种才华,它都存在于你身上。不过我还是担心,担心你的多情和这方面的柔弱会耽误你赶路。谁知道你将来还会遇到什么?谁知道你心里还会涌起什么风暴?就看你怎么把住自己的舵了。本来我不想说这些,后来想了想,我不能不特别提醒你一下。这些你都明白,我只要一说到这儿,你就全都明白了……

"不过弟弟,我不是说你要在爱面前犹犹豫豫才好,不是。我还是要说父亲,你应该像他那样,为了爱去奋不顾身。你觉得一切都从心底下喷涌出来,不是什么东西可以压迫住的,就让它喷涌好了。父亲为了母亲抛弃一切,从那座海滨城市匆匆赶来,然后再也没有离开。当然,他的厄运也从这里开始了。可是你能说父亲在临死的时候后悔了吗?如今为一种爱大胆付出的人又在哪里?他的火热和诚挚使他的生命放出光来。这种燃烧才叫棒呢,连剩下的灰烬都是永远烫人的。

"你现在长大了,会知道自己是个挺好的小伙子。不过我怕你太看重了这些——你会不知不觉就过分看重了这一切。这样就会误解你自己,你会为满脸皱纹难过。其实这有什么办法?那一切本来就会是短暂的。你不会是个狠心的坏人,不过我还是怕你变成那样的人。如果你将来变坏了,我会难过死,消息传来那天,我会走开,胡乱过完这一辈子,再也不见你。你现在是个好人,这一点我清清楚楚——你的心软,看不得苦难,恨死了那些欺压别人的人。这是我的安慰。可是你才长大,你明天就要离家,谁知道你一辈子会怎样?我又不能一直看着你……"

姐姐的嗓子像被什么咽住了。我真想去安慰她,去求求她别再为我忧虑牵挂……我要上路了,天一拂晓我就要背起背囊——我,林中小屋的儿子,将来会背叛吗?我紧紧咬住牙关,在心里呼喊:永不! 永不!

"弟弟,你在同龄人中,也许算是受了很多苦的人。你身上那么多伤痕,还有更多的看不见。我得说这真了不起。这一切会帮助你。可是你该明白这又没有什么——因为人生下来就要过各种生活,天底下的苦难太多了,你经历的这点点不算什么。过分看重这一点点会显得挺可笑。想想吧,一个在别人眼里还算个不足二十岁的小孩子,整天被苦难压得皱着眉头,这有多么可笑。你一定也看到了,受过大苦的人中只有一小部分更加善良,他们才一辈子自觉地为消除世间的黑暗去争斗,站在弱小的人一边,所以说一个人过去的历史不能证明一切。尽管这样,你以后遇到受过大苦、遭到过很大不幸的人,还是要特别地给他一些尊敬,不妨先把他当做同类。虽然这样不免要常常上当。我们不能再有别的做法。你与那些人在一起,只有一次、只找到一个同类也是值得的,这样你一辈子就不会孤零零的了……"

姐姐在说下去。我的两眼极力地忍住了什么。我在天刚拂晓时就要上路了……"姐姐,我的姐姐!"我在心里呼唤着。

"我怕你日子久了,多少会忘了这个林中小屋——你以后多想想这个小屋吧,想想它的颜色,它漏雨时淋下的黑印,屋角的两个土缸,还有父亲起山芋的木铲、妈妈的针线笸箩……你夜间一件一件想想,会睡个好觉。你觉得身子边上就是小屋里的东西,这一切你一出生时就闻惯了它们的气味。它教给你的东西太多了。你会成功。到那一天你要明白这只是你的一段好时光,什么都会自然而然地过去。你要赶紧抓住你最有力量最有心思的时候,为那些不幸的人做点什么。

"同样的道理,因为你是这个小屋里走出来的人,什么也骗不过你,你又嫉恶如仇。所以你会遇到一件接一件的麻烦事,用大家的说法,就是你得'倒霉'。我多么怕你走到这样的绝路上去。我们都见过父亲是怎样生活的——他一步接一步,像命里规定了似的,走入了罗网。我真怕你也那样。想到这儿我就一阵阵难过,不知该怎么才好。可我不能教给你躲避,不能让你走另一条路,你没有权利做出哪怕稍稍不同的选择。你就该走这样的一条路。我想说的还不是这些,主要的不是这些。我要说的是后来,是这些倒霉事全来了的时候,你会怎么活?你想想吧,你要离家了,要走,不把这些想透怎么行?前几天我帮你整行李,想来想去也没有说,怕你带着一身不愉快出远门。可后来想,只是躲着也不是个办法!弟弟,你还是要想想……到了那时候,你会顽强得像一开始那样吗?你不会丧气得去揪自己的头发吗?我想你即便丧气,也只是一段时间,最终你还会挺起腰杆。你一定是个能吃苦的人,会嚼着东西活下去。我相信你会像父亲那样,活下去,活下去。这一切虽然难以做到,但还只是第一步的事情。最重要的是你到了那种境地,你绝望了的时候,会怎么去评判你以前的生活?你还会为自己的勇敢骄傲吗?你还会为自己那一段的事业自豪吗?你要活下去也许不难,可是这种活不能是挣扎,不能是挨日子。我觉得父亲多少有些令人失望的地方,就是他认了,他输了;他的顽强是一种挣扎的顽强,是一个失败者的坚韧——而我要求你的,是想让你做个不败的人!什么也打不倒你,打不烂你,什么也不能……"

我听到最末一句,突然脑际又闪过了那条带钉子的木板,听到了他们的吵嚷:"打呀,打烂他,打黏他!"……

"无论到了什么时候,你都要守住心里头一点东西。它是什么,我也说不清。是一条自己摸到的原则吗?说不清。不过你会感觉得到它的存在——尤其是有人伤害它、碰到它的时候,你立刻会强烈地感到它神圣地居于心的正中。你会是这样的人……离家了,一切全靠自己照料。走吧,上路吧,一辈子忠于友谊,忠于最珍贵的东西。一辈子也不要中伤别人——记住你跟其他人的区别是什么、在哪里;一辈子不忘你是从林中小屋走出去的一个儿子……"

我的眼睛终于把什么忍住了。我一直看着姐姐的眼睛。我记住了她的美丽庄重的面庞。我不知不觉间一直紧握着拳头,这时拳心里全是汗水……我站了起来。

小屋里一片曙色。

姐姐走过来,提起背囊放在自己身上。后来她给我背上它,拉过我的手臂,穿过那两道背带——这突然使我想起了小时候母亲替我穿衣服的情景……

我说:"背囊好沉呢。"

姐姐没有说话。

我又说了一句:"背囊好沉呢。"……

1987年9月15日于济南
1988年7月10日于龙口

附：中篇小说总目

1983 年

　　护秋之夜

　　秋天的思索

1984 年

　　你好！本林同志

1985 年

　　秋天的愤怒

　　童眸

　　黄沙

1986 年

　　葡萄园

1987 年

 海边的风

1988 年

 蘑菇七种

 远行之嘱

 请挽救艺术家

1990 年

 金米

1996 年

 瀛洲思絮录